유토피아의 꿈

최인훈 전집 11
유토피아의 꿈

초판 1쇄   1980년 1월 25일
초판 5쇄   1987년 6월 15일
재판 1쇄   1994년 6월 20일
재판 2쇄   2000년 8월 23일
 3판 1쇄   2010년 1월 15일

지은이 최인훈
펴낸이 홍정선 김수영
펴낸곳 ㈜문학과지성사
등록번호 제10-918호(1993. 12. 16)
주소 121-840 서울 마포구 서교동 395-2
전화 02) 338-7224
팩스 02) 323-4180(편집)   02) 338-7221(영업)
전자우편 moonji@moonji.com
홈페이지 www.moonji.com

ⓒ 최인훈, 2010. Printed in Seoul, Korea

ISBN 978-89-320-1925-3
ISBN 978-89-320-1914-7(세트)

* 이 책의 판권은 지은이와 ㈜문학과지성사에 있습니다.
  양측의 서면 동의 없는 무단 전재 및 복제를 금합니다.

최인훈 전집
11

유토피아의 꿈

문학과지성사
2010

일러두기

1. 『최인훈 전집』의 권수 차례는 초판 발행 연도를 기준으로 했다.
2. 이 책의 맞춤법 및 외래어 표기는 국립국어연구원의 『표준국어대사전』을 따랐다. 다만, 일부 인명(러시아말)과 지명, 개념어, 단체명 등의 표기와 맞춤법, 띄어쓰기는 작가와 협의하에 조정하였다.
3. 인용문은 원본 그대로 표기하는 것을 원칙으로 하였으나, 경우에 따라 현행 맞춤법에 맞게 옮겼다.
4. 속어, 방언, 구어체, 북한어 표기 등은 작가가 의도한 바를 그대로 따랐다.
    예) 낮아분해 보이다/더치다/좀체로/어느 만한/클싸하다 등.
5. 단편과 작품명, 논문명, 예술작품명 등은 「　」, 장편과 출간된 단행본 및 잡지명, 외국 신문명 등은 『　』 부호 안에 표기했다. 국내 신문은 부호 표기를 생략했다.
6. 말줄임표는 ……로 통일하였고, 대화문이나 직접 인용은 "　"로, 강조나 간접(발췌) 인용은 '　'로 표기하였다.

차례

호질虎叱 · 9
우리를 슬프게 하는 것들 · 14
안수길 소묘 · 18
크리스마스 유감有感 · 25
상아탑 28
노벨상 · 55
돈과 행복 · 58
정당政黨이라는 극단劇團 · 67
세계인 · 91
일본인에게 보내는 편지 · 105
아아, 어딘들 청산이 · 109
베트남 일지 · 128
우주와 머리카락 · 146
글 쓰는 일 · 148
인공人工의 빛과 따스함 · 150
로봇의 공포恐怖 · 152
역사와 상상력 · 161
사회적 유전인자 · 170
문명 감각 · 175
스포츠 · 180
지표 · 183
70년대 · 186
토착화와 출토화 · 189
통일도상국統一途上國 · 192
아메리카 · 195
감정이 흐르는 하상 · 215
대학 신문에게 · 228
영혼靈魂의 지진地震 · 231

'와'와 '과' · 233
평화의 힘 · 235
금강산 · 237
겨울 · 239
어제와 오늘 · 241
인류의 키와 개인의 키 · 243
큰일 작은 일 · 246
삶의 속도 · 249
글쓰기의 맥 · 251
문화와 의지 · 253
코끼리와 시인 · 255
인간성이란 · 257
크리스마스 캐럴 · 259
예술 외교 · 264
평화의 배 · 267
호국의 넋 · 272
경건한 상상력의 의식을 · 277
봄의 꿈 · 281
실험 정신을 살리자 · 284
창조와 화해의 기능 · 288
생명력을 키우는 힘 · 291
봄의 어머니 · 295
강연을 위한 메모 · 299
광장의 젊은이 · 301
올여름 나의 계획 · 303
가을 · 305
쓸 줄도 알아야 한다 · 308
평화와 빛 · 313
젊은이에게 보내는 편지 · 316
마음의 사계 · 319

잠들기 전의 5분 · 322
음식 맛 · 325
자기 확인의 기쁨 · 327
소설의 주인공과 작가 · 332
'그레이' 구락부 시절 · 333
정통正統을 찾아서 · 336
두 신인 · 기타 · 342
닦임과 쌓임의 힘 · 345
최창학 소묘 · 348
사대주의란 말 · 354
공통의 대의 · 359
평화의 길 · 363
한말의 상황과 오늘 · 368
시대의 어려움 속에서 · 373
사랑의 기술 · 378
우리가 바라는 삶 · 387
옛날 옛적에 훠어이 훠이 · 399
인연의 끈은 아직도 · 403
입명立命의 형식形式 · 408
문명의 광장에서 다시 찾은 모국어 · 409
사고와 시간 · 421
성숙과 소속 · 431

해설 완강한 사실과 정신의 부드러움/김인환 · 436
해설 새로운 세계 질서의 꿈/류보선 · 444

호질 虎叱

이놈은 아주
세월 모르는 놈이다
천하의 호랑이들이 이제는
거의 동물원 창살 안에서
지나간 피비린내 나는 세월을
반눈 지그시 감고
되새겨보면서 지내는 시대에
유독 이놈만은 아직도
버릇을 고치지 못했다
그래서
이놈이 가로막고 앉은
국토의 이쪽과 저쪽에서
인신 공양 人身供養 받들기를 강청한다

그중 큰 피잔치가
저 6·25 굿으로
온 산하山河에 피가 흩뿌려지고
살이 흩어졌다
이놈은
그 포악한 울음소리로
우리를 놀라게 한다
개화開化 살림 흉내를
조금 내볼까 하면,
이놈들, 내 여기 있다
고 호통치는 바람에
온갖 작심作心이 맥 풀리게 된다
고약한 인간들도 없지 않아,
짐짓 호랑이 소리를 흉내 내어
이웃 사람을 속이고
재물과 목숨을 빼앗는다
이놈이 처음 나타났을 때는
이 땅의 중허리에,
머리는 서해에,
꼬리는 동해에 찰랑찰랑,
한일자로 버티고 섰더니,
6·25 피굿 끝나고 보니
약간 엇비슷이 몸을 틀고

아주 긴 살림 차릴
기막힌 본새로 누워 있다
듣자 하니,
이 지구 위에
원래는 이놈들 동족이 득시글하여
어느 지방이건
호환虎患이 제일 큰 재앙이었으나,
지금은 오로지 두세 마리뿐으로
이놈은
그중 한 마리라 한다
호랑이는
모습도 험상궂어
자식 기르며 사는 부모들로
이보다 큰 근심이 없다 거친 울음소리에 어울리게
흉악한 아가리 속에는
화약 묻은 무쇠 이빨이 포진布陣하고,
네 발톱은
전차戰車의 무한궤도無限軌道처럼 땅을 긁어대고,
온통 철조망같이 거센 송곳털이 박힌
가죽을 뒤집어쓰고 있다
이놈이
이 강산江山에 나타난 것이
대체 어찌된 영문인가

혹 말하기를
어느 땅에 살았는데
그곳 사람들은
꾀도 많고 솜씨도 좋아
이놈을
이리저리 구슬려서
이리로
내몰았다고도 한다 또 혹자는 말하기를
바다 건너 섬사람들이
이 땅에서 물러갈 때,
신세를 갚으려고
남기고 간
선물이라고도 한다
옛날,
트로이 성벽을 가운데 두고
두 나라 군사들이 싸울 때,
어느 간교한 귀신의 속삭임으로
목마木馬 속에 군사를 감추어
성 밑에 버린 것을
트로이 사람들이
성안에 거두어갔다가
참화慘禍를 당했다는 이야기
이 땅에 도사린

저 사신死神의 사자使者,
포악한 155마일의
몸집을 가진
무쇠의 호랑이를 과연 어떻게
처치해야 할 것인가
역사라는 산신령이
우리 마을에 보낸
저 무서운 스핑크스 그는
테베의 거리에서 쫓겨난 후
세상을 돌고돌아
이제 가장 토박이 모습을 빌려,
우리 땅 한복판에
도사리고 누워서,
피의 수수께끼를 던진다
이 수수께끼를 풀지 못하는 한,
우리는 대신으로
피의 공양을 바쳐야 한다 '전쟁' '부패' '공해'라는 피를
이미 빼앗긴
우리 동기, 부모,
우리 아기들의 머리뼈를
저 짐승이 바수어 먹고 앉아 있는 이 시간에,
허송세월하지 말고, 벗들이여 꾀 한번 내어보세

우리를 슬프게 하는 것들

 배고파 우는 아이는 우리를 슬프게 한다.
 어느 마을 돌담에 기댄 어린이의, 나무뿌리로 포식한 창황蒼黃색의 배 위에 초춘初春의 양광陽光이 떨어져 있을 때 대체로 봄은 우리를 슬프게 한다. 그래서 봄날 철 이른 비는 처량히 내리고, 데이트할 밑천이 없어 그리운 이의 인적은 끊어져 거의 일주일이나 혼자 있게 될 때, 아무도 돌보지 않는 길가의 석불石佛. 그래서 동리 강아지 한 마리가 일각一脚을 거擧하여 그 밑동아리에 쉬이를 하고 있는 것을 볼 때, 몇 해고 지난 후에 문득 돌아가신 아버지의 편지가 발견될 때, 그곳에 씌었으되,
 '이놈아 너의 소행이 내게 얼마나 많은 불면의 밤을 가져오게 했는가……'
 대체 나의 소행이란 무엇이던가? 고등고시를 거부한 일, 혹은 아버님더러 소친일파小親日派라고 몰아세운 일, 이제는 벌써 그 많

은 죄상을 기억 속에 찾을 바이 없되, 그러나 아버님은 그 때문에 애를 태우신 것이다. 동물원에 갇힌 사슴이 어느 날 밤, 누군가에 의해서 뿔이 잘려 죽어 있는 사진이 우리를 슬프게 한다. 철책 속에서 그는 언제 보아도 멍청하니 서 있었다.

  그의 순한 눈, 그의 가여운 낙천樂天, 그의 귀여운 젖은 코, 그의 앞발의 한없는 순종, 그의 태평한 잔걸음, 생시의 그의 모습이 우리를 말할 수 없이 슬프게 한다. 이상李箱의 시장詩章. 김소월의 가곡歌曲. 고구故舊를 만날 때. 학창 시대의 동무 집을 심방하였을 때, 그리하여 그가 이제는 전도가 유망한 공무원이요, 혹은 번창하는 외인상사外人商社의 사원 된 몸으로서 우리가 몽롱하고 우울한 언어를 조작하는 일개 시인밖에 못 되었다는 이유에서, 우리에게 손을 주기는 하나 벌써 우리를 알아보려 하지 않는 듯한 태도를 취하는 것같이 보일 때.

  길거리에 앉은 근교 촌부近郊村婦의 바구니에 담긴 진달래꽃. 이것은 항상 나에게 언제 다시 가볼지 기약 없는 북한의 고향 집 뒷동산을 생각하게 한다. 삼류 극장에서 들려오는 소란한 재즈, 그것은 후텁지근한 도회의 여름밤에 휘파람을 불며 동네의 불량한 소년들이 너무나 일찍이 배운 성性의 이야기를 왁자지껄 주고받으며 지나가는데, 당신은 벌써 근 열흘이나 침울한 하숙집에서 앓는 몸이 되었을 때.

  달아나는 유엔 군용 열차가 우리를 슬프게 한다. 그것은 황혼이 밤이 되려 하는 즈음에 불을 밝힌 창들이 유령의 무리같이 시끄럽게 지나가고, 어떤 어여쁜 외국 여자의 얼굴이 창가에서 은은히

웃고 있을 때. 찬란하고도 은성殷盛한 미국 영화를 보고 났을 때, 단상단하壇上壇下를 읽을 때. 부드러운 공기가 가늘고 소리 없는 비를 희롱하는 아침, 조간에 썌었으되 '방사능은 끝내 우리나라에도.' 공동묘지를 지날 때. 그리하여 문득 '여기 십오의 약년弱年으로 놈들에게 학살된 철호는 누워 있음'이라는 묘표를 읽을 때. 아! 그는 6·25 때 손잡고 월남한 나의 사촌동생. 날이면 날마다 항상 도회의 집의 흥미 없는 등걸만 보고 사는 이국종 가로수들. 첫길인 어느 주막에서의 외로운 일야一夜. 시골 가설극장에서 들려오는 '이 강산 낙화유수'의 구성진 트럼펫. 옆방 문이 열리고 속살거리는 음성이 들리며 간간이 "잠깐?…… 긴 밤……" 이런 대화가 오가는 듯싶다가 이윽고 여자가 옷 벗는 기척이 들릴 때, 그때 당신은 난데없는 애수를 느낄 것이다.

날아가는 한 대의 제트기. 서울 유학 간 장손을 위하여 입도선매된 논과 밭. 양부인洋夫人의 이취泥醉. 어쩌다 기차 여행을 하게 되어 대합실에 들러서 항상 닫혀 있는 경원선 매찰구를 보게 될 때. 그리하여 꿈의 열차에 실려 우리들의 고향에 도착하였을 때. 아무도 이제는 벌써 당신을 아는 이 없고, 일찍이 놀던 자리에는 붉고 거만한 옥사屋舍들이 늘어서 있으며 당신의 본가이던 집 속에는 알 수 없는 사람들의 얼굴이 보이는데 그중 한 사람이 당신을 손가락질하며,

"야 이놈은 이 집에 살다가 월남한 반동분자 아무개의 몇째 아들이다."

하면서 달려들 때, 그때 당신은 난데없는 애수를 느낄 것이다. 이

모든 것은 우리의 마음을 슬프게 한다. 그러나 우리를 슬프게 하는 것들이 어찌 이뿐이랴! 어느 미군 주둔지의 텍사스 거리를 누비고 지나가는 오뉴월 양공주 아가씨들의 조합 장의組合葬儀 행렬, 껌 파는 소녀들의 치근치근한 심술, 거만한 상인, 카키 빛과 적색과 백색의 빛깔들, 통행금지를 알리는 사이렌 소리, 예수교회의 새벽 종소리, 애국가를 부를 때, 가을밭에서 콩을 구워 먹는 아이들의 까마귀처럼 까맣고 가느다란 발목, 골목길에 흩어진 실버 텍스의 포장지들, 관용차를 타고 장 보러 가는 출세한 사람들의 부녀자의 넓은 어깨, 아이들의 등록금을 마련 못 한 아버지의 야윈 볼, 네번째 대통령이 되고 싶어 하는 박사. 당신에게 비옷이 없고 내일은 좋은 사람을 만나기로 된 전날 밤 지붕 위에 떨어지는 빗소리. 그리고 그날이 휴가의 마지막 날일 때, 동생을 대학에 보내고 있는 어느 창부의 이야기를 들었을 때, 만월의 밤 무당이 굿하는 소리, 최서해의 이삼 절, 늙은이의 배고픈 모양, 철창 안에 보이는 어떤 죄수들의 혈색 좋은 얼굴, 붉은 산에 떨어지는 백설— 순수의 밀실에서 고운 이의 머리카락을 언제까지고 희롱하고 싶은 나이에 비순수의 광장이 너무나 어지러운 것이, 그리하여 부드러운 어깨를 밀어놓고 원치 않는 영웅이 되기 위하여 그곳으로 달려가야 하는 시대가 결국 우리의 마음을 슬프게 한다.

안수길 소묘

　누군가가 선생을 가리켜 학 같은 분이야, 하고 말하는 것을 들은 적이 있는데 첫눈에 오는 느낌이며 성품의 한 군데를 꼭 맞힌 말이라고 그때 생각했던 것을 기억하고 있다. 그러나 이 말은 온전히 꼭 맞는 말이라고 하기는 어렵다. 학이 어떤 생태를 가지고 있는지, 그 생물학적인 지식을 갖고 있지 못해서 알 수 없으나, 학 하면 대체로 떠오르는 어떤 시적인 이미지가 있다. 고고하다든지, 은사풍隱士風이라든지 하는 그런 것인데, 이런 데서 오는 학의 인상은 어딘지 매정스럽고 까다로운 느낌을 주는데 선생은 그 점에서는 전혀 다르다고 해야 옳을 것 같기 때문이다.
　선생이 애써 누구를 반박한다든가, 설복시키려고 하는 것을 본 적이 없다. 누구의 이야기에나 귀를 기울인다. 이상 사람이나 동년배면 그 특징이 돋뵈지 않지만 손아랫사람인 경우에는 분명히 드러나 보이는 것이다. 상대방의 의견을 굽히려 한다거나 원하는 골로 이끌려고 하지 않는다. 말하는 사람 쪽에서 선생의 주의를 끌기 위해서 제물에 의견을 물리기도 하고 바꾸어보기도 하게 된다. 그렇다고 전혀 대꾸를 안 하는가 하면 그런 것은 아닌데 지극히 평범해 보이는 이야기뿐이다. 학이면 뭇 새들이 소란을 피우면 그 매정스러운 흰 날개를 훌쩍 펴고 자리를 뜨고 말 것인데 선생은 상대방이 싫다고 할 때까지는 먼저 자리를 뜨지는 않는 것이다. 이렇게 대범한 것을 믿고 꽤 실례가 되는 말까지도 버릇없이 늘어놓은 적이 많다. 나중에는 아차 싶은데 당장에서 언짢은 낯빛 한 번 대한 적이 없다. 그렇다고 무턱대고 상대가 듣기 좋으라고 찬성하지는 않는다. 문학 이야기인 경우 의견이 잘 맞지 않은 경우에 내가 흔히 들은 말은 "문학은 어려워요" 하는 말이다. 틀림없는 말이다. 그 말로 지킬 데는 지켜진 것이다. 학은 역시 학이다.

우리들의 옛 풍습으로 감정을 호들갑스럽게 나타내지 않는 것을 덕으로 쳤다. 서양물이 들어오기 시작한 다음부터는 말은 해야 맛이요, 임은 품어야 멋이라고 되어가고 있지만 일장일단이다. 말이란 아마 침묵하기 위한 이유의 설명일 것이다. 이유나 설명의 묵계가 있는 곳에는 말은 될수록 적은 것이 은근하다. 참 침묵이란 아마 제일 사랑스러운 말을 고르기 위한 사랑에 찬 긴장이라고 하는 것이 옳겠다. 또 제일 바른 주장을 하기 위해 더듬고 있는 성실함이라도 좋다. 아무튼 선생은 교언하고 영색하는 분은 아니다. 그것은 자신에 대해서도 그렇고, 그렇기 때문에 공평하다. 선생 자신의 작품을 먼저 화제에 올린 적은 아마 한 번도 없다. 좀 다른 이야기가 되겠지만 선생의 가족에 대한 이야기도 거의 없다. 그래서 지금까지도 선생의 자녀가 몇 분인지 나는 모른다.

몇 해 전에 마당에 파초를 심고 지금은 많이 자란 것을 보았는데 지나는 길에 황소 등 쓰다듬듯 하시는 것은 보았으나 특별히 집착하는 장면은 본 적이 없고, 개도 한 마리 보이지만 그 역시 특별한 익애溺愛에 욕하고 있는 것 같지는 않다. 그런 사실 역시 선생의 대생을 이루는 효과적인 선의 하나가 될 수 있을는지.

최근에 선생의 결혼 비화를 읽은 적이 있는데 거기서 눈 내리는 밤에 이루어지는 구혼의 장면은 젊은 시절의 모습을 짐작하는 데 적지 않은 도움을 주었다. 거사를 앞둔 지사가 평소에 점찍은 인사에게 동지가 되어줄 것을 호소하며 근엄 절박하게 다가앉는 장면을 떠올리시도록.

말이 난 김에 사모님에 대해 한마디. 선생은 동부인해 다니시는 경우가 많아 보인다. 언젠가 혼사가 있는 집에 가실 채비를 하면서 부인에게 하는 말.

"여보 당신도 가요. 맛있는 것 좀 먹구 옵시다."

「목축기牧畜記」는 선생의 작품 가운데서 내가 좋아하는 것 중의 하나다. 그 작품의 어느 인물, 어느 사건을 집어서 좋다는 것은 아니다. 작품이 온몸으로 풍기는 것—그것이 어쩐지 좋다. 만주에서 돼지를 치는 얘기다. 눈보라 치는 밤에 돼지를 물어가는 호랑이, 호랑이에게 귀를 잘린 늙은 중국인 돼지치기—크고 망막한 분위기다. 이런 것도 학에게는 없는 선이다.

『북간도北間島』라면 선생을 생각게 한다. 그 작가의 대명사 같은 작품을 가졌다는 것은 행복한 일이다. 그 작가의 피가 통한 겪음의 세계를 예술로 승화시켰다는 증거이겠기에 그렇다. 『북간도』는 한 시대의 한국인의 처지가 두드러지게 드러난 역사의 마당이자 선생의 애정과 정열의 요람인 것 같다. 민족의 삶이란 개인의 삶보다 허망한 것이어서 기록하지 않으면 없었던 것이나 한가지다. 그 속에서 살던 개인의 희로애락도 그렇다. 그 문맥 속에 들어가야 알아지는 어떤 시대의 사람들의 감수성을 꼼꼼하게 되새기고 있는 작품이다. 실팍한 작품이요, 겸허한 손이다.

선생은 어떤 종교의 신자는 아니다. 그러나 동양인의 경우에는, 기독교 같은 종교가 있는 서양 사회에서 신자, 비신자를 가르는 것처럼 신앙, 무신앙을 가를 수는 없다. 선생이 어떤 종교관을 가졌는지 나는 알지 못한다. 이것은 가장 어려운 선이어서 그으려야 그을 수가 없다.

전에는 어떠했는지 모르겠으나 내가 알기로는 주량은 그리 대단치 않다. 술이 좀 오르면 달라지는 점은 웃음이 많아지는 것인데 술을 마시면 화를 내는 사람도 있지만 이것은 보통이 아닌 경우니까 특별한 점은 아니겠고 말수도 더 많아지는 것은 아니니까 술을 계기로 다른 선이 떠오른다는 편은 아니다.

선생의 요즈음 작품에 「새」라는 것이 있다. 첫머리를 읽어가면서 조금 놀랐다. 큰 새가 다이아몬드가 깔린 골짜기를 날아가는 이야기가 매우 현란한 필치로 펼쳐져나간다. 나는 어딘지 좀 다르다고 생각했다. 다르다는 것은 선생의 다른 작품의 분위기에 비해서 그렇다는 말이다. 그런데 더 읽어가면서 나는 곧 끄덕였다. 그 부분은 주인공의 꿈이고 주인공이 실지로 가지고 있는 새는 이사를 가는 옆집 주인이 주고 간 새였다. 선생이라고 소재나 형식에 변화가 없으란 법은 없겠지만 아무튼 선생다운 꾸밈이라고 생각했다. 하늘가에서 신선놀음하는 새도 아니요 그렇다고 좁은 새장 안에서 주는 모이만 쪼아대는 것으로 만족하는 것도 아닌 그런 자세가 테마가 되어 있는데 모름지기 선생의 문학의 인상도 그런 것이 아닐까 한다.

"징검다리가 되는 것이에요."

이것은 선생이 언젠가 작가의 문학사적인 위치에 대해서 한 이야기로 기억하고 있다. 앞선 사람은 뒤에 오는 사람의 징검다리라는 뜻이다. 나처럼 초년의 문학도여서 지켜야 할 아무 이름도 갖고 있지 못한 경우라면 몰라도 선생의 위치에서 그렇게 잘라 말하기는 쉬운 일이 아니다. 그야 세대의 연속이 끝없는 후세를 위한 징검다리의 역할인 것은 조금 생각하면 쉬운 이치지만 이치가 어려워서가 아니요 쉬운 이치를 내 한 몸에도 쉽게 적용시키기란 쉽지 않다는 이야기다. 그리고 그것도 말 그대로지 딴 뜻이 있어 보이지 않는다. 그러니 생각나는데 선생은 농을 하는 것 같지 않다. 사실 나처럼 마음이 허물어져서 상하 귀천을 가리지 않고 농을 하고 싶은 버릇은 마음이 허한 탓이고 정신의 아귀가 반듯한 군자는 말마다 정언正言인 것이 의당하다. 기왕에 병든 몸이니 아주 안 했던 것만 같지는 못하겠지만, 바라건대 그렇게 되었으면 좋겠다. 그러나 단서를 붙여야 할 것은, 손아래인 나와의 경우에서 그렇다는 것뿐이요 그 밖의 관계에서 어떤지는 모르겠다. 그렇더라도 별 차이는 없을 것이, 살생하되 유택이면 역시 정도이며 무차별 학살과는 다르다.

　선생은 남의 청을 잘 듣는다. 작품 청탁도 그렇고 강연이나 그 밖의 초대 같은 데도 까다롭게 가리지 않는 것으로 알고 있다.

　선생의 표정 가운데서 제일 인상이 뚜렷한 것은 웃는 모습이다. 넓은 풀밭에서 하늘을 우러러보며 황소가 혼자 웃는 모습이라면 어떨까. 체구의 선線하고는 다른, 웃음의 선이다.

　가까운 사람을 말로 그리기란 어렵다. 또 어려운 것이 당연한 일이다.

　내가 본 선생의 모습은 극히 좁은 시야에서 본 일부일 것이며 그런 정도의 어림짐작이다. 사람은 물체와 달라서 그 사람의 어느 선이든 역사를 지니고 있으며 변화를 품고 있다. 물체의 선은 시간이 없는 선이며 그런 점에서 그림과 문학은 다르다. 선생을 구성하는 여러 선을 그으면서 나는 나의 무력을 느낀다. 화재畵才의 무력이라느니보다도 관찰의 범위가 좁다는 데서 오는 무력감이다. 실지로 있는 수많은 선을 다 알고 있으면서 그 가운데서 꼭 그어야 할 선을 하나만 골라서 그것들을 이어가야 생략된 부분들이 보이지는 않되 행간에 살아 있을 터인데, 내 경우에는 도무지 빈약한 관찰에 기초를 두고 있기 때문이다. 선생의 데생이라고 그려놓고서 제일 두려운 비평가가 문득 떠오른다. 그 비평가가 이 그림을 보고 넌지시 웃을 생각을 하니 매우 울적하다. 그 비평가란 그 눈

내리던 밤의 여주인공이며, 지금은 선생이 "여보 당신도 가요, 맛있는 것 좀 먹구 옵시다" 하고 말하는 그 사람인데 그의 화재를 특별히 겁내서가 아니라 그의 장기간의 모델 관찰의 이점을 부러워해서다.

크리스마스 유감有感

　사람이 사는 세상, 한평생은 너무 짧다. 평생에 돌아오는 기쁨이란 그렇게 보잘것없는 것이니 삶이 좀더 오래면 기쁨도 그만큼 많아지려니 하는 마음에서 그런 생각이 든다.
　그러나 사람의 평생은 너무 길다. 한평생의 괴로움이 그러하니 괴로움은 이미 족하고 넘치는 것이며, 더 긴 인생이란 더 오랜 괴로움에 다름이 아니기 때문이다. 우리 조상이 살아왔고 우리가 살아 있는 이런 모습의 세계를 살기 위해서는 사람은 너무 약하고 어리석다. 그 가혹한 삶의 조건 아래서 그토록 오랜 세월을 사람들이 살아왔다는 걸 생각하면 나는 사람이 산다는 것이 내 힘이나 너의 힘 또는 어떤 사람이거나 그들 개인의 뜻보다 더 큰 힘의 도움을 받지 않고는 이 삶을 견딜 수 없을 것 같은 생각이 든다.
　오늘날 세상은 옛날보다 편리한 일이 많아졌다. 그러나 불편한 것을 다 없앤 것이 아닌 바에야 괴롭다는 점에서는 옛날이나 지금이나 다름없다. 달라진 것은 옛날에는 그 괴로움을 우리와 더불어 덜어 주겠다는 심정에서 자기를 버린 사람들의 가르침이 살아 있었다. 그러나 오늘날 그런 것들, 동양에도 서양에도 있었던 그런 아름다운 마음의 표현은 점점 없어져가고 있다. "어리석고 약한 우리가 잘못을 저질렀을 때 우리가 그 앞에 꿇어앉을 수 있는 세상은 이미 없다"고 어떤 사람은 말한다. 그리고 '괴로움의 하소연은 오직 자기밖에 들어줄 사람이 없다'고 많은 사람들이 생각하고 있다.

우리 사회社會는 사회가 아니라 피난민 수용소避難民收容所

아마 일찍이 사람이 사는 세상에서 이처럼 사람이 믿을 데 없는 시대가 없었으리라. 이것은 우리가 아마 커다란 과도기에 살고 있기 때문인 것 같다. 어떤 것이 가고 새것은 아직 분명한 모습을 갖추지 못한 때를 사는 사람들은 특별한 괴로움을 겪는다. 그는 원래 무리한 일을 무리하게 할 수밖에 없고 그래서 자기가 사는 이 세상을 어둠 속에서 길 더듬듯 살아야 한다.

이런 세상에서 신앙을 지키고 사는 사람들을 나는 특별한 능력이 있는 사람들이라고 생각한다. 그것은 아무나 할 수 있는 일이 아니다. 그들은 우리보다 더 많은 고통을 맛보았기에 그와 같은 기쁨의 노래를 부를 줄 아는 것이라고 나는 생각한다. 크리스마스가 되면 나는 그러한 사람들의 기쁨의 노래를 들으면서 괴로움과 기쁨에 모두 무능한 나를 돌이켜본다.

작곡을 못 하는 사람도 감상은 할 수 있듯이 나는 그 아름다운 영혼의, 마음의 불꽃과, 나이를 먹고 슬픔을 거치고도 아직도 기뼈할 수 있는 능력을 지닌 사람들의 노랫소리를 들으며 자못 생각에 잠긴다. 크리스마스에 공연히 소란을 부리는 우리 사회의 딱한 풍조로 말하면 신자들에게는 아무 죄도 없으며, 우리 사회의 딱한 여러 일들 가운데 한 가지 현상일 뿐이다.

신자 아닌 사람으로 나는 그 점을 미안하게 생각한다. 신자들이 보다 뜻있게 보내기를 원하는 날과 밤에 하필이면 소란을 피워서 마치 신앙 그것이 그런 꼴로 되거나 한 것 같은 착각을 준다는 것은 참으로 딱한 일이다. 근년에 여기에 대한 반성이 부쩍 이야기되는 것은 다행한 일이다. 하루빨리 신자들의 날을 그날답게 지낼 수 있게 되었으면 한다. 하기야 달력의 그날을 교인들이 전세 낸 것은 아니겠지만 이웃집에서 아기를 낳는 날에 개를 잡는 심사는 없어야 하는 것이 도리다.

내 아이가 아니라도 아이는 우리 동네의 아이다. 정 어려운 일이 아니면 가릴 것은 가려주고 조심조심해주는 마음이 아쉽다.

곧 크리스마스가 온다. 많은 신자들에게 기쁜 이날을 그들이 뜻있게 보낼 수 있게 되었으면 하는 마음이 간절하다. 사회가 그러한 점잖은 마음 쓰기를 할 수 있는 힘을 가질 수 있도록 신자 여러분들이 도와주고 깨우쳐주기를 희망한다. 그렇게 해서, 이 캄캄한 시절에 신앙자들이 지키는 불빛과 노랫소리에 말없는 감회를 느끼면서 불빛을 바라보며 그 노래에 귀 기울일 줄을 아는 사회가 되었으면 한다.

상아탑

회상의 거부

계절이 잔인하기로는 유독 4월만이 아니다. 인사_{人事}에 상관없이 꽃은 피고 지고, 얼어붙었던 겨울을 모두 훈훈히 녹여버린 봄이 가고 목숨 가진 것들이 모두 활발해 보이는 5월 초순의 어느 수요일 아침에 나는 종로 5가로 가는 버스를 탔다.

시대적 혼란_{時代的混亂}**과 청년기**_{靑年期}**의 혼란**_{混亂}**이 중복**_{重複}**된 나의 1950년대**

5가 초입에서 내려서 나는 법대 쪽으로 걸어갔다. 이 길은 매우 익숙한 길이다. 고향을 떠난 사람은 고향, 고향 하지만, 막상 가놓고 보면 어떻달 것도 없는 것이 고향이다. '고향 상실'이라는 현상은 근대사회의 형성 과정에서는 어디서나 볼 수 있는 일인데 '모교_{母校}'라는 것도 실은 비슷한 것이어서 아마 대부분의 사람은 한

번 떠나면 다시 관계하는 일이 없는 곳이다. 대개 대학은 고등학교만 못하고 고등학교는 중학교만 못하고 해서 국민학교가 정서적 서열에서는 최고 학부라는 것이 통설이다. 이 말은 맞을 것이다. 더구나 나 자신의 대학 시절을 돌이켜보면 더욱 그렇다. 입학해서 부산 대신동의 바라크 교사를 봤을 때 나의 대학 생활의 운명은 운명적으로 결정된 것이 아닌가 싶다. 지금 같으면 그보다 더 못한 데서라도 배울 것은 배우고, 이용할 것은 이용하면서 얼마든지 지낼 수 있다. 그러나 고등학교를 금방 졸업하고 들어간 나이에 대신동 교사는 너무했다. 『서울대학교 20년사』를 뒤져보니 그 당시 교사의 사진이 나와 있다. 법대도 있고, 문리대도 있고, 미국 공보원 옆 골목으로 내려가면서 국제시장 못미처 왼편에 있던 '본부'의 사진도 나와 있다. 나는 오랫동안 내 대학 생활은 떠올리기가 싫은 그런 것이었다. 무슨 특별하게 회한한다거나 증오한다거나 그런 격렬한 감정은 아니다. 맥이 풀리고 삶이라는 것의 망막함, 갈피 없음, 엇갈리는 여러 인과계因果系의 비정한 횡행——이런, 삶의 일반적 울림이 처음 엄습한 곳이라는 뜻에서 그렇다. 1960년대의 한국 문학의 애용구를 빌린다면 '타인의 발견'의 무서움에 대한 정서적 방어로서의 회상의 거부—— 그런 것이 될는지 모르겠다. 그런 환경에서 고등고시도 치고, 미국 유학도 뚫어내고 하던 학우들이 내게는 초인같이도 보이고 괴인같이도 보였었다. 지금 같으면 적어도 나는 그런 친구들을 이해하기도 하고, 설명 분석할 수도 있다. 생물학에서 환경과 환위環圍를 구별하고 있다. 환위란 주체적 환경이라고 할까, 생체生體와 관련된 환경의 부분을 말한다.

생체가 반응하는 것은 환경 일반이 아니라 특정의 환위다.

현대 사회의 대학

우주인이 달에 갔대서, 그 사실이 모든 사람의 환위는 아니다. 이 개념을 빌려서 대학 생활을 분석한다면 대학이란 곳은 환경과 환위를 분리 조종하기가 매우 힘든 곳이다. 짐승이라면 환경이란 의식은 없는 것이니 아예 편하고, 사회인이 되고 나면 각기 나름으로 환위가 정해지는 법이다. 사회인이 된 어른은 그것을 감상 섞어서 우린 타락했느니, 이상을 잃었느니 하지만, 반은 엄살이다. 그런데 유독 대학 생활에서만은 인간은 환경과 환위의 이중계의 생을 산다. 배우는 것은 천지와 인사의 이법理法이요, 위인의 행적이요, 천재 수재들의 사변의 결정이다. 여기서는 그런 대상들에 대한 자기의 동일시는 학습상 피할 수 없다. 정신이라는 차원에서 개체간의 구별이 방법상 보류된 심리 상태에서만 '이해'라는 작업이 가능해진다. 한편 그렇다고 해서 호적상 육체상의 특정적인 '자기'가 증발해버리는 것도 아니고 어디 맡겨뒀다가 졸업할 때 찾는 것도 아니다.

다른 어느 생물보다 복잡한 인공 환위를 만들어낸 인간족에게만 특유한 이 교육의 '장기화'라는 현상은 대학의 젊은이에게 특별한 고통이다. 게다가 대학 밖의 사회가 안정하지 못할 때, 사정은 더욱 고통스러워진다. 학문 자체가 급속히 변하고 사회 자체가 급속히 변하는 속에서, 하느님이 만들어준 대로의 육체가 적응해나간다는 것은 참으로 어려운 일이다. 어떤 학생이든 근본적으로 이 사정은 마찬가지지만, 개인차는 물론 있을 수 있다. 근본적인 조건이 압도적으로 우세해져서 개인차를 무시할 수 있게 될 때 일어나는 것이 학생의 정치 참여라는 현상일 것이다. 현대 사회에서 대학은 특별한 뜻을 지닌다. 대부분의 개인 집단이 이용할 수 있는 정보라는 것은 미미한 것이다. 이를테면 좁은 환경 속에서 산다. 겉보기의 정보의 홍수에도 불구하고 그렇다. 권력이나 '매스미디어'에 의해 제공되는 정보라는 것은 제공자 자신의 조작을 거친 탈색품이기 때문에 피제공자는 그런 정보의 원초 상황을 재구성해볼 시간도 능력도 없는 것이 보통이다. 이것이 현대 사회의 가장 심각한 문제다. 우리는 파국의 직전까지도 '핑크빛' 정보만 듣고 앉아 있게 된다는 경우가 가능하기 때문이다. 대학은 권력과 상업주의에서 비교적 자유스러우면서, 강력한 정보 판단력을 가진 사회 집단이다.

독재란 정보의 독점

문명사의 긴 눈으로 본다면 권력의 중립화──무기화·합리화 같은 현상이 이상형으로 예측되기는 한다. 그러나 현실의 권력이란 언제 어디서든지 이상과의 사이에 거리를 가지고 있다. 대학의 여론은 그것을 정확하게 계산하고 사회에 통보하기를 희망한다. '스튜던트 파워'의 밑바닥에는 이런 건전한 기제機制가 작용하고 있다. 문제가 있는 사회의 대학에 문제가 생기는 것이지 그것이 거꾸로 되는 일은 없다. 스튜던트 파워를 이와 같이 대학 자신의 사회적 기능의 수행 과정으로서, 긴급 표현 행위로서 볼 수 있고, 한편 보다 실감 있는 방향에서도 파악할 수 있다. 대학 밖의 사회라는 것은 강 건너 마을이 아니라 학생들이 다음 단계로 소속돼야 할 곳이다. 그곳의 현재 사정이나 미래의 예측이 불안할 때, 학생은 가장 민감한 이해 당사자로서 도저히 편할 수 없다. 대학생의 현실 참여에 대한 반론으로서의 본분론의 맹점은, 대학생의 신분의 이 유기적 이원성의 한 원을 간과하는 데 있다. 사회 성원의 역할이 분화된 문명사회의 운용 원리에 의해서, 대학은 연구와 교육이라는 주 임무를 완수하지만 이 사회라는 대륙에서 떨어진 고도도 아니며, 주어진 방법을 되풀이하는 기계도 아니다. 사회 예비군으로서의 대학생은 그들의 주전장主戰場이 위험에 처했을 때는 그리로 달려가려는 당연한 충동을 가지고 있다. 전쟁이나 혁명이 고조됐을 때 사관생도조차 투입되듯이.

상황狀況이 비상非常하면 분업 기능分業機能은 정지停止
→ 원시적原始的 직접참여直接參與로

'스튜던트 파워'라는 현상은 너무 문제 현상으로만 논의되면서 그 정당한 긍정적 측면이 간과되지 않았는가 싶다. 방향 감각이 상실된 상태에서는 그와 같은 참여가 있을 수 없다. 대학 자신이 웬만한 시야의 통제력을 가졌을 때 참여가 이루어진다. 그렇게 보면 내가 대학에 다니던 시절은 역사와 전쟁의 초연에 가려서 상황은 분명치 않았고, 학우의 전사 소식을 흔히 듣는 상태에서 진정한 연구나 교육은 고사하고 대학의 사회봉사 같은 것은 생각할 여지가 없었다. 말해놓고 보니 너무 가혹한 회상이 된 것 같다. 그러나 나의 재학 당시의 실감은 적어도 그랬다. 강좌의 수풀 속에 내던져져서 망연했던 것이 사실이다. 그에 비하면 4·19 이래의 대학의 대對사회적 움직임은 국기國基의 안정과, 미미하나마 지적 사회집단의 행동 양식이 정착한 데서 온 개화라고 봐야 할 것이다. 봄이 되면 꽃이 피듯이 사회의 역사에서도 단계가 오면, 올 것은 오고 만다. 오는 것을 잘 처리하는 것이 문명사회이지, 부적이나 금기의 권유로 막는 것은 슬기롭지 못하다. 긴급 표현 행위가 대학에 의해 취해지지 않아도 되게 해야 할 책임과 방안의 모색은 사회에 있고, 사회가 해야 한다.

환영과의 대화

이런 생각을 하면서 나는 법대 앞까지 이르렀다. 정문의 위치가 바뀌어서 지금은 큰길 쪽으로 나 있다. 정문으로 들어서면서 오른쪽에 3층 건물이 있다. 학생에게 물어보니 도서실과 교수 연구실이라고 한다. 그 밖에는 변한 것이 없다.

학생회 총회장이 법대생이라고 알고 왔기 때문에 그를 만나기 위해서 학생회를 찾아간다. 학생 식당 뒤쪽에 학생 회관이 있다. 유리창마다 표어가 빼곡히 붙여져 있다. '일본 자본 몰아내고 민족 자본 육성하자' 맨 첫 장의 내용이다. 휑뎅그렁한 방에 가로는 의자가 놓이고 벽마다 표어, 행사 예정표, 연락 사항 같은 것을 붓으로 쓴 종이가 주렁주렁 붙어 있다. 총회장은 대학제인 '낙산제駱山祭' 준비차 나가고 없다. 오후에는 만날 수 있다고 한다. 나는 다방에 가서 잠깐 쉬었다. 이 다방도 없던 다방이다. 물론 관청 같은 데 구내 다방에도 비하지 못할 만한 그런 꾸밈새다. 나는 다방을 나와서 문리대로 넘어가는 구름다리 쪽으로 걸어갔다. 전에 이 길목에 요업 작업장이 있었는데 눈에 띄지 않는다. 핑핑 돌아가는 받침에서 흙이 빚어지는 광경을 나는 즐겨 봤다. 사람은 이상한 것이 마음에 걸리는 수도 있다. 그때의 광경이 매우 선명하게 떠오르고 그 앞에 목을 빼고 들여다보고 있는 한 사람의 멍청한 대학생을 나는 보았다. 그는 옛날의 나였다. 그는 나를 보더니 씨익 웃었다.

"뭐야 모교 방문이야?"

하고 옛날의 나는 말했다. 눈빛에 자신이 없어 보였으나 훨씬 순진해 보였다.

나는 그의 아래위를 훑어보면서 조심스럽게 말했다.

"아니야."

"그럼 무슨 일로 왔나?"

"일이지 뭐."

"일이라니?"

"응, 『월간중앙』이라고 있잖아? 거기서 원고를 부탁해서."

"무슨 소리야. 「소설小說 서울대학교」 같은 거 말인가?"

"그런 거지, 「사설私說 서울대학교」 같은 거지."

"소설가가 그런 것도 하나?"

하고 옛날의 나는 비아냥거리듯 말했다.

"남처럼 너무 그러지 마."

하고 나.

"아니야. 내가 뭐래? 몰라서 묻는 건데."

"한데 자넨 여기서 뭘 하고 있나?"

그는 의아한 듯이 나를 쳐다본다.

"뭘 하다니. 저 그릇 빚는 걸 보고 있지. 당신 잊어버렸소?"

"왜 잊긴, 없어졌군."

"없어지다니 거기서 하고 있잖아?"

그는 굳게 닫힌 유리문의 텅 빈 속을 가리킨다.

학생들이 우리 사이로 지나가는데 아랑곳하지 않는다.

옛날의 나는 나를 찬찬히 보더니,

"당신 참 무심한 사람이야."

하고 말한다. 나는 그의 뜻을 알 수가 없다.

"무슨 소린가?"

"무슨 소리라니? 내 생각도 해줘야 할 게 아닌가."

"여보게, 똑똑히 말하게. 날 협박하는 거야?"

"협박? 무슨 명사나 되는 것처럼 말하는군. 절박한 대화만 만나면 당신은 협박으로밖에는 생각 못 해?"

"그런 게 아니야. 난 자네 말뜻을 잘 모르겠어."

"자기를 속이지 마요. 알고 모르고가 어디 있어요? 자기 일인데. 당신이 정 그러면 난 여기서 당신을 놓아 보낼 수 없어요."

"불법 감금이야!"

"뭐라구?"

그는 기가 차다는 듯이 웃었다.

"자기에 대해서 불법 감금이 성립되는 줄 아시오? 그렇게 법을 따지기 좋아하면 왜 판검사나 법학자가 안 되었소? 당신은 대체 뭐요? 나는 이 자리에서 저 그릇 빚는 것을 10여 년간 이렇게 보아왔소. 당신은 그동안 한 번이나 나를 찾아와준 적이 있소?"

"아, 그 말인가? 나도 살아야 하잖아? 생각 같아서는 난 자네와 영원히 같이 있고 싶어."

"알겠어요? 비 오는 날, 바람 부는 날, 눈 오는 날, 사시사철 여기 서 있는 나를 아시겠어요?"

"알다마다. 난 두려워. 살면 살수록 사람은 두려워."

"아직 그럴 나이가 아니잖아요?"

"직업이 못된 직업이라 일부러 어둠을 만들잖는가 말일세."

"좋아서 하는 노릇 아닙니까?"

"좋아서?"

나는 쓸쓸하게 웃었다.

"아무튼 당신은 자살도 않고 그러고 살고 있지 않소?"

"자살? 그게 자네 생각처럼 그렇게 대단한 게 아니야."

"대단하든 않든 당신은 날 잊어서는 안 돼요. 하나도 잊어서는 안 돼요."

"기억이라는 감옥. 잊어서는 안 된다는 옥칙獄則. 잊지 않았다는 다짐— 그게 소설인즉 그 점은 안심하게."

"말은 늘었군요. 있다가 또 들르시겠어요?"

"갈 때 들르지. 지금은 바빠요."

"꼭 들러요. 할 말이 있어요."

"알았네."

대학 기자의 명답

 환영은 사라졌다. 나는 후 한숨을 쉬면서 거기를 지나 내처 구름다리 쪽으로 걸어갔다. 구름다리 바로 밑에 쓰러져가는 나무 집이 하나 있다. 그것은 옛날 그대로 무슨 천연기념물처럼 여전했다. 다만 10여 년만큼 더 낡았다는 것만이 달랐다.
 목조 건물의 자연의 풍화에 대한 견딜힘——내성의 연구를 위해서 공업 연구소에서 실험을 하고 있는 모양이었다. 변화가 빠르다고 하는 요즈음, 이 같은 이상적인 조건하에서 충분한 실험을 하고 있다는 것은 놀랄 수밖에 없다. 한국 공업의 영광, 아니면 서울 대학의 성실성의 상징이라 해서 지나침이 없겠다. 나는 가슴이 훈훈해지는 것을 느끼면서 느긋한 마음으로 구름다리를 건너 대학 본부 옆에 내려섰다. 평론가 O형이 대학원 도서실에 있다는 말을 들은 것 같아서 나는 그리로 가봤다. 천장이 높은 그 방에는 칸이 막힌 책상다리 밑으로 서너 쌍의 다리가 보일 뿐, 도서실 근무자가 있을 자리에는 아무도 없었다. 나는 신문철 옆에 한참 앉아 있다가 나왔다. 사社에서 마련한 총장님과의 약속은 오후였으므로 그때까지는 많은 시간이 있었다. 나는 정문을 나와 맞은편 의대로 갔다. 왼쪽으로 돌아가서 히포크라테스의 동상 앞을 지나 교수 회관 뒤쪽에 있는 대학신문사로 올라갔다. 거기서 학생 편집장 H군과 다른 두 사람의 부원과 얘기하는 자리를 가질 수 있었다.
 먼저 요즈음 서울대학 안팎의 화제가 되고 있는 '종합화 계획' 얘기가 나왔다. 그들 자신을 비롯해서 대체로 학생들은 이 문제에 대해 별 관심이 없다고 한다. 적어도 현재 재학생에게는 실질적으로 혜택이 미치지 못하기 때문이다. 현안의 문제였기 때문에 원칙적인 타당성은 인정하지만 그 이상의 관심을 가질 필연성이나 직접성을 못 느낀다는 이야기다. 그들은 기숙사 문제, 교양 과정부의 장단長短, 학술 서클의 활동 같은 문제에 대해서 처음 듣는 사람이 쉽게 알 수 있게 말해주었다. 기숙사는 비자가非自家 통학생의 모두가 기숙사를 원하는 것은 아니지만, 적어도 원하는 학생에 비해서 시설이 절대적으로 모자란다는 것은 사실이라고 한다. 교양 과정부도 장점과 더불어 단점을 지적할 수 있는데 교양 과정에서 서울대학생의 원심 분리적 경향을 완화하고 유지적인 경향이 설령 조정되었다 치더라도 단과 대학에 돌아오고 보면 마찬가지가 된다는 의견이다. 되레 선후배와 어울릴 수 있는 시간을 줄이고 단절을 만든다는 것이다. 현재의 체제 아래에서는 이 말은 맞는 것 같다.

종합화의 완성을 기해서만 해결할 수 있는 문제다. 학술 활동에 대해서도 그들의 의견은 썩 명랑하지는 않다. 연구의 자유라는 문제에 대해서도 과제 선택, 표현 방식 그 밖에 격화소양隔靴搔痒을 느낀다는 점을 뉘앙스 짙게 얘기한다. 근본적인 그런 문제에 앞서 그들이 명확하게 말하는 바는 교수와 학생 사이의 접촉이 만족스럽지 못하다는 얘기다. 교수들은 바쁜 것 같고 학생들은 경원敬遠한다는 얘기다. 무슨 소린지 모르겠다면 편하겠지만 알 만한 이야기다. 다만 아직도 이런 소리를 하고 있다면 심각한 문제다. '접촉'이란 물론 강의를 포함해서 보다 넓은 교육과 피교육의 관계——

개인 지도, 학회 운영, 연구 조사 등에서의 교수와 학생 간의 공동성을 말한다. 대학이란 곳이 그걸 하자는 것인데 잘 안 되고 있다니 심각하지 않을 수 없다. 대학 신문 자체의 표현, 보도의 자유 문제에 대해서는 그들은 명답을 주었다. 일반 신문만 한 자유와 부자유 속에 있다고 말한다. 더 할 말이 없다.

가장 큰 고심의 집약

그들이 안내해줘서 나는 이 건물 1층에 있는 '학생 지도 연구소'에 가서 소장 심종섭 교수를 뵈올 수 있었다. 1962년에 문을 연 이 기관은 5명의 교수에 의해 운용되는데 심 교수는 2년째 재임 중이라고 한다. 소所의 간행물인 『학생연구』를 펼쳐보면서 서울대학교의 가장 큰 문제에 대한 대충 윤곽을 짐작할 수 있었다. 단과대학이 서울 일원과 수원에 걸쳐 있기 때문에 교무 행정은 그만두고 학생 전반에 관한 파악과 지도가 불가능하다는 것이다. 소所의 「안내 팸플릿」의 일부를 옮기는 쪽이 쉽겠다. ─안내의 말씀─ 학생 지도 연구소 Student Guidance Center는 서울대학교 학생들이 보다 건전하고 효율적이고 풍요한 대학 생활을 누릴 수 있도록 지도하며 또한 당면한 각종 어려운 문제나 괴로운 문제를 해결토록 도와주는 기관입니다. 따라서 여러분이 대학 생활을 영위하는 동안 적응키 곤란한 일, 혼자 해결하기 어려운 고민, 대학 생활과 관련해서 보다 자세하게 알고 싶은 일, 자기 능력의 측정, 학업 계획 등 누군가와 상의하고 싶은 개인적인 문제가 있을 때는 어느 때고 찾아와 상담 교수와 상의할 수 있습니다. 여러분을 위하여 활동하고 있는 서울대학교 학생 지도 연구소는 여러분이 필요할 때 언제나 찾아와 문을 열어주기를 바라며 앞으로 여러분의 효과적인 대학 과정의 성취와 성공적인 앞날을 기대하는 바입니다.

본 연구소의 주요 활동——1. 학업 지도 2. 개별 지도 3. 집단 지도 4. 학생 활동 지도 5. 각종 자료의 제공 6. 심리 검사의 실시——서울대학교의 가장 큰 고민을 집약하고 있는 것이 이 연구일 것 같다. '카운슬링'은 각급 학교에 모두 있는 기구지만 서울대학교의 그것은 안간힘을 다하는 비명 같은 느낌이다. '커뮤니케이션'에의 안간힘이며 대화에의 비명 같은 권유다. 만여 명의 학생이 등록과 강의라는 지극히 허술한 울타리 안에 방목되고 있는 상태를 교정하고 조직하려는 의도라고 하겠으나 심 교수에 의하면 이용률이 낮다는 것이다. 가장 많은 상담 종류가 전과 문제며, 다음으로 부직, 병사, 학습, 건강 문제의 순이다. 원래 이 문제들은 5명의 전담 교수가 만 명을 상대로 해낼 수 있는 일이 아니다. 전체적인 통제를 위한 행정 사무만 해도 5명은 말이 안 되고 단과 대학의 교수들의 주요 임무여야 할 일이다. 여기에도 현재의 제도로서는 해결할 수 없는 벽이 있다.

웃을 수 없는 결과

점심을 먹고 사의 C기자와 만나 대학다방에서 학생들과 만날 약속을 한 다음 대학 본부로 들어갔다. 약속한 시간이었으나 총장 출타이어서 교무처장 이해영李海英 교수의 얘기를 들었다.

『서울대학교 20년사』를 보면——서울대학교가 발족하게 된 법적 근거는 1946년 8월 22일자로 공포된 미 군정 법령 제102호 '국립 서울대학교 설치령'이었다. 이 법령은 미 군정청 학무국이 "부족한 인적, 물적 자원을 최대한으로 활용함으로써 교육의 질을 향상시키고 국가 재정을 가장 유효하게 쓰려"는 데 목적하여 현대적인 종합대학교의 설치를 규정한 것으로서, 서울과 그 근교의 관립 고등 교육 기관들을 통합, 개편함을 내용으로 한 것이었다. 이에 따라 국립 서울대학교는 경성대학(법문학부·이공학부·의학부)을 비롯한 경성 법학 전문학교, 수원 고등 농림학교, 경성 고등 상업학교, 경성 치과 의학 전문학교, 경성 사범학교 및 경성 여자 사범학교 등 유서 깊은 학교들을 통합·개편하여 대학원과 9개의 단과 대학으로 이루어지는 우리나라 최초이며 유일한 종합대학으로 발족하게 되었다. 이렇게 서울대학교는 이루어졌다. 그 후에 서울대학교는 여러모로 발전한 것이 사실이다. 그러나 발족 당시의 근본적인 한계와 전란을 생각하는 것만으로도 서울대학교의 문제는 짐작할 수 있고 의례적인 자리가 아닌 이상 실상을 똑바로 봐야 할 시점에 온 것 같고, 이번의 종합화 계획은 오랜 미봉책과 방황에 대한 획기적 탈피의 계기라고 봐야 할 것이다. 각기 전통을 달리하는 일제하의 관학 시설을 군정 당국의 일편의 법령으로 행정상 묶어놓은 데 지나지 않은 체제는 종합대학교가 아니라 대학 연합이라고 하는 것이 옳다. 서울대학교의 각 단과 대학에는 동계과同系科가 중복 설치되어 있다. 이것은 인원과 경비의 낭비와 더불어 종합대학교의 특색인 학문 각 분야의 상호 연관의 학풍이 동계 학문 사이에서조차 실현되지 못한다는 웃을 수 없는 결과가 된다.

아킬레스의 뒤꿈치

그나마 캠퍼스가 근접해 있으면 몰라도 산재해 있는 형식으로는 서로가 타 대학이나 마찬가지다. 교수들은 이런 기구 아래에서는 단과 대학에 대한 소속감 이상을 가질 수 없으며 서울대학교 교수가 아니라 단과 대학의 교수이며 다른 단대單大에서는 동창회가 없다는 것도 이런 사정에서 나오게 되는 말이다. 졸업식만 같이했다고 동창 의식이 생길 수는 없는 일이다. 이 같은 근본적인 한계 안에서 종합대학교로서의 교육을 실시한다는 것은 불가능한 일이며, 창설 당시의 소란하던 정치 정세와 전쟁에서의 복구 기간이 지난 오늘날에는 더 이상 참을 수 없는 존재가 되었다. 관학官學에 대한 전통적인 권위감, 그것이 작용한 우수한 ─ 교수의 확보, 학생들의 우수성 ─ 이런 조건들 위에서 현재도 서울대학교가 제1급의 대학임은 사실이지만, 진정한 충실성과 능률이라는 점에서는 절망적인 상태에 있다는 것이 진상이다.

1968년 10월에 총장 고문으로 내교한 체스터 M. 알터 박사는 이 같은 실정을 옳게 진단하고 있는데 핵심적인 부분을 옮겨본다 ─ "교수들을 단과 대학별로 구분한 현 제도는 동일 연구 분야의 학자들의 개별적이고 분산된 사고를 조장함으로써 상호 유기적이고 협동적인 사고를 저해케 한다" "교수와 학자는 어디까지나 서울대학교 교수단의 일원이므로 그들의 자질이 서울대학교에서 가장 적절하게 활용될 수 있고 또 그들의 활동이 가장 필요한 곳에서 전개될 수 있는 공정한 제도가 필요하다" "강의와 연구에 있어서 전문 분야를 토대로 한 교수부의 통합을 위한 첫걸음을 내디딜 수 있는 시점에 이르렀다"는 것이고 캠퍼스의 통합은 이 같은 질적 종합을 위한 전제 조건이라는 것이다. 교무부처장 나웅배羅雄培 교수에 의하면 알터 박사의 보고는 학내의 토론과 협력으로 된 것이라고 하니 대체로 타당한 중론이라고 봐도 좋을 것이다. 그 부지가 관악산에 정해지고 이 계획을 위해 건설 본부와 부총장 직이 신설되고 연내에 건설안을 완성하고, 명춘에 착공해서 10년 안에 통합을 완성할 계획이라고 한다——이것이 '서울대학교 종합화 계획'의 윤곽이다.

그런데 이것은 본령 같은 것이고 시행령에나 해당할 관건 사항을 이해영 교수는 지적한다. 그것은 이 계획이 그 재원 중 상당한 부분을 기존 시설의 처분으로 충당한다는 것인데 이 점이 아킬레스의 뒤꿈치라는 얘기다. 이만한 시설이 쉽사리 매각되리라는 보증이 없고 보면 10년이라는 기한은 전혀 유동적인 것일뿐더러 시설 처리의 진도에 추종하여 이전도 찔끔찔끔 되는 경우에는 과도기적 혼란이 심각하리라는 우려이다. 그러니 이것을 피하려면 시설 매각에 구애됨이 없이 정부가 선투자 후정리하는 선으로 기본 방향을 확정하고 추진해야 할 것이라고 한다. 이 같은 조건이 다 갖추어졌다고 하더라도 그것은 캠퍼스를 통합한다는 물리적 측면을 강조한 데 지나지 않는다. '종합화'는 보다 본질적인 기능적 개념이다. 교육, 연구 기구, 관리, 조직 편성, 학생 및 교직의 정원, 교과 과정, 입시 제도, 예산 관리 및 학생 자치 활동의 기본 방향 등에 대한 새 구조 원리의 채택을 뜻한다. 쉽게 말해서 '새 종합대학교'를 만드는 것이다. 그것이야말로 제대帝大 체제의 실질적 극복이며 어디까지 이상상에 가깝게 마스터플랜을 채택할 수 있겠는가는 알 수 없다고, 나 교수는 말한다. 서울대학교 종합화의 계획은 따라서 교육·연구 및 기구·조직 분과위원회가 연내에 작성할 예정이라는 마스터플랜의 발표로 비로소 청사진을 보게 된 것이고 비판도 그때 가서야 가능할 것이다.

선안정·후해제

여기서 이야기는 종합화 계획에서 일단 벗어난다. 그리고 부단히 계속되는 업무── 사람들이 새 계획을 세울 때 그때까지는 지금까지의 살림이 휴식이나 해주는 것처럼 착각하기 쉬운 '현재'의 일상으로 이야기는 옮아갔다.

근년에 연평균 10억의 예산 가운데 80퍼센트가 인건비이고 보면 시설 보수조차 어려울 정도라고 한다. 나는 대학원 도서실의 낙타 가죽처럼 벗겨진 회벽을 떠올렸다.

대학 자율의 기둥인 재정 문제에서 현재의 절대적으로 부족한 액수나마 예산 집행에서의 자율성이 바람직하다고 한다. 예산의 사용 세목까지 규정되어 있기 때문에 관청적 낭비와 비합리성을 제도가 강요하는 것이나 마찬가지라는 의견이다.

나는 법대, 문리대, 교양 과정부의 자퇴 학생 처리를 물어보았다. 이 교수는 총장의 방침을 알려준다. 이번 경우에는 '선안정 후해제'라고 한다. 또 교수에 의하면 자퇴생 자신들의 근신 태도에 부실한 데가 있다는 얘기를 한다. 교수와 학생 간의 '대화'의 문제가 여기서도 나왔다. 두 분은 교수 쪽의 허물도 인정한다는 전제 하에서 학생들의 자기비판을 원한다는 의견이다. 학생들은 '대화'를 너무 시사적인 것에 말착시키고 싶어 하는 경향이 있다는 것이다. 가장 기본적인 것은 학문의 대화이며, 모든 것은 그 위에서 처리되어야 한다는 것, 교수가 아무리 무성의해도 강의 내용이나 전공에 대한 질문이나 상담을 마다할 사람이 있겠느냐는 것, 교수들 자신의 문제로 말한다면 교수들에 대한 학외學外 수요가 많기 때문에 사실 학생들이 불만을 표시하는 데는 이유가 있다고 한다.

앞서 인용한 알터 박사의 보고서에는 대학원의 기능을 강화하라는 대목이 들어 있다. 교수—학생 문제는 이것과 관련이 된 듯싶다. 대학 교육도 대량화하게 되면 그 자체 내에서의 분화가 불가피하다. 교육·연구라는 파악은 그런 데서 연유한 방법임이 분명하다. 가령 학부 4년의 교육은 실질적으로나 기간으로 보나 연구라고 할 수는 없다. 앞으로 더욱 실무 교육, 교양 교육이라는 성격이 짙어질 것이다. 그들은 사회에 나가 곧 써먹을 직업 교육으로 4년간을 생각하는 경향이 점점 증대하고 있다. 교수—학생 접촉의 문제는 일괄해서 생각할 것이 아니라 divide and think로 학부 4년은 덮어놓고 '학문'의 명분만 내세울 것이 아니라 보다 개인의 신상에 밀착된 전인적인 지도와 피지도의 방식을 적용하고, 종래에 막연히 대학에 관련해서 연상하던 보다 전문적이고 비인간화된 지적 작업은 대학원에 중심을 둬야 할 것이다. 따라서 교수의 대對학생 상담의 의무나 관례도 그에 준해서 요구하는 방향으로 연구해야 하지 않을까? 교수와 학생의 엇갈리는 주장은 모두 상황과 자신에 대한 고찰을 더 분화해서 명확하게 하면 쌍방이 모두 만족하는 해결에 이를 것 같다.

마지막으로 처장님은 가벼운 화제를 꺼냈다. 일제시대에 경성제대 총장의 승용차 번호는 총독 다음이라든가 정무총감 다음이라든가 하는 말을 들었는데 지금 서울대 총장의 차번호는 80번이라는 것이다. 우리는 모두 미소했다.

참여 기피증

본부를 나와서 다시 구름다리를 넘어 법대로 간다. 이번에는 총학생회장을 만날 수 있었다. 회장 권용구權容九 군은 대학신문의 편집 스태프들과 대체로 비슷한 얘기를 해주었다. 그의 소임에 관계되는 일로는 학생들 가운데 공동의 관심사에 대한 참여 기피의 경향이 꽤 있는 것 같다고 말한다. 물론 법대에 대한 얘기가 아니고 전반적인 논평이다. 만일 사실이라면 그와 더불어 우려할 만한 일이다. 또 자퇴생 문제도 상당히 심각하다는 것을 그를 통해 알 수 있다. 심각하다는 것은 지난 4월 초순에 동맹 휴학으로 이 문제를 해결하려고 했으나 2학기에 고려하겠다는 막연한 보장을 얻었을 뿐이라고 한다. 나는 암담한 생각이 들었다. 자퇴생이란 지난번 3선 개헌 반대 운동 때의 자퇴 학생들을 말한다. '자퇴'라는 어감이 마음을 착잡하게 한다. '자퇴'든 '타퇴'든 그들이 다시 공부하기를 원한다면 대학은 관용을 보여야 한다. '서울대학교 10년 계획'에 못지않은 중요한 문제이며, 몇 사람의 젊은이의 생애에 관계되는 일이다. 이런 모든 사정을 스승으로서 더 잘 알 분들이 선

뜻 복학을 허락하지 못하는 데 그만한 고충이 있을 것은 짐작이 가지만 소년이로少年易老하고 학난성學難成이라고 옛사람도 말했는데 계전오엽階前梧葉이 기추성旣秋聲할 때를 기다려야만 하는가? 권 군은 또 법대 사회 법학회의 빈민 실태 조사의 결과를 처리하는 과정에서 생겼던 교수와 학생 간의 약간의 의견 차이 같은 것을 예로 들면서 순수한 연구 활동에 있어서조차 부딪치는 애로를 비쳤다.

다음에는 좀 부드러운 이야기가 되었다. 법대에 여학생이 몇이냐고 물었더니 넷이라고 한다. 대우가 극진하겠다고 했더니 그렇지도 않다는 것이다. 서울대학교에 오는 여학생들은 불편한 점이 많을 텐데 남학생들의 친절 운동 같은 것을 학생회 사업으로 전개할 생각이 없느냐고 물으니 그는 석가모니처럼 유화한 눈빛으로 나를 본다. 그 순간 나는 내가 불쌍한 사람이라는 느낌이 들었다.

그와 작별하고 나는 다시 구름다리 쪽으로 걸어갔다. 문리대 앞 대학다방에서 학생들을 만나기로 한 것이다.

지적 작업의 능력

거기서 나는 기자와 같이 두 학생을 만났다. C기자의 사전 소개에 의하면 서울대학교 학생 운동의 적극적 부분을 맡아온 학생들이라고 한다. 그들의 말씨는 부드럽고 의견에도 과격한 데는 조금도 없었다. 문리대 3과(철학·미학·종교학) 폐합 문제는 그 결정 과정이 대학의 자율과 자주에 어긋나는 데가 있어서 반대했었다고 한다. 종합화 계획에 대해서는 소극적인 관심밖에 나타내 보이지 않는다. 그들의 가장 큰 관심은 대학생의 자치 활동의 충분한 보장인 것 같다. 무엇보다도 학생 지도자들에 대한 대학 당국의 긍정적 태도가 아쉽다고 한다. 활발하게 스스로와 사회의 문제에 대하여 공동의 관심사를 토론하고 연구하는 태도를 허물이 있더라도 관용하면서 장려하고 지도해주었으면 한다는 것이다. 그들은 자퇴 학생 문제에 대해서 우리 모두의 비극이라고 낯빛을 흐린다. 반드시 데모나 학교 당국과의 분쟁을 일삼아 하고 싶은 학생이 있을 턱이 없고 있지도 않으며 연구와 표현의 자유라는 원칙을 믿고 움직이다 보면 가는 곳마다 벽을 느끼고 거기서 문제가 인식되며, 문제를 해결하려는 노력이 합리적인 해결보다는 질서 존중을 위주로 하는 당국자들과의 사이에 분쟁을 일으키게 된다는 의견이다. 이런 벽은 서울대학교만 있는 것이 아니다. 그 벽을 더듬어보면 한국 사회 전반과 관련되어 있다.

  서울대학교의 오늘의 문제는 크게 두 가지로 나눌 수 있을 것 같다. 하나는 서울대학교가 특유하게 가진 제도상의 불비이고 다른 하나는 학생 문제이다. 이 두 가지는 불가분하게 얽혀 있겠지만 일단 별개의 것으로 생각하는 것이 구체적이다. 캠퍼스의 종합화 문제는 현재로서는 다만 그렇게 하겠다는 선언과 학교 측이 구체적인 계획의 연구에 착수했다는 것뿐이다. 나 부처장의 말대로 대학교는 교수단의 질과, 운영의 적절함에 달려 있다고 한다면 캠퍼스의 통합은 첫걸음의 필요조건 중의 하나에 불과하다. 엄격하게 말해서 대학교란 건물을 말하는 것이 아니라 지적 작업의 능력을 말하는 것일진대, 능력에는 낙성도 착공도 없는 것이다. 종합 캠퍼스의 문제는 너무나 당연한 일이 너무 늦게 논의되었다는 것으로 그것이 실현되었다고 해도 사람이 옷을 입었다는 데 지나지 않는다. 현재까지는 옷이라느니보다, 여기저기 급한 데만 가리고 있은 형국이니깐.

순교자적 일면―面

오늘날 지식을 전혀 상품의 형태로 거래하지 않을 수 있는 형태의 지식인이나, 권력으로부터 완전히 자유로울 수 있는 지식인을 상상하기란 사실상 불가능한 일이나, 이런 제약을 너무 강조하는 것도 진실이 아니다. 권력을 남용할 위험을 간직하면서도 역시, 정부가 민주주의를 창달시킬 가장 큰 힘을 지녔듯이, 반사회적 이윤 추구에의 위험한 욕망을 간직하면서도 역시, 사업가들이 사회적 부의 증대를 이룰 가장 큰 힘을 지녔듯이 상품화와 어용화의 위험을 간직하면서도 역시 지식인은 진리를 밝힐 가장 큰 힘을 지닌 것이 사실이다. 위험을 강조하기보다는 가능한 힘을 강조하는 것이 생산적이다. 죄가 있는 곳에 구원도 있다. 진리의 옹호, 그것이 지식인에게 맡겨진 주요한 노동이다. 이것이 우리의 경우 진리를 옹호한다 함은, 민족국가의 독립을 지키고, 사회 정의를 실천하고, 사회적 부의 증대를 가져오기 위한 과학적인 방법을 연구하고 이것을 사회에 보고하는 일이다. 후진 사회에서의 지식인의 바람직한 입장은 기술적인 연구가의 능력만으로는 부족하며 상품화와 어용화의 위험에 저항하는 윤리적인 힘 또한 지식인의 능력faculty으로 간주되어야 한다.

권력이 안정되고 부가 축적된 사회에서는 진리가 반드시 권력과

부의 적이라고만은 할 수 없다. 그러나 우리 사회의 권력과 부에는 그런 여유가 없다. 그렇다고 지식인이 그의 판단을 위험을 무릅쓰고 표명하는 용기를 갖지 않는다면 우리 사회는 끝장이다. 그렇게 해서 다분히 순교자적인 일면을 지니게 된다. 순교자라는 말에 대해서 나는 아무런 과장이나 감상을 섞고 싶지 않다. 이 상황에서 인간으로서의 감각을 관철시키다 보면, 그리고 인간으로서의 감각을 보편적 방법으로 유지하는 기술을 맡고 있는 지식인이라는 역할이 그렇게 시키는, 직능 의식이 그렇게 시키는 것이다. 노동자가 일을 안 하면 팔이 근질거리듯이 원래 지식인도 진리를 말 못하면 속이 끓는다. 이것은 인간에게 보편적인 충동이지만 지식인은 그것을 방법적으로 세련된 형태로 지니고 있다. 그것이 직능 감각이다.

지식인은 이 직능 감각에 충실해야 한다. 우리가 살고 있는 사회의 현재 형태가 우리 사회 자산의 힘에 의해 창설된 것이 아니기 때문에 지식인은 이 상황의 구조와 내력을 국민에게 알릴 의무가 있다. 대학은 사회의 기상탑이며, 그것이 대학의 사회봉사다. 그렇게 함으로써, 상황에 유효하게 대처할 수 있는 행동의 양식을 교육해야 한다.

지식인은 자연을 대상으로 한 기술자인 동시에 윤리의 기술자이기도 하기 때문에 정부와 기업에 대한 비판자 된 의무가 있다. 관권이나 금권이 윤리적 설교에 의해서 회개하리라는 말이 아니다. 국민에게 공정한 정보를 제공함으로써 국민이 자기 권리의 옹호를 위해 필요한 판단을 하는 것을 돕는다는 말이다. '말'이 권력과 금력을 움직이는 것이 아니라, 말을 들은 국민이 권력과 금력을 움직이는 것이다. 그러므로 지식인의 무기는 말이며, 이 말의 자유스러운 사용을 규정한 것이 우리 헌법에서의 학술과 언론·예술의 자유다. 이 자유는 최대한으로 지켜져야 한다. 이것은 공산주의에 대한 막강한 무기이다.

지난번 체코슬로바키아의 사태가 언론의 자유를 그 중요한 쟁점으로 했던 것을 상기하기 바란다. 후진국 국민의 정치적 미숙성의 원인인 역사적 경험의 결여는 예술·학술·언론에 의한 교육으로 극복할 수밖에 없으며 그러자면 그 교육의 자유가 선진국들과 후진국의 현실적 격차와 역비례로 더 많이 보장되어야 하는 것이 이치이나 현실은 그 반대다.

이것이 심각한 문제다. 현실의 부족을 교육으로 메우려는 충동을 인간은 가지고 있다. 근대 국가 생활의 여러 요령을 경험을 통해 오랜 시간을 사용해서 얻는 것이 불가능하다면 그것은 교육에 의해서 빨리 얻어지지 않으면 안 된다. 학술·예술·언론은 교육의 기능을 수행하는데 그 기능은 표현의 자유 없이는 이룰 수 없다. 그런데 그 표현의 자유가 선진국보다 못하다고 하면 우리는 현실에서도 지고 교육에서도 진다는 결과가 된다. 이렇게 되면 이 지구 사회에서의 불균형의 시정은 영원히 이룩되지 않을 것이다. 지식인은 이 사회와 이 지구 위의 현재에서 가장 어울리는 인간상과 사회상을 자유롭게 묘사하기 위해서 헌법적 자유를 끊임없이 행사해야 한다.

문명사적 맥락

여기에 대학의 학생 문제의 문명사적인 맥락을 찾아야 할 것이다. 대체로 우리는 대학에 대해서 앰비벌런트ambivalent한 이미지를 가지고 있다. '상아탑'이라는 이미지와 '시민적 비판'이라는 두 개의 이미지가 대학이라는 제도에 대해서 각기 편리할 대로 원용하고 있다. 이 두 이미지는 틀리지 않다. 그러나 이 두 가지의 이미지를 택일식으로 파악하려고 할 때 우리는 흔히 말하는 근대 합리주의의 바람직하지 못한 한계를 이어받은 닫힌 사고 양식을 따르는 것이 된다. 서구의 근대는 그 뛰어난 합리성의 반면으로 단순 인과 계열적 사고의 경향이 짙다.

이론이 현실에 대한 방법적 손잡이라는 인식적 자각 이전에서 방법을 실체화하게 되며, 이것은 현실에 적용됐을 때 곧 타인과 관계의 간섭으로 예측하지 못한 국면을 가져온다. 이렇게 해서 서구의 근대 이론과 역사는 대립하는 것의 상극이라는 격렬한 '마스크'를 지니고 있다. 이런 사정은 독일이나 러시아에 비해 영미의 경우에는 훨씬 자재自在한 부드러움을 가지고 있다.

전자가 자연과학이나 철학이 성했던 데 비해 후자에서 인류학과 실증사회학이 융성했음은 그들의 정치적 이력과 견주어볼 때 역사의 법칙성을 생각게 하는 바가 있다. 영미의 경우에는 지리적 경험과 통치의 경험을 통해, '타자'와 '다원성'에 대한 경험을 가질 수 있었고 그것은 그들의 가장 굳센, 효율도 높은 슬기를 이루어 주었다.

정신精神의 최고형最高型의 시대적 유형時代的類型—종교적 회심宗敎的 回心 · 시적 통찰詩的洞察 · 선적 각성禪的覺醒 · 상보성이론相補性理論

변증법을 이론적으로 파악한 독일인보다 앵글로색슨은 더 피부로 변증법적인 것 같다. 이 같은 경험은 20세기에 들어 모든 사고와 행위를 짙게 지배하고 있다. 가장 간단명료하게 이 사실을 상징하는 것이 물리학에서 '상보성相補性'의 이론일 것이다. 인류가 오랫동안 슬기, 시적 직관 따위의 원초적 방법으로 터득하려고 애쓴 존재의 메커니즘을 정식화定式化한 것이 상보성의 이론이다.

그것은 이 현실은 인간과 환경의 접촉을 통해 '문화'라는 이름의 환위環圍가 성립하며, 이 환위는 인간과 환경의 무한성 때문에 무한히 가변적이며 일의화一義化할 수 없다는 인식이다. 인간의 역사는 물질의 채취 재배 합성의 과정을 지나 합성의 '아이디어의 순열 조합'의 단계에까지 와 있다.

생활 자체가 커다란 실험실이 되어가고 있다. 현대 사회는 의식儀式—실험으로 주제음主題音이 바뀌어가고 있다. 승려의 시대에서 과학자의 시대로 옮아간다. 이 경우에도 승려와 과학자를 불상용不相容의 개념으로 생각해서는 안 된다. 현대의 승려가 과학자인 것이다. 과학 속에는 기도의 새 얼굴이 있다. 지탄되어야 할 것은 승려가 아니라 기도라는 상보적 원리를 사상捨象해버린 과학자다. 그는 로봇이지 인간이 아니다.

정숙과 흥분
뉴턴적 인식에서 아인슈타인적 인식으로

현대 대학의 이미지에도 나는 이 원리를 적용하고 싶다. 대학에서 질서나 정숙만을 찾거나 위험과 흥분만을 갖는 두 가지 태도는 생명의 무애無碍한 자존성을 잊은 어린애다운 태도다. 대학은 그 두 가지 얼굴을 모두 가져야 한다. 어느 쪽을 빠트려도 현대 사회의 대학으로서는 실격이다. 이 문제는 원리적으로 그래야 하고 운용에서도 가능하다.

연구·교육·봉사라는 대학 자신의 자기 파악(『서울대학교 20년사』)이 바로 옳게 되었기 때문이다. 이런 원리적 이상에 가까운 종합화를 얼마나 능률적으로 이룩하느냐는 현재로서는 전혀 미래의 일에 속한다.

그리고 이 같은 대학의 이상이 구축되어야 할 우리 사회의 현실은, 이 글의 중요한 전제이지만, 논의의 테두리를 넘는 것이 될 것이다.

나는 달려온 버스에 올랐다.

초여름의 아직도 한창인 교정의 햇빛 속에서 나의 친구들은 오가고 테니스를 하고 혹은 우울하게 벤치에 앉아 있었다.

노벨상

노벨 문학상이 현실적인 문제로 등장한 것은 좋은 일이다. 그동안에도 한국 문학을 외국에 소개하는 문제가 많이 이야기되었고 번역된 작품도 있다. 그러나 이번 일을 계기로 일의 성격이 뚜렷해졌다고 할 수 있겠다. 누구나 지적하는 것처럼 번역은 한국말을 아는 외국 사람이 하는 것이 제일 좋은 일인데 불행하게도 현재까지 우리는 그런 사람을 가지고 있지 못하다.

한국 문학이 그만한 매력을 못 가진 탓이라고만 할 수도 없고 반대로 순전히 외국 사람들의 무관심 탓이라고만 할 수도 없다. 한국 문학의 수준의 문제는 무슨 절대적 기준이 있는 것도 아니고 다른 나라와 비교해서 좀 높다, 좀 낮다 하는 것에 지나지 않기 때문에 논의의 중심이 될 수는 없는 일이다. 그것보다도 이번 일은 한국이 국제 사회에서 문화적 행사의 한 성원으로도 취급되기에 이르렀다는 의미에서 허심탄회하게 반가워해야 할 일이다.

한국에서는 중국말을 쓰느냐 일본말을 쓰느냐 하고 묻는 정도의 국제적 관심에서는 벗어났다고 봐도 좋을 것이기 때문이다. 서양의 식민주의가 종말을 고하기로 된 역사적 시기에 재수 없게 이웃 나라의 식민지로 전락한다는 운명 아래서 40년을 지내고 이름까지 외국말로 지어 부르던 때가 바로 엊그제라는 것을 생각하면 한국 문학의 수준에 대해 너무 자학적인 말을 하는 것은 우선 철없는 감각일 수밖에 없다. 한국 문학이 저 한국의 하늘처럼 우리 땅 위에 역사와 관련 없이 떠도는 구름 같은 것이 아닌 바에야 한국 문학도 한국의 역사만 한 것일 수밖에는 없는 것이 이치다. 한국 문학이 처한 조건의 가혹함은 바로 지금 우리 역사의 가혹성 외에 아무것도 아니다. 이 특별한 역사에 정직하게 직면하고, 바로 생각하고 바로 쓸 때에는 그 성과인 우리 문학이 외국 사람들에게 소개될 길이 지금부터는 열려 있다는 실감을 주었다는 것이 이번 의뢰의 뜻이다.

그런 의미에서 이번 기회에 무슨 작품을 보내느냐, 내년에는, 또 번역은 하는 문제를 너무 신경질적으로 한꺼번에 생각할 필요가 없다. '결과'가 외국에서 '평가'될 길이 열렸다는 것이지, 그런 결과를 낳을 수 있는 전제가 어디서—마치 경제 원조처럼—주어진 것은 아니라는 사실을 인식하는 것이 좋다. 왜냐하면 '결과에 대한 평가의 기회'가 보장된 것을 착각해서 '결과에 이르는 육성의 기회'가 보장되기나 한 것처럼 아는 데서 일어날 수 있는 자학이나 모멸이 있기 때문이다. 원조를 주었는데도 경제 자립을 못한다, 하는 문제와는 다르다는 얘기다. 한국제 상품도 미국제 박

람회에 초대되었다, 하는 정도의 얘기다. 어떤 문학을 만드느냐, 그럴 수 있도록 어떤 환경에 있느냐 하는 문제에 무슨 변동이 일어난 것이 아니다.

문학예술의 매개인 언어의 성격

어떤 의미에서 음악이나 미술 같은 것은 반드시 그 제작자가 살고 있는 사회의 당대의 현실과 밀착돼 있다고 할 수 없다. 그 분야에 망명자나 국적 변경자가 많은 것이 한 증명이 된다. 그것들은 개인적—보편적 예술이다. 그러나 문학은 개인적—종족적—보편적 예술이다. 삶의 모든 항을 다 떠맡은 팔자 센 예술이다. 그렇기 때문에 번역이라는 문제가 나오고 표현이라는 문제가 나온다. 그것은 종족의 '말'과 종족의 '정치'에 묶인 예술이다. 이것이 문학에서의 '참여'라는 말의 뜻이다. 종족의 말에 대한 예술적 감각은 주장하면서 종족의 정치에 대한 감각을 별스러운 것으로 생각한다면 그것은 문학에 대한 한—그러니까 '문학 음치' '문학 색맹' 같은 것이다.

벙어리나 장님이 그림을 그리겠다면 대개 놀라도, 문학에서는 가능하다고 생각할 수 있다면 그런 생각에 대해서는 나는 그야말로 음치이다.

이 점—문학이 말과 정치에 동시에 묶여 있다는 평소의 생각을 다시 얘기하는 이런 글을 청탁받게 했다는 점이 노벨상이 나에게 미친 현실적 영향이고, 아는 일이라도 하루에 세 번씩 반성하라는 말이 옳다면 그런 기회를 준 노벨상에 대해 고맙게 생각한다.

돈과 행복

없으면 불편한 것

돈—— 가치의 수량화

사람의 행복을 만들어내고 지탱해주는 것에는 여러 가지가 있고 돈도 그 가운데 하나다. 행복을 어떻게 규정하는가에 따라서 돈의 비중도 결정되는 것이지만 그러한 개인차를 엄밀히 밝혀내는 것은 어려운 일이고 대체로 통할 만한 이야기를 하는 수밖에는 없다. 돈의 역사는 아마도 사람의 역사만큼이나 오래다. 그러나 서양에서 근대라고 불리는 때가 시작되기까지는 돈이 인생에 미치는 힘에 저항하는 몫을 하는 또 다른 힘이 있어서 돈의 위력은 파괴적이라고까지는 할 수 없었다. 이 경우 돈이라고 하는 말은 넓은 뜻에서의 물질적 조건, 경제적 조건 일반을 말하는 것이 아니고, 자본주의 경제 구조의 상징으로서의 돈이라는 뜻으로 쓰고 있는 것이다.

그 앞 사회에서 돈에 저항하는 힘이란 것은 신분·토지·세습

제·종교 같은 것을 말한다. 이런 것들에 대해서는 돈은 반드시 만능은 아니었다. 썩은 정치에서 신분이 매매된 것은 고금동서에 있는 일이지만 폐쇄된 전근대 사회에서는 그런 현상에 한계가 있었다. 양반 귀족들은 장사치들에게서 돈을 꾸면서도 불호령질을 했던 것이다. 「베니스의 상인」의 샤일록을 생각하면 선명하게 상상이 되는 일이다. 근대라는 커다란 역사의 변혁기를 거쳐서 돈은 그가 짊어지고 있는 터부의 멍에를 팽개쳐버렸다. '사람의 역사는 돈에 대한 터부의 의식 속에서의 해방의 역사'라고 해도 무방하다. 이런 과정을 서양 사람들이 먼저 겪고 우리도 그 뒤를 따르게 되었다. 이런 현상이 어제오늘에 시작된 것은 아니지만, 천황제 국가의 식민지였던 시절은 봉건적인 틀이 그대로 남아서 돈에 대한 우리들의 감각이 제대로 발육하는 것을 막아왔다.

당하면서도 당하고 있는 것의 뜻을 몰랐고, 그래서 좀더 낫게 당할 수 있는 것을 소득 없이 당하였던 것이다. 사람의 만사가 그렇겠지만 당한 일은 할 수 없는 것이다. 다만 당한 결과를 어떻게 처리하는가만이 사람이 할 수 있는 일이고 처리하기에 따라서는 사람은 또다시 행복할 수도 있는 것이다. 각설, 우리 사회는 지금 그런 시기를 지나서 모든 사람이 돈을 곧바로 인정하면서 살지 않으면 안 될 시대를 살고 있다. 필요할 때 호주머니에 손을 넣으면 닿는 것이 돈이려니 하는 평생을 살고 있는 필자 같은 경우에도 가끔 느끼는 바가 있는 것을 보면 그렇지 못한 사람들은 어떨까 짐작이 가고도 또 가는 일이다. 필자의 애인이 늘 하는 말로 돈 없는 것은 괜찮지만 없으면 불편하다는 것이다. 옳은 말이다. 정녕 불편하면 사람이 죽게 되니 불편한 것은 틀림없는 일이다. 소설을 업으로 하는 필자의 경우도 주위 사람들의 풍속이 많이 달라졌다. 좋은 소설을 써서 책을 낸 사람에게 으레 돈 많이 벌었겠다고 인사들을 한다.

우리가 풋내기였을 때 이런 말을 들었다면 몹시 괴로워했을 것이나 지금은 안 그렇다. 사람이 죽으면 볼 장 다 보는 것이기에 사람의 죽고 살고가 돈을 그 장소 그 시각에 가졌는가 못 가졌는가로 결정되는 지랄 같은 시대에 살면서 돈을 비웃는다면 그야말로 지랄 같은 소리일 것이다.

돈의 양과 노력의 배정

돈이 곧 사람이요, 돈이 곧 사회는 물론 아니지만 돈은 사람이 노는 물이요, 숨 쉬는 공기 같은 것이다. 물이 마르면 고기는 죽고 공기가 막히면 짐승은 넘어진다. 한 가지 주의할 점은 모든 고기나 짐승의 필요로 하는 물이나 공기의 양은 다르다는 점이다. 사는 사회에서 돈이 얼마나 요긴한가 하는 이야기만이라면 하나 마나 한 소리가 되고 말 것이고 이런 글을 읽는 사람들에게도 도움될 것이 없다. 그런 일반론은 우리가 모두 아는 일이기에 더 중요한 일은 독자가 스스로 자문하기를, 그렇다면 '나'라는 사람은 어느 만큼한 물, 어느 만큼한 공기면 즉 어느 만 한 돈이면 만족하는 부류의 사람일까를 빨리 결정하는 일이다. 사람이 살면 백 년을 살 것도 이백 년을 살 것도 아니요, 줄잡아 수십 년인데 산다는 일은 돈의 양을 증대시키는 일에 한하지 않으므로 그 밖의 활동과 돈

벌기와의 사이에 적당한 노력의 배정이, 얼마만 한 시간을 돈에 충당하고 얼마만 한 시간을 그 밖의 일에 보내느냐를 정하는 일이다. 이것은 빨리 정할수록 좋다. 적어도 스무 살을 넘어서면 빠를수록 좋다. '입지立志'라는 것은 이 스태미나의 배정 시기를 말하는 것이다. 자기 환경이나 자기 성품으로 봐서 제일 그럴 만한 선에서 자기 자신과 타협을 보고 이후는 그것을 실천하면 된다. 돈만 가지면 행복한 것은 확실히 아니다. 돈보다 명예가 더 소중한 사람도 있다. 명예보다 풍류가 더 귀한 사람도 있다.

소질의 조기 발견

자기가 타고난 혹은 길러진 욕망의 가장 큰 부분을 무시하고 인생을 설계하면 그 사람은 반드시 인생을 망치게 되고 한을 남기게 된다. 그것은 스태미나 배정을 잘못한 선수가 라운드를 채우지 못하는 사정과 전혀 다를 바 없다. 자신이 있으면 돈을 무시해도 좋다. 돈도 공기 같아서 무시한다고 함부로 없어지는 것은 아니다. 우리 개개인에게 있어서 돈이 차지하는 비중이 다르듯이 이 사회의 여러 계층도 돈에 대한 거리라는 점에서 각각 다른 자리를 차지하고 있다. 돈을 만진다고 만지는 돈을 모두 쓸 수는 없는 것이 사람이다. 돈은 천하의 돈이요, 돌고 돌아야 하는 돈이요, 사사로움 없이 돌아야 하는 돈이다. 돌아가는 과정에서 막히고 잘리고 숨겨지고 하면 그때 병통이 생긴다. 돈이 사는 것이 아니요 사람이 사는 것이 사회인데 그 돈이 너무 문제가 된다면 그것은 사회가 심상치 않다는 징조이다. 돈을 돌리는 것은 사람이다.

돈이 잘 돌아가게 하자면 이 사회에 사는 사람 모두가 그렇게 되도록 힘쓰는 길밖에는 없다. 그렇게 하자면 사람들이 자기 삶을 소중하게 알고, 삶다운 삶을 살고 싶어 하는 힘이 있는 것이 필요하다. 대단히 막연한 말 같지만 살고 싶어 하는 사람은 살고, 잘살고 싶어 하는 사람은 잘살고, 죽고 싶어 하는 사람은 죽고, 시시하게 살고 싶어 하는 사람은 죽는다. 악착스레, 열심히, 아름답게 살기를 원하는 사람이 많은 사회에서는 돈도 비교적 잘 돌고, 삶도 그런대로 살 만하게 되어가지만 게으르게 남을 속이며 추하게 사는 버릇이 붙은 사람들이 많은 사회의 삶은 늘어지고 혐오스럽게 어둡다.

문학을 사랑하도록

우리가 사는 이 시대에는 어느 남편에게, 하느님이나 왕이나 대통령에게 우리 삶에 대한 책임을 돌리는 길이 막혀버리고 있다. 이것은 좋은 현상도 나쁜 현상도 아니고 할 수 없는 일이다. 할 수 있는 일은 이 차디찬 사실에서 따뜻한 삶의 불을 피울 수 있는 얼마만 한 생명의 체온을 그 사회, 그 사람이 가졌는가에 달려 있다. 당연히 이야기는 그런 체온을 어떻게 하면 가질 수 있는가에까지 나가게 된다. 그 방법은 한 가지뿐이니 사람들이 문학을 즐기는 버릇을 기르는 데 있다. 그중에서도 소설이다. 우리는 많은 좋은 소설가들을 가지고 있다. 필자가 그 말석을 더럽히고 있는 것이 무시로 낯 뜨거워지리만큼 질이 좋은 작가들이 우리가 살고 있는 우리 시대에 대하여 충고를 하고 있다. 이 사람들의 말을 듣고 이 사람들의 기도에 귀를 기울이면 모든 문제는, 따라서 돈의 문제도 해결된다.

  돈의 좋은 면을 활용하는 지혜와 돈의 나쁜 면에 저항하는 힘도 다 문학 속에 있다. 정말 그런가고 독자는 말할는지 모르겠다. 정말 그렇다. 사회의 모든 악은 사람들이 어른이 되면서 문학을 접하지 않는 데서 시작한다. 문학의 기쁨을 모르면 사회는 썩고 사람은 간사스러워진다. 문학을 통하여 사람은 사람이 되는 것이다. 자기 손톱눈의 백白 속에 심연의 어지러움을 보는 감각을 문학은 길러준다. 그런 감각을 가진 사람들이 시를 만들었고 우주의 공간 속으로 폭탄을 쏘아 보내는 생명의 꿈틀거림을 보여주었다. 또 그런 것을 아는 사람은 남을 속이거나 치사스러운 짓을 하지 않는다. 작가나 시인 가운데 어느 한 사람 돼먹지 않은 인격의 소유자가 있다는 말 들은 적이 없다. 이것 이상의 증거가 또 어디 있겠는가.

  문학은 그런 힘을 가지고 있다. 생명에 취하게 하는 힘이 있다. 그런 힘을 가진 사람들이 사는 사회는 어쩔 수 없이 아름다운 목숨들의 아름다운 잔치일 수밖에 없다. 아름다운 잔치다. 기름진 잔치가 아니다. 기름진 잔치는 돼지와 개들이 저만치 발치에서 벌이고 사람은 마땅히 아름다운 잔치여야 할 것이다. 문학을 사랑해보기를 권한다. 그러면 안다.

사랑하면서 경멸하는 지혜

  다음에 여성과 관련해서 돈을 살펴보자. 여성이래야 결국 사람이다. 사람 다른 데가 있을 리 없다. 사람이 다른 것이 아니고 돈이 돌아가는 과정이 남녀 사이에 다르다는 데에 문제를 정해볼 수는 있다. 사회가 많이 달라졌지만 아직도 여자가 돈을 벌 기회라는 것은 많지도 못하고 순탄하지도 못한 것이 우리의 실정이다. 돈 때문에 영혼을 망친다는 말은 여자가 돈을 벌려고 하는 경우에 이중의 멍에를 짊어지게 된다.

남자보다 뛰어난 능력을 가지게 된 다행한 경우를 뺀다면 여자와 돈의 관계는 돈을 가운데 둔 남자와 여자의 관계로 바꿔놓을 수 있다는 데에 우리 사회의 이른바 후진성이 있다고 할 것이지만 이것은 아마도 완전히 없애기는 불가능한 관계일 것이다. 필자로서는 그런 미래를 가상해보는 상상력은 가지고 있지만 지금 이 자리에서의 우리들의 삶에 대하여 그런 상상력이 별 소용이 없다는 신념도 밝히지 않을 수 없다. 이 점에 대해서도 여성 여러분이 문학을 이해하고 사랑하는 힘을 가져보라고 권고할 수밖에 없다. 대부분의 여성들의 경우 사치니 허영이니 할 여지가 없는 것으로 알고 있다. 철마다 나들이옷 한 벌을 가지기가 어려운 처지에 물질주의 운운은 웃기는 이야기다. 남자가 돈을 벌어야 하는 세상에서 한국 여자들은 불쌍하다. 남자들이 시답지 못해서 고생만 하고 일생을 통틀어야 한 줌도 못 될 돈을 쪼개 쓰면서 문학이고 뭣이고 눈코 뜰 새 없이 고생이 낙이려니 사는 생활을 시키는 한국 남자들은 얼마나 못났는가. 여자들이 할 일이란 그러므로 여자가 먼저 문학을 사랑하는 인간이 되어서 남자들을 교화하는 길일 것이다.

여자는 남자를 통해 세계를 움직인다는 말도 있다. 움직이자면 스스로 힘이 있어야 한다. 한국 남자들이 돈을 못 버는 것은 그렇다면 여자들에게도 책임이 있는 것이다. 돈이라는 것이 기본적으로 중요하다는 전제, 그렇다고 돈이 다가 아니라는 하나 마나 하지만 안 할 수 없는 충고 다음에 오는 문제는 돈에 대한 자기의 욕망을 어느 선에서 조절하느냐 하는 방법론, 여자들의 경우, 우리 사회의 후진성 때문에 돈의 문제는 여자의 인간적 품위에 항상 위기가 된다는 점(말이 그렇지 남자도 다를 것 없겠지만) 이 같은 이야기를 해온 셈인데 이야기 속에는 해결이란 것이 없는 법이다. 말은 그저 말이다.

말과 행동

말을 듣고 자기가 어떻게 처신하는가 하는 것이 각자의 삶이다. 최고의 말을 하기는 비교적 쉬워도 최고의 삶을 가지기는 쉽지 않다. 사회악이 없어지고 합리적 조직이 이루어진 사회에도 여전히 비렁뱅이와 창부는 있을 것이다. 노동을 기피한 남성의 쓰레기로서의 비렁뱅이 노동을 자기 육체의 수동적 개방이라는 선까지 축소한 여성의 시체로서의 창부, 미래 사회에서는(오랜 미래이겠지만) 그것은 체제의 악이 아닌 개인의 책임에 속한 악덕일 것이다. 지금 이 자리에서도 그것은 근본적으로는 개인의 책임이다. 생명을 유지한다는 최소한의 조건에서 우리가 연대해서 피하게 해줘야 한다는 점에는 변함없지만 그런 사태가 있게 한 사회는 결국 우리의 사회이고 나 자신의 악덕에서 나온 것이다— 하는 인식을 주는 것이 문학이다.

그리고 문학만큼 개인의 영혼의 문안에까지 들어와서 그의 삶의 어두우면서 빛나는 본모습을 알려주는 전도자들은 없다는 것이 사실이다. 돈을 사랑하면서 돈을 경멸할 것, 경멸할 수 있는 힘은 여러분이 모두 이름 없는 시인이 되는 것, 이런 얘기가 되는데 이것도 별 신기한 이야기가 못 될 것 같다. 왜냐하면 여러분은 이미 시인임에 틀림없으므로, 왜냐하면 여러분은 살고 있으므로.

정당政黨이라는 극단劇團

인간 집념의 장

우리가 시민회관에 닿은 것은 1월 26일 오전 8시 40분쯤이었다. 우리는 곧 안으로 들어갔다. 대의원 자리인 1층은 약 3분의 1가량 차 있었다. 우리는 오른쪽 갓줄 맨 앞자리인 기자석에 가서 앉았다. 우리라고 하는 것은 필자와 『월간중앙』지의 K기자다. 자리에 앉아서 바라보니 무대 양쪽에 '단합 전진하여 정권 교체 이룩하자' '국민 주권 신장하여 민주 재건 이룩하자'고 쓴 플래카드가 세워져 있고 그 위에 가로 '신민당 임시 전당 대회'라고 적혀 있다. 스피커에서는 계속해서 같은 행진곡이 흘러나오는데 "신민당" "신민당" 하는 소리가 자주 나오는 걸로 봐서 당가黨歌인 모양이었.

그때 나는 내가 이 건물에 들어오는 것이 두번째이며, 첫번째는 '팬터마임'을 하는 불란서 사람의 공연을 보러 왔던 때인 것을 생각했다. 그때 나는 팬터마임이란 것을 처음 봤는데 별 대단한 것은 아니었다. 다만 전문가였으므로 그 몸짓의 효과가 훨씬 강한 것이었을 뿐이었다. 그만한 내용이면 말이 없어도 이렇게 소통이 되겠다, 고 그때 나는 생각했었다. '몸짓 흉내굿'—이라고나 할 그 팬터마임을 본 자리에 마련된 의장석이며 플래카드들이 필자에게는 한순간 착각을 주었다. 그 착각이란 다름이 아니라 오늘 이 대회가 마치 이 무대의 오늘 공연물인 것 같은 착각이었는데, 말할 것 없이 착각인 것이, 오늘 행사는 예술적 '픽션'이 아니라 현실의 행동이기 때문이다.

이런 생각을 하고 있는데 이재형李載瀅 씨, 조한백趙漢栢 씨가 우리가 앉은 앞을 지나 무대 옆에 달린 계단으로 무대에 올라가 의장석 뒤에 마련된 자리에 가 앉는다. 그것은 분명히 '코너'에 가 앉는 선수의 몸짓이었다. 그들이 이씨와 조씨라는 것도 K기자가 알려준 것인데 그들이 자리에 앉자 텅 비었던 무대에 생기가 들어 보였다.

"정일형鄭一亨 씨와 유진산柳珍山 씨가 아직 안 나왔군요" 하고 K기자가 말했다. 의장석 뒤의 그 자리는 부총재들의 자리인 모양이다. 대의원 자리는 이제 거의 차 있었고 여전히 당가는 울려 나오고 있다.

내가 앉은 자리는 문 옆이어서 그런지 몹시 추웠다. 스팀이 안 들어오는 모양이었다. 나는 움츠리면서 생각했다. 이거 바둑을 모르는 사람이 관전평을 맡은 격이 아닌가, 하고. 내가 신민당이나 요즈음 정치에 대해 가진 지식이란 것은 아주 보잘것이 없다. 그러나 와 앉은 이상에는 잘 보고 듣는 길밖에는 남지 않았다고 생각하면서도 나는 이 대회의 움직임이 내게는 해득기 어려운 팬터마임으로 그치지 않을까 하는 걱정을 누를 수가 없었다. 산발적인 박수를 받으면서 정일형 씨가 단 위로 올라갔다. 색깔이 엷은 무테안경을 쓰고 키가 후리후리한 모습이 신교의 목사라는 느낌이었다. 그는 먼저 온 사람들과 악수하고 자리에 앉았다. 실물을 보기는 모두 처음이다.

가수를 보러 오는 '팬'이나 작가의 강연을 들으러 오는 문학청년의 심리와 같다고 나는 패턴 인식의 능력을 동원하여 나의 느낌에 대해 스스로 설명을 주었다. 모든 사단事端이 같은 원인에서 나온다고 나는 생각했다. 씨족 부락에서나, 그리스형 도시국가에서는 훨씬 사정이 달랐으리라. 단체의 성원이 모두 한자리에 모일 만한 크기가 정치의 단위일 경우에는 수권자授權者와 대의원이라는 이중 구조가 없어서 투명하다. 따라서 팬터마임이 웅변이요, 웅변이 팬터마임이다. 알고 모를 것이 없는 것이다. 여기 앉은 대의원은 각 지구당 대표들이요, 저 단 위에 앉은 사람들은 대의원들의 영수領袖들이고, 오늘 그들 영수 가운데서 수석 영수를 뽑을 것이며, 이 당 말고도 공화당이라는 또 다른 당이 있어서, 그 당에도 지구당이 있고…… 양당이 어울려서 국정에 참여하는데…… 이 메커니즘의 기원과 내막, 기복 같은 것들이 내 머릿속에서 한동안 오락가락하였다. 그러자 나는 지금, 상당한 중량을 가진 인간 집념의 마당에 와 앉아 있는 것을 깨달았다.

사립학교 교장 같은

나는 자리를 메운 대의원들을 둘러봤다. 병원에 가면 세상이 모두 질병의 척도로 재어지게 마련이며, 의사에게는 국민사國民史는 국민 보건 소장사消長史로 보일 것이며, 소방대의 관계자에게는 국민사는 국민 소방사로, 토건업자에게는 국민 토건사로, 문학자에게는 국민 문학사로, 뒷골목 순자에게는 신세 기구사로 각기 파악될 것이다. 그 모든 사史가 본인들에게는 에누리 없는 진실이지만, 유독 '정치사'란 것이 강제력을 가진 사史라고 주장되고, 또 그렇게 받아들여지고 있는 현실로 보면은, 여기 앉은 사람들은 바로 국민사의 주류 속을 헤엄쳐 여기 지금 와 앉고 있다는 실감 속에서 적어도 본인들은 숨 쉬고 있을 것이다. 대단한 일이야, 하고 나는 생각하였다.

그들은 국민사의 무게를 실감으로 느끼며 사는 사람들이다. 직접 참여 정치가 불가능한 광권廣圈 간접 참여 정치 형식에서 그들은 늘 정치의 핵심 속에서 살아온 것이다. 그게 정치인이다. 나는 정치인이란 말을 이 순간, '음악가'란 말과 같은 정확성으로 이해하였다. 정객들에게 따르는 어떤 전설들, 선거 자금. 아내의 패물. 일락천장一落千丈. 자녀들의 교육. 쥐구멍. 햇볕. 그런 토막토막의 연상을 함으로써 나는 그들의 실존 의식에 감정 이입을 할 수 있었다. 사회의 제기능이 분화되고 간접화되었다는 사정하에서 그들과 예술가는 마찬가지다. 마찬가지로 사회의 분과分科 기능이다. 다르다면 정치인이 경찰과 군대를 가지고 있는데 예술가는 눈물과 웃음밖에는 못 가졌다는 차이뿐일 테지. 아무튼 나는 그들을 이해하였다. 그들의 머리에 선할 '정권'——우승배 같은 '챔피언 벨트' 같은, 화타편작華陀扁鵲의 비권秘卷 같은, 소방차 같은, 불도저 같은——그들의 목표와, 그 목표에 대한 집념의 세월을 이해하였다.

이때 현저히 많은 박수 소리가 일어났다. "왔어요." K기자가 말했다. 유진산 씨가 박수를 받으며 장내에 들어와서 단 위로 올라갔다. 유진산 씨는 두번째 본다. 지난번 '3선 개헌' 반대 유세 때 나는 그의 연설을 들은 적이 있다. 그의 특징 있는 코밑수염과 안경을 바라보면서 나는 서무과를 잘 장악하고 있는 사립학교의 교장 같은 느낌이다, 라고 그를 형상화했다.

괴테적 이념의 횡액橫厄

그가 자리에 앉고 조금 있다가 대회가 시작되었다. 개회 선언, 성원 보고에 이어서 당기黨旗가 들어왔다. 모두 일어선다. 막은 오르고 극은 시작되었다. 국민의례, 다음에는 전당 대회 의장 김의택金義澤 씨가 개회사를 한다. 민주적 질서로 대회가 진행되기를 빌며, 협조를 바란다는 요지. 이분은 먼빛에 본 인상으로는 큰 키, 고엄枯嚴하고, 어느 대찰大刹의, 서무승庶務僧에게 번무煩務를 거지반 맡기고 있는 주지라는 느낌이다. 서울 토박이 노인들이 대개 그러한, 혓바닥이 많이 울리는 음성이다. 전차前次 회의록 통과.

다음이 총재 치사致辭다. 유진산 씨가 대독한다. 유진오兪鎭午 씨가 동경서 보낸 글이다. 유진오. 나는 그를 「김 강사와 T교수」의 작자로 처음 알았다. 한 인간이 소설을 쓴다는 행위를 하고, 대학의 총장이었으며, 또 정당의 당수라는 과정이 약간 흥미 있다. 옛날에는 문장과 경국經國이 한자리에 있는 것은 정상적인 일이었지만 벌써부터 갈라져오는 터에 유씨와 같은 경우는 매우 소설적인 흥미를 끈다. 문필에 조예가, 하는 것이 아니라 문학사에 남아야 할 전문가이자, 학문·행정·정치에 모두 일급일 수 있었다는 것은 행복한 일이다. 괴테적인 이념—— 전인全人의 완성이란 한 케이스이리라. 문학—법학—정치라는 코스가 한눈에 어떤 맥을 느끼게 한다.

　원래 하나인 삶의, 각 수준을 대표하는 이 분야를 차례차례로 따라간 행정行程. 논리적인 순서를 알기로서니 누구나 그렇게 할 수도 없고, 더구나 합리적인 생의 경영이란 것이 어려웠던 우리 현대사에서 드문 일이다. 그러나 '합리적인' 삶의 행정이란 것이 과연 있는가. 학교의 커리큘럼처럼. 삶은, 역사는, 피아노의 음정처럼 전개되는 것이 아니라는 것이 진실이 아닌가. 어떤 때, 어떤 장소에 그 사람이 있었다는 것—— 그것을 합리적으로 설명할 길은 없다. 그러자면 우주사를 모두 설명해야 한다. 쥘리앵 소렐도 말하지 않았는가—— 사냥꾼이 숲 속에서 총질을 한다. 겨눈 것이 떨어진다. 사냥꾼은 그것을 집으러 뛰어간다. 구두가 높이 두어 자 되는 개미 둑에 걸려, 개미집은 부서지고 개미며 알은 멀리 튀어난다…… 개미 속의 어떤 훌륭한 철학자도 이 검은, 커다란, 가공할 물건이 무엇인지 결코 알지 못하리라. 아무튼 굉장한 소리가 났다 싶더니 사냥꾼의 구두가 빨간 불꽃을 내며 믿지 못할 속도로 갑자기 집 속으로 들이닥쳤으니깐…… '죽음'이라든지 '삶' '영원'도 그런 것이어서 그것들을 이해할 수 있는 큰 기관을 가진 자에게는 아주 쉬운 일인 것이다…… 어떤 사람이 어떤 자리에 있다는 것은 횡액 같은 것이다.

　그러면 다음에는 그 인물 자신이 어떤 집단이나 역사의 횡액——

운명이 된다. 그 횡액은 또 다른 횡액이 밀어낸다……
 이런 생각을 하는 사이 대독이 끝났다. 지금처럼 요긴한 대목에서 앓아눕게 되었다는 소설가였으며, 이 당의 총재였던 유진오 씨의 횡액을 나는 슬프게 생각했다. 그리고 한편 그런 횡액에서 풀려난 그의 횡액을 다행하게도 생각했다. 오늘 이 대회에서 그 횡액을 대신할 횡액이 선출될 것이다.
 그 횡액이 신민당을 위해서나 국민을 위해서나 좋은 횡액이기를 바랄 수밖에 없다.

정치의식의 이중 구조

 중앙일보의 정치부 기자가 갖다 준 식권을 K기자가 가지고 가서 빵을 받아왔다. C기자는 무슨 모르는 일이 있거든 물어달라고 친절하게 말해주었다. 그러나 이 대회를 보고 들어야 정치부 기자 수준의 해박하고 예리한 분석 평론 같은 걸 쓸 수는 없는 줄은 잘 알고 있었으므로 물을 것이 없었다. 질문도 공부 잘하는 학생이 하는 법이다. 나는 여전히 추운 자리에서 '고려당' 봉지에 든 빵을 꺼내면서 좀 난감한 생각이 들었다. 현재까지의 식순에서는 의장의 요망처럼, 질서 있게 진행되었다는 것 말고는 아무 특별한 쓸 얘기가 없는데 하고 생각했기 때문이다.
 나와 마찬가지로 흰 봉지들을 들고 있는 대의원들을 바라보면서, 나는 문득 내 글의 원고료는 얼마가 될까 하고 생각했다. 내가 뜻하지 않고 불쑥 횡액처럼 떠오른 이 생각은 나를 몹시 부끄럽게 만들었다. 시답잖은 것이 될 것이 뻔한 글의 원고료를 생각하다니. 국민의 한 사람으로서 의당히 관심을 가져야 할 공사公事에 입회해 있으면서 그따위 사리私利를 생각하다니. 그러나 공사라는 것에 참여하는 데도 개인적인 동기 부여라는 것이 있지 않겠는가. 내 경우에는 그것이 원고료라는…… 또 몹시 추웠다. 쉴 새 없이 펄렁거리고 다니는 옆문으로 1월 26일의 바람이 사정없이 엄습해 들어왔다.

이런 추위를 견디기 위하여 공사에 참여하는 국민의 관심, 이라는 명분만으로 옳은 동기 부여가 되었다고 할 수 있을까. '이념'은 늘 '이해'에 의해 밑받침되어야 한다. 그것이 정치, 그리고 연애. 저기 있는 대의원들만 하더라도 자기 지구당에서의 자기 지위의 확보, 국회 의원 공천, 또 단상의 영수들은 당권 장악, 차기 집권, 그때 가서의 대통령직—이런 이해에 의한 동기 부여 아래 이 자리에 자신을 참석시키고 있지 않는가.

"재미있습니까?" K기자가 물었다. "네" 하고 나는 대답했다. 이념과 이해를 하나로 생각하지 못하고 그 사이에 분열을 느끼며 이해를 이념의 탈로 분장하지 않고는 견디지 못하는 현대인의 정치의식의 이중 구조는 큰 문젯거리다. 이런 사고 작풍思考作風이 순전히 개인적인 잘못이나 무지 탓이라고 할 수는 없다. 그렇게 되지 않으면 안 될 현실의 기반이 있을 것이다. 그런 기반 가운데 하나가, 우리나라의 경우는 도시와 농촌의 문제가 아닌가 생각한다. 도시와 농촌은 산업적 이해가 다르다. 그것이 국가라는 이념적 단위에 의해 통합돼 있다. 같은 이념의 말을 사용하면서도 실은 서로를 이해할 수 없다. 이해理解라고 하는 것은 생활인의 경우에 이해利害라는 말에 다름 아니기 때문에 '서울 공화국'이란 말이 생길 만큼 격차가 심한 상태에서 도시와 농촌이 같은 정치의식을 갖는 다는 것은 전혀 불가능한 일이다.

도시와 농촌 사이에 있는 이런 현실적, 의식상의 격차를 조절하기 위해서는 지방 자치가 불가결한 일이다. 지방 자치는 도시와 농촌의 중간 항으로서 정치에 대한 범국민적 참여의 유일한 방법론이다. 지방민의 경우에 지방 의회나 민선 도 장관을 뽑는 경우에는 훨씬 구체적이고 이해의 밀착성을 가진다. 구체적이란 말은 그들은 누가 지방 의원이 돼야 하는가에 대해 스스로의 오관五官에 의해서 판단할 수 있는 견문을 가지고 있기 때문이다.

그들이 입후보자에 대해 가지고 있는 정보는 도시인이 정객들에 대해 가지고 있는 정보—신문 가십이나 그 밖의 간접적 방법에 의한 풍문 같은 것과는 다르다. 그들은 풍문이 아니라 실감을 가지고 있다. 세대 세의歲代世誼로 확인되고 지실知悉된 느낌을 가지고 있는 것이다. 그래야 투표할 수 있지 않겠는가? 어느 문중, 어느 파의 어느 당주의 몇째고, 학교 성적은 어떠했고, 난봉기가 있었는가 어떤가, 어른들에게 인사성이 바른 작자였는지 조강지처를 거느린 자인지 학생첩을 둔 자인지 아닌지—이런 것을 다 알고 있다. 이것이 진실한 생활공간이다.

접시의 물을 쪼는 두루미

해방 후 한국 정치사는 이 생활공간이 국민 정치의 기반임을 증명하고 있다. 다만 부負의 방향에서 증명하고 있는 것이 문제다. 부의 방향이란 그 공간이 양성적, 주도적인 것이 못 되고 음성적,

종속적인 것으로 타락시킨 행정을 말한다.

　농촌을 '표밭'이라고 한다. 이 경우 그 표의 조작자가 농민 자신이 아니라는 뉘앙스가 짙다. 농촌과 중앙 정치 사이에 지방 자치라는 매개 항이 없는 경우에 모든 폐단이 일어난다. 도시인도 소외되고 있는 중앙 정치의 핵심에 농촌인이 어떻게 식견과 판단을 가질 수 있단 말인가? 지방 자치 없는 정당 정치는 이솝 얘기에 나오는, 접시에 담긴 물을 쪼아보는 두루미와 같은 것이다. 갈증은 가시기는커녕 더하기만 하고 끝내는 노여움이, 자포自暴가 된다. 주지 않겠거든 보이지나 말 것이 아닌가. 국민 주권이라는 물, 접시라는 비지방자치非地方自治의 제공 방법이다. 두루미가 여우가 되지 못하는 바에야, '부리'라는 기관에 맞는 그릇에 담아주어야 하는 것이다. 그릇이 적절치 못할 때, 물을 먹고 싶다는 생명의 요구는 다른 모습으로 왜곡되고 만다.

　선거철이면 으레 신문을 장식하는 사진이 있다. 막걸리 동이 앞에서 너울너울 춤을 추는 농부農夫, 농부農婦의 모습이다. 그 두루미춤, 그 학무鶴舞야말로 의미심장한 것이 아닌가. 갈증을 채울 길 없는 두루미가 접시를 몇 번 찍다가, 에라 모르겠다, 하고 너울거리는 자포의 춤같이만 보이는 것이다. 생전 보도 듣도 못한 어느 가문에 몇짼지도 모르는 대통령을 뽑는다거나 역시 보지도 못한 '헌법'의 무슨 조항을 고치느냐, 안 고치느냐에 표를 찍으라는 선거에밖에는 초대되지 않는 그들이 짓는, 겸연쩍음의 표정이 아닐 것인가. 사람은 바다를 마시는 것이 아니라 한 사발의 물을 마시는 것이다.

　국회의원이 되면 선거구에서 올라오는 청탁 손님을 치르는 것이 중요한 정무라고 한다. 바로 그렇다. 그 청탁이 중앙청 국장을 시켜달라는 것일 리도 없고 국영 업체의 과장을 시켜달라는 것일 리도 없다. 면이나 읍의 무슨 자리, 서울이라도 5급 정도 공무원 취직이나 그런 것이리라. 그런 청탁이 무슨 중앙 의회의 의원이 봐줘야 할 부탁인가. 지방 의원이 할 일이 아닌가. 청탁의 수준과, 청탁을 처리해야 하는 자리의 수준의 격차가 이 지극히 인간적이고 합리적인(자식이나 조카 놈의 취직을 그들을 제일 보증할 수 있는 아버지나 백부가 아니고 누가 한단 말인가) 행동에 부정이니 비정상이니 하는 그림자를 던지는 것이다. 두루미의 부리. 부리라는 기관에 맞는 그릇으로서의 지방 자치가 이루어지지 않았기 때문에 한국인의 정치의식에 이념과 이해利害의 양성적陽性的인 일치가 이루어지지 못했던 것이다. 이 대의원들의 의식 속에서는 그런 문제들이 어떤 형태로 갈등을 일으키고 있는 것일까가 궁금하였다. 그러나 그런 형태가 전당 대회 같은 데서 국외자局外者에게 드러날 리가 없다. 정치와 생활의 직결이라는 문제가 정당의 경우에는 아마 파벌이라는 것으로 나타나는지도 모른다. 문제는 그 파벌과 국민의 지구민地區民의 관계다. 지구민과의 연결이 없이 파벌이 의사擬似 '생활공간'이 되면……

아카시아 꽃 피기까지는

다음 순서인 '당헌 개정의 건' 토의에서부터 비로소 이 극의 주제가 선명하게 드러나기 시작했다. 당의 9인위안九人委案은 대통령 후보를 6월 대회에서 지명한다는 것이 골자로 돼 있었다. 의장의

9인위안의 이런 골자에 대한 설명이 있은 후 송원영宋元英 씨가 수정안을 내놓았다. 그는 6월이 아니라 5월로 해야 한다는 것이었다. 이어 김수한金守漢 씨가 9인위원안을 지지하는 발언을 했다. 그는 4, 5월에 개편될 지구당에서 나올 대의원들에 의해서 대통령 후보가 지명돼야 하며 차기 대통령 후보를 구당헌에 의한 대의원으로 될 것인 5월 대회에서 지명할 수 없다고 말했다.

가만 있자, 하고 나는 생각했다. 지금까지 회순은 모를 것도 없고 알 것도 없었는데, 이 대목부터는 팬터마임의 빛깔을 띠기 시작했기 때문이다. 5월과 6월. 아카시아가 피기까지와 모란이 피기까지, 꽃말을 다투는 것은 분명 아니고 실리를 다투는 것인데, 모란이 피기까지는/나는 기둘리고 있을 테야요/찬란한/대통령 후보/지명을…… 아니야/아카시아 꽃 피기까지는 대통령 후보/지명을/나는/기둘리고/있을 테야요/찬란한/슬픔의 대통령 후보를…… 이런 아리아를 노래 부르고 있는 것은 아니겠고.

이 환상이 즐거웠으므로, 나는 5월과 6월의 사실적寫實的 의미를 따지기를 잠깐 멈추고 초현실적 시상을 좇기로 했다. 이런 정치 모임에서 발언자들이 모두 영창詠唱으로 했으면 얼마나 좋을까, 하는 생각이다. 그러면 정치 가극이 될 것이다. 적에게 뺏긴 '정권' 공주公主를 목 놓아 부르는, '대의원' 왕자王子들의 구애의 아리아의 연속으로 이루어지는 정치 오페라.

이를테면,

─오 슬픔의 정권 공주/순결한 그대 눈동자/지금 어느/검은 손아귀에서 눈물짓는가/5월의 나이팅게일/울던 그 밤/별빛에 속삭

인 영원한 맹세/오 이 가슴/그대 땜시로 미어지노라— 라든지 또는 창의 가락으로

— 정치강산政治江山(뚝딱— 장단 치는 소리)/유우람할 제(뚝딱)/선명鮮明 야아당(뚝딱)/대장부大丈夫(뚝딱)/구으국 대애여얼救國隊列에/배액의 조응군白衣從軍하니(뚝딱)

— 송원영 의원은 김대중金大中 계열이고, 김수한 씨는 주류파입니다. K기자의 주의에 나는 현실로 돌아왔다. 지구당 개편 결과에 대한 예측과, 대통령 후보를 미리 지명하는 경우에 개편에 미칠 영향, 또는 유진오 씨와의 사이에 있었을지도 모르는 어떤 약속, 이런 것들이 얽혀서 대립하고 있는 모양이었다.

그다음에 김대중 씨가 송원영 안에 대한 찬성 발언을 했다. 당내에서의 명연설가로 알려진 그의 연설은 이날 대회의 첫번째 스타 플레이어였다. 논리, 리듬, 예리함을 모두 갖춘 훌륭한 데마고그였다. 바로 앞 발언자인 김수한 의원의 이야기에서 재빨리 허점을 지적해서 반박하는 기민성 같은 것은 야구에서의 더블 플레이나 구기球技의 스매싱을 연상케 한다.

아마추어 관전자로서는 역시 그런 플레이가 좋은 서비스로 느껴지는 것은 할 수 없으리라.

정치 맛의 짠짓성

처음으로 큰 박수가 일어났다. 산문적인 진행의 밑바닥에서 돌연 기조 저음이 용암류처럼 솟아올라서 웅변의 공간 속에 탄핵彈劾의 꽃불을 터치고 모임은 순간에 축제의 표정을 지녔다. 나의 환

상은 눈앞에서 실현된 것이다. 음악에 준하는 공간—극의 공간이 거기에 있었다. 아름답다,고 표현해도 좋을 모습이었다. 김응주金應柱·이충환李忠煥·김상현金相賢 씨 들의 발언이 있은 후 원안과 수정안이 표결되는 과정에서 이 대회의 첫번째 혼란이 있었다.

표결의 규칙을 둘러싼 논란이 있고 의장이 좀 당황한 듯싶었으나 이내 가라앉고 표결이 진행되었다. 표결 결과는 원안 가결, 김대중 씨의 패배였다. 아름다움은 승리는 아니라는 말이 되겠다. 김대중 연설에 의하면 원래 그는 이 대회에서의 대통령 후보 지명안을 내려고 한 것이었으나, 대회의 질서를 생각해서 그 안을 철회하고 그 대신 지명 시기를 당기자는 절충안으로서 5월 수정안을 냈다고 했다. 그것마저 부결된 것이다. 성경에 하나를 가진 자는 그마저 뺏길 것이요, 한 말이 이 말인 모양이다. 옛말 그른 데가 없다. 뺏길 때는 털털 뺏기는 게 좋을지도 모른다. 반지빠르게 끄트머리라도 걸리면, 새 길이 안 보인다. 궁즉통窮卽通이요, 싫다던 6월에 귀인들이 올지 누가 알겠는가.

당헌이 개정되자 임원 선거의 첫 순서로 지금껏 사회한 김의택 씨가 물러나고 새 전당 대회 의장 선거가 있었다. 김의택·김홍일 양 씨가 경쟁하는 모양이다. 비밀 투표여서 호명에 따라 대의원들이 단상에 올라가서 무대 뒤에 마련된 투표소에 들어가 투표한다. 굉장히 오래 걸린다. 그야말로 산문적인 과정이다. 한 시간쯤 걸릴 모양이다. 아침에 들어온 후로 자리를 지킨 대로 있어서 고단한 데다가 몹시 시장하다.

K기자와 나는 투표하는 동안 요기를 하기로 합의하고 자리에서

일어나 복도로 나갔다. 이때가 오후 4시쯤이었다. 출입구로 가니 경비원들이 나가면 다시 들여놓지 않기로 돼 있다고 한다. 매점에서 물어본즉 2층에 라면 국수를 파는 데가 있다고 한다. 우리는 2층에 올라갔다. 사람은 전혀 다니지 않는다. 라면을 파는 데로 가본즉 다방 비슷한 낮은 의자를 놓은 장소에 사람들이 비좁게 앉아 있다. 앉을 자리도 없거니와 그렇게까지 해서 먹을 생각은 두 사람 다 없었으므로 우리는 물러나왔다. 나오면서 나는 거기 앉아 있는 사람들이 피난민들 같다고 생각했다. 이 회관의 출입문은 모두 닫혀 있고, 대의원 6백여 명에 보도진까지 합한 많은 사람들이 아침부터 지금까지 갇혀 있으니 그만한 사람들이 시장해서 거기 있는 것은 당연한 일이었다. 생활의 질서가 조금만 바뀌면 사람들은 곧 피난민이 된다. 부산 자갈치시장의 막국숫집의 풍경 같은 것이 곧 현출된다. 시민 생활의 바닥으로서의 피난민. 나는 20년 전 피난 배를 타고 부산에 와서 부산 동아극장에 수용됐을 때 일을 생각했다.

그때 어머니가 가까운 민가에 나가서 김치를 한 포기 얻어 왔는데, 그 김치 맛이 잊히지 않는다. 수용소 당국에서 준 것은 소금기 있는 찬밥 덩이 하나뿐이었다. 그것은 김치라느니보다 짠지라고 하는 것이 옳을 것으로서 그것을 맛있다고 느꼈을 때 우리는 틀림없는 피난민이었던 것이다. 그 후 타인의 문지방의 높음과 타인의 짠지 맛의 짜가움을 얼마나 느꼈던고. 우리에게 타향인 이 고장은 김치 맛만 짠 것은 아니었지 않은가. 그들의 범절의 가지가지, 그들의 정치 범절, 그들의 정치 맛의 짠짓성, 그 실감을 흡수하는

'피난민 당' 같은 것도 있어봄 직한 일이 아니었던가. 그런 당이 없었던 것도, 비슷한 것이 있어도 맥을 추지 못했던 것도 이 고장의 정치 수준의 한 가늠대일 수 있으리라. 왜 안 됐을까? 어쩌면 이 고장 사람들도 피난민이었기 때문인지도 모른다. 어디서 온? 고향에서 고향에 피난한 피난민. 무슨 말인가?

시적 표현의 공소空疎

아마 이 국민 전체가 60년 이래의 피난민이 아닐까. 일청日清·일러전日露戰의 피난민. 왕조에서의 피난민. 그동안 바뀐 숱한 수용소 당국자들. 왕조의 깨끗한 양반 관료보다도 못한 대민 의식. 자국민이 아니니 적성敵性 난민으로 통치하던 일제. 피난민 자치회보다 못해온 역대 정부. 갑자기 부풀어오른 피난민 사관에 놀라면서, 그러나 클레오파트라의 부드러운 코에서 날카로운 사관을 이끌어낸 파스칼의 지혜를 따라, 라면의 평민적 성격 때문에 이집트 여왕의 귀족적 코에 야코죽을 필요는 없다고도 생각하면서, 나는 K기자와 함께 2층 좌석으로 들어갔다.

거기는 기자인지, 혹은 당 관계자들일 성싶은 사람들이 듬성듬성 앉아 있을 뿐이었다. 우리는 가운데 줄의 가운데쯤에 가 앉았다. K기자는 매점에서 무얼 사오겠노라면서 나갔다. 여기서 보니 무대는 한결 달라 보였다. 무대 바로 앞자리, 그 기자석에 있을 때는 대회 '속'에 있는 느낌이었는데, 여기서는 대회 '를' 본다는 느낌이었다. 저 멀리 아래에 보이는 무대에서 대의원들이 아직도 줄지어 투표소로 들어가고 있었고, 부총재들은 담배를 피우고 있었다. 그것은 정말, 그곳만 조명된 품이, 어느 극의 장면 같았다.

지루한 시간을 메우기 위해서 나는 피난민 사관을 좀더 새김질 해보기로 한다. 지방 자치를 가지지 못하고 정당의 참정 행위를 중앙 정치의 무대와 이슈에서만 발산해야 하는 저 대의원들도 말하자면 피난민들이다. 지방 자치라는 향토, 정치의 향리에서 추방된 정치적 피난민들이다. 나는 배포된 「우리 당의 정책 기조」라는 유인물을 뒤져보았다. 그리고 이 문제에 대한 당의 의식을 표현한 것으로 볼 수 있는 이런 구절들을 발견하였다. '일국의 정치 발전의 정도가 합헌성合憲性에 관한 점수의 총화로서 표현되는 것을 의미합니다.'(p.12) '첫째로 우리는 헌정 수호와 국민 참여의 차원을 고양시켜야 하겠습니다.'(p.12) '그리고 지방 자치의 실시를 거부하고'(p.15) '산업 구조 불균형을 심화하는 개발 투자 편향을 시정할 것입니다.'(p.26) '농촌과 도시, 도시 계층 간 소득 격차의 축소와 적정 분배로써 빈부의 범위를 최소한으로 축소하여 국민의 생동生動에 용기를 배양시키고'(p.36) '각 개인이 전체 사회의 조직과 운영에 참여토록 하여 사회 공동체로서 공공 의식의 총화로 집약하는 바탕을 조성토록 하며'(p.37)── 다 적절한 말이다.

그런데 '지방 자치'라는 표현은 단 한 군데 보일 뿐이며 그것도 '복수 정당제의 확립'이라는 항목 속에서 지나가는 말로 하고 있다. '지방 자치'가 문제의식을 가지고 분명한 단일 항목으로 거론된 곳은 한 군데도 없다. '국민 참여' '산업 구조 불균형의 시정' '농촌과 도시 간 격차의 축소' '각 개인의 전체 사회의 조직과 운영에의 참여'── 이것은 모두 시적 표현, 관념적 표현에 지나지 않는다. '국민 참여'——어떻게 참여하란 말인가? '산업 구조 불균형의 시정'——어떻게 시정하겠단 말인가? '농촌과 도시 간 격차의 축소'——어떻게 축소하겠단 말인가? '전체 사회의 조직과 운영에의 참여'——그렇다. 조직에의 참여다. 어떤 조직에? 접시에 담긴 물이다. '어떻게'가 없는 이념의 전시뿐이다.

근대화의 토착화
원칙론 말고 방법론을

이것은 공화당도 실현하고자 하는 '이념'이다. 같은 이념이라면 굳이 신민당이 집권해야 할 이유가 어디 있는가? 이념은 같지만 신민당에는 더 뛰어난 인격을 가진 일꾼이 있단 말인가? 그렇다면 공화당에 입당해서 이념을 실현시킬 수도 있지 않은가? 다른 정당을 조직한다는 것은 같은 이념에 대한 다른 방법을 가졌다는 이유에서라야 한다. 집권당에 대한 공격은 그 '방법'에 대한 공격이어야 한다.

물론 이 '기조' 유인물에서도 그 방법을 공격하고 있다. 공화당의 방법을 행정 권력이라고 규정하고, 그것이 비대했다고 쓰고 있다. 옳은 말이다. 그런데 그 '비대'를 신민당은 어떤 방법으로 시정하겠다는 말인가? 또다시 제자리걸음이다. 그저 '시정' '축소' '참여'다. 행정 권력의 비대라는 현상에 대한 분석적 파악으로 문제 이해를 심화시키지 않았기 때문이다. 행정 권력이 이 경우에는 '중앙 집권적인' 행정 권력이라는 인식을 가지고 그것이 바로 공화당의 '방법'의 내용이라고 규정해야 할 것이다. 비로소 신민당 '시정 방법'이 도출된다. '중앙 집권'에 대한 시정——'지방 분권'

말고 다른 무엇이 있을까?

대회 결의문안을 읽어본다. '결의문——①우리는 박 정권에 의하여 파괴된 헌정과 민주 질서를 바로잡기 위하여 자유선거의 확립, 국민의 신체 자유, 그리고 정보 정치의 타파 등 최대의 투쟁을 전개한다. ②우리는 박 정권에 의하여 박탈된 시민 대중의 생활권을 회복 신장하기 위하여 수탈적 세제, 물가고, 특혜, 부패 등 박정희 경제 방식을 국민과 더불어 단호히 거부한다. 우리는 이를 위한 관계법의 개폐改廢를 관철한다. ③우리는 정책의 소이小異를 극복하고 구원舊怨을 청산한, 새로운 재야의 동지들을 맞아 사명감과 동지애로 단결하여 당세를 알차게 배가함으로써 정권 교체의 기틀을 확립한다—— 1970년 1월 26일 신민당 임시 전당대회'—— 여기에도 없다. 국회 등원에 앞서 제시한 것으로 알려진 5개 선행 조건에도 '지방 자치제 실시'를 넣은 신민당의 정책 기조의 선언 속에 지방 자치 문제가 충분히 전개되고 있지 않다는 느낌이 든다.

충분히 전개되지 못했다는 뜻은 만일 진실로 지방 자치를 주장한다면 지방 자치는 이러저러한 제 방책의 하나라는 차원이 아니라, 제 방책을 관류하는 기조로서, '정책의 정책'이라는 비중으로 주장되어야 하며, 그 가능성에 대해서도 실증적인 부연敷衍이 있어야 하지 않을는지. 그래서 한국의 근대사가 정치권력에서의 국민의 피난민사이며, '개화' '근대화'에서의 국민의 소외를 극복하기 위해서는, 근대화의 주체가 객체화되는 길을 막아야 하며, 그 막는 방법이 지방 자치이며 그러므로 '지방 자치'는 '근대화의 토착화 방법'이라는——

세번째의 아름다움

박수가 일어난다. 개표가 되어 김홍일 씨가 당선되었다. 김홍일 씨가 무대에 등장하였다. 백발에 붉은 얼굴로 보였으며, 견장肩章이 달린 저고리를 입고 있는 것처럼 어깨의 표정이 장중하였다. 그는 지난번에 신민당에 입당한 것은 백의종군하는 뜻이었는데 이런 무거운 자리를 줘서 거북하지만, 힘껏 일하겠노라고 인사하고 곧 대표 위원 선거에 들어가겠노라고 사회봉을 땅땅땅, 두드렸다. 매우 박력 있고 카랑카랑했고, 대의원석에도 그런 느낌을 표현하는 친애의 술렁임이 2층까지 들려왔다. 이 장면이 이 대회의 두번째 스타 플레이어였다.

또다시 호명이 있고 비밀 투표가 시작되었다. 지루하기는 마찬가지였지만, 2층은 따뜻했다. 스팀은 들어오는데 문간에 앉아 있었기 때문에 아래층에서는 추웠던 모양이다. K기자가 사온 '요철凹凸'이 있는 롤러 같은 것으로 밀어서 경도硬度와 광택을 죽인 오징어를 씹으면서, 나는 오늘 대회의 주제인 당수 선출 광경을 내려다보았다. 경쟁자인, 유柳·이李·정鄭 세 사람은 말없이 앉아 있었다. 의장 선거의 결과 때문에 약간 스릴이 있었다. 당 주류인 진산계珍山系가 민 김의택 후보가 떨어진 것은 이재형계와 정일형계가 연합해서 김홍일 씨를 민 것이겠고, 그 연합이 당수 선출에서도 유지된다면 유진산 씨에 대한 예측이 뒤집힐 수도 있기 때문이었다.

투표 결과가 발표되었다. 유-286표, 이-192표, 정-125표, 과반수 득표자가 없어서 1차 투표에서의 당수 선출은 유산되었다.

그러자 정일형 씨가 발언대로 나왔다. 줄곧 깍지 낀 손을 앞에 하고 앉았던 사람이 단추를 누르자, 썩 일어나는 식으로 일어나는 그 동작에는 독특한 것이 있었다. ─심산유곡에는 절간이 있습니다, 하고 그는 말을 시작했다. 번뜩이는 안경알과 그 설법의 화두 같은 연설의 첫 구와 짐작되는 그 얘기의 내용이 어울려서 긴장감이 장내에 서렸다. 그는 신의를 신조로 정치 생활을 해왔다는 것, 자기를 지지해준 동지들에게 감사한다는 것, 이재형李載灐 후보와의 신사협정에 따라 자기는 2차 투표 입후보를 사양한다는 것, 자기를 지지한 표를 이 후보에게 던져달라고 맺었다.

  가장 큰 박수가 일었다. 이 대회의 세번째 스타 플레이어고, 또 절정 장면이었다. 이것도 아름다웠다. 그 아름다움은 실력대결이라는 절대 폭력이, 신사협정 이행이라는 절대 준법의 테두리에서 표현된 탓이었다. 코르셋으로 죄어진 풍만한 육체처럼, 절제된 힘─의 아름다움이었다.

  야만하게 방자放恣한 생명을 물속에 집어넣음으로써 얻어지는 힘. 현대의 재즈족과 히피족이 배워서 철이 들어야 할 매너, 범절. 모든 경제적, 성적, 정신적, 정치적 재즈족과 히피족들이─다만 그 아름다움이 이번에도 패배와 연결된 것이 서운했다. 왜 패배한 자, 떠나는 자, 끝난 자, 버린 자에게만 아름다움이 있는가. 아름다움과 승리의 연결은 없는가.

  감상 없는 연설

  2차 투표의 시작. 호명, 행렬, 그러나 이번은 그다지 지루하지 않다. 김 의장은 의장석에 앉은 채 무슨 책자를 들고 읽고 있다. 의자 팔걸이에 팔을 걸치니, 그의 상체와 어깨의 표정은 더욱, 부재不在의 견장에의 색인索引 같은 느낌이다. 투표 끝. 땅땅땅. 개함. 유진산 327표. 유진산 당수. 박수. 환호. 6시 30분. 유, 이, 정, 악수. 이재형의 발언. 지지에 감사. 유진산 선생의 당선을 축하. 당연한 귀결. 그를 지지하고 당에 충성을 맹세. 박수. 환호. 아름다움. 패배. 네번째 스타 플레이어. 유 당수의 목에 꽃목걸이. 플래시. 안경알의 번득임. 올려진 오른팔. 간단히 인사. 취임 연설의 준비를 위해 1시간의 정회 요청. 정회를 선포합니다. 땅땅땅.

정회 시간에 석식 도시락이 나누어졌다. 이때 약간의 사건이 일어났다. 도시락을 대의원들에게 나누어주는 사람이 빨리 가져가지 않으면 기자들이 가져가버린다고 대의원들에게 마이크로 말했다는 것이 기자석을 자극, 기자들이 도시락 수취를 일제 보이콧하고 분연히 복도로 퇴출하는 불상사가. 그러나 내가 듣기로는 도시락 분배자는 그렇게 말하지 않았다. 빨리 타가달라. 기자들에게도 빨리 나눠줘야 하니까 늦으면 받지 못한다는 뜻의 말이었다고 나는 들었다. 그렇더라도 비非는 신민당 쪽에 있었다. 일一왈 선주후객先主後客은 비례非禮이며, 이二왈 황언비사謊言此事는 불민이기 때문이다. 잔칫집에서 흔히 있는 실순데, 다음 당 대회의 조심 사항으로 회의록에 올리는 게 좋겠다. 회의가 속개되고 유 당수가 취임사를 했다. 집권당의 개발 독재와 경제 정책을 비난하고 보강된 당과 국민 총력의 집결로 정권 교체를 이룩하자고 말했다.

그의 연설은 간명하고, 감상이 없고, 당료답고 서무과를 잘 장악하고 있는 사립학교의 교장다웠다. 나는 그의 개인의 오늘의 승리를 축하하였다. 그의 경력과 인상에서 느껴지는 바가 이 당과 국민에게 좋은 기여를 하기를 빈다. 전해지는 바에 의하면 그는 당인으로서의 선천적인 능력을 가졌다고 한다. 그것이 어떤 것인지 구체적으로 알 수는 없으나, 오늘의 표결에 나타난 저력, 그것을 가능하게 하기 위하여 쌓아온 정력, 실리에 밝다는 소문 등은 모두 정치가로서의 좋은 일이다.

국민이 보는 미지수

우리는 정치가에게 분신자살을 해달라거나 할복자살을 해달라고 바라지 않는다. 그것은 국민의 힘을 조직할 조건이 없을 때에 공인公人이 취하는 집단에의 봉사다. 신민당의 당수는 국민을 조직하고 참여시킬 조건 속에 있다. 그래서 조직자로서의 능력이 귀중한 것이며 오늘의 당수 선출에서 자신의 표를 조직하고, 그 승리한 능력에 기대하고 싶은 생각이 든다. '실리'란 무엇일까? 노예의 실리는 굴욕의 빵 한 조각이며, 반역자의 실리는 외국 은행의 비밀 통장 한 책이며, 용자의 실리는 동포에게 봉사하는 명예감이다. 모두 실리다. 다만 당자의 기량── 생명력의 심도에 따라 양이 다를 뿐이다. 질적인 차이는 없다. 큰 그릇은 큰 양이 아니면 성에 차지 않는다. 그는 큰 양을 필요로 하는 것이다. 오늘 선출을 보건대 유진산 씨는 다량의 표를 원했고, 또 소화했다. 그렇다면 그는 용자일시 분명하다. 남은 순서는 일사천리로 진행되었다.

이 대회는 혁신계 일부, 자유당, 한독당이 합당 흡수되어 대의

원으로 참가했다고 한다. 유 당수가 말한 유사 이래 가장 충실한 통일 야당이란 말은, 그 뜻일 게다. 그렇기는 하다. 그러나 그것은 신민당의 당세에 입각한 견해이고 국민의 입장에서는 그것이 익일지 손일지는 미지수이다. 첫째 신민당이 앞으로 그 3개 정당들이 각기 구현하던 각기의 이러저러한 공익, 따라서 그 뒤에 지지자로서 있었다고 추정해야 할 국민의 그 층을 얼마나 대변하느냐 하는 문제, 야당을 형식상 단일화한 것은 여당의 공격 목표를 보다 단순화시켜준 것도 된다는 새 국면이 그것이다. 이 두 문제는 결국 한 가지 문제다.

이제 신민당의 체제는 새로 갖추어졌다. 오늘 대회도 훌륭한 것이었다. 그러나 대회가 훌륭하고 당이 정비됐다는 것은 선수가 깨끗한 유니폼을 장만했다거나 코치의 궐위를 메웠다는 의미 이상의 것은 아니다. 포부는 가지고 있으리라. 그러나 국민은 포부의 실현을 원한다. 실현은 이 순간부터의 신민당의 일거수일투족의 스코어다. 그것은 미지수다. 당이란 '당리'를 위해 있고, '야'당의 당리란 정권 탈취의 야욕에 있다. 그러므로 야당의 임무는 간단하다. 정말로 차기 집권을 야심하는 것이다. 남의 야심을 내가 어찌 알겠는가.

만세삼창, 나는 자리에서 일어났다. 시간의 밀봉. 고단하다. 다시는 이런 일감을 맡지 않으리라고 야심하면서, 나는 광화문의 야경 속으로 걸어 나왔다. 밑천 없이 투전판에서 밤샘을 하고 나오는 야심 없는 관전꾼처럼.

세계인

1

 계절이 바뀔 때 우리는 무엇인가를 느낀다. 옮아가는 것들은 소리 없이 가지는 않으며 오는 자들도 또한 예고가 있다. 역사가 새롭게 시작되는 마디는 돌연히 이루어지는 법이지만 거기에도 연속은 볼 수 있는 것이다. 역사적 전체상이 새로운 자세를 갖출 때, 그 속에 살고 있는 개인의 대부분은 이것을 눈치 채지 못할는지 모르나, 다음 시대를 짊어질 층은 기상을 감득하게 되는 법이다.
 그러한 의미에서의 무언가 얼핏 형언키 벅차기조차 한 저류를 지금 우리는 느끼고 있다. 이러한 흐름을 나는 우선 '회향回鄕'이라는 개념으로 정립해본다. 그렇다. 우리는 적어도 돌아오고 있다. 아니 좀더 겸손히 말하면 우리는 아무튼 발길을 돌렸다.
 이것은 무엇을 뜻하는가? 어떤 징후를 가지고 나는 그런 단적인 정립을 하는가? '회향'이란 구체적으로 무슨 말인가? 당연히 문제는 이런 방향으로 전개되어야 한다. 그러기 위해서는 이제껏 우리가 걸어온 노정을 간단히 돌이켜보는 것이 필요하다.

8·15, 그것은 물론 1차적으로 정치적 심벌이다. 그러나 우리가 이 글에서 돌이켜보려는 입장은 8·15를 단순한 정치 현상으로서가 아니라 보다 깊은 조명 속에서 보자는 것이다. 1945년의 그날 우리는 '해방된' 것이다. 이 위대한 날은 우리들에게 모든 것을 허락했으나, 동시에 아무것도 할 수 없게 만들었다. 해외에서 돌아온 '지사'들은 변하지 않은 조국에의 향수는 두둑이 가지고 왔으나, 한 가지 커다란 오해를 하고 있었다. 그들은 사실 해방된 조국에 돌아온 것이었는데도 불구하고 해방시킨 조국에나 돌아온 듯이 잘못 알았다. 그들은 개선한 것이 아니요, 다만 귀국했을 뿐이었다. 이 오해가 낳은 혼란은 컸다. 민국 수립까지의 남한의 카오스가 바로 거기에 까닭이 있었던 것이다.

미군정 당국이 애초에 어느 정도의 플랜을 가지고 있었는지는 나로서 이렇다고 확언할 만한 자료도 본 적이 없고 아직 너무 가까운 일이어서 그 진상을 알 수 없지만, 미군정이 현실로 취한 여러 행동으로 미루어볼 때 거의 아무 준비도 없었던 것이 아닌가 추측된다. '민주주의적 정권을 만든다'는 방향만은 가졌을 것이다. 그러나 그 말이 무엇을 의미하는가? 아무 뜻도 없다. 한국의 어느 층과 손을 잡을 것이며 어떤 속도로, 어떤 입장에서 한다는 계획 없이 그저 '민주주의적 정권을 세운다'는 것은 '인간은 행복해야 한다'는 말 이상으로 무의미한 말이기 때문이다.

미국의 대한 정책은 전후 뚜렷한 대결의 형태로 나타난 대소 관계의 양상이 이루어짐에 따라서 비로소 구체화되었다. '민주화'란 의미는 '반공'과 같은 말이 되었다. 이렇게 해서 이승만의 시대가 시작되었다. 그는 한국의 민주주의는 반공을 뜻한다는 사실을 가장 잘 안 사람이기 때문에 정권을 얻었다. 역사는 역사의 뜻을 아는 사람에게 자리를 준다. 이승만 정권은 민주주의를 위한 정권이기에 앞서 반공을 위한 정권이었으며, 그러므로 빨갱이를 잡기 위해 고등계 형사를 등용하는 모순을 피할 수 없었다.

　6·25가 왔다. 공산주의는 신화로서가 아니라 엄연한 역사로서 처음 우리 앞에 그 모습을 나타냈다. 희생은 컸으나 교훈은 절대적이었다. 우리는 공산주의가 무엇을 뜻하는가가 아니라, 공산주의가 무엇인가를 보았다. 우리는 처음으로 뚜렷한 적을 가졌다. 누가 무어라건 인제 공산주의는 남한 국민의 마음을 얻을 수 없게 되었다. 대중은 늘 위인보다 한 발씩 처지는 법이다. 경험에 의해서 배우는 것은 민중의 가장 확실한 자기 형성의 길이며 역사는 그렇게 걸음을 뗀다. 그러나 이때는 이승만의 정부는 그 이상 지탱할 수 없이 만신창이가 돼 있었다. 식민지 관료와 고등계 형사와 왕조적 노인의 트리오가 튕겨내는 이상한 불협화음은 악의 포화점에 이르고 말았다.

　그리하여 저 4월의 그날이 왔다. 그날 한국의 '민주주의'가 시작되었다. 그날 한국의 자유가 탄생하였다. 그날 한국의 전통이 탄생! 하였다. 그날 모든 것이 비롯하였다. 그날의 주인공이 완전히 젊은 세대였다는 사실은 그 얼마나 상징적인가. 그날 우리는 우리

세계인 93

가 된 것이다.

해방 이후 줄곧 역사에서 소외당했던 우리가 비로소 '자기'를 찾은 것이다. 해방은 마땅히 애국자들이 거느리는 독립군의 힘에 의해서 이루어졌어야 했으나, 사실은 그렇지 않았다. 그 사실이 모든 일을 망쳐버렸다. 역사를 상징적으로 보는 사람의 입장에서는 이러한 일이 우연이 아니며 반드시 뜻깊은 섭리에 의한다고 말할 수도 있으리라. 다만 우리로서도 말할 수 있는 것은 섭리라느니보다도 그것은 너무나 당연한 결과였다는 것뿐이다. 3천만 명의 인간들이 36년간 매일같이 반란을 했어야 옳았다고 주장하는 것이 아니다. 과거에 대한 고찰은 항상 사실을 검증하는 것으로 족하며, 그 이외의 회한이나 원망으로 착색하는 것은 어리석은 일이다. FLN의 깃발이 우리에게는 없었다는 사실을 말하면 족하다.

15년간의 방황 끝에 우리는 슬픈 역정歷程에 종지부를 찍었다. 4월은 우리들의 '바스티유의 공격'이 되었다. 그들은 한국 역사상 처음으로 역사의 주인이 되었다.

우리는 지난날을 간단히 회고하였다. 그렇다면 한 걸음 더 나가서 그들이 돌아온 곳은 과연 어디일까? 인간이 되었다는 것은 무슨 말인가?라고 우리는 질문하지 않으면 안 된다.

이스라엘의 독립은 '출애굽'이며 '가나안에의 복귀'였다. 인도의 독립은 브라만의 나라로 돌아오는 것이었다.

중공조차도 그들의 전 중국 공산화를 '대중화의 중흥'이라고 강변하려 한다.

이 모든 나라들의 경우는 그들의 정치적 각성을 밑받침해줄 정신적 고향을 가지고 있다. 그것이 종교든 종족적 정치 이념이든.

그렇다면 우리들에게 있어서 그러한 정신의 고향은 어디일까?

나는 여기서 눈앞이 캄캄해진다고 고백하지 않을 수 없다.

일제 통치의 최대 죄악은 민족의 기억을 말살해버린 데 있다. 전통은 연속적인 것이어서 그것이 중허리를 잘리면 다시 잇기가 그처럼 어려운 것이 없다. 생각건대 한국인은 종교적인 국민이 아니다. 혹은 역설 같지만 너무나너무나 종교적인지도 모른다. 유대 민족과 같은 신앙을 못 가졌다는 의미에서 그렇고, 국회의원이 무당을 찾아갔다는 의미에서 그렇다. 전통을 유지하면서 서구를 배울 수 있은 일본의 행운과는 달리 우리는 정치적인 패배와 더불어 정신적 유산마저 잃어버리고 말았다. 우리가 지금 해야 할 일은 우리 유산의 재고 조사를 실시하는 일이다. 우선 있는 대로의 파편을 주워 모아라. 다음에 그것들을 주워 맞춰서 원형을 추정하는 몽타주 작업을 실시하라. 그렇게 하여 우리가 망각한 우리들의 정신적 원형을 재구성하라. 이렇게 하여 만들어진 '한국형'을 세계의 다른 문화 유형과 비교해보라. 무엇이 공통이고 무엇이 특수한가를 밝혀내라. 다음에 쓸모 있는 것은 남기고, 썩어 문드러진 데를 잘라버리자. 중요한 일은 우리가 전통을 검토하는 것은 그곳에 머무르려는 것이 아니라 거기서 빨리 떠나기 위해서다.

불교로 돌아가자고 말하기는 쉽다. 실학 정신으로 돌아가자고 말하기는 쉽다.

그러나 세계는 지금 아주 달라졌다. 문화권들이 서로 자기 완결적으로 폐쇄된 상태에 있던 옛 시대에는 정신적 자각은 논리적으로 전통에의 회귀를 의미했으나, 지금 20세기에 사는 우리의 경우, 문제는 그렇게 간단치 않다. 가령 우리들의 정신적 원형이 불교에 가깝다는 것이 증명된다 할지라도 그렇다고 해서 우리의 과제가 곧 불교에의 회귀로 결론지어지는 것은 아니다.

『팔만대장경』전권보다는 한 마리의 개를 태운 우주 차량이 더 심오한 것일지도 모른다고 말하면 당신은 나를 비웃겠는가? 신구약의 모든 페이지보다도 달로 쏘아 보낸 1발의 포탄이 더 계시적이라고 말하면 당신은 점잖게 미소함으로써 나를 무시하겠는가?

당신이 옳을는지도 모른다. 그러나 묻건대 당신은 달을 포격한다는 것이 무엇인지를 아는가?

2

어수선한 이야기였지만 우리들이 지금 놓여 있는 상황을 대강 파악한 것으로 생각하고 다음에 기독교에 대해서 잠깐 생각해보자. 서양 문명에서 기독교가 차지하는 의의에 대해서 계몽적인 설명을 가할 생각은 없다. 다만 기독교가 그들에게는 알파와 오메가라는 것만 말하면 그만이다. 서양 문명은 기독교 신학의 다양한 변주곡에 다름 아니다, 라고 나는 생각한다. 절박한 위기의식 속에 방황하는 그들이 기독교로 돌아가려는 움직임을 보인다면 그것은 너무도 당연한 일이다. 더욱이 내가 감탄하는 것은 바티칸 당국이 취하고 있는 존경할 만한 역사 참여이다. 그들은 하늘의 정의가 땅 위에서도 에누리 없이 실현되어야 하며, 이웃에 대한 사랑은 사회적 진보와 정치적 자유의 확대에 의해서 현실화해야 한다는 결심을 한 것처럼 보인다. 과거에 지구상의 어떤 종교가 이처럼 꿋꿋하고 관대한 지혜를 가지고 인간의 역사에 참여했단 말인가?

내가 서양인이라면 가장 간단하게 내 문제를 해결할 것이다. 즉 나는 가톨릭이 될 것이다. 물론 당신은 말하리라. '최 선생, 그건 오햅니다. 기독교는 서양의 종교가 아닙니다. 예수 그리스도는 오히려 동양인이며 적어도 서구인은 아닙니다. 그리고 기독교는 풍토성으로 제약될 수 없는 세계성을 가졌습니다'라고.

당신은 옳다. 그리고 옳지 않다.

나는 그리스도의 출생지를 문제삼고 있는 것이 아니라 그의 현주소를 문제삼았던 것이다.

다음에 세계성을 띠었다는 의미에서 기독교를 믿고자 한다면 우리는 콩고인이나 뉴기니인이나 혹은 아메리카 인디언이 아니라고 말하면 족하다. 쉽게 말하자. 우리는 불교를 가진 문화권에 속하는 주민이란 말이다.

서양 사람이 쓴 글에서 어쩔 수 없는 단절감을 느끼는 경우는 '종교 즉 기독교'라는 고정관념을 감득할 때다.

개인적인 경험을 말한다면 이런 일이 있다. 중학교 초학년 때 어떻게 해서 『죄와 벌』을 읽게 됐다. 물론 이해하지 못했다. 고등학교에서 다시 읽었다. 이번에는 이해했다. 단 그때 나는 『죄와 벌』을 이해하지 못한 것이 아니라 '기독교'를 몰랐다는 것을 이해했단 말이다.

한국인 최인훈 선생에게 있어서 기독교는 생득 관념이 아니라 학습의 결과였다는 것이다.

이 문제에서 오히려 중대한 것은 서양 사람들의 앞에서 말한 독선보다도 열등감에 사로잡힌 동양인의 심리라 하겠다.

그들은 다른 학문의 분야에서나 마찬가지로 서양 사람의 시점에 서 있다. 이른바 '저쪽'의 시점에서 '여기'를 보고 있다는, 말할 수 없이 슬픈 인식의 우로迂路를 걸어왔다.

동양이 세계사에 등장한 것은 개척민으로서가 아니라 인디언으로서였다. 다만 다른 것은 인디언은 멸종했으나(천연기념물로 잔존해 있는 것은 고려에 넣지 말기로 하자) 동양인은 살아남았다는 것뿐이다. 그리고 그러므로 근본적으로 문제는 다른 것이다. 아무튼 정복자로서 나타난 사람들의 가호신加護神이 더 우수해 보인 것은 그들의 대포가 가전家傳의 명궁보다 좋아 보였기 때문이라는 소박한 관찰을 나는 고집한다. 이런 패배 의식이 우리를 아직도 누르고 있다.

나는 확신한다. 서양 사람들이 무당 신앙으로 개종했다는 보도가 AP를 통해 들어오면 한국인이 그날로 전통으로 돌아가리라는 것을. 한국인(혹은 동양인)이 스스로의 정신적 주체성을 굳히는 작업에서 최대의 장애물은 기독교 그것이다.

만일 기독교를 우리들 회향回鄉의 자리로 선택한다면 그것을 배우기 위해서 우리는 꼭 2천 년을 소비해야 할 것이다.

이런 일이 있어서는 안 된다.

회의주의자 도마, 그리스도의 옷자락을 만져보고야 믿은 도마와 우리를 비교하는 것도 이치에 맞지 않는다. 왜냐하면 우리는 도마들이 아니기 때문이다.

3

우리가 이처럼 생각하지 않을 수 없는 까닭은 세계가 지금 새로운 문화를 분만할 단계에 있다는 관찰에서다. 다른 말로 하면 이제부터의 인간의 목표는 크리스천이 되는 것도 아니며, 불교도가 되는 것도 아니며 마르크시스트가 되는 것도 아니고 '세계인'이 되는 일이다.

오늘날 확실히 '세계'는 실재한다. 서양 중세기나 근대 이전의 동양처럼 한 가지 이념에서 묶인 세계가 아니라 통신과 교통에 의해서 지탱되는 그러한 세계가 존재한다.

매스 커뮤니케이션이 다루는 정보량의 대부분은 여전히 서양에 관한 뉴스다. 잠자던 대륙들이 눈을 뜬 것은 사실이지만 눈뜬 사자가 반드시 일어나라는 법은 없다. 노예의 신분에서 해방된 노예가 다시 주인의 소유물이 되기를 간청한 로마 시대의 이야기를 우리는 알고 있다. 모든 신생국에서 벌어지는 사태는 절망적인 것도 아니며, 그렇다고 희망적인 것도 아니다. 왜냐하면 도무지 스스로 걸음마를 시작한 세월이 너무 짧기 때문이다.

우리는 교만할 이유가 없으며 소박하게 낙관할 만큼 미련하지도 않다. 우리가 가진 것이 있다면 이런 정신—솔직하게 사태를 직면하고, 상황의 뜻을 자각하여 그 개선을 향해서 노력하자는 각오일 것이다.

4·19는 우리들의 이와 같은 부활의 신념과 투지를 표시한 상징이라는 것에 그 의미가 있다. 그날 경무대로 달려가던 아이들에게서 나는 1789년 여름 바스티유로 달려가던 인민들의 메타모르포세스를 본다. 우리들이 앞으로 의지할 정신적 지주는 석굴암 속이 아니라 저 4월의 함성 속에 있다. 우리의 노래를 울려 보낼 하늘은 저 서라벌의 태고연太古然한 하늘이 아니라 초연硝煙이 매캐하게 스며든 저 4월의 하늘이다.

4월을 말할 때 공리론은 무의미하다. 그것은 신화였던 것이다. 그날의 대열에 참가한 아이들을 우상으로 섬기지 말라. 그날의 당신과 지금의 자기를 동일시하지 말라. 그날의 당신은 당신이 아니었다. 신화는 한번 표현되면 다시 지우지 못한다. 4월은 인간이기를 원하는 한국인의 고향이 되었다. 그것은 신라보다 오래고 고구려보다 강하다. 인간의 고향이기 때문에 오래고 오래며 자유의 대열이기 때문에 강하다. 결국 인생을 살고 싶지 않은 사람들이 있는 것이다. 4월의 아이들은 인생을 살기를 원한 최초의 한국인이었다. 그들과 더불어 새 시대가 시작되었다. '자기'가 되고자 결심한 인간. 정치로부터의 소외를 행동으로 극복한 인간만이 살 자격이 있으며 저 위대한 서양인들과 어깨를 겨누고 '세계인'이 될 힘을 가졌다.

4월의 아이들은 달려간 아이들이다. 그들은 생각하면서 달려간 것이 아니요, 달리면서 생각한 새로운 종자였다. 우리는 현대가 정치의 계절임을 안다. 식민지 인텔리의 불행한 의식은 정치를 곧 악으로 동일시하는 슬픈 타성을 길러왔다. 정치는 악도 아니요 선도 아니다. 그것은 태양이 현실인 것처럼 인간의 현실이다. 눈을 감으면 태양은 보이지 않을지 모르나 정치는 그사이에 당신의 목에 올가미를 씌운다. 정치적 권리를 방어하려는 자각을 갖지 못한 인간에게는 미래가 없다. 정치적 차원에서 표현되지 못한 휴머니즘이 얼마나 무력한 것인가를 우리는 잘 알고 있다. 휴머니즘은 언어의 미학이 아니라 행동의 강령이다. 그것을 지키려는 결의가 없는 데서는 휴머니즘은 휴지보다도 못하다.

아직도 우리의 과제는 '인간'이 되는 일이다. 그런 까닭에 석굴암이나 백마강으로 가고 싶어 하는 사람들을 나는 두려워한다. 우리가 겨우 빠져나온 인간 소외의 심연 속으로 발목을 끌어당기는 듯한 공포를 느끼기 때문이다.

아니다. 그렇게 하면 우리는 또 한 번 헛다리를 짚을 것이다.

4

계절은 바뀌고 있다.

아직도 우리의 운명의 사슬은 튼튼하다. 이 사슬을 끊어버리고 그것을 무기로 주먹에 거머쥐고 인간을 반대하는 모든 악령을 후려칠 때를 기다리자.

우리가 이런 결심을 어렴풋이 느끼고 있다는 의미에서 계절은 바뀌고 있다. 그래서 회향이지만 그 돌아갈 고향의 이름을 우리는 모른다. 그것을 호오好惡를 기준 삼아 얘기하라면 불교라고 말하겠으나 거기에는 불타佛陀의 키보다 큰 조건부로서만 그렇다. 그 조건들이 낱낱이 허락될 것인지를 나는 의심한다.

그러므로 차라리 지금 당장에 때 묻지 않은 피부로 우리를 안아 주는 저 4월의 가슴을 나는 택하는 것이다. 그것은 세계로 향한 폭파구였다. 4월의 아이들의 그 상긋한 겨드랑 냄새를 나는 좋아한다. 그 핏발 서지 않은, 그러면서 흑보석처럼 타던 눈동자를 사랑한다. 그들이 보여준 보편성을 나는 사랑한다. 가장 특수한 것이 가장 보편적이다 어쩌구 하지 말라. 두 사람의 인간이 최초로 월세계에 착륙했을 때 그들이 국적을 따질 것인가? 그들은 포옹할 것이다. 그들이 남녀라면 '육체의 회화'를 교환할 것이다. 다음에 소리 높이 웃을 것이다.

인간에게는 인간이라는 특수성보다 더 특수한 것은 없다. 서양 나라들 가운데서 가장 솔직하고 비교적 거짓말이 적은 나라에서 아직도 검둥이 아이들은 다른 학교에서 공부해야 된다고 생각하는 사람들이 있는 현 세계에서 나의 생각은 아마 귀여운 종류에 속한다고 당신이 말한다면, 나는 입을 다물 수밖에 없다. 당신이 아무 것도 모르고 있다는 것이 분명하기 때문이다.

세계인이란 아직껏 있어본 적이 없다. 그것은 미래의 인종이며 새 시대의 신화족이다. 미래의 역사에서 낙오되는 국민은 경제력이 약한 국민이나 군사력이 약한 국민보다도 이 새 타입의 인간에 스스로를 맞추는 데 인색하거나 자각이 없는 국민일 것이다.

　서양인은 전자가 되기 쉽고 동양인은 후자가 되기 쉽다. 많이 가진 자는 훌훌 떨쳐버리기가 어려울 터이고, 아무것도 갖지 못한 사람들이 남의 퇴물도 아쉬운 것은 있음 직한 일이다.

　오늘날 지성인이란, 신분으로 고정된 계급은 아니라 할지라도 사회의 운명을 예민하게 붙잡아서 그것을 표현하고 사회 행동에 방향을 주는 구체적인 세력이 되고 있다.

　지적 호기심에 불타고 자중할 줄 알고 자기가 속한 사회에 선을 행하려는 정열을 간직하고 시야가 넓으며, 전통을 탐욕스럽게 반추하고 그것을 미련 없이 뱉어버릴 탄력성을 가진 지적 엘리트가 한국 사회에 형성돼가고 있다. 구태여 나이를 기준한 세대론을 말할 생각은 없다. 늙은 아이들도 있으며 젊은 노인들도 있다. 영혼의 자유는 호르몬의 분비량과 반드시 일치하는 것은 아니기 때문이다.

　내가 말하고 싶은 것은 스스로 지성인이라고 생각하는 사람들 가운데 어떤 사람들은 분명히 우리가 뜻하는 바 지성인이 아닌 것 같다는 사실이다.

　그야 지성인의 정의를 내리는 것도 쉬운 일은 아니겠지만, 적어도 일정량의 지식을 두개골 속에 저장했다는 의미의 정물적 인간상처럼 우리의 입장에서 먼 것은 없다.

　우리가 뜻하는 지적 엘리트란, 선택하고 싸우고 모험하고, 겸허하게 그러나 집요하게 인간의 자유를 위해 싸우는 그러한 사람들이다. 그러면 우리에게는 희망이 있는가? 그렇게 묻는다면 그것은 당신이 내가 한 말을 전혀 이해하지 못한 것이다. 희망은 역사 속에도 인간에게도 조국에도 물론 신에게도 없다. 당신이 만일 희망이 있기를 원한다면 거기 희망이 있다. 당신이 만일 빛이 있기를 원한다면 거기 빛이 있다. 소망과 빛은 구약과 신약에 있는 것이 아니라 당신의 에고(자아) 속에 있다. 당신은 새로운 신화족이 될 수 있는 시대에 살고 있으며, 계승이 아니라 창조의 계절에 살고 있다.

4월의 아이들은 열등감의 검은 벽을 폭파하였다. 이 구멍으로 나가라. 당신의 눈앞에 전개되는 운명의 지평에 맞서라. 그때 당신은 인간이 된다. 인간이 되기는 고달프고 벅찬 작업이다. 전통이라는 이름 밑에서 비겁한 후퇴를 말자. 문화유산의 정리, 진지한 검토와는 별개의 문제다. 현재로서는 토인들의 부메랑처럼 자동적으로 돌아갈 전통이라는 것이 우리에게는 없다, 고 나는 생각한다. 우리의 전통은 미래의 저 어둡고 그러나 화려한 지평의 저편에 있다. 우리는 미래를 선취한다. '세계인'이란 바로 그런 것이다. 당신은 당신의 심장을 향하여 말하라. '오라 그대, 나의 잔인한 연인 나의 미래여'라고.

일본인에게 보내는 편지

나는 이 글에서 두 가지 일을 잠깐 살펴보려 합니다. 한 가지는 동양사에 대한 어떤 생각입니다. 동양사라고 말하는 것은 여기서는 극동사——한·중·일의 지난날의 모습을 말합니다. 이 지구상의 여러 생활 관계권 가운데서도 근대 이전의 이 세 나라 관계는 주목할 만한 것이 아닌가 합니다. 왜냐하면 이들 세 나라는 오랫동안 민족 자결이라는 국제 관계에 대단히 문명한 국내 질서를 유지한 실적을 가졌기 때문입니다. 물론 잘 알다시피 이 일반적 요약의 예외는 있었습니다. 예를 들면 여원麗元 연합군의 일본 공격, 풍신수길 군軍의 조선 공격이 개입하고 있습니다.

그러나 삼국간의 평화적 공존의 균형의 오램에 비하면 이 같은 사례는 삼국의 정통적 국제 관계의 기조를 뒤엎을 수 없었다고 봐야 하겠습니다. 더욱 주목하고 싶은 것은 이 세 나라에 모두 고도의 관료 제도가 발달하여 당시의 생산 기술과 견주어 비교적 공평한 제 계급간의 안정을 보장함으로써 반항구적 법치의 형태를 인간의 의당한 생활로 여기게 하는 상태를 이루었던 것입니다.

서세동점西勢東漸 이전의 동양은 '야만'이 아니라 '문명'한 '농업' 사회

이것이 우리에게 제일 오래된 그리고 제일 긍정할 수 있는 민족 관계와 계급 관계의 패턴입니다. 지금도 우리는 혹 종의 이른바 '근대화' 이론이 '후진국'의 성격 표징으로서 부족주의적인 전前국민성과 합리적 사유의 결핍이라는 말을 할 때 사실 어리둥절합니다. 천하에 왕토 아님이 없고 괴력난신怪力亂神을 말하지 않기가 따져보기도 귀찮을 만큼 옛날부터가 아닙니까. 생각건대 이것은 기술 사관의 과도한 적용에서 온 오판이요 비하였습니다. 서세동점에 따른 우리들의 과제는 모름지기 앞서 말한 삼국 간의 국제―국내 질서형의 존중과 선용 위에서 새로운 기술 형태를 섭취하여 생활을 재편성하는 것이었습니다. 그러나 그렇게는 되지 않았습니다.

유교적 정치 감각

이른바 '불행한 사태'라고 불리는 일련의 움직임을 따라 역사는 이루어졌습니다. 오늘 우리는 그 '사태' 후의 때에 살고 있으며 아직도 우리 선조들이 이루었던 문명한 균형에 이르지 못하고 모색 중에 있습니다. 지금 온고지신溫故知新하는 마음으로 우리 서로가 잘 아는 역사의 슬기를 돌이켜보고 싶은 것입니다.

다음에 느끼는 것은 이런 일입니다. 여러분은 이미 끝장을 낸

일인지 모르겠습니다만, 우리로서는 아직도 골치 아픈 '서구'의 문
젭니다. 생각건대 이 점에서도 우리는 어떤 착각을 한 것이 아닌
가 생각합니다. 국가와 문명을 너무 유착시켜 생각해온 것이 아닌
가 합니다. 우리들에게 커다란 충격을 준 서구에 대해서 여러 가
지로 생각해본 결과 나는 매우 심각한 생각을 하게 되었습니다.
서구란 말로 우리가 연상하는 문화적 제 가치는 결코 고정 특유하
고 단일한 어떤 실체가 아니라 거의 이 지구상의 모든 제력諸力이
특정 시기에 지표상의 서구라는 부분에서 행복하게 조합된 어떤
현상이며 그것이 지구의 여타 지역에 퍼졌을 때의 그들과 우리들
의 환상까지도 곁들인 매우 애매한 현상이라는 것입니다. 서구적
'기술'이라는 것만 보더라도 그것은 결코 석탄의 매장 모양으로 서
구라는 지역의 '토산'이 아닌 것입니다.

여러 시대의 여러 지역의 민족들의 심신의 노동의 결과가 우여
곡절하여 근대 서구에서 그러한 형태로 나타났던 것입니다. 기술
의 그만한 질량이 지표상의 한 지역에 집결한 것은 사상 처음도 아
니었고 마지막도 아닐 것입니다. 이러한 일을 생각해보는 것은 얼
마쯤 유익하지 않을까 합니다. 기술이건 무엇이건 간에 어떤 가치
와 그 가치의 소재나 주체를 물신처럼 유착시켜 생각하는 것은 자
칫 오만과 비하를 피차간 가지게 되기 쉽기 때문입니다.

인사의 만반은 유전하는 것이며 유전 속에서 고도한 문명을 가
지자면 그것은 겸허하게 끊임없이 재획득되지 않으면 안 됩니다.

문명은 매일같이 새롭게 상속되지 않으면 안 됩니다. 그것도 독
점 상속이 아니라 제 민족간에서 그렇게 되어야 합니다. 오늘날

인류는 지구 단위에서의 문명의 재분배 과정에 있습니다. 문명 정보의 전파가 정복이 아니라 평화에 의해 이루어지는 것, 그리고 지구상의 모든 민족은 인간이라는 이름으로 그렇게 요구할 권리가 있다는 것입니다. 그 권리란 우리가 실증적으로 계산하려면 너무나 복잡한 것이 되겠으나 이 우주의 생성 이래 모든 민족이 지표상의 문명의 성을 위하여 대신할 수 없는 일석一石을 얹어왔겠기 때문입니다.

불교적 존재 통찰洞察

실증에 앞서 이 같은 비전을 직관하는 상상력에 있어서 또한 우리는 공통의 전통을 가지고 있지 않습니까. 만물은 인연에 의해 생기며 인연 속의 중생은 오직 상호 자비에 의해서만 해탈한다는 것 또한 우리가 괴력난신을 말함이 없이 이해한 지가 오래지 않습니까. 역사라는 것이 인류 규모에 있어서의 해탈을 위한 윤회라고 한다면 이치는 마찬가지일 것입니다. 이 점에서도 우리는 좋은 공통의 전통을 가졌습니다. 이 같은 일을 생각해보면서 이 고해화택苦海火宅 같은 인생에서 자신이 타인에 대한 또 하나의 고해화택이 됨이 없이 살고 지라는 것이 한 한국인의 바람이며 이웃 민족에 대한 인사올시다.

아아, 어딘들 청산이

저게 우리 마음인걸

3월 26일 오후 2시. 서울 소공동 공화당사에 도착. 1층 홀에서 출발을 기다린다. 동행은 『월간중앙』의 C형. 27일의 공화당 제천 유세와, 신민당 영주 유세에 참가하고 『월간중앙』에 글을 쓰는 것이 목적이다.

C형은 가벼운 여행 가방을 하나 메었고 나는 빈손이다. 오른쪽에 기자실이 있는데 사람들이 들락날락한다. D일보에 있는 시인 강 모 씨가 들어온다. 악수. M방송의 평론가 천 씨가 들어온다. 악수. 모두 유세 취재차 동행이다.

2시에 차에 오른다. 전세 버스 두 대. 한 대는 김종필 씨 반, 또 하나는 백남억 씨 반이다. 우리는 김 씨 반 차에 탔다. 버스 한 대로는 자리가 모자라서 택시인가 두 대가 더 마련되는 모양이다. 시가지를 벗어나자 약간의 여행 기분이 난다. 제천으로 가는 것이 아니라 수안보로 가서 밤을 지내고 내일 제천으로 간다고 한다. 어느쯤에서부턴지 길의 형편이 아주 나빠진다.

  비 온 끝의, 포장 안 된 국도가 가끔씩 수렁을 이루었는데 그때마다 버스는 죽을힘을 내서 헤어난다. 서울은 차가 많아서 교통지옥이고, 거기서 한 발 벗어나면 길이 나빠서 수렁 지옥이다. 가끔씩 모두 내려서 걸어야 한다. 가벼워진 차가 수렁을 빠져나오면 다시 탄다. 국도를 포장하겠다는 선거 공약이 나올 만하다. 차는 있는데 찻길은 없다는 것은 우리 살림의 어느 곳이나 그러한 것처럼 불균형한 일이다. 그러나 오랜만에 보는 산천이 반갑다.

  이상한 일이다. 여전히 붉은 알몸의 산이다. 이렇게 나무가 가꾸어지지 않는 것은 웬일인가. 1945년에서 헤아려 25년이 지났는데. 다 그만두고 이것이야말로 우리의 책임이다. 왜놈들이 베어서 실어가지고 간 것도 아니요 전쟁 때 타버린 것도 아니다. 순전히 훔쳐서 베어먹고 깎아먹은 것이다. 저게 우리의 '마음'이다.

  저렇게 헐벗고, 가난한 맨몸—— 눈에 보이는 우리의 마음이 저렇게 웅숭그리고 앉아 있다. 저 지경이 되는 것을 어느 정치도 막지 못했다. 도적을 막지 못한 것은 도적놈을 잡는 사람이 같이 해먹은 것이 까닭의 반이겠고, 설령 막았다손 쳐도 열 사람이 도적 하나를 막지 못한다는 말처럼, 도적이 끊이지 않은 탓이다. 도적은 왜 끊이지 않는가.

  모르겠다. 아무튼 너무한 산이다. 겁나는 산이다. 아무 큰소리 할 수 없다. 백 마디가 소용없다. 저토록 험한, 가난한 마음으로 사람들은 살고 있다. 제 어미의 벌거벗은 모습을 보고도 아무렇지 않은 마음 ── 아마 그런 모진 마음으로 우리는 살고 있는 모양이다. 그런데 이상한 일이다. 깡그리 벗은 그 산들이 그럼에도 불구하고 흉하지는 않다. 오늘 처음 느끼는 것은 아니지만, 산천이란 것은 모두 명작이다, 하는 생각이 든다. 그렇게 빼앗고, 학대했는데도 춘삼월, 이 무렵의 산천은 아름답다. 산에는 나무가 있어야 한다는 생활환경으로서의 '필요'를 잠깐 잊어버리고 그저 한 폭 그림으로서 본다면 이 커다란 흙덩어리들은 그대로도 충분히 아름답다. 바람이 손질한 그 풍촉風觸과 나무 대신 자란 잡초의 아름다움이다.

"자연은 좋은데요."

C형은 말한다.

"그런데요."

하고 내가 말한다.

"요즈음 소설에는 별로 자연 묘사가 없지요?"

"네."

"대신하는 게 뭘까요."

"글쎄요, 섹스 아니겠습니까."

"참 그렇겠군요."

황량한 풍경들

수안보에 도착하니 날이 저물었다. 관광호텔 별관 한 방에 짐을 푼다. 짐이래야 C형의 백 하나지만. 여관은 일본 사람이 경영하던 것인 모양으로 커다란 목조 집이다. 거기 잇대어서 시멘트 2층을 증축해놓았다. 지금은 시멘트 쪽이 본관이고, 나무 쪽이 별관이다. 원래 신발을 벗고 다녔을 나무 마루 위로 신을 신고 다니는데 을씨년스러운 것이 꼭 폐옥에 든 피난 살림 같다. 본관 식당에서 저녁을 먹는다. 양식 식당이다. 이쪽은 양식 호텔이다. 별관보다도 못하다. 첩첩산중에 난데없는 3류 호텔이다. 25년 동안에 알뜰한 온천 객주 하나 가꾸지 못했다. 기지촌의 황량한 풍경 같다. 동두천이며 포천이며, 오산이며 하는. 식사를 마치고 방으로 돌아온다. 같이 온 기자들은 서울여관인가 하는 곳에 집단 투숙하고 여기는 우리만 온 것이다. 마루 앞이 뒤뜰인데, 연못이었을 자리에 물은 말라버렸고 너저분하게 가장자리가 무너져내리고 온 마당에 오만 가지 것들이 흩어져 있다. 쓰레기 처리장이지 뜰이 아니다. 자연을 욕되게 하는 이런 살림살이. 우리는 욕탕으로 간다. 여기는 괜찮다. 물이 좋다. 물이 있는 욕탕만은 어떻게 망쳐놓을 도리가 없던 모양이다. 한옆에 있는 세수대의 꼭지를 트니 아니나 다르랴 고장이다. 그러나 물만은 좋다. C형은 매우 칭찬한다. 맑고 부드럽다. 그런데 웬 놈의 물이 이렇게 수돗물처럼 흐리덤덩하게 개성이 없을까. 이것도 수상하다. 나는 모처럼 만족해하는 C형의 흥을 깨뜨리지 않기 위해서 이 말만은 입을 다물었다. 평화를 위해서는 진실에 뚜껑을 덮어야 할 때가 있다는 것은 딱한 일이다. 그럴 때 기준은 덮지 않고서 얻는 이득과 비교해서 큰 쪽을 택하면 되겠다.

  방에 돌아와 앉으니 제법 조용하다. 그저 소리가 없는 조용함이 아니고 깊은 품속에 묻힌 조용함이다. 그런데 이것도 곧 깨어진다. 딱 딱 딱, 하고 슬리퍼를 끌고 마루를 오가는 소리가 나더니 몇 방

건너 문이 탕 하고 열리고 사람이 드는 모양이다. 그러더니 전화를 하는데 무슨 장사 이야기를 하는 모양으로 고함 고함을 지른다. 아아 어딘들 청산이 있으랴. 한참 만에야 전화가 끝난다. 아이가 이불을 가져온다. 요만 깔고 누워서 이 얘기 저 얘기 한다.

꾸어다놓은 보릿자루

이튿날 제천으로 떠난다. 새벽꿈에 연못에 잉어들이 보였기에 문득 내다보았더니 여전한 폭탄 자리에 쓰레기만 쌓였다. 온천장 연못에 쓰레기만 쌓이다니. C형은 또
"옛날 소설에는 온천장이 잘 나오지요."
"네."
"로맨틱한 기분이 났다고 기억이 됩니다."
사실이다. 옛날 소설이란 물론 신문학 이후, 해방 이전 소설이다. 그때는 왜놈들 밑에 있었으니 온천장이라도 운치가 있어야 살 만했던 모양이다. 제천까지 가는 길은 훨씬 좋다. 아마 토질 관계에다 교통량이 이쪽은 많은 편이어서 손을 자주 보는 모양이다. 제천에 닿는다. 연설 장소는 향군회관 앞인데 한길에다 청중을 마련했다. 아마, 길을 막고 물어보자는 것인 모양이다. 향군회관 옆 언덕에 연단이 있고 '민주공화당 대통령 선거 연설 회장'이라 써 붙였다. 청중들은 이미 길을 메우고 앉았다. 우리도 그 틈에 자리를 잡고 앉는다. 사회자가 마이크에 대고 중얼거리고 있다. 선거 구호를 간간이 끼면서 장내 정리며, 유세 진행 안내며를 하고 있다. 11시 김종필 씨가 도착한다. 연단 앞을 지나서 그 옆 공단 같

은 높직한 데로 올라간다. 거기가 충혼탑인데 헌화를 하는 것이라고 사회자가 알려준다. 내려와서 곧 연설이 시작된다. 김종필 씨다. 국제 정세. 중공의 진출. 일본의 강성. 북괴의 침략 위험. 그 틈바구니에 낀 우리 처지. 케네디 대통령의 쿠바 처리 실패. 해군 중위 출신 대통령의 전략 경험의 부족. 대통령의 어려움. 지난 10년의 치적. 믿을 수 있는 사람. 공화당에는 아직 대안 인물이 없다는 이야기, 이런 이야기다. 청중들은 박수 하나 없이 앉아 있다. 의당 박수가 있을 만한 대목에서도 꾸어다놓은 보릿자루다. 이렇게 점잖아야 옳은 것일까. 선거란 단순한 투표나, 연설만이 아니다. 정치적 '장날'이다. 마침 오늘이 제천 장날이라 한다. 장날은 떠들썩하고 싸움질도 있고 그런 것이 아닌가. 다음 연사로 이석제 씨가 등단한다. 걸직하게 얘기를 시작한다. 우리는 일어서서 충혼탑으로 올라간다. 연단의 뒤가 내려다보이고 연설도 잘 들린다. 충혼탑 옆에는 방금 올린 꽃이 세워져 있다. 이 충혼탑에는 실지 유골이 간직돼 있는지 어쩐지는 모르겠지만 문득 이런 생각이 든다. 서울 국립묘지를 고인들의 출신지별로 분산을 하는 것이 좋지 않겠는가 하는 것이다. 국립묘지까지 중앙 집권을 할 필요도 없으려니와 도에 하나씩 국립묘지를 만든다면 사회적 통합의 상징 기능의 한몫도 맡을 수 있지 않을까. 오늘의 우리는 어디 가서 조용히 앉아 영원한 것을 잠깐 되새겨볼 장소가 없다. 성묘가 있기는 하나 모두 저마다의 일이며 공적인 것과 연락이 없다. 우리 형제와 자제들이 누구를 위해 왜 죽었는가를 생각하는 성역을 고장마다 가지는 것은 나쁘지 않을 것이다.

유세가 끝나고 우리는 점심을 먹었다. 그리고 정거장에 가서 영주행 차 시간을 알아보았다. 6시에 있다. 그동안 거리를 돌아다니기로 한다. 담배 가게에 청자 담배가 보인다. 낯간지러운 노릇이다. "C형 언젠가 신문에 담배 맛에 대해 쓴 적이 있지요?" 국산 담배를 전매하면서 질도 나쁘고 양도 적으니 소비자만 골탕 먹는다. 그렇다고 값이 싼 것도 아니다. 이런 내용이었다고 기억한다. 담배 피우는 사람이면 누구나 하는 이야기다.

매년 선거를 하려면

우리는 또 이런 얘기를 한다.
"여기가 첫 유세지니깐 그럴까요?"
"뭐가요?"
"별 이렇다 할 선거 분위기 같은 것 못 느끼겠지요?"
"선거 분위기란 게 하기야 눈에 그렇게 띄겠어요?"
"가령 가두방송이나, 포스터 제작, 호별 방문, 선거 운동원의 자격 같은 게 너무 엄하게 규정된 것 같잖아요?"
"그래요. 선거가 정당의 독점물은 아니지요. 부정 선거에 혼이 난 국민의 심리에 편승해서 정치 활동의 기회를 너무 국민에게서 회수해버렸다고 봅니다."
"일종의 정치의 독과점이군요."
"네, 양대 정당이 정치적 담합으로 정치 시장을 독점해버리면 담배의 전매 사업이나 다름없어지지 않겠어요?"
"네, 무소속 입후보 같은 것도 허용되어야 할 겁니다."

"혼란해지지 않겠어요?"

"함부로 혼란해지는 것도 아니지요."

"참 지방 자치 문제는 어떻습니까?"

"현재 서울의 공해 지옥을 해결하는 유일한 길이 아니겠습니까?"

"공해에 대한 탈출구가 되겠군요."

"지방 자치를 하면 세 가지 이익이 있다고 봅니다."

"뭡니까?"

"첫째 실질적인 정치 참여의 길입니다. 둘째 서울의 지옥적 집중 공해를 막을 수 있습니다. 셋째는 국방상으로도 필요합니다. 서울에 국가 자원의 방대한 양을 집결시킨다는 건 자살적이지요. 사람도 국토에 고루 갈라 살고 기능도 갈라져야 합니다."

"그럴 것 같은데요. 그런데 이번 야당 선거 대책에서도 그런 말이 있더군요."

"지방 자치를 무조건 즉시 실시하겠다고 해야 합니다. 아무런 부대조건 없이 말입니다."

"역시 혼란이 있지 않을까요?"

"제일 혼란이 없는 방법은 죽는 일이겠지요."

"하하. 그러나 지방 자치의 경험이 없기 때문에."

"지방 자치의 경험이 없다는 건 국민 자치의 경험이 없다는 것이지요. 인간의 규격화다, 전통의 단절이다, 도시 농촌의 격차다, 하는 것도 지방 자치로서만 해결할 수 있는 겁니다. 해결할 수 없이 만들어놓고 세미나다, 연구회다 밤낮 해봐야 언 발에 오줌 누기지 소용 있습니까?"

"글쎄요. 아무튼 요즈음 서울은 겁나더군요."

"겁날 거야 없지요. 사람이 그만 못한 데선들 못 살겠습니까? 그러나 그런 데서 살자니 무슨 여력이 있고, 생각할 틈이 있고, 남을 살필 힘이 있겠습니까? 그런 식으로 살지 않으면 안 되도록 강박당하는 거죠? 사람이 별겁니까? 환경에 맞춰 사는 거죠. 편히 살려면 환경을 바꿔야 하지 않습니까? 서울 같은 환경에서 사람이 착하게 살 도리가 있습니까? 아귀다툼할 수밖에 없죠. 일반 국민은 행정 관청과 일대일로밖에 상대 못 합니다. 지방 장관을 민선하는 경우는 국민은 행정 레벨이 아니라 정치 레벨에서 관청에 압력을 가할 수가 있지 않아요? 선거철 선심 공세가 뭡니까? 행정 레벨에서의 복지 행정 아닙니까? 선거가 있으니까 그나마 선심 쓰지 않습니까? 매년 선거가 있었으면 좋겠다고들 우스개를 하는데 왜 못 합니까? 지방 자치를 하면 매년 선거가 있는 셈이지요."

"그렇군요. 만사는 지방 자치에 달렸다는 의견이시군요."

"그렇습니다. 만사는 지방 자치에 달렸습니다."

우리는 이런 얘기를 하면서 거리를 걸어갔다. 아까 유세가 있던 길이 제일 큰 길이고 뒤쪽에 포장 안 된 길이 있는데 이 거리가 구舊거리인 모양이어서 사람이 들끓는다. 다리가 아파오기에 다방에 들어가 잠깐 쉰다. 이 다방이 아마 한국인의 문화적 동질성의 유일한 단위일 거다. 전국 어디를 가나 같은 것을 팔고 있으니까. 차를 마시고 다방을 나와서 또 걷는다.

'저런 여자'의 투표권

여섯 시 영주행 기차를 탄다. 보급이라는 2등차. 더러 서 있는 사람이 있지만 그리 붐비는 편은 아니다. 연선에 시멘트 질소 공장이 나타난다. 바로 역변에 공장이 있다. 돌먼지가 산천에 자욱하다. 현재 세워지고 있는 공장들의 공해 발생률을 검토해서 앞으로의 외국인 투자에서 유해 산업의 국내 유입을 막는 조처도 필요할 것 같다. 차관이다, 이자다만 따지지 말고 도입 산업의 건강에 대한 관계──산업별 환경 오염률 같은 것이 밝혀졌으면 싶다. 저녁녘 보랏빛 속에 무섭게 퍼지는 돌먼지를 보니 문득 절박한 그런 생각이 든다. 영주에 닿는다. 제천보다는 훨씬 넓은 곳이다. 여관을 찾아 한참 헤맨다. 어느 여관에서나 목욕은 안 된다는 것이다. 우리가 다른 데로 가보자고 나가는데 여자 종업원이 말리면서 왈 "그럼 목욕하세요." 속으로 갖은 욕을 하면서 그 집을 나온다. 영주에서는 제일 크다는 여관이 이런 지경이므로 다음에는 닥치는 대로 아무 데나 들었다. 손바닥만 한 방이다. 근처 중국집에서 우동을 한 그릇 요기하고 들어왔다. 이 여관에 든 손들은 더 요란하게 걷고, 가래를 뱉고, 고함을 지른다. 밤중에 잠이 깬다. 옆방에서 남녀가 얘기하는데 여자가 순전히 쌍소리만 늘어놓는다. 누구 욕을 하는 모양인데 정말 미칠 지경이다. 저런 여자는 투표권을 박탈함이 마땅하다.

흥얼거리는 구호

이튿날이 28일, 일요일이다. 유세는 오후 2시, 바로 옆에 있는 영주국민학교 마당이다. C형은 교회에 가고 나는 그사이 또 한잠 잤다. 봄잠이 그렇게 노곤하다. 엊저녁 잠을 설친 탓인 모양이다. 문소리에 눈을 떠본즉 C형이 돌아와 있다. 그는 크리스천이다. 교회가 깨끗하고 만족한 예배를 했다고 한다. 방 안에 앉아 있기도 무료해서 거리에 나간다. 바로 옆이 영주국민학교다. 책방에 들러본다. 교과서와 잡지, 약간의 단행본. 거리는 제천보다는 훨씬 나은 편인데 역시 지저분하기가 서울이나 마찬가지다. 시골이라고 특별할 리가 없다. 그저 작은 서울일 뿐이다. 시골에 오면 다른 환경이 있으려니 하는 착각. 사실 다른 무엇이 있을 리 없다. 제일 눈에 띄는 게 도시의 얼굴인 건물인데 한옥이란 오히려 여유 있는 사치다. 이 도시뿐 아니라 웬만한 한국 도시의 가옥은 국적 없는 괴물들이다. 어느 양식도 아닌 양식으로, 아무 재료나 섞어 쓴 집들은 어떤 아름다움과도 관계가 없다. 그것이 일제 때부터일 터인즉, 지금의 이 거리가 어떤 한국적 지방색을 가진다는 것은 불가능한 일이다. 1시쯤 해서 학교 마당으로 간다. 교문에 현수막이 붙었고 교사를 등지고 연단이 마련돼 있다. 그 앞에 벌써 꽤 많은 사람이 자리 잡고 앉았다. 사회자가 얘기하고 있다. 제천에서나 마찬가지다. 계속 구호를 외친다. 외친다는 것보다 얌전히 흥얼거린다.

"10년 세도 썩은 정치……"

"논도 갈고 밭도 갈고……"

우리는 교사 오른쪽에 가서 앉았다. 문으로 사람들이 연이어 들어온다. 학교 담 하나를 사이에 두고 정자가 하나 서 있는데 '영훈정'이라는 현판이 붙어 있다. 그 뒤편으로 조금 물러나서 또 하나 '각운정'이라는 정자가 있다. 적어도 이것은 건물이다. 재료가 단일하고 양식에 따라 세워진 것이다. 우리 살림이 한 양식을 낳자면 얼마나 걸릴까? 아마 앞으로는 그런 양식은 생겨나지 않으리라. 옷 모양으로 가지가지 양식이 혼합해서 끊임없이 바뀌는 그런 식으로. 교사의 복도를 걸어가본다. 걷는 사이에 한 가지 발견을 한다. 교실 문마다 자물통이 잠겨 있는데 그 밑에 열쇠 구멍은 모조리 망가져 있다. 지을 때는 흔한 방식대로 열쇠를 잠그도록 만들었는데 곧 망가져버려서 고리쇠를 문과 기둥에 박고 자물통을 잠그게 된 것이다. 같은 원리로 열쇠 구멍을 만든 것까지는 좋지만 그것이 지탱해야 하지 않는가. 나와서 우리는 연단 쪽으로 간다. 시간이 되어 연설이 시작된다. 김대중 후보는 아직 오지 않았다. 지구당 위원장, 이세규 씨, 윤길중 씨 순서로 연설한다. 윤길중 씨 연설 도중에 김 후보가 도착한다. 다음이 김수한 씨 차례. 익숙한 솜씨다. 청중들이 가끔 웃는다. 김대중 후보의 연설. 예비군 폐지, 세제 개혁, 3선 금지 개헌을 공약한다. 마지막에 가서 지역감정 문제에 언급한다. 자기는 김해 김씨니 경상도 사람 아닌가? 그래서 어쨌다는 거냐, 하는 정공법이다. 청중 반응은 그저 담담하다. 제천 공화당 유세보다는 그래도 좀은 나은 것 같다. 후보가 직접 참가한 유세니 그럼 직도 하다. 또 지구당 위원장 소개말에 의하면 영주에서 대통령 후보가 유세한 것은 처음이라 한다. 김 후보의 연설을 끝으로 유세가 끝났다. 퇴장하는 김 후보에게 사람들이 몰려가서 악수를 청한다. 저런 게 정치하는 맛인 모양이다.

기도하고 싶은 심정뿐

우리는 여관으로 돌아온다. 김 후보가 늦게 도착하는 바람에 영주에서 또 하루를 자야 한다. 다른 여관을 찾는 것도 귀찮아서 어제 집으로 다시 간다. 세수를 하고 들어와서 앉으니 비로소 고단하다. 이것으로 유세에 참석한다는 공식 일정은 끝난 셈인데 이런 것을 아마 '주마간산'이라고 할 것 같다. 대체 무엇을 보고 무엇을 들었단 말인가. C형에게 그러한 느낌을 말한다.

"어렵게 생각하실 것 있습니까? 본 대로 들은 대로지요. 그렇지 않아요?"

"그렇습니다."

무엇이 그렇지요란 말인가. 양당의 유세에 모인 청중이 모두 담담했다는 것만 지적하는 것은 평범한 관찰에 그친다. 그보다도 양쪽 청중이 숫자적으로 상당히 많았다는 것이 중요하다. 조직 면에서 보면 정치적인 힘이 움직인 것이다. 박수나 환호가 있고 없고는 그다음 문제다. 그만한 인원을 동원했다는 것은 결코 정치적 무관심에서는 나올 수 없는 결과다. 무관심이고 어쩌고 하는 것은 사실 건방진 소리다. 정치란, 생명 자체의 본연의 모습인데 생명은 결코 자신에 대해 무관심하다는 법은 없는 것이다. 이렇게 소리 없는 속에서 무엇인가가 익어가는 것이다. 눈에 보이는 것이나, 유행하는 낱말의 그물에 걸리지 않은 현상을 흔히 우리는 없는 것으로 치부하기 쉽다.

나는 우리 처지가 어렵다는 연사들의 연설에 동감이다. 어렵다.

정말 어렵다. 그러니까 이 어려운 처지에 있는 사람 모두가 지금쯤은 꿈같은 생각을 하고 있는 것은 아니다. 이 자리에서 할 수 있는 일을 하는 것이 문제다. 우리 정치가 지금껏 이 할 수 있는 일을 최선으로 해왔다고 생각할 수 없다. 근대화라는 것도 어떤 것인지 짐작이 갈 만큼 시간도 지났다. 여러 가지 방안이 있으리라. 여러 가지 경륜이. 그러나 물론 나는 그 모든 것에 어둡다. 비록 장님일망정 들을 수는 있고 귀머거리라도 볼 수는 있다. 두 곳 유세에서 들은 말은 새로울 것은 없으나, 거기 듣겠다고 모여 온 사람들의 얼굴은 우리가 흔히 잊고 살기 쉬운 얼굴들이다. 거기서 나는 아무 새로운 것도 발견하지 못했다. 그것은 다름 아닌 우리의 얼굴이고 나 자신의 얼굴이었다. 남을 안다는 것은 사실 불필요한 일이다. 사람은 자기만 알면 된다. 그리고 그 자기를 얼마나 주장하느냐를 결정하면 된다. 그렇게 해서 모든 책임은 나에게 있다. 좋은 것과 나쁜 것의 모든 책임이 나한테 있다는 생각이 든다. 이 세상 모두가 내 책임이라는 말이 아니다. 그 속에는 어김없이 내 책임도 들어 있다는 이야기다. 이럴 때 나는 차라리 칠성당이나, 예배당을 갖지 못한 것이 절실하게 쓸쓸하다. 기도하고 싶다. 무엇에게든지, 나무 막대에게라도, 돌 부스러기에라도, 그런 모든 우상을 사양한 지성이라는 것을 믿기에는 나는 너무나 굳세지 못하다. C형도 고단한 모양이다. 사실 고단한 것은 C형이어야 옳다. 나는 그저 따라다녔을 뿐이다. 그리고 원시적인 촉각을 쫑긋거리면서 무엇인가를 보려고 했지만, 가장 확실한 것은 나의 촉각이 보잘것없다는 것뿐이다. 그리고 무엇을 분석하고 판단하겠다는 의

욕보다는 나는 간절히 기도하고 싶은 심정이다. 왜 그런지 한스럽다. 어느 큰 시인이 이 크나큰 설움을 목 놓아 울 때 그 옷자락이나마 붙들고 흐느끼고 싶다. 그저 공연히 그런 심정이다. 우리는 자리를 펴고 눕는다.

"고단하시지요."

"네. 나야 뭐."

"내일 아침 대구로 나가서 거기서 고속버스로 갑시다."

"그럽시다."

지적 환호 응답이여!

이튿날 7시 대구행 열차를 탄다. 역 플랫폼에 현수막이 걸렸는데 씌었으되 '지적 환호 응답 강조 주간.' 우리는 동시에 이 현수막에 주의를 집중한다.

"저게 무슨 말일까요?"

"글쎄."

여러 가지로 짐작해본다. '지적 환호 응답 知的歡呼應答' '지적 환호 응답 地籍換號應沓' '지적 환호 응답 地籍換呼應答' 모르겠다. "뭘까요." "글쎄요." '지적 환호 응답' 아아 무엇일까? 대구가 가까워지면서 사과밭이 많아진다. 그리고 산천의 낯빛이 밝아진다. 그렇게 봐서 그런지.

"대구 계신 적 있습니까?"

"네. 한 2년."

"저도 그렇습니다."

우리는 대구에 대해서 얘기한다. 피난 시절이다. 그때 우리 나이는 지금보다 십오륙 년씩 적다. 그만한 나이의 후배들을 볼 때마다 나는 늘 놀란다. 그들은 그 나이의 '나'보다 모두 똑똑해 보인다. 사람은 점점 똑똑해지는 것일까. 그렇다. 당연하지 않은가? 모든 세대는 앞 세대의 어깨를 밟고 삶을 시작한다. 나의 대구 시절. 색맹과 같은 허약한 시력을 가진 짐승. 오, 그 나이가 되어 이 세상을 설명하는 원리를 제공받지 못한다는 것은 얼마나 불행한가? 대구에 닿기 전에 우리는 한 가지 의문을 풀었다. 지나가는 승무원에게 C형이

"저 잠깐."

"네."

하고 승무원은 빈 옆자리에 앉는다.

"지적 환호 응답이란 게 뭡니까?"

"아, 그것 말입니까? 지적—— 손가락질한다는 말이지요. 환호—— 소리친다, 응답—— 받아서 복창한다는 말이지요. 가령 포인트(방향기方向器)를 당길 때, 그저 당기지만 말고 손가락질하면서, 제 몇 호 포인트 하고 소리치면서 당기라는 것이지요. 그리고 옆에 있는 사람은 그에 따라서 외우라는 말이지요."

"왜 그럽니까?"

"사고 예방책이지요. 동작을 정확히 하는 것이지요."

"그러니까 제 자신의 동작에 자기가 구령을 붙이는 것이군요?"

"그렇습니다. 누구하고 같이 있을 땐 덜하지만, 혼자서 전철기를 손가락질하며 소리치구 하면 멀리서 모르는 사람이 보면 미친

줄 알겠지요."

 사실이었다. 순간 나는 그런 역원의 모습을 떠올렸다. '환호'까지는 그렇다 치고라도, 혼자서 전철기를 가리키고 있는 모습은 종교적이라 할 수밖에 없겠다. 즉 '지적 환호 응답指摘喚呼應答'이다. 인생 어딘들 슬픔이 없으리오. 이야말로 나날의 삶을 예배에까지 끌어올린 천재적 착상이다. 지적 환호 응답이여.

 정치 한계 안에서의 정치

 대구역에 내린다. 대구역은 여전한데 그 옆에 큰 지하도를 공사하고 있다. 우리 두 사람은 모두 약간 감회에 사로잡힌다. C형의 얼굴에도 그렇게 씌어 있고 나도 그렇다. 거리의 모습도 변함이 없다. 밤낮 뜯어고치는 서울을 보아온 눈에는 이상스러울 지경이다. 어디서 점심을 하기로 한다. 양키시장 골목으로 가서 '강산면옥'에 들어간다. 냉면 맛이 좋다. C형이 대구 시절의 얘기를 띄엄띄엄 말한다. 그의 얘기를 듣고 있으면, 나의 대구 시절의 기억이 되살아나서 범벅이 된다. 그 무렵 살림은 모두 어려웠다. 우리 같은 피난민은 더 어려웠다. 이 '강산면옥'도 평안도 사람이 하는 것이라 하던가. 그리고 우리는 여기 이렇게 있다. 이 도시에서 여러 가지 일이 있었던 사람들도 떠난 다음에는 까맣게 잊었다가 이렇게 돌아와 보고서는 흠칫 놀란다. 산다는 것은 결국 살아지는 것이다.

 강물에서 헤엄치는 것은 강물에 빠져 있는 것이기도 한 것이다. 잊어버리고, 도중에 버리고 그렇게 사람은 산다. 옛날 사람에 비해서 우리는 훨씬 삶을 '경영'하는 식으로 산다. 계획하고, 설계한다. 그러나 지나고 보면 그 대부분이 타의에 의해서 살아진 것을 깨닫게 된다. 이 타의의 모든 것을 자의로 할 수는 없다. 그것을 조금씩 자의로 바꾸는 것이 진보고, 그런 방향에 선 정치가 좋은 정치다. 좋은 정치란, 정치의 한계 안에서 움직이는 정치다. 종교의 대행을 하려고 들지 않는 정치다. 이 거리를 지나면서 느끼는 이런 감회. 돌아올 수 없는 그 세월의 부피, 개인의 그러한 역사에 대해서 정치는 아무 일도 해줄 수 없다. 모든 인간이 시인처럼 살고 모든 인간이 서로를 점잖게 다루는 사회. 그런 사회가 가치의 기준이 되어야 한다.

그런 사회를 위해서 시인이기 전에 군인이어야 하는 것이 우리 처지다. 그 비례가 시인 쪽으로 조금씩 옮겨지는 것이 우리의 소원이다. 시인이란 별것이 아니다. 평화스럽게 운명과 협조해가는 보통의 삶이다. 전쟁, 전쟁이 그 숱한 고통을 만들어냈다.

"고향 생각을 더러 합니까."

"하구말구요."

"사람은 고향을 가져야겠더군요."

"그럼요."

"비록 가보면 환멸을 느끼는 고향이라도 말이지요."

"물론이지요. 고향에 무슨 환멸입니까?"

커브 같은 정치

버스를 탄다. 머리가 몹시 아프기 시작한다. 목구멍도 아프다.

고속도로 군데군데 굉장히 긴 굴이 있다. 그때마다 차장이 설명을 한다. 보수 공사를 하는 데가 많다.

아마 이것도 열쇠 구멍 같은 경우인 모양이다. 간이식당에서 버스가 선다. 내려가서 우유를 한 컵 마신다. 머리는 더욱 아프다. C형에게 미안해서 될수록 내색은 않기로 하는데 자연 말수가 적어지는 것은 어쩔 수 없다.

고속도로는 적당히 커브가 있는 것이 좋다는 말이 생각난다. 너무 곧바르면 운전수가 맥을 놓기 쉽고 그러면 사고가 난다는 것이다. 정치도 그렇지 않을까. 선거 같은 것도 그 적당한 커브다. 잘 운전하고 잘 넘겨야 한다. 이런 생각이 지끈거리는 머릿속에서 맴돈다. 생각하는 것이 아니라 두통처럼 지끈거리는 것이다.

서울에 닿는다. 완전히 녹초가 됐다. 아주 몹시 머리가 쑤신다. C형과 갈라져서 차를 집어탄다. 앰뷸런스에 누운 부상병처럼 나는 밖을 내다볼 힘도 없이 눈을 감아버렸다.

베트남 일지

출발

지난 1월 9일, 우리 일행 다섯 사람은 C-54로 김포를 떠났다.

주월駐越 한국군 사령부가, 시인 두 사람과 작가 세 사람을 초청한 것이다.

연말에 이루어지리라던 베트남 휴전은 아직 끝을 보지 못한 채, 신문 보도는 오늘인가 내일인가, 매일같이 휴전이 임박했음을 알리고 있었다. 아마 이런 종류의 방문은 이번이 마지막이 될 것이라고 국방부의 관계관들은 말하고 있었다.

우리 일행 중, 시인 K씨를 뺀 나머지 사람들은 다행히 어느 직장에 매인 사람들이 아니어서, 열흘 동안 서울을 비우는 데서 지장이 생길 일이 없는 처지였다. 많은 한국 군인과 민간인이 8년 동안을 가 있은 나라를 가본다는 것은 뜻있는 일이었고, 이런 편의가 아니고서는 엄두를 낼 수 없는 일이었다.

비행기 안의 온도는 매우 낮았다. 짐이 되는 것이 귀찮아서, 우리는 모두 코트 없는 맨 저고리 바람이었는데, 매우 춥다.

C-54는 미군으로부터 받아서 쓰는 수송기로서, 프로펠러 4엔진이다.

공군 승무원이 이륙과 동시에 행한 안내에 의하면 이 비행기는 안전도가 매우 높다고 한다. 엔진이 한두 개 멎어도 활공 비행으로 착륙할 수 있고, 바다 위에 떨어져도 30분 정도는 떠 있을 수 있고, 그 시간이면 구조를 받을 수 있는 통제 체제 속에 들어 있다는 것이다.

승객은 우리 다섯 사람과 나머지는 군인들이다. 공간의 앞쪽 절반에는 가운데 통로를 끼고 양쪽에 두 사람씩 붙은 좌석이 마련돼 있고, 뒤쪽은 비어 있다.

필리핀까지

오키나와를 지나면서 눈 아래 구름이 없어지고 바다가 보이기 시작했다.

좋은 날씨다. 비행기 안의 온도도 따뜻해진 것 같다.

비행기에서 바다를 보는 것이 처음인 나에게는, 장관으로 보였다. 배가 지나가는데, 아주 아름답다. 자연 속에서 인간이 배라는 물건을 조종하고 있다는 광경이 객관적으로 보인다.

필리핀에 가까워지면서 바다 빛은 더 짙어진다.

필리핀 섬이 나타난다. 8시간쯤 구름과 바다만 보던 눈에, 갑자기 나타난 육지는 몹시 감동적이다. 육지에 가까운 바다는 청색이고, 멀어지면서 녹색이 된다. 방대한 바다에 떠 있는 육지는 신비스럽다.

여기가 필리핀의 북쪽 섬인 루손 섬이다. 나무들이 푸르게 우거졌고, 해안선에 파도가 부서지는 것이, 하얀 레이스 장식을 두른 것 같다. 사람이 공중에서 육지를 내려다보면, 육지를 사랑하지 않을 도리가 없겠다는 생각이 든다.

마을과 도시 들이 나타난다.

모형처럼 분명하다. 그 속에서는 자기 마을의 윤곽을 이렇게 떼어놓고 볼 수가 없으므로, 이것은 비행기만이 주는 시점視點이다. 또 한 가지. 바다와 해안선과 육지가 보여주는 구도와 색깔이, 현대 미술에서 컴퍼지션이란 제목으로 흔히 우리 앞에 나타나는 작품과 일치한다는 것을 발견했다. 이제부터는 적어도 그러한 그림은 나는 '구상具象'으로 볼 수 있겠다.

루손 섬 하늘을 1시간 가까이 비행한 끝에 우리는 클라크 공군 기지에 내렸다.

클라크 기지에서

세계 제2의 공군 기지라고 한다. 넓이가 큰 도시 정도다. 여기서 40마일 거리에 마닐라가 있다고 한다. 여기서 하룻밤을 자고 내일 아침 사이공으로 향하게 된다.

트레일러하우스라 불리는 이동식 간이 숙소를 배정받고 침대에 눕는다.

C-54는 일기도 좋은 탓으로 매우 쾌적했으나, 엔진 소리가 제일

고통스러웠다.

육지에 내린 기쁨보다 귀청이 떨어질 지경인 그 무겁고 떨리는 소리에서 벗어난 것이 상쾌하다.

침대에서 잠깐 쉬고, 가지고 온 도시락을 먹는다.

트레일러 밖에 나와 잔디에 앉는다. 몇 시간 전에 대한 무렵의 추위 속에 있다가, 지금 한데에서 잔디 위에 앉아 있는 것이다. 옷은 이미 여름 셔츠로 바뀌어 있다.

비로소 나그네의 실감이 든다.

우리는 일어서서 포장된 차도를 따라 구경에 나선다. 구내를 달리는 택시, 버스가 지나간다. 도시임에 틀림없다.

평탄한 지형에, 방대한 시설이다.

난방이 필요 없는 건물들은 말쑥하고 시원스러운 지음새다. 남방 식물은 매우 낙천적으로 보인다. 구김새 없이 쑥쑥 빠졌다. 색깔도 마음껏 호사스럽다. 빼거나, 멋을 부린다는 티가 없다. 나의 느낌으로는, 파라다이스란 말의 감각은 모름지기 남방적인 것이 아닌가 한다.

저녁에, 기지촌에 나가본다. 기지촌이라지만, 어엿한 소도시다. 우리나라, 일본·중국이 있는 극동하고는 전혀 다른 고장을 발견한다. 스페인이나, 포르투갈이다. '루비콘'이라는 맥주홀에 들어간다. 정면에 밴드가 있고 넓은 홀에 자리가 흩어져 있다. 공군 보안 장교까지 합쳐 우리 일행 여섯이 자리 잡고 앉으니, 아가씨들이 와서 끼어 앉는다. 갈색 피부에 이빨이 하얀 아가씨들이다.

매끄럽고 부드러워 보이는 갈색 피부다. 인류는 원래 이런 빛깔로 창조되었는데, 북쪽으로 이동한 종족들이, 태양과 외기에서 차단된 생활을 하는 동안에 탈색된 것이, 백인종·황인종이다—이런 생물학적 영감이 순간, 내 머릿속에 이루어진다.

사이공—오토바이 공화국

이튿날 2시쯤, 우리는 사이공의 관문, 탄손누트 공항에 도착했다.

하늘에서 본 베트남의 산하는 우리 눈에는 밀림과 강이 어우러진 늘 여름의 나라로만 보였다.

탄손누트는 붐비는 공항이다. 아스팔트에 내려서니, 열기가 후끈하다. 비행장에는 주월 사령부 정훈참모와 정훈과장이 나와 있다가 우리를 맞아주었다.

우리가 통과한 민간인용의 공항 출구는 놀랄 만큼 초라했다. 시골의 버스 정류장 이상의 것이 아니다.

과연 전쟁하는 한복판이라는 느낌이다.

우리는 간단히 수속을 마치고, 사령부 버스로 숙소로 향한다. 여기서부터 우리는 눈이 마치 텔레비전 카메라나 되는 것처럼, 열심히 시선을 창밖으로 분주하게 움직인다.

오토바이, 오토바이, 오토바이……다.

사이공 시민 모두가 오토바이 경기에 참가해서, 막 시가지 코스를 벗어나고 있는 현장 같다.

말로 듣던 아오자이라는 것은 중국옷과 거의 같다. 색깔은 흰 것이 많고, 물색도 있기는 있다. 그 아오자이를 입고, 색안경을 끼고 오토바이를 달리는 아가씨들이 제일 눈에 인상적이다.

기관총 쏘는 소리 같은 오토바이의 폭음과 뿜는 연기가 뽀얗게 어려 있다.

차도가 빽빽하게 오토바이가 밀려간다. 따라서 자동차는 속력을 낼 수 없다. 덕분에 우리는 거리와 사람들을 잘 볼 수 있었다. 피부 색깔이 약간 짙은 중국 사람들—이라는 것이 월남인의 인종적 인상이다. 우리로서는 필리핀 사람을 보았을 때와 같은 이질감은 전혀 없다. 거리에는 사람이 넘쳐흐른다.

숙소인 미라마 호텔에 도착, 두 사람씩 세 방에 나눠 든다. 나는 시인 K씨와 한방이 주어진다.

짐을 풀어놓고 거리 구경을 나간다.

지금은 건기라고 하는데, 이곳에서는 온도가 낮은 철이라고 한다. 더위는 참지 못할 정도는 아니다.

새로 지은 건물은 많지 않고 구식 건물이 대부분이다. 2차 대전 때까지는 이 도시에 30만이 살았는데, 지금은 같은 도시에 300만이 산다고 한다. 사람과 차량이 붐비는 것은 당연하다. 이런 조건을 제하고 20여 년 전의 이 도시를 상상해보면, '동양의 파리'라고 불린 까닭을 알 만하다. 지금도 나무가 무척 많다. 나무 속에 파묻힌 도시다. 집들은 구식이지만 그 대신 현대 도시—'사람이 사는 기계'라는 느낌에서는 벗어나 있다. 여기에 인구가 알맞다면, 쾌적한 도시일 것은 틀림없다. 거리에는 철조망과 모래주머니로 정면을 가린 집이 많다. 부대나 경찰 건물이다.

사람들의 표정에서는, 특별나게 어두운 구석을 찾아볼 수는 없다. 큰 도시에 사는 사람들의 보편적인 표정이다.

건물에서 오는 인상이겠지만, 서양 사람들의 식민지였다는 것을 느끼게 한다.

건물 양식과 인종이 이 도시에서 두 가지 얼굴을 번갈아 느끼게 한다.

전혀 이질적인 인종과 생활해봤다는 경험에 있어서, 한국의 식민지 경력과는 성질이 다를 것 같다. 장차 유럽 사람들과의 관계에서 베트남은 훨씬 상대방을 아는 입장에 서게 되지 않을까.

저녁에 참모장 숙소로 만찬을 초대받아 갔다.

참모장 변일현 준장은 우리를 환영하는 인사를 하고, 월남 사정을 요령 있게 들려주었다. 부드럽고 활발한 군인이다.

이 식탁에서 처음으로 베트남의 음식들을 맛보았다. 조리법은 반드시 이 고장식이 아닌 것 같지만, 재료는 모두 토산이다. 쇠고기·돼지고기·어물·과일에 월남 쌀, 안남미 밥이다. 모든 음식이 맺힌 데 없이 순하다. 감칠맛이 없고 좀 싱거운 느낌이지만, 물리지는 않을 맛이다. 안남미도 햅쌀은 맛이 좋고 헤픈 느낌이 덜하다.

월남 고추는 과일 같은 맛이 있다.

만찬에서 돌아와 곧 잠자리에 든다. 에어컨디셔너와, 천장에 선풍기가 달려 있는 신구 겸한 냉방 시설이다. 에어컨디셔너가 낡은 탓인지 소리가 요란하고, 밖에서 발전기 모터 소리가 C-54의 폭음에 거의 가까울 만큼 굉장하다.

그러나 워낙 고단한 터여서 곧 잠이 들었다.

비둘기부대

이튿날 오전에는 사령부에서 브리핑을 듣고, 부사령관 주최 오찬에 참석했다.

사령부 건물은 불란서군이 쓰던 것이라 한다. 정면 계단을 올라가서 1층이 되는 구식 건물이다.

부사령관 윤흥정 소장은 원만한 느낌의 군인이다. 오찬 자리에서는 테니스 얘기가 많이 오갔다. 사령부 장교들 사이에 인기 있는 운동인 모양이다.

오후에는 헬리콥터로 시아공에서 약간 떨어진 비둘기부대로 갔다. 건설 지원단이다.

단장 곽응철 준장의 안내로 본부를 돌아보면서, 부대 활동을 들었다. 곽 준장은 우리들의 군사적 무지를 잘 감안해서 지극히 쉽게 풀어서 상황 설명을 해주었다. 이 군인은 탁월한 좌담가이기도 해서 우리는 여러 번 웃음을 터뜨려야 했다. 대민 건설을 주도하는 이 부대에 대해서 베트콩은 근래에는 거의 공격을 가하지 않고 있다 한다.

이 부대의 업적 가운데는, 사이공 외곽 지대를 연결한 환상도로 건설도 포함되는데 이 도로는 경제적으로 큰 소임을 다하고 있다고 한다.

부대에 타자수로 근무하는 월남 아가씨가 우리를 환영하여 월남 시인의 시를 낭독해주었다. 이 아가씨는 사이공의 야간 대학에서 법학 공부를 하고 있다고 한다. 한국말을 잘 한다. 월남 말로 낭독한 후, 한국말로 번역해서 다시 낭독해주었다.

대민 지원 부대다운 대접이었다. 월남 소녀가 부대장을 지원해 준 셈이니 말이다.

맹호부대

다음 날은, 탄손누트 공항에서 수송기 편으로 푸캇 비행장으로 날았다. 여기서는 기지와 기지 사이를 비행기나 헬리콥터로 교통한다. 확보된 도로에서 벗어나면 베트콩 장악 지대가 도처에 있기 때문이다. 월남군이 아직도 전 지역을 평정하지 못하고 있으므로 외국군으로서는 기지에서 멀리 벗어난 활동은 늘 예측 못 할 위험을 예상해야 한다. 헬리콥터의 위력은 여기서 나타난다. 기지와 기지 사이의 공간을 완전히 지배하지 못하는 경우에도 기지는 고립되지는 않기 때문이다. 게릴라 전술에 대항해서 무력하게 한 것은 헬리콥터다. 불란서군의 패배는 헬리콥터 없는 군대의 패배였다.

푸캇 비행장에 도착하여 맹호부대 사령부까지 자동차로 갔다. 사령부에는 직할 부대까지 한 영내에 집결돼 있고 주위 전체를 방벽으로 둘렀는데, 시설과 규모가 국내에서는 볼 수 없는 정도로 크고 충실해 보인다.

저녁에 맹호부대장 정득만 소장과 만찬을 같이했다. 안케 통로 개통 작전에 관한 얘기를 들었다. 영내의 불빛이 큰 도시 같다.

이튿날 아침 안케 통로에 위치한 고지를 방문했다. 안개가 심해서 헬리콥터가 뜰 수 없어, 지프로 간다.

산의 모양도 매우 부드럽다. 길옆에는 나무가 거의 없다. 잡초도 키가 크고 부드럽다.

638고지에 가까워지자 전투의 생채기가 역력하다. 포탄으로 뭉개진 자리와 불탄 나무들이 나타난다. 고지 바로 아래까지 차가 올라간다. 꼭대기까지 얼마 안 되는 길을 걸어 올라간다.

정상에 철조망을 둘러친 진지가 구축되어 있다. 여기가 638고지다.

퀴논 서북방 55킬로미터 지점에 자리 잡은 중부 고원 지대다.

내려다보니 도로가 멀리에서 달려와 이 고지 옆을 스쳐 지나가고 있다. 이 도로가 고원을 동서로 가로질러 캄보디아 국경에 이르는 19번 도로다.

당시 이 전투를 지휘한 일선 대대장 한규원 중령에 의해서 자세한 전투 경과가 소개되었다. 작은 키에 조용한 느낌의 군인이다. 고지 정상만이 기지 구축을 위해, 평지로 정지되었을 뿐, 철조망 밖은 그대로 정글이다. 우리 일행과 대대장 병사 몇은 정글을 한 10미터쯤 들어가보았다. 이미 길이 나 있는 부분인데도 지나가기가 힘들다. 나무와 나무가 가지를 서로 꼬다시피 겨루고 있는 데다, 나무에 못지않게 풀과 관목 종류가 우거졌었고, 톱날과 가시가 돋친 식물이 들어차 있으며, 여기저기 늪이 흩어져 있다. 자연이 만들어놓은 장애물 지대다. 발이 빠지고, 칼날 같은 잎사귀가 얼굴을 베려 들고 사방에서 밧줄이 몸을 묶으려 든다. 10미터의 시험으로 충분히 정글을 실감한다. 다시 빠져나오니 몸에서 불이 날 지경이다.

적이 지척까지 와도 알 수 없는 지형이다. 요새화된 진지 안에서 C-레이션의 점심을 먹으면서, 장병들과 좌담을 한다. 그들은 농부들이 지난여름 농사 얘기하듯, 사생간을 오고 간 그때 얘기를 마음은 담담하게 과정은 꼼꼼하게 한다.

건너편에 보이는 골짜기가 불란서군 1개 여단이 전멸한 자리라고 한다. 여기서는 가는 곳마다 불란서군 얼마 병력이 섬멸당한 곳, 이라는 말을 듣게 된다. 중요한 지형에는 모두, 전번 선수였던 불란서군의 패전의 이력이 붙어 있다.

이곳에서 수많은 사람이 죽었는데 지금, 자연은 아무 말도 않는다. 그 위에서 노래를 부르고 춤을 추건, 총을 쏘고 서로 죽이건, 자연은 아무 다름이 없다. 노래 부르는 자에겐 정글이 길을 연다거나, 살인하는 자에겐 발밑에서 땅이 갈라지는 법도 없다. 사람은 사람끼리 위하는 길밖에는 없다. 638고지여, 다시는 이 위에서 피가 흐르지 말기를.

백마부대

이튿날 푸캇에서 나트랑으로 간다. 정기 항공편이다. 푸캇까지는 C-54로 간다. 마침 지휘관 회의가 있어서 맹호 사단장 정득만 소장도 푸캇까지는 동행하게 된다. 푸캇에서 사단장은 사이공으로, 우리 일행은 나트랑으로 가게 된다. 비행기에서 보면, 밭 가운데 무덤이 있는 데가 많다. 무덤은 벽돌담을 낮게 두르고 거기에 색칠을 했다. 바닥과 무덤도 회로 포장이 되어 있다.

맹호에서 2박하는 동안은 일기가 제법 을씨년스러웠다. 가랑비도 내렸고, 더 북부로 가면 기후가 좀더 다르다고 한다. 길이로 긴 월남은, 지방에 따라 기후의 변화가 있는 것이다.

나트랑에 내리니 여기는 날씨도 좋고 무덥다. 비행장에서 사이공으로 떠나는 사단장과 인사를 한다. 우리는 사단장이 자리를 비우게 된 기간에 부대를 방문하게 된 것이다. 산마루에 참호 진지가 보인다.

사단에서는 부사단장이 맞아주었다.

테니스 코트 옆에 있는 숙소에서 쉰다.

브리핑, 전사실戰史室 관람이 끝나고, 우리는 화랑사와 전적비를 안내받았다. 화랑사는 백마부대가 지은 절이다. 높은 언덕에 좋은 재목으로 지었다. 전적비는 같은 언덕에 조금 떨어져 있다. 사령부에서 맞은편에 바라보이는 큰 산이 있는데 그 속에 베트콩의 소수 병력이 아직 남아 있다고 한다. 또 꽤 가까운 거리에 정글이 시작되고 있는데, 그 정글 속도 베트콩 활동 지역이라고 한다.

오후에는 중대 기지를 방문하여 화력 시범을 보았다. 기지는 사방이 높이 모래주머니로 쌓여 있고, 그 속에 덮개 있는 참호 진지가 파져 있다. 박격포탄을 견딜 수 있는 든든한 덮개다.

모래주머니 사이로 총구멍이 나 있으며, 진지 중앙에 망루가 있다. 기지 밖에는 철조망이 여러 겹으로 뻗쳤고 땅에는 지뢰가 묻힌 장애물 지대로 둘러싸여 있다.

연대 공격에 대해서 견딜 수 있는 방어력을 가졌다고 한다.

작전은 기지를 중심으로, 출격하고 돌아오는 형식이라 한다. 적어도 방어만을 생각한다면 거의 난공불락이다. 기지가 유린돼본 예는 없다는 것이다. 이만한 자체 능력에다, 포병과 공군 지원까지 받을 수 있는 것을 생각하면 알 수 있는 이야기다.

다음에는 부비 트랩 교육장에 가보았다. 부비 트랩이란 '위험하지 않다고 생각되는 물체에 안전하다고 생각되는 동작을 취했을 때, 사람에게 피해를 주는 장치'를 말한다. 부비 트랩에 의한 사고율이 높다고 한다.

이 교육장에는 부비 트랩의 실물 모형이 설치돼 있다. 대문을 들어서면 바로 함정이다, 문을 열고 방 안에 들어서면 문지방 위에서 무거운 것이 떨어진다, 가는 쇠줄이 길에 쳐져 있어서 발에 걸리면 연결된 폭탄이 터진다, 이런 식이다. 지형과 물건, 인간 심리를 이용한 함정이다. 무덤 앞에서 안내 장교가 대답해봐, 하고 부르니, 무덤 속에서 기침 소리가 난다. 비석을 들쳐 보이니 그것이 통로를 막은 가리개 몫을 하고 있다. 묘 속에 병사가 숨어 있다.

무덤 속의 기침 소리. 전쟁은 이런 괴기한 장난을 만들어낸다. 그러나 이것은 장난이 아닌 것이다. 너무나 장난스러운 진실이다.

마침 이날, 군예대의 공연이 있어서 밤에는 공연을 보았다.

많은 군인들과 한자리에 있어보기는 처음이었다. 이번 공연은 좀 약한 팀이어서 관중 동원이 전만 못하다고 하는 것을 보면 꽤 여유 있는 형편이다.

이튿날은 어린이 놀이터, 백마유치원을 방문하였다. 원아들이 송아지 노래를 부른다. 왜 그런지 나는 송구스러웠다.

닌호아 시내에서 시장에 들어가본다. 작은 읍이다. '론라'라고 부르는 월남 갓을 모두 쓰고 다닌다. 한문 간판이 있는 향교가 있다. 먼 산마루에 폐허가 보인다. 벽돌로 지은 큰 집이다. 오래된 민간 신앙의 성전이라 한다. 월남 시골의 분위기가 알 만하다.

지프로 동하이 해수욕장으로 간다. 장병 휴양소가 있는 유명한 해수욕장이다. 검은 빛깔의 물소 떼가 풀을 뜯고 있다. 넓은 평야가 황무지인 채 버려져 있다. 관개만 하면 기막힌 땅일 것이다. 모래밭이 보이기 시작하고 사보텐이 쓰레기처럼 무더기로 자라 있다.

소규모지만 사막의 경치다.

해수욕장의 물은 따뜻하고, 긴 해안선은 넓게 뻗어 있었다.

나는 갠지스 강에 미역 감는 힌두교도의 기분으로 물속에 들어갔다. 이 땅에 와본 기념으로.

점심을 먹고 헬리콥터로 나트랑으로 와서 사이공행 비행기를 탔다.

1시간 후 사이공 탄손누트 공항에.

이튿날은 사이공 구경과 물건 사기로 보낸다.

오늘 하루가 사이공에서의 마지막 날이라고 생각하니 서운한 생각이 든다. 여기 온 것도 전혀 뜻밖에 이루어진 걸음이요, 다시 오게 되리라고는 생각할 수 없다. 사람이건, 도시건 마지막 보는 시간이라는 것은 좀 언짢은 기분이다. 그런 눈으로 보니, 사이공은 한결 정다워 보인다. 여기 와서, 월남 사람과 얘기다운 얘기를 해본 적이 없다. 걸음 자체가 '베트남'을 보러 왔다기보다, '베트남에 있는 한국군'을 보러 온 것이다. 베트남을 알 만한 기회나, 계획은 마련하지 못하고 말았다. 베트남을 알자면, 베트남 사람과 만나서 얘기하고, 친구를 삼아서 지내봐야 하는 것이다. 아무튼 이제는 마지막 시간이다. 도시라든가, 사람이라는 것은 자연이 아니다. 도시는 사람이 사는 곳이요, 사람이란, 곧 마음이다. 지나가는 나그네는 흔히 착각을 하기 쉽다. 거리나 집 같은 것, 산이나 나무를 보고, 그 고장을 보았다고 생각하기 쉽다. 사실 그것은 보았을 뿐이지, 안 것이 아니다. 그 나라에 한 사람이라도 친구가 있어서, 그 친구의 일신상의 일들, 그의 살림 걱정, 처자식에 대한 마음고생, 친척들하고의 옥신각신—이런 데서 오는 삶의 기쁨과 슬픔에 자연스럽게 접하는 기회를 가진다면, 즉 한 사람의 베트남인의 마음속에 초대되었을 때 비로소 나는 베트남인을 안 것이고, 그 사람을 통해 베트남이라는 큰 덩어리 속에 통로를 가지는 것이다. 문학자로서의 나의 감성에는 이것이 가장 정통적이요 정직한 방법이다. 그동안 보고 들었다면 듣기는 했다. 베트남 사람이 희로애락의 표현이 적다는 것. 술 취하거나 싸우지 않는다는 것. 일부다처의 풍습이 아직 많다는 것. 소식가들이라는 것. 여기 사람들의 외국인에 대한 태도가 매우 엄하다는 것. 공산주의자에 대한 의식이 좀 복잡하다는 것. 이런 등등이다. 그러나 이런 것 어느 하나에 대해서도 직접 경험해본 바는 아니다. 여기 오지 않고도 알 수 있는 일들이다. 그런 식으로 알고 있는 일이 너무 많아서 괴로운 나의 불쌍한 의식. 이런 생각을 하면서 거리를 걸어간다. 사이공 강변을 따라 박물관 쪽으로 차를 달린다. 강 건너편 언덕에 판잣집들이 꽉 들어차 있다. 원두막 모양으로 지은 초라한 집들이다. 헬리콥터에서 보니, 사이공 주변에는 이런 구역이 넓게 퍼져 있었다. 그런데도 가보지 못하고 마는 것이다. 하기야 가보지 않아도 뻔하다. 그 지붕 밑의 삶이란 피난 시절 우리들의 판잣집 그대로

일 테고, 지금도 서울에 가서 보자면 볼 수 있는 그런 곳일 테니깐. 박물관에 들어간다. 창경원 같은 곳이다. 식물원도 있다. 지금이 시에스타, 낮잠 시간이라 박물관은 닫혀 있다. 식물원을 돌아보고 사진을 몇 장 찍고 나온다. 차를 세워둔 곳까지 걸어간다.

 '아리랑'이라는 한국 음식집에 가서 냉면을 먹는다. 이 집 맞은편이 일본 대사관이다. 이 도시에 넘치도록 매연과 소음을 제공하는 '혼다' 오토바이의 도매상점이다. 일본은 이 지역에 연고가 있다. 지난 2차 대전에 일본군은 이곳을 점령하여, 불란서군을 무장해제시키고 바오다이 황제를 즉위시켜 베트남 제국을 성립시켰던 것이다. 전쟁 말기인 1945년 3월의 일이다. 역사의 현실이나 베트남 국민의 의사에 대한 장난 같은 이야기다. 식민주의자들은 망하는 판국에도 그저 가지 않는다. 현지 국민들에게 함정을 만들어놓고 간다. 역사의 부비 트랩이다. 식민주의의 독과 이해관계를 현지의 끄나풀들에게 넘겨준다. 고 딘 디엠은 이러한 불행한 악조건 위에서 그의 민족주의와 자유주의를 출발시켜야 했다. 그의 실정은 결코 그 한 사람의 책임이 아니다. 그의 반대 세력이 베트콩이 되어, 오늘날의 상황이 있게 한 것은, 고 딘 디엠의 실정이라기보다, 그의 자유주의와 민족주의의 발밑에 파놓은 일본 제국주의자들의 함정 탓이라 봐서 잘못일까. 일본의 정책은 오늘의 월남 전쟁의 중요한 원인을 만들어놓았다. 근대 이후의 일본은 유럽의 침략에 시달리는 같은 아시아인 나라들에게 대해서, 불난 집에 도적질, 유럽의 식민주의의 하청업자 노릇을 해왔다. 청산이 임박한 역사적 악덕 사업의 끝판에 끼어들어서, 선배들보다 더 난폭했다는 이유로 큰 벌이를 한 나라다. 오랜 세월을 한 풍습으로 살아온 이웃으로서는 기막힌 일이다. 멀리서 온 코 큰 사람들은 우리를 인간이 아닌 줄로 잘못 알고 그랬는지도 모르지만, 이웃에서 산 일본이야 그렇게 봐줄 도리도 없다. 월남 사람들의 대일본 태도는 매우 좋다고 한다. 글쎄, 혼다 오토바이는 타더라도 속만은 차리는 것이 좋을 듯하다.

냉면집을 나온다.

차를 타고 호텔로 돌아간다.

식자우환이라지만, 보는 것도 탈이다. 며칠 전에 와본 이 나라를, 마음의 어느 자리에 옳게 놓느냐를 알고 싶어 답답해진다. 이 거리, 사람들, 야자나무들 다. 사이공 두꺼운 유리 너머로 보는 것 같은, 이 집들과 나무와 오토바이와 사람의 물결이 어떤 갈증을 일으킨다. 감정을 절제 못 한 의식의 갈증이다.

저녁에 주월군 사령관 이세호 중장의 숙소에서 만찬에 초대되었다. 사령관은 우리에게 불편은 없었는가 물었고, 우리는 후한 대접을 받아 고맙노라고 인사했다. 사령관은 월남 정세의 단계적 변화라든가, 연인원 30만이 여기를 다녀간 사실이 국민 교육에 미칠 영향 등을 말한다. 여기서 만난 군인들은 계급의 고하에 관계없이, 월남인을 이해하려고 하는 태도이며, 자신들의 임무의 성격이나 한계를 잘 알고 있으며, 남의 나라 역사의 극히 한 부분에 참여하고 있을 뿐임을 알고 있다는 인상을 받았다. 외국군 철수 후의 월남군의 전쟁 담당 능력에 대해서는 낙관론을 말한다.

숙소에 돌아와서 짐을 챙긴다. 갑자기, 그동안 어디 숨어 있어주었다는 듯이 서울 생각이 밀려온다. 여전한 그 폭격기 같은 발전기 소리. 잠이 곧 들지 못하고 돌아만 눕는다.
 이튿날 C-54편으로 우리는 귀로에 올랐다.

 오늘, 베트남에 휴전이 이루어졌다. 신문의 활자가 전하는 그 소식에, 베트남에서 보고 들은 일들이 떠오른다. 짧은 날짜에, 부대 방문으로 꽉 짜인 예정이어서 베트남 그 자체에 대해서는, 정작 할 말이 없다. 산천과 사람과 거리를 감각으로 접했다는 것뿐이다. 이 지구 위에 베트남이라는 곳이 정말 있는 줄 알게 됐다는 것이, 가장 분명한 경험이다. 나는 이것을 작은 일이라 생각하지 못하겠다. 베트남에 대한 모든 복잡한 지식에 육체를 마련한 셈이기 때문이다. 기억에 담긴 이 먼 나라의 경험의 육체를 잘 키우고, 바르게 이용하는 것은 이제부터 시작되는 나의 즐거움에 속한다.

우주와 머리카락

「후기」

이 책에는 먼젓번 단편집인 『총독의 소리』의 일부와, 그 후에 쓴 단편 전부가 실려 있다.

많은 한국 소설가가 처음에는 단편으로 시작해서 나중에는 장편을 쓰기에 이르는 걸음걸이를 보여준다. 나도 비슷한 길을 걸었다. 말할 것도 없이 단편이 장편에 이르는 과정이라든가, 장편에 비해 쉽다든가 하는 말은 옳지 않다. 써보면 아는 일이다. 예술의 분야 사이에는 하나가 다른 것의 수단이 된다는 법은 없다. 실은 이 우주 속에 있는 어떤 것도 다른 것을 설명하는 수단이 될 수 없고, 반대로 어떤 것도 그럴 힘이 없다. 예술은 우주의 이 절대적 민주주의, 절대 평등이 실현되는 단 하나의 인간사人間事이다.

단편이 단편다우려면, 그것이 분량이 적다는 사실이 자칫 가져오기 쉬운 어떤 손쉬운 느낌을 이겨내야 한다. 같은 목표를 보다 작은 연장을 가지고 이루어놓아야 하기 때문이다. 이 우주를 머리카락 한 오라기로 달아맬 수 있다면, 그런 기술이야말로 단편의 정신이다. 이 작품들 속에 그런 기술의 충분한 양은 없지만, 주제를 두려워하는 망설임만은 가지고 쓴 작품들이다.

글 쓰는 일

글 쓰는 사람이면 글쓰기의 어려움을 다 알고 있다. 글에는 여러 가지 글이 있고 글마다 남다른 어려움이 있는 것은 사실이다.

문학이라는 이름으로 불리는 글과 그 밖의 온갖 글들 사이에는 한 가지 다름이 있다. 보통의 글에는 스스로 어떤 테두리가 있게 마련이다. 그만하면 쓸 만하다는 테두리 말이다. 행동과 목표 사이에 제한된 균형이라고 할 만한 것이 있다.

비록 완전한 행동이 못 될지라도 결과가 좋으면 행동에서의 흠은 덮어질 수 있는 것이다.

그런데 문학이라는 이름의 글에서는 그렇지 않다. 문학이라는 글의 목표는 일찍이 어떤 도달 목표가 정해진 바가 없다. 그래서 문학에서는 진보라는 말을 하기가 어렵다. 시대와 시대 사이에 문학적 취미의 장단이나 성쇠는 있겠지만, 시대마다 그 나름으로, 무한한 거리에 있는 도달 목표와의 관계는 언제나 마찬가지다. 그러니까 문학은 진보하면서 진보하지 않는다는 상반된 성격을 가지고 있다.

문학은 자기 속에 언제나 다른 시대가 알지 못하는 희망을 가지면서 동시에 다른 시대가 알지 못하는 절망을 가진다.

글 쓰는 사람이면 이 또한 알게 되는 사정이지만 문학의 이 두 얼굴의 어느 쪽을 흘려버리면 그만큼 글이 가벼워진다.

때로 글 쓰는 사람은 이 두 얼굴의 어느 한쪽에 기울어지게 된다. 그리고 다른 한쪽이 거기 있는 것을 잊어버리게도 된다.

그러나 모든 글 쓰는 사람들의 한결같은 경험에 따르면 이런 상태는 언젠가 또 변화를 불러오게 마련이다.

그럴 때 타성에 대한 미련으로 저항하는 경우도 있고 씨아질 끝에 그 새 얼굴을 알아보게 되기도 한다. 그 어느 편이든 글쓰기는 마음의 필연성에 따르는 데서 최저한의 품위가 생긴다.

다른 어떤 방법에 의해서 증명된 사실이라도 그것이 그대로 문학이라는 글의 진리가 된다는 법은 없다. 그런 태도로 받아들인 진리가 문학의 진리가 되는 법은 없다는 것이 문학의 조건이다.

아마 문학이라는 글은 사람이 그 속에서는 어떤 유보도 없이 자기의 모두를 이루어보려는 행동이기 때문일 것이다.

문학의 소용도 거기에 있고 보람도 거기에 있다.

인공人工의 빛과 따스함
── 1970년대의 문턱에서

문問 1970년대의 정치적 과제는?

답答 노동조합의 충실한 발전이 필요하다. 근대형 사회의 이익 집단 가운데 유독 노조만이 본연의 활동이 제약되어온 그간의 실정은 더 이상 지속될 수 없는 위험수위에 와 있다. 만일 이 문제를 어느 정도 합리적으로 해결한다면 한국 정치는 해방 이후의 수많은 역사적 후진성을 극복할 수 있을뿐더러 앞날의 통일 한국에 대해서 비로소 설득력 있는 정치 유산을 가지고 참여할 수 있을 것이다.

문 1970년대의 당신의 과제는?

답 정치적 소재를 회피함으로써 정치로부터 초월하려 할 것이 아니라, 정치의 핵심을 돌파하여 정치를 극복하는 입장에서 문학이 영위되도록 힘쓰겠다. 현재까지의 한국 문학의 참여·순수 논의는 미학적으로 불모한 개념 혼란이었다. 이 논의는 동계의식同系

樣式(구상具象) 속에서의 사회적 견해의 대립이었기 때문에 '순수'란 표현은 무용하고 잘못된 명명命名이다. 이보다는 미술에서의 추상·구상의 구별을 도입하는 것이 좋다. 그런 경우에 추상에 해당할 만한 전통은 신문학사에서는 소설에 한한 경우 매우 미미하다. 소설론에서의 이 같은 터미놀로지와 문학사적 실적이 바른 조명과 정리가 되도록 힘쓰고 싶다. 나 자신의 실작實作에서는 주제가 요구하는 데 따라 어떤 경향의 작품이든 쓰고 싶다.

문 새로운 세대에 바라는 것은?

답 새로운 세대 속에 나 자신이 정신적으로 빠진다고는 생각할 수 없으나 스스로 다짐하는 뜻에서 말해보기로 한다. 개화 이래 우리가 듣고 보아온 모든 사물은 편향된 신화와 착란된 사고뿐이었다. 지구 규모에서의 '대명'을 탄생시키기 위한 오랜 몸부림이라고 표현할 수 있을 것이다. 편견에서 벗어난 과학적 세계관을 모색하려 애쓰고, 다음에 그렇게 얻어진 세계관은 결코 마술 부적이 아니기 때문에 이를테면 대문간에 '민주주의'를 붙여놓았다고 해서 '민주주의'가 실현되지는 않는다는 통찰을 가지고, 이상의 실현을 위해 행동했으면 한다. 청명함과 용기다. 이 두 가지 조건에서 스스로의 책임을 중시하는 태도를 가지고 싶다. 인생은 어둡고 가혹하다. 그렇기 때문에 빛과 따스함을 인공으로 만들지 않으면 안 된다. 우리 손으로. 형제국의 손도 우방의 손도 아닌.

로봇의 공포恐怖

얘기로 통하는 세계

정신분석에서는 어린 시절에 이루어진 경험을 중하게 여기는 학자가 많다. 반드시 정신분석파가 아니더라도 어린 시절을 인간 형성에서 특별한 뜻을 지닌다고 생각하는 사람들은 더 많다. 상식적인 느낌만으로 말한다면 거의 모든 사람이 은연중 찬성하는 의견이 아닐까 한다. '맹모삼천지교孟母三遷之敎'가 벌써 언제 이야긴가. 어느 사람이나 저마다의 어린 시절을 보낸다. 서로 같을 수가 없다. 나이를 먹으면서 알아지는 일은, 어쩐지 내 남은 삶이 별다를 게 없다는, 막연한 느낌이다. 어른의 세계에는 이것은 꼭 나만이, 하는 느낌이 드는 일은 많지 않다. 성인의 세계는 그만큼 서로 뻔하다. 그래서 남에게 생긴 일이라도 다 알 만한 일이지, 절대 모르겠다는 일은 아마 드물다. 그만큼 놀라움이나 신기함을 느끼는 세계에서 멀어진 것이다. 이것이 아주 극단이 된 것이, 과학이라는 것일 게다. 과학은 너와 나 사이에 다를 것이 없고, 다 얘기하면 통하는 세계다. 물론 이렇게 되는 것이 개명開明한 일인데, 어느 일에서나처럼 여기서도 좀 탈이 생긴다. 과학은 만인 공통이로되, 만인의 인생에 과학이 미치는 모양은 각각이라는 일이 흔히 잊힌다는 흠이다. 그래서 어른들은 한편 이해력이 늘어난 대신에, 이 해력을 쓰고 있는 자기를 잃어버릴 염려가 있다. 추상적인 학문일수록, 그것이 삶의 지침이 되기 위해서는, 많은 환산 과정換算過程을 거쳐서 생활의 곁에까지 다가와야 한다. 그런 후에야 비로소 이웃과 대화가 가능하다. 세대나, 시대나 또 국민이란 것은 대화를 위한 공동의 기반을 가진 인간의 무리를 말한다. 그 기반이란 말하자면, 같은 경험을 지녔다는 것을 말한다. 그러니 쉽게 생각하면, 경험이 같으면 대화는 가능하다, 하고 생각이 될지도 모른다. 그런데 그렇지가 않다. 아메바와 같은 것은 천 년을 살든지, 만 년을 살든지, 그 경험에 무슨 폭이나 깊이, 넓이나 마디가 생기는 법이 없다. 움직임이 생각이요, 어제가 오늘이다. 이러면 실수할 염려는 정녕 없다. 인간사란 이렇지 못하다. 모든 사람이 사는 자기 수명은 어슷비슷한 것이지만, 사람들은 아메바처럼 웅덩이나 돌덩이 짬에서 생기는 게 아니라, 나면서부터 앞서 산 사람들의 흔적 위에 태어난다. 흔적이란, 문화니, 역사니, 사회니 하는 전임자前任者들의 축적물을 말한다. 그가 발견하는 것은 원시림이 아니라 늘 일구어진 땅이다. 비록 손질이 나빠 박전薄田일망정 말이다. 그뿐이 아니다. 어느 종족의 역사이든 남의 발길이 건드리지 않은 땅이란 없는 법이다. 결과적으로 사람은 자기 조상과 남의 조상이 어울려서 만들어놓은 경험의 축적 위에서 자기 당대當代를 시작하게 마련이다. 이렇게 되면 인간의 생물로서의 탄생은 제1의 탄생이고, 문화 속에 살기 위해서는 제2, 제3의 탄생이 없지 못한다. 이 나중 탄생이 교육이라고 불리는 일이다. 교육에 의해서만 사람은 문명인으로 서로 이야기가 통하게 된다. 인생의 출발에서 좋은 교육으로 시작하고, 그 교육의 내용이 그 당자의 말년까지 권위를 잃지 않는다면, 그런 생애는 어쨌든 평안한 항해 같은 것일 것은 틀림이 없다. 우리 시대의 어느 세대에게도 이런 행복은 주어져 있지 않다.

글 뒤의 조명

'고전'의 문제가 여기서 나온다. 가령 어려서부터 성경을 배우면서 자랐다고 하자. 그 사람은 이후의 인생에서 아마 성경의 눈으로 경험을 판단하게 된다. 모든 것을. 불경이라도 그렇고, 논어라도 그렇다. 실지로 서양 사람의 글을 보면 그가 전공이 무엇이건, 글 뒤에 비치는 조명 같은 것을 보게 되는데, 그것이 성경일 때가 부지기수다. 고전이란 것은 물론 시대가 변하면 행문行文의 모습 그대로 적용해서는 시대의 몸매에 맞지 않는다. 그러나 그것을 운용하는 법만 익힌다면, 손오공의 여의봉처럼 늘였다 줄였다를 할 수 있는 것도 사실이다. 그렇게 되면 고전이 하는 일은 도량형度量衡 같은 것이 된다. 히말라야 산을 재기 위해서 히말라야 산만 한 자를 만들 필요는 없는 것이다. 산이 자의 몇 배인가를 알면 된다. 산마다 다른 자를 만들 필요도 물론 없다. 이렇게 해서 사람은 현상의 범람에서 헤어나고, 범람하는 현상 위에 떠 있을 수 있게 된다. 나아가 현상을 가누고 움직일 수도 있게 된다. 고전은 그 이름에 걸맞는 것이면 어느 한 줄을 골라잡아도 상상을 불러일으키고 마음을 움직이게 한다. 움직임이란, 현실이라는 이름의 산을 재는 도량형의 운동일 것이다. 그렇게 해서 그 한 줄이 현실과 에누리 없이 맞물릴 때까지 움직임은 멎지 않는다. 고전에 대한 같은 바탕이 있으면 이 움직임의 궤적이 비슷할 것이고, 대화란 그런 데서 가능하다. 논증의 모든 과정을 거치지 않더라도, 씨가 먹지 않은 소리면 대뜸 빈축을 사게 되는 것은 대화하는 사람들은 기반을 같이하는 여러 사람들이 보는 앞에서 하기 때문이다. 중인환시衆人環視란 이런 때에는, 그저 송장 같은 육체가 둘러섰다는 말이 아니라, 머릿속에 고전을 하나씩 가진 정신이 입회하고 있음을 말한다. 이런 조건이 없는 데서 말이 통하게 한다는 것은 지극히 어렵다. 이를테면 인간의 유년기에 이루어진 고전이 이런 힘을 가짐은 무슨 까닭인가. 어렵지 않은 까닭이다. 인간의 문명이 아직도 고전의 유효적 범위 안에 있다는 말이 된다. 언제까지 그렇겠는가를 알 수는 없다. 그러나 고전을 '사실'로서가 아니라 '상징'으로 환산하면서 이용한다면 영원히 그러리라고 말할 수 있다.

수입된 문화 정보

마찬가지로 어린 시절의 경험은 이후의 사고의 모형이 된다. 문학에서는 이것은 널리 알려진 사실이다. 국민 교육의 견지에서, 어렸을 때에 값있는 고전을 가르친다는 것은 국민의 동질성을 만든다는 의미에서 제일 필요한 일이다. 해방 후 우리 교육에서 어떤 고전이 그런 몫을 하였는가. 그런 것이 없었던 것이다. 삶의 전체를 한눈에 보게 하면서 조금도 흐린 데가 없는 그런 정신의 모형을 가르치지 못해온 것이다. 해방 후 교육이 제공한 방대한 양의 수입된 문화 정보의 효과를 나는 지극히 의심스럽게 생각한다. 그것이 양으로 아무리 많다 하더라도 몇 가지 치명적인 결함을 가지고 있다. 먼저 그것들은 한 가닥 끈에 꿰어지지 않은 구슬 서 말이었다는 점이다. 이것들을 머리는 머리 부분에 꼬리는 꼬리로 식별하자면 보통 사람에게는 오히려 문명을 앉은자리에서 새로 발명하는 편이 쉬울 것이다. 둘째로 그것들이 국내에서 자생한 문화 정보가 아니었다는 점에서 더욱 위험천만했다는 점이다. 자생한 문화 정보이면 짐작으로라도 우리는 어떤 요령으로 그것들을 계열화할 수 있었을 것이다. 결국 이 말은 우리가 자생의 고전을 교육 체계 속에 가지지 못했고, 그것을 가지고 외래문화를 재단할 척도를 마련하지 않은 채 교육이란 것을 해왔음을 말한다. 혹 말하는 이가 있으리라. 자생 문화가 아니라도 보편적이기만 하다면 어디 원산이든 무방하지 않으냐고. 이런 말에는 진실이 있다. 그러나 여기는 몇 가지 조건이 붙어야 옳다. 문화의 원산지를 따지지 않으려면, 지구 위에 정치상의 국경이 철거된 조건에서만 그렇다. 왜냐하면 '문화' 자체가 비록 보편적이라 가정하더라도 '문화'란 것이 사람 밖에 있는 생물이 아니라, 사람이 지닌 '재산'이며 '능력'인 바에는, 사람이 국경 단위로 정치적인 우열의 상태로 분열되어 있는데 '문화'로만 통일된다면 이것은 정치상의 약자에게는 지극히 불리하다. 둘째로 '자생'이라지만 이 표현은 수정할 필요가 있다. 가령 외래문화를 수천 년 써왔는데, 이것을 '자생'이 아니라고 하자는 말이 아니라는 것이다. 이렇게 되면 우리 경우에 '고전'이라는 말의 내용은 어느 정도 짐작할 수 있게 된다.

계통 발생의 반복

여기서 생각나는 것은 근래에 활발한 고전의 번역이다. 번역된 모습으로 고전을 교육한다는 것은, 이상으로는 옳은 일이지만 현실로서는 미상불 무의미하다. 고전은 고전대로의 모습으로 교육되어야 하고, 고전의 번역은 번역대로 별개의 사업이어야 한다. '고전의 번역'이 새로운 고전이 되어, 원형과 대체할 수준에 이르렀을 때까지 병행하는 것이 좋은 것이다. 이것은 마치 한 개체個體가 성체成體가 되기 위해서는 계통 발생을 반복하는 길밖에는 없는 것과 같은 이치다. 인간을 문명인으로 교육하는 데는 이런 낭비가 필요 없고, 대뜸 성체를 만들 수 있듯이 생각하는 것이 개화 이래의 교육상의 큰 미망이 아닐까 한다. 그렇게 해서 생겨나는 것은, 생명이 아니라 로봇이다. 개화 이래로 이 땅에는 수없는 로봇들만 살아왔다면 얼마나 섬뜩한 광경인가. 로봇들에게는 생식 능력이 없다. 그런데도 개화 이후 몇 세대가 살아왔다면, 이것은 로봇이 낳은 것이 아니라, 각 세대마다 로봇이 아닌 어떤 기술자가 그때마다 신로봇들을 보충한 것이 된다. 문화적인 부자 관계가 없이, 타자에 의해 제작된 로봇들의 공존. 물론 생물적인 부자 관계가 아니라 문화적인 부자 관계 말이다. 로봇이란 어제가 없고 내일이 없고 오늘만 있는 비인非人이다.

 그러고 보면 로봇들만이 할 수 있는 일들이 매일같이 일어나고 있다. 신문 한 장을 들면, 거기는 어제도 없고 내일도 없다. 참으로 '일보日報'이다. 어제 보도한 일과 아무 상관없이 오늘 일이 일어나고, 오늘 장담하던 일과 아무 상관없이 내일이 벌어진다. 피와 살이 있는 생명의 세계에서는 일이라는 것이 이렇게 홀가분하게 진행되는 것이 아니다. 얽히고설키고, 밀고 당기고, 굼뜨고 되씹고 그렇게 진행됨이 옳다. 인연이란 것이 그렇게 어려운 것이 인간세人間世다. 인연이 어렵다 함은, 책임이 중하다는 말이요, 말 한마디 낸 것이 어려워서 싫은 일도 약속은 지켜야 하기 때문이다. 옛날 사람들은 고지식해서 약속을 당대에만 지키는 것도 모자랐던지 윤회라는 것까지 지어냈다. 세세생생世世生生을 두면서까지 자기라는 것이 있으려니 알고, 자기가 있는 바에는 전생에 마음먹은 바를 후생에서도 처리해야 한다고 생각한 것이다. '역사의식'이란 이를 두고 하는 말이지 다른 것이겠는가. 생명이 성체가 되자면 계통 발생의 사닥다리를 거쳐야 하듯이, 인생이나 시대란 것도 어제가 있고 내일이, 또 얼마든지의 내일이 있다는 생각이 없으면 타자에 대한 사랑이라든지 운명의 연대감 같은 것은 생겨나지 않는다. 로봇에게는 그런 것들이 없다. 그에게는 오늘만 있고 표피 안쪽의 구조밖에는 없다. 그 구조를 어느 누가 당장 바꾸더라도 피 한 방울 흐르지 않는다. 자기에게 피가 없으니 피가 무엇인지를 알지 못한다. 로봇은 피를 두려워 않는다. 자신에게 피가 없으니, 흐르는 것은 늘 남의 피뿐일 테고 그는 언제나 상처 없이 남는다.

인간이 기계를 만들어낸 것은, 인간이 기계가 되기 위해서가 아니다. 까다롭고 부서지기 쉽고 성체가 되기까지, 문화적인 성체가 되기까지 그토록 오래 걸리는 인간이라는 물건을 보호하기 위해서다. 속에 있는 피를 더 따뜻이 보호하고, 살을 더 안전하게 감싸기 위해서다. 이것을 제일 잘 보여주는 것이 우주 로켓을 탄 우주인이다. 로켓의 원리는 아무리 들어봐야 나는 좀체 알 수 없지만, 우주복과 우주선에 들어 있는 '사람'의 모습처럼 눈물겨운 것은 없다. 얼마나 잘 보호되어 있는가. 춥지 않게, 덥지 않게, 눌리지 않게, 심장이 압박받지 않게, 해로운 광선이 뚫지 못하게, 우주 캡슐이라 부르는 모양인 그 상자는 꼭 '태胎'처럼 보인다. 우주 캡슐은 문명이란 것을 즉물적으로 표현한 모형 같은 것이다. 사람이 '문명의 태' 속에서 살고 있다는 것을 그처럼 한눈에 보여줄 수가 없이 보여준다. 그 모든 장치 속에 들어앉은 것은 여전한 인간—50만 년 안짝에 조금도 진화 않은 그대로의 사람이다. 로봇이 아니다. 그 우주선에는 지구 문명이라는 탯줄이 달려 있다. 그 탯줄은 지상의 컴퓨터에, 컴퓨터는 기지 전체에, 기지는 발사 국가에, 발사 국가는 지구에, 지구는 역사에, 역사는 생명에, 생명은 우주에—이토록 겹겹의 인연에 얽매어 있다. 그 인연의 어느 한마디라도 빼놓으면 우주선은 부서진다. 계통 발생의 어느 단계에서든 고장이 생기면 생체 형성生體形成은 실패하는 것처럼.

  벌써 오래전에 오르테가 이 가세트는 현대인이 문명의 과실果實은 이용하지만 과실에 이른 문명의 축적 과정에 대한 상기력을 잃어가고 있다고 말을 했다.

조지 오웰이라는 소설가는 완전히 기계화된 사회에서 개인들이 원시인처럼 무력한 모습을 그리기도 했다. 좀더 젊었던 시절에 그저 '책'으로서, 그저 '말'이거니 읽었던 것들의 진정한 뜻이 요즈음에야 소스라치게 알아진다는 일이 나는 여러 가지 뜻에서 슬프고 두렵다.

역사와 상상력

어떤 사상과 그것을 원리로 삼아 움직이는 주체와의 관계는 어떤 분야의 인식에서든 제일 중요한 문제다. 이 두 가지는 편의상으로는 나눌 수 있지만, 실지로 그것들이 행동이라는 모습을 지녔을 때는, 떼어놓을 수 없이 행동 속에 결합돼 있다. 그래서 사상은 좋으나 주체가 글렀다든가 주체는 바람직하나 사상이 나쁘다거나 하는 말은 실지로는 뜻이 없는 사고思考의 잘못에 지나지 않는다. 사상이 좋으면 그것을 지닌 주체는 좋고, 옳은 주체가 나쁜 사상을 지닐 수 없는 것이다. 이 같은 착각이 끊이지 않는 것은 어떤 사상, 어떤 주체에 대한 선입견을 각각 가진 다음, 이것들을 나중에 서로 결합하는 데서 생긴다. 말의 발굽과 돼지 다리는 아무리 해도 결합되지 않는 것이 확실한데, 사고라는 비구상의 세계에서는 늘 이런 현상이 일어난다. 이런 잘못을 명백하게 드러내서 동시대인들의 방향 상실증을 고치는 데 큰 몫을 한 책들을 '위대한'

이란 이름으로 불러서 마땅하다. 랑케의 『강국론强國論』은 그런 책 가운데 하나다. 이 책은 프랑스 혁명 전 1백 년경의 유럽의 모습에서 시작하여 나폴레옹의 몰락까지의 기간을 다루고 있다. 근대 사학이 이야기체를 벗어나서 과학화된 이래로, 역사 기술은 큰 함정을 지니고 있다. 여러 민족의 역사에서 보편적 현상이 유출되면서 역사가 맹목적인 우발사의 연속이 아니라, 어떤 법칙을 따른 운동이라는 인식이 성립되면서, 역사적 진화론이 성립한 것이다. 그런데 이 진화론은 기정사실을 법칙화한다는 함정을 지니고 있다. 그렇게 되면 역사는 마치 자동운동을 하는 것 같은 착각을 준다. 그런데 실지로 역사의 공간은 이 같은 진공 속에서의 자유낙하와 같은 것이 아니다. 역사는 저항을 극복하면서 운동하는 공간이다. 그런 까닭에 인력이 여전히 작용하더라도 저지沮止·우회·소멸과 같은 현상이 생기고, 그 어느 형태가 될 것인가는 예측할 수가 없다. 역사에서 이런 저항은 풍토, 타민족 같은 것이 될 것이다. 이러한 요소들을 고려하지 않고 역사에 대한 어떤 이론을 현실에 적용하면 그곳에 나타나는 현상이, 주체를 잊어버린 객관주의가 되고 만다. 이 객관주의도 실은 주체가 없는 것이 아니라 있다. 다만 '자기'가 아닌 '남'이다. 남의 모습을 자기와 동일시하는 데서 오는 착각이다. 이렇게 되면 '자기'한테는 자기 상실이 되고 남에게는 지배의 도구를 만들어주게 된다. 랑케가 『강국론』에서 말하는 바는 이런 내용이다.

고립한 사고의 장場

랑케는 프랑스 혁명 전 1세기 동안의 프랑스의 우위優位와 그 붕괴를 묘사하면서, 프랑스 혁명이 그러한 우위를 회복하기 위한 운동이었다고 말한다. 제도적 변혁은 그 수단이었고, 그것이 과격했던 것은 열세劣勢를 한꺼번에 돌이키려는 격정이었다는 것이다. 나는 이 책을 읽고 몹시 놀랐다. 그때까지 나는 프랑스는 그 혁명 전까지, 귀족들은 게으르고, 포악하고, 산업은 피폐하고, 국민은 굶주림에 허덕이고, 그대로 있으면 식민지가 될 지경이었기 때문에 국민이 들고일어난 줄로 알았기 때문이다.

그러나 실지로는 인구는 점차 불어나고 있었고, 루이 14세 시절보다는 못하지만 강력한 대국大國이며, 상공업이 발전하고 있었고 문화는 왕성했던 것이다.

프랑스 자체의 사회적 현실만을 생각한다면 혁명은 일어나지 않을 수도 있었다. 혁명 없이 연속적인 발전이 가능했을지도 모른다. 당시의 프랑스를 고립한 사고의 장에서 다룰 때는 이러한 정태론적靜態論的 결론도 끌어낼 수 있다. 그러나 프랑스는 유럽 안에 있었다. 프랑스는 루이 14세 시절에 가졌던 지배적 위치가 점차 허물어지는 것을 안타깝게 견뎌왔던 것이다. 오스트리아의 강화, 프러시아의 진출, 러시아의 등장, 그리고 무엇보다도 영국의 추월—이런 사정들이 프랑스로 하여금 무엇인가 결정적인 행동을 함으로써 지난날의 자리를 되찾으려는 격정 속에 몰아넣었다는 것이다.

역사가 복수 주체複數主體 사이의 극劇이며, 역사적 행동의 기폭력이 타자와의 투쟁, 경쟁에 있다는 사실을 오늘의 사람들은 흔히 잊어버리는 수가 많다. 같은 이념을 믿어도 주체가 다르면 서로 싸울 수가 있다는 것을 잊어버리는 쪽이 역사에서는 늘 지는 쪽이다. 랑케는 같은 이념을 가지면서도 주체가 다를 수밖에 없는 역사의 세계에서, 주체 서로간의 교섭이 투쟁 아니고 조화가 되어야 한다는 것까지 결론에서 강조한다. 이 같은 조화의 방법으로서 랑케는 '국민정신' '개성' '도덕적 힘' '순수하게 형성된 다양한 개성으로 각 국민은 세계사에 참여해야 한다'고 말한다. 이 같은 표현들은 다소 위험할 수도 있다. 이런 표현은 쉽사리 실체화될 수 있기 때문이다. 가령 다른 국민에게는 없고 그 국민에게만 있는 어떤 '국민정신'은 어떤 것일까? 그런 것은 없다. 어떤 국민이 상황의 어떤 국면에서 취하는 어떤 '태도'만이 실지로는 있는 것이다. 어떤 국민에게 '속성'이라는 의미에서 귀속되는 '국민정신'이란 형이상학이다. 형이상학이란 인식의 어떤 수준에서 성립하는 현상을 모든 수준에 적용하는 잘못이다. 뿔은 소의 '속성'이지만, '군국주의'는 어떤 '국민의 속성'이 아니라 어떤 국민의 어떤 시점에서의 태도다. 생물학과 정치학의 혼동이 있을 때 인간성과 제도의 동일시가 일어나는 것뿐이다. 『강국론』의 필자의 이런 표현은 과히 허물할 것이 못 된다. 왜냐하면 그의 뛰어난 역동적 사고로 미루어본다면, 우리 자신이 이 표현에서 옳은 뜻을 찾아내는 것이 마땅한 의무이기 때문이다. 아마 창조적 응전이라고나 하면 무난하지 않을까. 사실 『강국론』에서 느끼는 것은 이 저자와 슈펭글러를 종합하면 토인비 사학의 상이 이루어지는 것이 아닐까 하는 생각이다.

우리의 냉전 체제

　1970년대에 들어오면서 우리는 가지가지로 놀라운 일들을 겪고 있다. 냉전 체제의 해체가 우리에게까지 미쳐온 것이다. 그러나 실지로 이 냉전이란 말처럼 슬픈 말이 없다. 냉전은 열전과 같은 목적이면서 열전의 형식을 피한 20세기 강국들의 탄복할 행동 방식이었지만, 우리는 이 문명의 형식의 혜택을 입지 못했다. 우리들 사학 이래의 최대 열전과 강국들의 냉전 기간이 겹쳐 있었던 것이다. 강국들의 냉전 체제가 해소되었다면 우리에게는 열전 체제가 해소되고 냉전 체제가 지금부터 시작되었다는 것을 말한다. 완전한 주기의 차가 있다. 이런 현실을 대하고 우리는 물론 기뻐한다. 그만큼 전쟁의 위험이 물러난 것을 불만스럽게 알 사람이 있을 리 없다. 그러나 한편 이처럼 용렬한 정신도 없다고 해야 옳지 않겠는가. 이렇다면 그것은 어떤 집단의 역사적 태도라느니보다 물리적 운동이라 하는 편이 맞지 않겠는가. 이 지구 위에 우리와 같이 살고 특별한 권리를 가졌을 리가 없는 강국들이 정해주는 범위 안에서만 움직인다면, 이것은 랑케가 바랐던 역사의 모습이 아니다.

　한 나라의 국민으로서 국사國史를 읽는 태도는 객관적 방법을 수단으로 삼으면서도 마지막 입장은 국사를 자기 개인의 운명으로 공감하는 태도여야 할 것이다. 자기 나라 역사를 인식하는 과정에서의 냉정함과, 생활인으로서의 정서적 반응은 모순되는 것이 아니라 순위의 선후일 뿐이다. 도리어 그 어느 한쪽밖에 지니지 못했을 때는 그 정신은 병들었음이 분명하다. 국사에 대한 비웃음이나 광신은 모두 그 사람이 인간으로서 건강하게 살지 못하고 있다는 증거가 될 수 있다. 조소하는 사람은 자기를 외국인의 위치에 놓고 있는 것이고, 광신하는 사람은 자기를 환상의 자리에 놓고 있다.

우리가 오늘날 처한 운명을 따지게 되면 자꾸 역사를 거슬러 올라가게 된다. 우선 개화기쯤에서 멈추어보자. 이러저러한 까닭으로, 우리는 자주 개화에 실패했다. 까닭은 얼마든지 있고 앞으로도 얼마든지 밝혀지겠지만, 한 가지 분명하고 영원히 딴소리가 있을 수 없는 사실은, 우리가 실패했다는 사실이다. 일본 친구들이 망종이었다. 물론 그렇다. 그러나 망종인 것은 일본 친구들이고, 부끄러운 것은 우리임에는 변함이 없다. 우리는 가만있지 않았다. 그런 경우에 어느 민족이든 비교해서 떨어지지 않을 만한 저항을 했고 싸웠다. 물론 그렇다. 싸웠다. 그리고 졌다. 진 것이 자랑스러울 리야 없지 않은가. 그러면 여전히 부끄럽다. 부끄럽다는 것은 창조적 응전을 하지 못한 것을 인식했다는 정서적 표현이다. 남의 역사를 살아주는 머슴이라면 우리는 말할 수 있다. 나는 그 당시 이러이러하게 애를 썼고, 피 흘렸고, 죽었고 했으니 난 할 일을 했소, 이렇게 말할 수 있다. 그러나 역사의 주인으로 역사를 사는 사람에게는 일체의 변명이 용서되지 않는다. 자기의 가해자에 대한 변명이나 규탄이 아니라 자신에 대한 변명이나 규탄 말이다.

8·15는 귀중한 시간의 낭비를 거쳤을망정, 우리가 근대의 초입에서 실패했던 일을 자유롭게 돌이킬 수 있는 기회로 모든 사람이 알았었다. 독립이라든지 개화라든지 하는 것들을 다시 하게 된 기회로 알고, 모든 사람이 이날을 맞았다. 그렇게 되지 않고, 국토가

두 조각으로 갈리고 냉전이라는 편리한 방편이 생긴 세상에서 우리는 동족이 상잔相殘했다. 여기에도 물론 이러저러한 까닭이 있다. 물론 그렇다. 그러나 민족이 서로 죽이고, 아직도 통일을 이룩하지 못했다는 것도 사실이다. 그리고 이 '통일'이 '민족'은 다른 나라의 것이 아니고 우리 것이다. 27년 동안 우리는 '창조적 응전'을 하지 못하고 지냈다는 사실만이 확실하다. 랑케의 말을 믿는다면 프랑스 사람들은 강국 서열상의 약간의 하락에 그토록 창피함과 노여움을 느꼈다면, 27년간이나 멀쩡하게 눈을 뜨고 앉아서, 자기 영토의 분단을 끝내지 못한 일에는 어떻게 해야 할 것인가.

 그동안 우리는 분단에 대처하는 데에 모든 정력을 쏟으면서 살아왔다. 알다시피 유럽의 근대는 민족의 통일에서 시작하였다. 문자 그대로 국토의 통일인 경우도 허다하고, 지방주의를 청산했다는 경우에도 오늘날의 중앙 집권 국가의 '지방'을 연상해서는 이해할 수 없을 만큼 어려운 일이었다. 그들은 그런 통일을 끝낸 후에야 근대를 향한 이륙離陸을 할 수 있었는데, 이 점만 가지고 따진다면, 우리는 현재 근대 이전에 있다는 것이 된다. 일본 친구들의 점령하에서도 개화는 진행되었다. 그럼에도 그것이 주권을 상실한 개화였다는 점에서 우리는 그것을 근대화의 바른 모습이라고 부를 수 없다. 우리 강토에서, 우리 국민이 개화했음에도 불구하고 그것은 일본 영토에서 식민지 신민이 근대 기술의 혜택을 받고 있었다는 것이 실지로 일어난 일이었던 것이다. 근대라는 좋은 '사상'이 식민지 신민이라는 불행한 '주체'성 때문에 근대화가 되지 못했던 것이 아니다. 유럽적 근대 '사상'에는, 무엇보다 먼저, 그 '사상'의 주체는 독립된 국민이라는 전제가 들어 있는 것이다. 오늘날 우리는 분단된 두 개의 주체가 각기 근대화를 위해 각기의 길을 가고 있다. 모든 한국 사람들은 또다시 분열증에 걸려 있다. 분단된 상태에서 근대화라는 것이 과연 가능한가, 하는 문제다. 일본 점령하에서 많은 사람들이 비슷한 문제 때문에 걸려서 넘어졌다. 그때의 문제는 주권이 없어도 개화는 가능한가 하는 문제였다. 지금으로서는 그 문제는 양자택일의 문제가 아니라 변질된 개화였다고 대답할 수 있을 것이다. 그러므로 일본 점령하에서 살았던 사람으로서는 당시에 진행된 개화의 어떤 경향은 개화의 이름으로 불러도 좋고, 어떤 추세는 그렇지 않다든가, 한 가지 일에서 그런 양의적兩義的인 파악을 해야 한다는 그야말로 분열증적인 의식을 지니고 살았어야 했다 하는 것이 아마 지금 생각으로 맞는 이야기일 것이다.

분단의 상황하에서 진행되고 있는 오늘의 우리 역사도 역시 마찬가지 원리로 분석되어야 옳지 않을까. 분단이 현실인 이상 그래도 근대화는 행해져야 한다. 그러나 분단이라는 저해 요인이 작용하고 있는 이상, 그러한 근대화는 필연코 변질될 수밖에 없다는 사실만은 분명히 알고 있어야 할 것이다. 할 수 없어서 그런 궤적을 따르고 있는 '풍속'을 원칙론대로의 '이념'이라고 우긴다면 바로잡을 길이 어려워지기 때문이다.

국토의 통일 문제에도 우리는 창조적 응전을 하지 못하고 있다고 시인하고, 아마 부끄러워하는 것이 마땅하지 않을까 한다. 우리 자신의 창조적 응전이 아니라 강국들의 사정에 따라서 형편이 조금씩 나아지는 것을 기계적으로 따라만 간다면, 랑케가 살아서 한국의 20세기사를 기술한다면 그는 무엇이라고 할 것인가. 그가 살아올 리 만무지만, 그의 목소리는 살아 있다. 그는 이렇게 말하고 있다.

'바야흐로 우리들이 어떤 정신적 폭력에 의해서 침해되고 있는 것이 사실이라면, 우리는 이에 대해서 마찬가지로 정신적인 힘을 맞서게 하지 않으면 안 된다. 다른 국민이 우리 국민에 대하여 우월을 차지하려는 위험이 다가왔을 때, 우리는 오직 우리나라 독자적인 국민정신의 발전에 의해서만이 위험을 막을 수 있다.'

사회적 유전인자

　외국에서 오래 산 한국 사람은 얼굴 모습에 어딘가 티가 난다. 언젠가 필립 안安이라고 안도산安島山의 아들 되는 그 사람이 미군 티브이에 나온 적이 있었다. 그는 분명히 필립 안이었다. 골격이 틀림없는 한국 사람인데도, 틀림없는 미국인이라고 보이던 것이다. 나는 그때 약간의 놀라움과 형언키 어려운 느낌을 가진 것을 지금도 떠올릴 수 있다. 도산이라면 한국 사람 중의 한국 사람이요, 어떤 사람들 생각으로는 그 사람을 본받아야 한국 사람이 될 수 있는 본보기 같은 인물이다. 그런데도 그 도산이 자기 아들에게 몸은 물려줬을망정 한국을 물려주지는 못했음을 뜻한다. 일본에서 오래 산 한국 사람도 어딘지 일본 사람 비슷이 보인다. 혼혈을 하지 않았는데도 이방인에게 그 나라의 얼굴을 닮게 하는 것은 어떤 조화일까. 불란서 소설가 발자크는 사람에게는 자연적自然的 종種과 사회적社會的 종種이 있다고 말한 일이 있다. 그의 생각에 따르면, 자연계에 사자니 코끼리니 하는 종이 있듯이 사람들에게도 사자급級 사람, 코끼리형型 사람…… 이런 식으로 자연계에 견줄 수 있는 종이 있다는 의견이다. 이것을 좀 넓혀서 생각한다면 '국민성'이라는 개념을 얻을 수 있게 된다. 국민성을 구별할 수 있다면 그 까닭은 무엇일까. 아마 '문화'라는 것이 될 것이다. 생물학적으로는 변하지 않았는데도 어떤 사람이 외국인처럼 느껴진다면 그 까닭은 여기서 찾을 수밖에 없다. 다른 문화가 그들의 얼굴 위에 무엇인가를 보태어 변화시킨 것이다. 굳이 외국에 나가 산 예가 아니고도 또 있다. 개화 이전의 우리 선인들 사진이 많이 있다. 그런데 그들의 얼굴이 풍기는 느낌이 오늘의 한국인과 전혀 다르다는 것을 나는 발견하였다. 누구라도 좀 주의해보면 아마 같은 관찰을 하리라 믿는다. 이 역시 마찬가지 현상이다. 수십 년 사이에 생물적인 진화가 있은 것이 아닌 것이 확실한데도 그들은 다른 세상 사람들처럼 보이는 것이다. 그사이에 우리네 문화가 얼마나 심하게 바뀌었는가를 말해주는 것이리라.

  한국 사람은 오랫동안 한 핏줄, 한문화로 살아왔고, 외국에 많이 이민한 경험도 없기 때문에 문화에 의한 이런 변용을 심각하게 새겨볼 기회가 없었다. 역대로 모습이 다른 외래문화가 들어왔다 해도 그로 말미암은 '변용'은 동포 모두가 한꺼번에 겪는 일이었기 때문에 그 '변용'을 거울에 비춰볼 수는 없었을 것이다. 다만 저도 모르는 사이에 변용 '당'하고 말았을 것이다. 그러나 오늘에는 일본·미국·연해주·간도 등지에 상당한 겨레가 이민해서 살고 있다. 이들을 거울삼아 우리는 스스로를 비춰볼 수 있게 되었다. 그 결과 사람이란 것은 두 개의 얼굴을 가지고 있다는 사실을 알게 된 것이다. '자연의 얼굴'과 '사회적 얼굴'이다. 앞의 것은 한 틀이지만, 뒤의 것은 얼마든지 바뀐다. 문화란 생활의 꾸밈새다. 생활의 꾸밈새가 바뀌면 생물적 얼굴은 그때마다 느낌이 달라진다. 어떤 근육의 굴신屈伸, 살갗의 어떤 변화, 혈액 순환의 어떤 미묘한 바뀜이 이런 변용을 가져오는지를 밝히는 것은 아마 고도의 자연과학과 인문과학을 종합한 고도의 한 신과학新科學을 필요로 할 것이다. 그런 과학이 생길지 어떨지는 여하튼 현재 우리는 직관적으로 이 '변용'을 확인할 수 있다. 그것이 바뀔 때마다 확인할 수 있다. 이런 것을 현재로서 하고 있는 것이 소설에서의 묘사의 큰 부분을 차지하고 있는 인물 묘사이다. 사람의 얼굴에서 일어나는 이 변용의 내용은 '가면' 같은 것이다. 문화라는 탈을 썼다 벗었다 하는 것이다. 가면 안 쓴 맨 얼굴이란 것은 그러므로 가면자假面者들의 눈으로 보면 공포요, 괴기다. 한국인은 오랫동안 한 가지 가면만 쓰고 살아왔다. 그래서 가면과 맨 얼굴이 유착된 상태를 자연스러운 것으로 여겨왔다. 그런데 사회 변혁기라는 것은 가면 변혁기를 말하는데, 이 변혁기에는 당연히 새 가면을 쓰게 되는데, 사람들은 이 탈은 임시 쓴 것이고 뒤에 있는 맨 얼굴은 여전한 한국 사람의 얼굴이니까, 비록 다른 탈을 썼더라도 다 같은 한국 사람이다, 하고 생각한다. 이것은 착각이다. 어떤 특정한 탈과 분리된 '한국 사람'이란 것은 아무 사회적 내용 없는 '말'뿐인 것이어서 그럴 때는 더 적절하게는 다 같은 인간이다, 하고 말해야 옳을 것이다. 이런 깨달음이 없으면 정치적인 색맹이 되고 만다. 가면은 보이지 않고 생면生面만 보이는 것이다. 동포라는 것은 같은 가면을 썼기 때문에 동포인 것이지, 우리가 정한 사회적 약속—우리가 쓰기로 한 탈과 다른 탈을 쓰고 있는 사람은 이미 동포가 아닌 것이다. 국민 일체감이라는 것이 생물적 근거에 서 있는 것이 아니라 사회 계약된 근거 위에 서 있는 것이라는 인식이 아쉬워진다. 너무 오랫동안 이 두 차원이 유착돼 있었기 때문에 우리는 사회적 색맹이 되어 있다. 우리가 단일 민족으로 같은 지역에 오랫동안 정착해 살아온 데서 이런 결과가 온 것이다. 만일 지금 우리 사회에 우리가 '말'로만 묘사하고 있는 그러한 약속의 가면은 아무도 사용하는 사람이 없고, 실지로는 엉뚱한 다른 가면을 쓰고 살고 있다면, 그곳에는 사회도, 민족도, 동포도 없는 것이다. 있다고 생각하는 것은 환상이다. 생물학적 존재의 착각일 뿐이다. 국파산하재國破山河在라고 옛 시인은 노래했는데 그는 산하는 국가가 아님을 이토록 똑똑히 말한 것이다. 이런 것이 문화인이요, 사회적 종種이며 가면 사용 인종假面使用人種이다. '조국' '동포' '한국인' 같은 존재는 시간마다, 날마다, 세대마다 구성하고 획득한 존재이지, 천부의 소유물이나 귀속이 아니다, 라는 것이 '사회적 종으로서의 인간'의 정상 감각이다.

따라서 그것은 자동적으로 상속시키거나 유전시킬 도리도 없는 '사회적 유전 정보' '사회적 DNA'이다. 그런 까닭에 한국 사람 가운데 한국 사람인 도산조차도 그의 아들에게 이것을 상속시킬 수도 유전시킬 수도 없었던 것이다.

조국의 재획득—이것이 오늘 우리가 치러야 할 국민적 목표다.

조국이란 우리가 만들면 있고, 만들지 않으면 없고, 저절로는 절대로 없는 인공적 종이기 때문이다.

문명 감각

　7·4남북공동성명은 한국 현대사의 다음 단계를 열어놓았다. 아마 이 성명은 한일 병합, 8·15해방, 6·25에 견주어 무게가 결코 낮지 않다. 7·4성명은 특히 한반도에서 살고 있는 모든 사람들에게 있어서 역사적인 선례를 찾는다면 아마도 유럽 근대에서의 종교 개혁에 견줄 만한 사건이었다. 사회적 기능의 한 분야인 정치상의 사건이라고만 해서는 이 성명이 한국인에게 준 무한히 복잡한 충격을 잘 설명하지 못한다. 정치적인 형이상학의 시대는 끝났다. 2차 대전 후 천황의 인간 선언을 접한 일본인들의 심경을 나는 순간적으로 이해할 수 있었다. 아마 2천 년 전에 예루살렘의 광장에서 예수를 죽이자고 외친 군중들의 심정도 마찬가지였을 것이다. 신이면서 인간이라니, 신이 인간이 되다니— 이런 충격이다. 일본이나 이스라엘은 다원적인 정치 질서를 주도한 경험이 없는 나라들이다. 미국이나 소련도 신생 강국들이다. 그러나 이들도

결국 우여곡절을 거쳐서 종교적 사고를 극복하고 역사주의적 사고를 택하지 않을 수 없었다. 2차 대전 후에 한때 위험한 수위에까지 이르렀던 대결의 모습은 1960년대에 벌써 해빙解氷하기 시작했다. 그러나 한반도에서만은 결빙은 여전히 단단했던 것이 우리가 산 시간이었다. 7·4성명은 이 결빙에 굵은 금을 만들어놓았다. 기온의 변화는 끝내 이곳까지 퍼져온 것이다.

  7·4성명에서 말해진 내용들을 실천하는 것은 쉬운 일이 아니라고들 한다. 하루아침에 무엇인가 마술 같은 일이 벌어지기를 기대하는 것은 경솔한 일이라고 말하는 이들이 많다. 물론 옳은 말이다. 마술적 사고의 한 성격은 비단계성非段階性이다. 아마 언어와 현실 사이에 매개를 생각하지 않고 의도에서 실현으로 직행하려는 경향이다. 7·4성명을 이런 사고방식으로 받아들이는 것은 물론 잘못이며, 그런 점을 환기시키는 논의는 있을 수 있다. 그러나 나는 이런 이야기는 전혀 기우杞憂에 속한다고 생각한다. 7·4성명을 성립시킨 조건인 국제적 영향력, 집권 세력 자신에 의해 취해진 행동이라는 것, 이후의 사태 발전도 한국의 환상적 행동을 허용할 리 없다는 것 — 이런 사정을 생각한다면 7·4성명을 대하고 신중론을 말하는 것은 오히려 처참한 생각이 든다. 세계는 이만큼 변했는데 우리는 인제 겨우 여기에 왔는가, 하는 감회가 오히려 무겁다. 뚜껑을 열고 보니 7·4성명의 정신은 1960년대에 우리가 매일같이 국제 뉴스로 접했던 강대국들 사이의 내셔널리즘에 다름 아니다.

  우리 경우의 내셔널리즘이란 복합적이다. 첫째는 남북한이 서로 동일 민족으로서의 기선을 회복하자는 의미에서의 내셔널리즘이다. 이것을 편의상 대외적 내셔널리즘이라 해도 될 것이다. 7·4성명에 대해 보통 논의되는 것은 이 측면이다. 그러나 7·4성명에는 못지않게 중요한 다른 면이 있다. 그것은 남북한 각자의 내셔널리즘이다. 쌍방은 보다 현실적인 자리自利를 추구하기 위한 방법으로서 7·4성명에 이른 것이지 갑자기 종교적 발작에 들린 것은 아니다. 여기에는 아무런 감상도 찾아볼 수 없다. 따라서 신중론은 사태 자신이 포함하고 있는 현실적 이성에 대한 군더더기라는 느낌을 준다. 도리어 소문으로만 듣던 정치라는 것의 잔인할 만큼의 합리성을 실감하게 된다.

한반도에는 대내적인 두 개의 내셔널리즘이 있고 그 주체는 각기 '남한' 및 '북한'이며 대외적으로는 한 개의 내셔널리즘이 있으며 그 주체는 남·북한이 대립하면서 공존하고 있다는 '상황'이다. '남한' '북한' '상황'——이것이 한반도에서 내셔널리즘을 움직이는 세 주체이다. 상대방을 존재하지 않는 것처럼 생각하던 행동 양식에서 상대방의 현실적 존재를 양성화시킨 것——이것이 7·4성명이다. 그리고 이것은 무슨 희한한 독창도 아무것도 아니며 또는 1960년대에 미·소에 의해 처음 실현된 슬기도 아니다. 역사가 있은 이래로 문명한 정치가 모두 실천한 고전적 지혜에 다름 아니다. 지혜란 이익을 문명한 방법으로 추구함을 말한다. 현재 한반도에 사는 사람들로서 추구해야 할 정치적 이익이란 무엇인가? '통일'이다. 방법이란 무엇인가? '평화적 행동'이다. 민족이란 무엇인가? 이 같은 정치적 이익을 평화적으로 추구함에 있어서 현재 한국인이 역사적인 기득권을 주장할 수 있는 제 조건 즉 언어의 동일, 반도의 남북을 한국인이 점유하고 있다는 사실, 한국인의 무력에 의해 점유되고 있다는 사실—이 조건들을 활용함에 있어서 배타적인 권리를 주장할 수 있는바 현존하는 한반도 거주의 모든 한국인, 이것이 '민족'이다.

'통일'은 한반도 거주의 현존 한국인 모두의 공동 관심사다. 통일에 의해서 우리는 막대한 이익을 볼 수 있다. 군비의 감소, 치안의 향상, 대외적 경제 신용의 향상, 자원의 효과적 배분—총체적인 쾌적한 생활의 가능성이다. 이것은 한 시대가 바라볼 수 있는 정치적 도달 목표의 거의 모두이다. 통일은 이 모든 분석적 요소를 간직한 정치적 이익 사업의 한국적 표현이다. 그러므로 이 간단한 말—'통일'에는 그 분석적 구성 요소가 실현될 시간의 폭을 그 속에 포함하고 있다. 마치 유전인자가 그 속에 생체 형성의 정보를 시간표의 형식으로 조직하여 지니고 있듯이. 그 정보의 하나하나가 '평화적 방법'임을 7·4성명은 우선 확정한 것이다.

쌍방은 이상의 합의 사항이 조국 통일을 일일천추로 갈망하는 온 겨레의 한결같은 염원에 부합된다고 확신하면서 이 합의 사항을 성실히 이행할 것을 온 민족 앞에 엄숙히 약속한다.

성명의 마지막 구절이다. 통일의 이해 당사자인 모든 한국인은 이 확신을 보증한다. 대부분의 한국인은 통일에 대해서 감상론을 가질 만한 여유가 없다. 왜냐하면 분단에서 오는 피해의 당사자이기 때문에 '통일'이란 절실한 생활의 요구이기 때문이다. 7·4성명은 이 같은 이해 당사자의 절실한 요구가 오랜 세월을 거쳐 열매를 맺은 것이지 강대국이나 집권 당국에 의한 요술이 아니다. 7·4성명에서 합의된 내용의 실현이 보다 많은 이해 당사자들이 보다 넓게 참여한 가운데서 실현되기 위한 노력이 필요하다. 자기 영혼을 건지는 것은 자기뿐이다. 이 진리를 오랜 망각 속에서 7·4성명은 다시 되새겨주었다. 문명 감각의 회복을 축하하자.

스포츠

　7·4 이후로 남북간에 접촉이 잦아질 것이 예상된다. 지금까지도 접촉이 없었던 것은 아니다. 다만 적대적 접촉이었을 뿐이다. 간첩, 휴전선에서의 충돌, 제3국에서의 외교적인 각축 같은 것이다. 이 같은 접촉에는 지켜야 할 룰이 없다.

　목적을 위해서는 어떤 수단이든지 동원된다. 성격에 있어서 전투 행위와 다름이 없다. 7·4 이후로는 이 같은 적대적 접촉은 불가능하게 됐다. 적어도 합법성이 감소된 것은 틀림없다. 공동 성명에서 분명히 적대 행위를 없애나가기로 약속했기 때문이다.

　이 같은 약속이 국제법에서 볼 때 어떤 구속력이 있는가 하는 문제는 실상 중요하지 않다. 역사적인 사정이 바로 구속력으로 작용하기 때문이다. 현재까지는 제각기 단독으로 룰을 선포하고서는 겨루었던 것이 남북간의 접촉 방식이었다. 그런 까닭에 "여보 축구를 하면서 때리기야아"라든지 하는 규칙 위반에 대한 항의가 사실상 무의미했다. 합의된 규칙이 없었기 때문이다. 그러나 7·4 이후는 규칙 있는 접촉이다. 성명의 구체적 해석으로 아무리 의견이 엇갈리는 일이 계속 일어난다 하더라도 주장의 명분은 일방의 국내법이 아니라 7·4성명의 문장에서 구해야 한다. 이런 경험은 쌍방이 모두 처음이다. 투쟁을 규칙에 따라서 한다는 것은 문명의 지표에 다름 아니다. 현재까지는 남북이 모두 원시적인, 따라서 보다 손쉬운 방법으로 상대방을 대하면 되었었다. 7·4성명은 이런 단계를 끝맺었다. 정치적 대항 집단에 대해서 무차별 공격을 하지 않는다는 것은 각자의 국내 체제에 대해서도 영향을 미친다. 그것은 체제 속에서의 민주주의 신장이 될 것이다. 해방 후 우리 강토의 남북에서 민주주의를 사실상 저해해온 요인은 남북간의 무한한 적대 관계였다. 이제 저해 요인의 현명한 제거에의 첫걸음이 내디뎌졌다. 그만한 양의 민주주의에 대한 투자의 여유가 생겼다고 보아야만, 7·4성명은 민중의 승리가 될 것이다. 7·4 이후의 남북의 우호적 접촉의 가장 빠른 형태의 하나가 스포츠일 것이라고 예상하는 사람들이 많다. 아마 그럴 것이다. 스포츠는 가장 분명한 규칙에 따라 행동하는 것이기 때문이다. 해석의 차이가 있어도 폭이 무한정일 수 없고, 이해관계가 치명적이 아니므로 양보의 폭은 넓다. 규칙을 따른 남북 접촉의 귀염둥이 자격이 넉넉하다. 스포츠의 이 같은 위력은 그 규칙의 합리성에 있다. 남북 접촉의 다른 문제도 근본적으로 스포츠와 같은 합리성의 정신에 의해서만 좋은 스코어를 바랄 수 있다. 훌륭한 스포츠맨은 그가 흘린 땀의 양에 좌우된다. 합리적인 땀의…… 체제의 민주화란 국민 생활의 합리화이며, 그것이 궁극적으로 통일의 정공법이다. 합리적이기만 하면 땀을 마다할 사람은 아무도 없다.

지표

덥다고들 야단이다. 기록으로 보면 요즈음 더위보다 더한 것들이 있었겠지만, 더위 같은 건 느끼는 사람의 사정에 딸리는 면이 많다. '불쾌지수' 같은 표시법이 생기는 것도 그 때문이다. 불쾌지수 같은 것은 온도만의 함수가 아니다. 온도 자체에는 쾌도 불쾌도 있을 리 없고 그것을 받아들이는 주체의 사정에 따라서 어느 쪽으로도 작용한다. 온도가 사물의 객관적 지표라면, 불쾌지수 같은 것은 주관적 지표다. 사물이나 사건의 상태를 어떤 지표를 이용하여 계산한다는 능력은 인간만이 가진 능력이고, 이 능력으로 인간은 자연을 지배할 수 있게 되었다. 모든 정보가 저마다의 지표를 가지고 있다.

가령 신문의 경우에 빠르게, 바르게, 간결하게 같은 것이 그 가치의 지표가 된다. 수학은 순전히 지표 자체만을 취급한다. 정보의 구별은 어떤 지표계를 사용하느냐로 결정할 수 있다. 경제학은 사회과학 속에서는 가장 지표가 수량화된 부분이다. 그런데 경제학에서 쓰이는 지표는 인간 생활을 계산하는 무한한 지표 가운데 하나이지 만능의 것도 단 하나의 것도 아니다. 대체로 문명이 어릴수록 지표계가 간단하고 문명이 성숙할수록 지표계가 많아진다. 신神 같은 것도 유력한 지표의 하나다. 이것은 스스로 만능의 지표임을 선포하기 때문에 다른 지표가 허락되지 않는다. 만사가 신과의 관계에 따라 값이 주어진다.

현시점에서 인류는 대량의 지표를 쓰고 있다.

옛날에 신에게 일원적으로 집중되었던 지표를 세분해서 각기 분야를 무한히 정밀하게 계산한다. 옛날 같으면 모든 일을 신탁이라는 지표에 따라 판단하던 것을 지금은 무한한 지표의 가산加算 끝에 결론을 찾으려 한다. 문명은 신탁형에서 추리형으로 움직여왔다. 신탁은 매우 간결한 지표형인 데 비해 추리는 번잡하다. 현재로서는 이 두 가지 형은 인간에게 있어서 선택의 문제는 아니다. 신탁형은 판단의 지표로서는 이미 무효이다. 그래도 이에 고집하는 사람들이 있는데 이는 벌써 신탁이 아니라 도박이다. 추리만이 단 하나의 판단의 지표이다. 추리의 가치는 될수록 지표계를 많이 사용할 것, 결론은 사용한 지표의 테두리 안에서만 주장할 것, 이런 것이 될 것이다.

이 규칙을 어기면 오산誤算과 과신過信이 된다. 계산의 실증적 근거가 없으면서 결론을 주장하면 그것은 사기·위선이 된다. 도덕적이라는 것은 얼마나 많은 지표량을 얼마나 정확하게 계산했느냐 하는 것을 말한다. 현대인이 도덕적이 되려면 정보가 충분히 축적되고 또 개방돼 있어야 한다. 무지와 독점에서는 도덕적 상태가 나오지 못한다. 현대 사회의 도덕적 상태의 지표는 정보의 양과 공개성이다. 더운 날씨다. 이런 더위에 이런 소리를 쓰고 있다는 것은 아마도 내가 더위를 먹었다는 지표임에 틀림없다.

70년대

1970년대가 시작하던 해에, 모든 매스 미디어가 빠짐없이 1970년대론을 특집으로 실었었다. 지금 얼른 찾아진 그때 잡지를 보니 약간의 느낌이 없지 않다. 모든 필자들이 통일 문제를 다루고 있다. 읽어보면 다 조리가 바르고 나무랄 데가 없다. 그러나 어느 글에나 절실한 맛이 없다. 일반론으로 읽으면 틀림은 없지만 거기서 무엇인가가 빠져 있다. 아마 좋은 뜻에서의 '객관주의'라고나 할 그런 논조들이다. 잡지에 실리는 논문은 대개 이런 문맥에서 진행되는 것이 보통이다.

　어느 신문을 읽어보나 통일이 절실한 문제라는 점은 수학처럼 정확하게 지적돼 있다. 그런데 읽고 나도 현실을 좀더 깊이 알았다는 느낌을 주지는 않는다. 따라서 1970년대가 한국에서의 해빙의 연대가 되리라든지 하는 예감은 느껴지지 않는다. 그 시점에서 어느 필자도 특별한 실감 없이 통일론을 펴고 있었던 게 분명하다.

그러니까 1970년대론을 하면서도, 실지로는 뚜렷한 비전을 가질 수 없었던 모양이다. 7·4 이후에는 모든 사람이 저마다 '1970년대'라는 이 추상적인 말에다 어느 정도의 테두리라든지 색깔을 칠할 수 있게 된 것이 사실이다. 필자의 느낌으로는 한국의 1970년대는 한국 밖에서의 1960년대 비슷한 것이 되지 않을까 한다. 1960년대에 국제적으로 벌어졌던 숱한 변화를 우리는 그저 소문으로만 들어왔다. 1960년대는 냉전 체제의 해체 과정이라고 부를 수 있을 것이다.

우리는 1960년대에 그런 소문들을 조금도 우리 자신이 그 속에 끼여 있는 흐름으로는 느낄 수 없었다. 중심에서 풀려난 한랭한 고기압이 우리 강토에 집중적으로 밀려와서 도리어 극한極寒의 모습을 가지고 있는 것으로 보도되었고 그렇게 알아왔다. 7·4성명은 이런 상황을 크게 바꿔놓았다. 이후에 벌어질 상황은 1960년대에 우리가 국외 뉴스로 10년간 들은 바 있는 것들의 국내판이 될 공산이 크다. 꼭 10년의 격차가 있다. 우리가 분단되어 있다는 조건이 세계사의 흐름 속에서의 이 같은 지체 현상으로 나타나고 있다. 앞으로의 10년 후에 우리가 1980년대의 마루턱에 섰을 때 우리 앞에 놓일 것은 세계 역사의 (우리를 뺀) 1970년대가 되리라는 예측이 쉽사리 성립된다.

이것은 어지간히 속상하는 예측이다. 같은 걸음걸이로 따라간다고 하면 영원한 지각생이다. 밤낮 다른 사람의 공책에서 베껴가지고 공부를 할 수밖에 없는 학생처럼. 무슨 좋은 생각이 없을 수 없다. 좋은 생각이 아마 간단하지는 않을 것이다. 다만 더할 수 없이 간단한 것은 좋은 생각을 내지 못하는 한 우리들의 1970년대는 어느 10년보다 속상하는 10년이 되리라는 사실이다. 그러나 두어라, 시절이 좋을세면 조금 늦다 관계하랴…… 이렇게 생각하는 것이 좋을는지.

토착화와 출토화

 '토착화'라는 말은 언제부턴가 우리가 흔히 쓰는 말 가운데 하나가 되어오고 있다. '민주주의의 토착화' '과학의 토착화' '~학의 토착화' '양악의 토착화' '자유의 토착화' '시민 의식의 토착화'——이런 식이다. 멀지 않아 '토착화의 토착화'까지 나오게 되면 아마도 토착화의 한 고비가 넘어가는 것이 아닐는지 모르겠다. 표현은 생물학이지만, 실지 적용되는 대상은 제한 없이 넓다.

 외국의 '꽃' 한 종류를 토착화시킨다는 것과 자유의 토착화라는 것은 토착화라는 말만은 같지만, 너무나 심한 거리가 있다. 아무튼 그만큼 토착화시켜야 할 것이 많은 것이 실정인 모양이다.

 그만큼 토착의 사물만을 가지고서는 삶을 꾸려나갈 수 없이 된 모양이다. 그런데 토착화에는 시간이 걸린다. 재빨리 국제적인 경쟁에 뒤지지 않기 위해서 온갖 것이 토착화되어야 함에도 불구하고, 그것의 토착화에는 시간이 걸린다는 것은 분명한 모순이다.

토착화 비슷한 것이 될까 말까 할 무렵이면 새것이 들이닥쳐 먼저 것은 흐지부지 없어지고 이번에는 또 무엇의 토착화를, 이렇게 된다. '토착화'는 이름만 점잖은 명색이고 실지로 있는 것은 '유행'뿐이다.

이와 대조적인 것으로 '전통'의 발굴이 있다. '토착화'라는 표현에 견주어 불러본다면 '출토화'라고 해도 되겠다. 이 역시 표현은 광물적이지만 대상은 어디까지나 넓다. 문자 그대로 땅속에 묻혔던 미술품에서부터 '사상'에 대한 재평가에까지 발굴이라는 표현을 쓴다.

'유형 문화재' '무형 문화재' 하는 분류가 있는 것을 보면 알 수 있는 일이다. 여기서도 사정은 마찬가지다. 전통이 논의되는 것은 그것이 지금 이 시간에 쓸모가 있어야만 의미가 있다. 그런데 지금 '이 시간'은 불행하게도 시시각각으로 움직인다.

모처럼 출토된 토착의 유형무형의 문화재도 이 시간의 움직임에 따라서 관심 속에 들어왔다가는 곧 사라진다. 예를 들어, 떠들썩하게 발굴이 보도된 문화재가 그 후에 어떻게 정리되고, 어떤 평가가 내려졌고, 관련된 어떤 문제를 가져다주었다든가 하는 연속적인 보도를 듣는 일은 아주 드물다. 모처럼 발굴된 것들이 발굴된 차례대로 다시 망각 속에 묻혀버린다. 여기에도 일종의 유행이 있다. 물론 이것은 표면에서의 현상이기는 하다. 말하자면 저류라고 할 만한 곳에서는 역시 무엇인가 쌓이고 뿌리를 내리고, 또 정리되어갈 것이다. 그러나 눈에 보이지 않는 그러한 저류가 대량적인 효용의 수면에 환류하기까지는 시간이 걸린다. 매스 미디어가

쏟아내는 '토착화'와 '출토화'가 빚어내는 허상에 '시간'이라는 저 울추를 그때마다 달아보는 것이 이 시대를 사는 사람들에게는 꼭 필요한 양생법養生法이 아닐까.

통일도상국 統一途上國

오늘 신문을 보니, 동·서독 통행 협정에 대한 소식이 실려 있다. 갈라진 두 지역 사이에 사람과 물자의 왕래를 늘이고, 쉽게 한다는 소식이다.

같은 신문에 요즈음 날마다 실리는 베트남 전쟁의 소식도 나와 있다. 파리 회담을 열거니 못 열겠다거니 하는 이야기다.

역시 같은 지면에 미국 상원의 무엇인가 하는 국회의원이 한국에서 남북 적십자 회담이 매우 중요한 움직임이라는 의견을 말했다는 소식이 실려 있다.

이들 세 나라는 지표 위에서 차지한 자리는 서로 다를망정 '분단'이라는 처지를 나누어 가진 나라들이다. 지난번 전쟁의 뒷마무리가 지구 위의 이 부분에서는 아직 끝나지 않고 있는 것이다.

2차 대전의 결과로 빚어졌다는 큰 테두리는 비록 같을망정, 분단의 경위나 현상은 이들 세 나라가 서로 다르다. 독일은 미·불·

영·소에 의해 점령 분단되었고, 이후 정세는 갈수록 부드러워져서 이제는 외세가 더 간섭한다든지, 동족간에 전쟁이 일어날 염려는 없을 것 같고, 이번에는 '통행 협정'이라는 형식으로 한층 관계가 부드러워진 셈이다. 베트남의 경우는 2차 대전 전후부터 국토가 싸움터로 변해서, 오늘까지 폭탄을 소나기 삼고 총소리를 자장가 삼아 아이들이 커오고 있다. 이런 땅에서 자식 기르면서 산다는 것은 얼마나 괴로운 일이겠는가라고 할 만큼 속 편한 처지가 아닌 것이 물론 우리네 형편이다. 독일처럼 4국 대신에 미·소 2국에 의해 점령되었고 베트남보다는 못하겠지만 동족의 전쟁을 겪었고, 아직껏 서로 잡아먹지 못해하거나 아니면 속을 주지 못하겠다는 시늉으로 노려보는 형편이다.

분단이 되기는 우리 마음대로 된 것이 아닌데, 근래에 오면서 통일 문제 같은 것은 '현지' 사람들끼리 할 수 있으면 잘 해보라는 것이 이른바 '대국大國'의 속셈인 모양이다. 따라서 그 현지에서의 동족전에도 기왕처럼 개입하기는 난처하고, 할 테면 '주체적'으로 할 각오를 하는 것이 좋겠다는 태도가 완연해지고 있다. 전쟁을 좋아할 사람은 아무도 없으니 이것은 옳은 말이다.

독일은 아마 동족전을 할 '주체성'은 영원히 사양할 모양이고, 대신 '통일도상국'이 될 생각인 것 같다. 베트남은 현재 열심히 '동족 상잔 도중국同族相殘途中國'인 형편이다. 우리는 어느 쪽인가. 아무튼 포화는 잠깐 멎고 있으니 '상잔 도중相殘途中'이라 하기는 과한 표현이고, 그렇다고 적십자 예비회담을 미적미적하는 처지에 '통일도상'이라 하기도 허풍스럽다. 말하자면 어중간한 셈이다.

어느 쪽으로 기울어지는가에 한족韓族의 문명도가 가늠된다.

  필자의 취미로 보면 '통일도상국'이 되는 쪽을 택하겠다. '개발도상국'이라는 말보다는 한국 역사의 오늘에 대한 역사적 책임 소재가 풍기고, 경제까지도 속에 포함한 보다 통합적 '비전'을 표현할 수 있다는 여감의 측면에서도 그렇다. 통일 없는 빵이 가져오는 것은 아마 도덕적 타락뿐일 것이다.

아메리카

넓다.

너무 넓다.

자동차 여행을 하면, '지평선의 감각'이랄 만한 것을 맛보게 된다. 인간이 돌멩이를 들고 짐승을 쫓다가, 문득 이 초원의 한복판에 멈춰 섰던 50만 년 전 어느 여름 한낮이 되살아난다. 아메리카의 자연은 이런 환기력을 지닌다. 넓이란 어느 한계를 지나면 인류학적 상상력을 자극한다. 이 환기는 이 지구상의 삶이 여러 민족이 저마다 '영토'라는 땅 위에서 살고 있다는 처지로 볼 때 사이렌의 노랫소리처럼 유혹적이다.

사람은 때로 넓이 앞에서 잠시 자기 살갗 밑에 키워온 고향을 잊어버린다. 지중해를 헤맨 율리시즈처럼.

그리고 어느 밝은 콜로라도의 달밤에 고향의 부름 소리를 듣고 소스라쳐 일어난다.

2백 년 전, 이 넓이의 유혹이 유럽을 끌어당겨 뭇사람으로 하여금 고향을 떠난 나그넷길에 몰아냈다. 보스턴에서 캘리포니아까지, 하와이로, 필리핀으로, 일본으로, 코리아로―넓이를 넓히기 위해서 아메리카는 지구 위를 헤매왔다.

그리고 때로는 베트남은 루이지애나가 아니라는 것을 배우기도 해야 했다.

좁은 넓이의, 그나마 절반만이 움직여볼 수 있는 합법적 넓이였던 나그네 눈에는 이런 넓이는 모욕적이기까지 하다.

아메리칸 인디언이란 부족은 이 넓이 속에서 끝내 이 넓이를 이기지 못한 사람들이다. 그래서 이 넓이만 한 문명의 화살을 가진 유럽 인디언들에게 지고 말았다.

말론 브란도는 캘리포니아에 있는 자기 땅을 인디언들의 정착지로 내놓겠다고 말한다.

많은 한국 사람이 미국에 살고 있다. 이승만 씨가 옛날에 여기서 왔다 갔다 하면서 주스도 마시고 하던 땅이다.

한국 사람들은 부지런하다. 왜냐하면 부지런하지 않을 수 없기 때문이다.

여름이면 여자들은 배꼽을 내놓고 길을 다니며, 남자들은 맨발로 아스팔트를 밟고 다닌다.
어떤 사람들은 끝내 다 벗고 이리저리 달려본다. 답답한 모양이다.

아메리카의 심성은 대서양적이다. 보도報道의 태반이 바닷바람을 타고 온다. 그들은 자기네가 어디서 왔는가를 잊을 수 없다.

한국은 아메리카와 인연이 얽힌 지 30년이 된다. 그러나 아메리카 사회에 대해서 아무런 문화적 이미지를 심어놓지 못했다. 돈이 없기 때문이라고 한다. 돈이 있다면 무엇을 심겠다는 말인지.

세계 뭇 곳에서 사람들이 몰려와서 무엇을 달라, 무엇을 하지 말라고 조르기도 하고 협박도 한다. 옛날 로마 시를 오락가락하는 그리스 사람들, 페니키아 사람들, 이스라엘 사람들, 프랑코 사람들, 이집트 사람들, 리비아 사람들처럼.

마흔 살 넘으면 넓이의 유혹도 오래가지 않는다. 고향에 두고 온 부모처자만큼 넓은 넓이는 없기 때문이다. 율리시즈는 밤마다

이타카의 꿈을 꾼다. 꿈속에서 페넬로페의 젖가슴은 로키산맥처럼 다가온다. 나그네에게는.

한국 사람이 미국에 20만, 일본에 60만, 중국에 50만, 소련에 40만이 산다고 한다. 이것은 또 하나의 이스라엘을 만들 만한 인구이다.

한국 사람이 바보가 아니라는 것, 끈질기다는 것, 무엇보다 자기 말을 잃지 않고 살아남은 것은 사실이다. 그러나 지금 지구 위에 살고 있는 모든 부족은 다 이런 주장을 할 수 있는 셈이다. 이것만으로는 안 된다. 남보다 앞지를 수 있는 무엇이 있어야 한다.

산다는 것은 아픈 일이다. 살아보면 아는 일이다. 힘을 모아 서로, 아픔을 되도록 덜면서 살자는 것. 자식들에게 제발 좀더 나은 세상을 물려주는 일을 위해 이 땅의 원주민인 우리는 제 나름의 노력을 할 수 있는 창조적 자유를 가진다.

일. 일하는 것. 남보다 꾀 있게 일하는 것. 모든 사람의 가능성에 길을 열어주는 것. 이것이 참다운 '넓이'다.

인디언이 안고 넘어진 땅을 샅샅이 갈아 부쳐 지금의 아메리카를 만든 것은 이 '넓이'다.

가능성의 넓이. 그것이 모든 것을 결정한다.

살자고 발버둥치는 것은 우리만이 아니다. 살자고 발버둥치는 가난한 나라가 우리만이 아니다. 이 땅의 원주민인 우리들에게 창조적 기여에의 자유를 존중하는 것은 모든 사람의 의무이다.

아메리카 교포들의 우스갯소리가 있다. 한국 사람은 모든 것을 미국 수준과 겨룬다는 것이다.

나는 씌어진 역사를 믿지 않는다. 어쩌면 우리 조상들이 기억상실증에 걸려서, 우리 민족이 한 20만 년 전에 세웠던 대제국을 삼국유사에 기록하는 것을 잊어버렸을 수도 있다.

환상 없는 삶은 인간의 삶이라 불릴 수 없다. 환상 있는 곳에 길이 있다.

현실이여 비켜서라. 환상이 지나간다. 너는 현실에 지나지 않는다.

아메리카에는 많은 율리시즈들이 살고 있다. 이타카 섬과 지중해의 넓이 사이의 균형을 잡지 못하는 때까지는 그의 방황은 끝나지 않는다.

마음이여 정착하지 마라.

아메리카는 너무 좁은 땅이다. 아이들은 벌거벗고 길을 달려가고, 행여 아프리카의 수풀 속에 넓이가 있을까 해서, 아프리카 에어라인 앞에서 황홀하게, 흑인 미녀의 포스터를 들여다본다.

2백 년이나 된 늙은 나라의 아이들은 2백 년이나 살아온 고향 도시가 싫어서 뉴욕으로, 시카고로, 로스앤젤레스로 가출한다. 그리고 그 도시들이 얼마나 좁은가를 알게 되면, 그들은 평화봉사단 지원서를 주는 데가 어딘가를 전화로 여기저기 친구들에게 물어본다.

아메리카 사회는 환상과 보수라는 두 초점을 가진 커다란 타원이다. 그 어느 극도 다른 극이 없이는 힘을 내지 못한다.

앵글로색슨 문명은 타원적이고, 아시아 문명은 (과거에 한해서는) 원적圓的이다. 원은 안정하고 반복하려는 도형이다. 타원은 모순하는 궤적의 균형이다.

영악하고 꾀 있는 사람들 틈에서 살자면 영악하고 꾀스러워야 한다.

덜레스는 목사 같은 사람이었지만, 키신저는 그저 장사꾼이다. 덜레스는 현상과 현실을 자칫 유착시킬 인상을 지니게 할 위험이 있었지만, 후자는 우리에게 우리 자신의 현상의 여지를 남겨놓는다. 그러는 쪽이 더 낫다.

아메리카는, 객지가 어디나 그런 것처럼 모든 나그네들에게 고향을 가르쳐준다. 나그네가 객지를 고향 삼을 수도 있다는 '가능성의 고향'까지를.

모든 나그넷길처럼 아메리카의 길도 마음만 있다면 마음을 살찌우는 넓은 넓이다.

늙은 나라

아메리카론의 대중적 문구 가운데 하나가 '젊은 나라'라는 파악이다. 이 인식에는 그만한 까닭이 없는 것은 아니다. 이것은 미국이 독립한 다음 처음 무렵에, 영국 사람들 눈에 비친 아메리카상이 이후로 정착해버린 것이다. 노후한 사회의 정치적 반대자, 이 농민들이 건너가서 세운 나라는 영국 사람들 눈에는 새롭다는 것보다도 뜨내기 살림이라는 울림이 섞여 있었다. 독립의 경위를 생각해보면 이 울림에는 최소한의 적의까지도 섞여 있다고 보아도 좋을 것이다.

또 이런 울림은 구대륙 즉 유럽에 그냥 남아 있게 된 사람들에게도 영국만은 못해도 통속적으로 받아들일 수 있는 느낌이다. 뜻밖으로 들릴지 모르지만 상징파 작가인 멜빌이 그의 에세이에서 지독한 내셔널리즘의 가락을 높이고 있다. 이것은 아메리카 사회에 처음부터 퍼져 있는 열등의식의 반증이기도 한 것이다. 이것은 거의 근원적 의식이라 할 만하다. 인간이 조상들의 원주지에서 떠났다는 것만으로 느끼게 되는 두려움이고 그것만으로 단정하려는 타자의 평가가 '젊다' '어리다' '뜨내기다' 하는 표현이 되는 것이다. 요컨대 '점잖지 못하다'는 것이다.

이후로 이 자타自他에 의한 '젊음'의 문제는 아메리카의 모든 행동을 다스려왔었다. 열등의식에서 자부심으로, 다시 자기 회의로 하는 식으로 아메리카적 심성의 핵이라 불릴 만큼 그것은 미국인의 현실적·정신적 동작의 어디서나 추출해낼 수 있다. 그런데 대체 무엇을 가지고 젊다고 하는 것인가? 아메리카 사람들이 생물학적인 신종이란 말은 아니다. 사회 체제가 신종이라는 말에는 틀림없다.

처음으로 세습 신분을 폐지한 나라이다. 독립 무렵에는 유럽과 그 밖의 지구 위의 모든 나라에 견주어 젊은 나라였음이 틀림없다. 그런데 모든 나라가 이후로 이 본을 따르고 보니, 공화제라는 기준으로 볼 때 미국은 가장 늙은 나라인 셈이다. 그리고 인간은 생물처럼 유전의 반복이 아니라 사회 형식의 진화라는 것을 생활의 기반으로 삼고 있음에 비추어보면 사회 체제의 나이테야말로 그 사회의 나이를 재는 마지막 가늠대라 해야 한다.

지금 벌어지고 있는 대통령 예선에서도 거의 모든 후보들이 지방 정부의 권한을 넓히고, 중앙 정부를 줄이라고 내세운다. 그동안 미국뿐 아니라 지구 규모의 바람이 되어오고 있는 행정권의 극대화에 대해서 적어도 말로는 거의 고전적인 불신을 보이는 것, 이것이 미국 직업 정치가들에게는 아직도 제일 들어맞는 득표 전술의 한 가지다. 외교상의 고립주의라는 것은 국내 정치에서는 이 지방 권력의 강화라는 말이 된다.

지방 자치는 미국 정치의 세포인 셈이다. 돈 나고 사람 났냐가 아니고, 나라 나고 동네 났냐. 커뮤니티community란 말이 살아 있다. 그토록 정치 감각이 고전적이다. 이런 감각은 아마도 세계 어디나 미국만 한 곳이 없을 것이다. 정치적 감성이 풍속적으로 뿌리가 깊다는 말만은 아니다. '공화제'적 공동 의식이 그렇다는 말이다.

 2백 년 동안의 정치적 무사고 운전이라는 기록을 가졌다는 뜻에서 아메리카는 이 지구상에서 가장 늙은 나라다. 2백 년 전 그때부터 지금까지 줄곧 제1공화국이다. 뉴욕 시가 파산해서 연방 정부에 원조를 요청했을 때 여론은 몹시 쌀쌀했다.

 『워싱턴 포스트』는 해설 기사에서 미국 사람들은 뉴욕을 진짜 미국으로 생각 않는다고 분석했다.

 뉴욕은 다른 고장 사람들에게는 흑인과 유대인과 푸에르토리코 사람을 비롯한 군소 소수 민족 집단의 도시로 보인다는 것이었다. 출장 간 남편들에게 못된 짓을 배워주고, 공부하러 간 자녀들을 도무지 알 수 없는 망나니로 만들어주는 못된 도시, 소돔 시쯤으로 다른 지방 사람들은 보고 있다는 말이었다. 그래서 싸다는 것이고 도움은 무슨 도움이냐고 찌푸린다. 뉴욕의 긍정적 가치와는 떼어놓고 말한다면, 이 찌푸린 여론이 보수적 아메리카의 늙은 얼굴인 것만은 틀림없다.

 뉴욕을 진짜 미국으로 생각 않는 방대한 부분, 그것이 미국의 늙은 부분이며 미국의 어쩌면 보아 넘기기 쉬운 주요 부분이다.

자연

　미국에서 제일 잘난 것이 무엇일까. 내 눈에는 미국의 자연이 제일 잘나 보였다. 열대에서 한대까지 기후대가 고루 갖춰져 있다. 나라가 크다는 것은 무엇보다 땅덩이가 크다는 말에 다름없다.
　이 넓은 땅의 품 안에는 갖가지 자원이 묻혀 있다. 석유라는 물질이 그토록 흠씬 묻혀 기다리고 있지 않았던들 미국의 역사는 다른 것이 되었음에 틀림없다.
　잘된 사람들의 지난날의 잘난 일만으로 가득 차 보인다. 그야 사람이 먼저 잘나야 할 것이다. 그러나 역사의 어떤 시기에 때맞춰 인간을 돕는 조건이 나타난다면, 그 잘남은 실치實値보다 몇 배나 돋보인다. 뒤진 사람들이 알아둘 일은 인간과 자연의 합작인 역사에서 양자의 비율을 옳게 가리는 일이다. 패배 의식도 타자 경시도 피하기 위해서. 왜냐하면 그런 함정에 빠진 민족은 모두 실패했기 때문에.
　지평선이라는 것은 귀중하다. 그것은 인간의 시야를 닫으면서 열어놓는 풍경이다. 거기까지가 보이는 데이자, 그 건너편의 초입이다. 동물들이 흔히 벌판에 우뚝 서서 지평선을 바라보는 모습을 사진에서 많이 본다. 그들이 지평선을 그 너머에 있는 넓이의 시작으로 느끼는지 어떤지 알 수 없다. 아마 그렇지 않을 것이다. 인간만이 감각의 한계를 실재의 상징으로 받아들인 동물이다.
　동물은 지평선 앞에서 멈춰 선다. 인간은 그쪽으로 끌려간다. 동물과 인간은 다른 자장磁場 속에 있다.
　서부 영화에서 우리가 보는 것은 무엇인가. 잘난 남자와 고운 여자일까? 쏘아붙이는 권총 놀이일까? 아마도 아니다. 서부극의 끝판을 생각해보자. 주인공들은 늘 지평선으로 사라져간다. 황혼의 지평선에 떠오른 인마人馬의 실루엣, 그것이 서부극의 기본 선형이다.

자동차의 초기 모습은 역마차의 바구니 그대로다.

주택들은 자연을 조금 헐고 들어앉았다는 식으로 지어져 있다. 건축업자가 편하자고 그랬는지는 몰라도 대지의 원형을 따라 설계된 집이 아주 많다. 반듯하게 밀어붙이고, 집을 짓고 다음에 나무 몇 그루를 옮겨다 짓는 게 집 짓는 법인가 알아온 눈에는 이런 것도 눈물 나도록 부럽다. 옛날에는 우리네도 아마 그렇게 했을 것이다. 미국에는 아직도 대부분의 자연이 옛날 그대로 잠자고 있다. 공해라지만 내 눈에는 완전한 엄살이다.

한국의 하늘이 유별나게 푸르다느니 하는 말로 입국 인사를 대신한 많은 푸른 눈의 방문자들의 조그만 거짓말에 대하여 나는 조그만 화를 내기로 한다.

갠 날씨에는 지구상의 어느 지점에서나 하늘은 푸르다. 미국은 지구상에 있다. 그러므로 갠 날 아메리카의 하늘은 푸르다.

침엽수가 많은 우리나라의 임상林相은 성기고 표표하다는 느낌을 준다. 미국 수풀은 활엽수가 많아서 밀생密生과 풍만의 느낌을 준다. 잡초도 우리 것보다는 가늘고 부드러운 느낌이다. 우리들의 머리카락의 다름처럼.

그러나 마지막으로 실토하기로 하자. 생김새가 우리와 다른 사람들이 이토록 많이 이토록 넓은 터를 차지하고 살고 있다. 이것이 아메리카에서 내가 만난 가장 큰 놀라움이다.

인간의 집단 사이에서 이식이 불가능한 것은 문화라고 불리는 인간의 2차 속성들이 아니다. DNA의 어느 기호의 지시로 말미암아 달라진 살갗 한 꺼풀, 몸의 몇몇 곳의 지극히 약간의 뼈의 높낮이와 각도이다. 이 자연이 아직도 로키산맥보다 험하고 미시시피 강보다 지루한 인간 사이의 장벽이다. 아메리카여, 이 자연도 빨리 정복해보시도록.

베트남

베트남에서의 싸움에서 빠져나옴으로써 미국은 2차 대전이 끝난 다음의 가장 큰 군사 행동의 막을 내리게 했다.

베트남 전쟁의 의미는 여러모로 다루어질 수 있지만, 줄여서 말한다면 국지전의 해결을 위해 미군이 직접 행동하지는 않는다는 원칙의 실천이라고 보아도 좋을 것이다.

베트남처럼 중요한 곳이라도 이 원칙을 관철했다는 것은 이후의 미국의 국제 행동에 대해 짐작을 할 수 있게 한다.

미국은 왜 이런 원칙을 세우기에 이르렀을까? 아마도 가장 상식적인 설명이 가장 진실에 가깝지 않을까 한다.

2차 대전의 최대 전승국이면서, 미국은 베트남에 개입하고 있는 한, 자국민에 대해서 '평화'를 향유시키지 못하고 있는 유일한 강대국이라는 상태에 묶여 있지 않으면 안 된다. 미국이 누리고 있는 많은 복지 면에서의 이론異論 없는 우위에도 불구하고 미국민, 특히 징병 당사자인 젊은 사람들에게는 인간 복지의 최대의 것, 즉 '생명'에 대한 보장이 없는 시대를 살게 하는 것이 된다. 이렇게 큰 모순이 없다. 미국민은 지구상에서 물질적으로 가장 행복하면서, 생명의 주체로서 가장 불행한 국민이어야 했던 것이다. 모든 면에서 소련과 겨루는 처지에서 이것은 심각한 문제였을 것이다.

베트남에 미군이 있는 한, 불화에도 불구하고 소련과 중공은 그 부분에서 굳게 뭉쳐 있고 보면 미국의 곤경은 짐작할 만하다. 사이공이 떨어지기 며칠 전에 어느 신문은 베트남 문제의 해결을 위한 사안을 실은 적이 있다. 몇 가지 안 가운데 하나가 특히 중요했다. 즉, 남북 베트남 정부에 대해 원조를 주고 있는 강대국 사이에 수조량에 대한 균형을 이룩하도록 협상하고 미군이 빠져나오라는 것이다. 그런데 이 안의 실현성은 사실 강대국 사이의 협상의 타결 여부에 있는 것은 아니었다. 설령 그러한 타협이 이루어진다손 치더라도, 남북 베트남은 장기짝이 아니다. 그 자체의 의지와 가능성을 가진 독립 변수이기도 한 것이다.

이 조건에서 볼 때 남베트남은 이미 모든 정치적 가용 자원을 탕진한 정치적 파산자였다.

사이공 함락 며칠을 두고 미국의 큰 신문이 정말 그런 방책으로 사태의 해결이 가능하다고 믿었는지 어떤지 아주 미심쩍지만 곧이곧대로 읽어서 정말이라고 생각한다면 깊이 새겨 읽어야 할 일이었다. 미국 사람들에게는, 말하자면 '강대국식 사고'라고 할 만한 경향이 있다. 이것은 무슨 사상史上에 미국만 유독 나타내는 경향은 아니고, 역사의 어떤 시기에 광역적廣域的인 안전 감시의 역을 맡게 된 국가들이 모두 보이는 성향이라 함이 옳다.

그것은 자국 외의 나라들을 어떤 특정의 관점에 단순화시켜서 파악하고 작용한다는 경향이다. 가령 군사적·경제적·종교적—같은 측면이다. 말할 것도 없이 어떤 집단이든 이런 측면을 가졌고 당면한 문제의 질에 따라서 그중 어느 한 가지 측면에서 접근할 수 있는 일이지만 여기는 한계가 있고 그 한계를 지나면 어떤 측면이든 다른 측면과 뗄 수 없는 한 덩어리가 되어 있으며, 부분의 해결을 위해서는 전체에 대한 고려가 불가피한 국면이 현실의 법칙 자신에 의해서 나타나게 된다. 그때 가서 이것저것 손을 쓰려고 할 때는 대개 늦다.

베트남은 여러 당사자들에게 여러 가지를 나타내 보인 현실이었다. 현실의 행동이 가능한 선택지 가운데 늘 최선의 것이기는 오히려 힘들다.

대개 차선이다. 그러나 차선을 이루기 위해서는 최선의 방향이 늘 주요 궤도로 마련돼 있지 않으면 안 된다. 우주선을 항진航進시킬 때 최량 궤도가 기준이 된다. 현실화된 궤도는 이 기준에 대한 오차의 궤적이라는 수학적 의미를 지닌다.

만일 이 기준이 없으면 경험의 축적이 불가능해진다. 사열마다가 독립한 불가피의 유일 사건이라는 것이 되고 말기 때문이다. 당해 사건當該事件에 머무를 때는 그것으로 그만이지만 반복과 연속의 패턴인 집단의 역사 행위에서는 이런 하루살이는 틀림없이 멸망에의 길이다.

현실적인 것은 말할 것도 없이 합리적이다. 그러나 남보다 앞서려면 합리적인 것을 현실화시키지 않으면 안 된다.

양간도 洋間島

미국에 살고 있는 한국 사람의 입장에서 미국을 양간도 즉 서양에 자리 잡은 간도라고 말해볼 수 있다.

북간도와 비교해서 보면 이동異同이 재미있다. 북간도는 '이민족의 강점' 때문에 어려워진 국내에서의 생활 조건 때문에 이주한 외국령이다. 양간도로서의 미국에의 이주에서 그에 상응하는 조건은 분단이라는 상황이다. 그로 말미암아 통일되어 있다면 본국에서 원주민으로서 가용可用한 생활 자원——자연적 및 사회적인——이 충분히 가동稼動되어 있지 못하기 때문에, 외국령에 가서 생활하는 사람들——이것이 재미 교포의 민족 분포적 의미이다.

북간도는 본국에 지리적으로 이어져 있고 양간도는 대양을 사이에 두었으니 퍽 다른 것 같지만 그렇지만은 않다. 교통수단의 발전, 정치적 개방도, 안보 면 같은 것을 기준으로 보면 현재 본국에 가장 가까운 최대 영향력을 가진 최대 인구의 재외 한인 거류지가 즉 양간도다.

북간도도 마찬가지였지만 양간도에의 이주는 '분단'에 의한 생활 자원의 부족이라는 관점 말고도 적극적인 측면을 가지고 있다. 즉 한국인의 생활공간의 확대라는 측면이다.
이조 체제李朝體制는 반도라는 독 안에서 썩다가 무너져버렸다. 지평선 없는 정치 공동체의 패전이다. 만일 분단과 동시에 양측

주민이 본국에 갇혀버린다면 그 해는 가공할 것이 될 것이다. 아메리칸 인디언들은 원주지에서 영원히 패전했지만, 이스라엘 사람들은 풍비박산으로 분산되었다가 권토중래가 가능했다.

　재외 한인은 통일 한국——그것이 백 년 후이든, 2천 년 후이든——의 중요한 자산이다.
　이러한 자산이 양간도에도 왜간도倭間島에도 화간도華間島에도 아간도俄間島에도 있다. 이중 나중 두 간도는 본국과의 교류가 비교적 어렵고 민족 자산으로서의 기여도도 지금 같아서는 앞의 두 간도보다 못할 것이다. 양간도와 왜간도를 비교하면, 왜간도는 지금의 한일 관계의 밀착 때문에 상대적으로 본국에 대한 창조적 기여도는 오히려 낮다고 할 것이다. 준내국화準內國化하고 있기 때문이다.
　이런 의미에서도 양간도는 북간도에 대한 정당한 역사적 등가물이다.

　양간도 이주민의 사회 계층적인 성격도 근년近年 이래의 대량 이주의 결과 비교적 균형을 이룬 셈이다. 즉 웬만한 재력층·학력층에서부터 육체노동자까지다. 이만하면 '사회'라 부를 만하다.

　자원은 땅속에만 있지 않다. 또 해외 거주자를 '인력'으로만 파악해서도 안 된다. 어떤 조사 방법으로도 그 성격을 완전 파악하는 일은 불가능하다. 마치 그들의 원주지와 원주민의 '성격'을 완전 파악함이 불가능한 것처럼. 왜냐하면 그런 '성격'이라는 실체는 없기 때문이다. 무한히 바뀌고 창조하는 인간 집단이 있을 뿐이다.
 단기적으로 이 집단을 파악하고 영향을 미치려고 하는 것은 원주지의 권력이나 사회 집단으로서는 사실상 불가피하고 또 필요하다. 그러나 양간도가 그 이상의 지평선을 가진 인간 집단임을 인식하고 협력하고 도와주는 것은 서로 행복한 일이다. 즉 동맹자로서.

 양간도에서의 우리 사람들이 받고 있는 평가는 나쁘지 않고 현지 주민들의 태도도 그리 나쁘지 않다.
 역사에 대해 징징 울어봤자 쓸데없다. 역사가 아픈 술수로 우리를 때릴 때, 맞은 바에는 아픔을 잊지 말자. 다음에는 맞지 말기 위해서. 잘하면 다음에는 때리는 쪽이 되기 위해서. 우리는 착한 내림이라니까 설마 남을 때리지는 않겠지만. 이히히.

이념과 현실

 한미수호조약 때에 비롯한 미국과의 관계는 일본 점령 시대의 미국의 모습, 즉 우리들의 '적의 우호국'이면서, 우리의 독립 운동에 대한 민간 수준에서의 '동정자'란 분열된 모습이었다가 '해방자'로서의 절대적 모습을 거쳐 오늘의 관계— '동맹자'로서의 그것으로까지 옮아왔다.
 나라와 나라가 어떤 관계에 있는가는 여러 수준에서 말해질 수가 있다. 한미 관계에서도 마찬가지다. 우리 경우에 그러나 가장 중요한 것은 이념을 같이한다는 것, 이해관계가 밀접하다는 것, 당사자 사이의 힘이 같지 않다는 것이다. 즉 대국과 소국 사이의 이념적 동맹 관계다. 냉전 시대에는 이 '동맹'이라는 모습만이 눈에 띄고, '이념' '대소'라는 모습이 가려질 수 있었다. 그러나 전화가 멎은 이후의 기간에 차츰 '이념' '대소'의 측면이 드러나게 된 것이 사실이다.

이것은 누구 말마따나 오고야 말 것이 오고 만 데 지나지 않는다. '소小'의 자리에 있는 우리로서, 이 관계에서 가장 큰 이익을 끌어내도록 하는 일이 바람직한 일일 것이다. 어떤 것이 가장 큰 이익인가를 가름하는 것은 국민이다. 국민이라고 해서는 너무 막연한 말이기는 하다. 아마 그 이익에 대한 견해를 달리하는 몇 개의 집단이라고 하면 좀더 구체적일 수 있다. 미국 사회는 그들의 좋은 조건에 힘입어서지만, 상황에 대처하기 위한 다원적인 사회적 장치를 발전시켜왔다. 말하자면 충격 흡수 장치가 여러 겹으로 되어 있는 자동차와 같다. 전술적으로도 보유한 병력을 모두 전방 배치하는 것은 좋지 않을 것이다.

미국이나 유럽 사회는 이처럼 충격의 흡수와 확산이 부드럽게, 생체에까지 이르는 사이에 약화되도록, 최소한 어느 국부적으로만 강력하게 작용하지 않는 제도를 유지하고 있다.

그리고 우리도 그들과 이념을 같이한다는 명분 아래 동맹 혹은 우호 관계를 맺고 있다. 이런 제도의 장점으로서는 사회가 어떤 측면에서 충격을 받았을 때 그것이 곧 그 사회의 치명상이 되지 않는다는 데 있다. 가령 군사적으로 패배했다고 해서 그것이 곧 그 사회의 종말을 뜻하지 않을 수 있게 된다. 2차 대전의 처음에서 프랑스는 한달음에 적의 점령하에 들어갔지만, 결국 이긴 것은 프랑스였다. 남을 끌어들여서 적과 싸우게 하는 것도 '힘'인 것이다. 이 힘을 '문화'라든지 하는 말로 표현하는 것은 틀린 것은 아니겠으나, 너무 좁은 느낌이 든다. 프랑스 사회의 제도적 우수성이라 부르는 것이 좋을 것이다.

외국 사람들이 자기네 피를 흘리면서까지도 적에게 넘겨줘서는 안 되겠다고 판단할 만한 어떤 힘을 프랑스는 가지고 있었다고 보아야 할 것이다. 이 힘이, 말하자면 다원적 적응——그 사회 성원들이 다양하게 발전시키고, 그 기술을 축적하고 있고, 일이 일어났을 때 창조적으로 대처할 수 있는 사회적 힘이, 프랑스를 군사적 전면 패배에서 전면적 승리로 돌아오게 한 보장이 된 셈이다. 한미 관계에서 가장 큰 이익을 끌어내기 위해서는 프랑스와 같은 형의 사회인 미국 자체가 가지고 있는 이 힘의 회로 조직에 대응하는 회로를 우리 쪽에서도 늘 가지고 있어야 한다. 그것을 우리는 이념적으로 민주주의와 자유라고 불러왔다.

민주주의나 자유가 그 말의 정의 그대로 실현된 지역은 지구 위에 없는 것은 사실이다. 그러나 그 실현의 정도에 있어서 나라마다 다른 것 또한 사실이다. 우리나라와 미국은 태평양을 사이에 두고 있는 나라다. 멀다. 그러나 미국의 일부인 그들의 무력이 우리 국토 안에 있다. 가깝다. 그러나 이것이 정말 멀고 가까움의 표준이나 보장이 될 수 있을까. 태평양 항공로는 돈과 뜻만 있으면 멀지 않다. 우리 국토 안에 있는 미국의 무력은 그 뜻이 달라지면 우리들에게 선전 포고를 할지도 모른다. 즉 적 관계가 될 수도 있다. 멀고 가까움은 지리적 조건도, 현재의 군사적 관계도 아니다.

서로가 서로 속에 우리가 우리들의 관계의 전제로 삼고 있는 이념에 대해서 얼마나 견해의 일치를 가졌는가에 달려 있다. 뜻만 맞으면 천 리도 지척이며, 뜻이 안 맞으면 지척도 천 리다.

감정이 흐르는 하상

* 언어는 그 위로 감정이 흘러가는 하상河床이다. 그것은 잔잔히 때로 급하게 또는 넘치고 혹은 메말라서 냇바닥만 드러내기도 한다.
* 강물은 여러 가지를 실어 나른다. 배와 사람과 아이들과 짐승들을.
* 메마른 하상에는 자갈과 잡초가 우거진다. 메뚜기와 뱀들이 다니고, 지네들이 쑤시고 드나들어 보기 흉한 하상을 흔히 본다.
* 탁류에도 볼만한 데가 있다. 그것은 삶을 파괴하고 익사자들을 싣고 자기도 모르는 심연을 향해 소리쳐 흐른다.
* 투명하게 하늘의 그림자를 안고 흘러가는 물에 대해서는 더 할 말이 없다. 그러나 맑은 것만이 물이 아니다.
* 하상은 때로 넓어지고 때로 좁아진다. 그것은 자기 탓이 아니다. 어느 먼 곳에서의 숱한 우뢰가, 사람들의 땀이, 또는 눈물이 또는 피가 그것을 결정한다.

* 물은 움직인다. 썩지 않는 것, 그것이 물의 목숨이다.

물은 결코 수동형으로만 흐르는 것이 아니다. 그것은 역류하기도 한다. 역류를 설명하는 법칙은 없다. 그것을 설명하자면 우주를 모두 설명해야 한다.

* 가난한 강도 있고 살찐 강도 있다. 물은 그 속에 들어오는 자에 따라서 위대하게도 비천하게도, 그 밖에 어떤 모습도 다 지닐 수 있다.

* 버드나무 기슭에 늘어지고 복사꽃 잎이 흘러가는 도화유수桃花流水만이 물이 아니다.

기선汽船이 오르내리고 기름이 배어든 물의 모습도 있다.

* 고집하는 것은 강물이 아니고 사람들이다. 사람들의 감정이다.

* 현실이란 말은 실체가 아니라 그릇이다. 그 속에 사람들은 자기가 필요한 것을 아무것이나 담는다. 꿈까지도.

* 삶·신神·진眞·선善·미美 ─ 현실은 이런 말들과 친척이다. 그것은 무엇인가고 질문 받으면 우리는 당황해지는 그런 말이다.

* 그것은 말의 광장이다. 모든 사람이 이용하지만 사유는 금지돼 있다.

* 독재자란 이런 말의 광장에 자기 동상을 세우고자 하는 자다. 그는 결코 성공 못 한다. 그것은 광장이기 때문이다.

* 어떤 밀실도 광장의 함성이 들리지 않을 만큼 떨어져 있지 못하고 어떤 광장도 밀실의 평화가 그리워지지 않을 만큼 오붓하지는 못하다.

* 만일 당신이 밀실의 완전을 기하려 하면 당신의 귓속에서 함성

이 터져 나올 것이다. 만일 당신이 광장의 완전을 기하려 하면 반란을 당하거나 반란을 해야 하게 된다.

* 광장을 가지지 못한 국민은 국민이 아니다.
* 밀실을 참지 못하는 개인은 개인이 아니다.
* 쇼맨과 매춘부와 밀수업자만이 있는 광장.
* 돈 가방과 매음과 음모만이 있는 밀실.
* 폭우가 내리는 밤에 광장에 서보라.
* 광장의 청소는 시청이 하는 것이 아니다. 기旗가, 함성이, 피가, 땀이 그것을 청정케 한다. 광장은 축제 드리는 곳이다. 그것은 제례의 장소이다.

* 용기 없는 이기주의자 ─ 그것이 노예다.
* 용기 있는 이기주의자들의 동맹 그것이 사회계약설이다.
* 이 설의 주장의 역사적 사실 여부가 중요한 것이 아니라 그 발상의 윤리가 중요하다.
* 노예의 군단이 아테네와 로마 공화국을 유지했다. 용기 있는 이기주의자들은 그렇게 강하다.
* 미국 흑인들의 영원한 콤플렉스는 링컨이 백인이었다는 사실이다.
* 노예 제도가 나쁘다는 아무런 윤리적 선험 원칙도 없다. 노예들이 싫다고 할 때 비로소 원칙이 생기는 것이다.
* 노예가 되느냐 자유민이 되느냐, 그것은 취미의 문제다. 적어도 형이상학적인 아무런 근거도 없다. 어느 쪽이 '옳다'는.

다만 노예든 자유민이든 그 속에 있는 자는 계속 그렇게 있고 싶은 타성을 지닌다. 그것을 바꾸려는 시도가 오히려 귀찮음으로 대해지는 경우가 흔히 있다.

　＊ '자유는 이 국토에 영원한 우수憂愁를 더하였다.' 이 시구는 나에게 우수를 더해준다.

　＊ 자유여. 자유는 말이 아니라 힘이다. 시詩가 된 행동이다.

　＊ 낙랑성을 지킨 자명고. 모든 사회는 그런 북을 가져야 한다. 그것이 시인이다.

　＊ 자유를 위해 울지 않는 새. 적의 함성을 듣고 울지 않는 북을 가진 성은 불행하여라.

　＊ 전에는 나는 낙랑공주의 편이었으나 지금은 나는 그녀의 적이다.

　＊ 자유는 인류의 꽃이다.

　＊ 사람이 사는 데는 많은 앎이 필요 없다.

　＊ 다만 그것을 깨닫기 위해서는 많은 앎이 필요한 시대나 사회가 있다.

　＊ 말은 행동의 기억이다.

　＊ 행동의 기억 없는 말은 무정란과 같다. 행동이라는 병아리는 그 속에서 나오지 않는다.

　＊ 기억 속에 없는 것을 우리는 표현도 제작도 못 한다. 창조란 회상의 능력일 뿐이다.

　＊ 어떤 가난한 국민사도 회상의 자료에 모자란 법은 없다. 모자란 것은 늘 회상의 능력이며 기억의 상실 그것이 죄이다.

* 위대한 시인이란 회상의 능력이다. 그는 미래까지도 회상한다.
* 모든 국민은 그 국민만 한 키의 시인을 가진다.
* 말이 모자라서 비겁해지는 법은 없다.
* 풍문 속에 사는 사람은 사는 것이 아니라 꿈을 꾸는 것이다.
* 안다는 것은 추리의 능력이 아니라 염치를 아는 능력이다.
* 말은 행동의 퇴화이다.
* 말은 행동을 통제하기 위해 있는 것이 아니라 행동을 상기하기 위해 있다.
* 습관은 행동의 비사변적 전달 양식이다.
* 그러므로 습관은 사변보다 강하다.
* 문제는 습관을 바꿔야 할 때에 온다.
* 습관은 습관만이 극복한다. 이 간극을 비약하는 힘은 어디서 오는가.
* 계몽이란, 습관을 설득하는 것이 아니라 미래를 소개하는 일이다.
* 어떤 습관도 설득당한 일이 없다. 설득당했다면 그것은 습관이 아니었다.
* 행복, 그것은 현실이란 말처럼 환상적이다. 그러므로 우리는 그것에 미친다. 환상적이 아닌 어떤 것도 우리를 미치게 하지 못한다.

* 환상을 싫어하는 사람은 아무도 없다. 다만 나이가 들면서 모든 사람들이 다 그것을 좋아한다는 것을 알게 되자 사람들은 자기

는 그 속에서 **빠지자고** 하는 것뿐이다.

* 그렇게 해서 제일 염치없고 탐욕한 자만이 남는다. 환상은 그의 소유가 된다.

* 환상을 공유하는 것, 그것이 가장 바람직하다. 구더기 무서워서 장 담그지 말 것인가.

* 환상 없는 곳에는 행동도 없다.

* 대부분의 경우 환상을 극복하는 것이 아니라 환상을 유지할 능력이 없는 것이다.

* 현실적인 것은 환상적이고, 환상적인 것은 현실적이다.

* 가장 놀라운 환상, 그것은 현실이라는 환상이다.

* 기득권을 가진 자가 늘 현실을 역설한다.

* 그 기득권 속에는 단순히 나이를 먹었다는 것까지도 들어간다.

* 환상의 바다 속처럼 현실적 보화가 들어차 있는 데가 없다.

* 생명은 환상의 아들이다.

* 사람은 실수로 악을 행하는 일도 있는 것처럼 실수로 선을 행하는 수도 있다. 어느 쪽이든 책임을 면할 수 없다.

* 악이란 남의 환상을 뺏는 것이다. 그러므로 악은 보상할 수 없다. 환상은 생명이므로.

* 선은 자기가 남의 환상이 되는 일이다. 그러므로 선은 보상을 원치 않는다. 환상은 생명이므로.

* 신은 생명이다. 신은 환상이므로.

* 증거가 없는 악은 악이 아니다.

가장 큰 증거는 물론 자기다.

* 증거가 있는 선은 선이 아니다.
가장 큰 증거는 물론 남이다.
* 대부분의 경우 선이란 능력이 아니라 은총이다. 이것이 슬프다.
* 대부분의 경우 악이란 운명이 아니라 범죄다. 이것도 슬프다.
* 자기는 살겠다면서 남은 죽으라는 것, 그것이 악이다. 간단한 진리다.
* 약한 자도 악을 행할 수는 있으나 선을 행하지는 못한다.
* 약한 자여 네 이름은 악인이다.
* 노래하듯 선을 행하는 자, 그것이 천사다.
* '엘리 엘리 라마 사박다니'라고 말한 사람, 그 사람은 천사가 아니다. 신이다.
* 역사란, '현실'이란 말의 동태적 동의어이다.
* 현실이란, '역사'란 말의 정태적 동의어이다.
* 보수주의자란 현실을 실체라고 생각하는 사람들이고
상대주의자란, 역사를 허무라고 생각하는 사람들이다.
전자는 기득권을 주장하고 있는 것이며 후자는 비겁을 합리화하고 있다.
전자는 가지고 있는 순간을 영원이라 주장하며 후자는 가지고 있지도 않은 영원을 순간이라 주장한다.
* 역사란 상기하는 것이지 소유하는 것이 아니다.
* 당신이 당신의 역사를 욕하면 당신의 현실이 나빠진다.
* 나쁜 과거를 숨기려는 자는 미래를 숨기려는 의도에서다.
그는 반드시 재범再犯한다.

* 역사란 미래에의 희망이다.

* 바쁜 사람은 역사를 읽을 틈이 없다. 역사를 만들고 있기 때문에. 다만 그가 나쁜 역사를 만들고 있을 때가 문제다.

그런 경우에는 그가 죽든지 그를 죽이든지 하는 것이 바람직하다.

* 우주란 자연의 역사다.

* 우주는 관측 수단의 한계 내에서만 인식된다. 역사도 마찬가지다.

* 망원경의 한계가 우주의 한계는 아니다. 사관의 한계가 역사의 한계는 아니다.

* 인간을 위해 사관이 있는 것이지 사관을 위해 인간이 있는 것은 아니다.

* 사관을 숭배하는 것은 우습다. 망원경을 숭배하는 것처럼. 망원경은 사용하는 것이다.

* 현재 보유하고 있는 망원경에서 들어오는 임대료 수입을 위해 더 높은 성능의 망원경의 제작을 반대하는 사람들.

그것은 요지경 조합의 보스와 물신숭배당의 무당이다.

* 행복이 주어지는 것이 아니라 만드는 것이라고 한다. 만드는 방법을 만드는 것이 문제다.

* 고양이 목에 방울을 달아야 한다는 것은 일치된 의견이다. 어떻게 다느냐 그것이 문제다.

* 달지도 않고 달았다고 하는 것은 죽는 길이다. 달지 못하는 팔자라고 하는 것은 동족을 죽이는 길이다. 맨손으로 달려드는 것은

자살이다. 현명한 쥐는 당연히 방법을 연구할 것이다.

* 행복의 방법을 찾다 일생을 허비하는 사람도 있을 수 있다.

* 어떤 쥐들에게는 방법은 정해져 있다. 동족을 방패로 삼는 길이다.

* 어떤 쥐들은 취미가 이상해서 그 길을 택하지 않고는 길이 없는가 생각하게 된다. 이런 쥐들이 괴로운 것이다.

* 인간 사회에 우화寓話를 적용하는 것은 정확하지는 않다.

* 고양이는 늘 고양이고 쥐는 늘 쥐인 것이 짐승이지만, 인간 세상에서는 조건이 이렇게 절대적인 것은 아니다.

* 인간 사회의 조건은 사변적이고 유동적이다. 고양이가 쥐 되는 경우가 있고 쥐가 고양이 되는 경우가 있다. 이것이 인간이 문명 속에서 산다는 의미이다.

* 볕 들 날이 있는 것은 그러므로 쥐구멍이 아니라 사람 구멍이다.

* 볕 안 드는 구멍은 그러므로 사람 구멍이 아니라 쥐구멍이다.

* 쥐구멍이 많은 사회는 그러므로 인간 사회가 아니라 짐승 사회다.

* 쥐구멍이 많은 사회의 인간은 그러므로 인간이 아니라 고양이 아니면 쥐다.

* 고양이보다 못한 인간이 나쁜 것은 말할 것도 없지만 쥐보다 못한 인간은 쥐보다 못하다.

* 과도기를 사는 시대처럼 불행한 것은 없다. 그들은 많은 핸디캡을 받아야 한다. 누가 주는가. 스스로가.

* 그런데 스스로에게 관용을 베푸는 사회는 과도기가 아니다.

* 인생 그것이 과도기라 한다. 그것도 나름이다.

* 내일 태양이 뜨지 않는다면 그래도 사과나무를 심을 사람이 있을까. 있다. 그것은 나다. 왜냐하면 내일 태양이 안 뜰 리가 없으므로. 그야말로 떼놓은 태양이다.

* 내일이 없다고 정말 믿는다면 그 순간에 사는 사람은 죽을 것이다. 그러므로 생명은 내일에서 오는 것이다.

* 모든 사람이 바라는 내일은 모두 같고 모든 사람에게 배당되는 내일은 모두 다르다.

* 사람은 같은 환상에서 시작해서 다른 현실로 삶을 맺는다. 이것이 슬프다. 환상의 실현의 차를 줄이자는 것, 그것이 정의이다.

* 행복이여. 불행한 사람의 환상이여.

* 우리들은 많은 것을 원하는가. 아니다. 그 적은 바람이 얼마나 많은 조건을 필요로 하는가.

* 그래서 행복은 과정에 있다는 상소리가 생겼나 보다.

* 그것은 먼 길을 가봐야 끝에는 낭떠러지라는 소리다.

* 아마도 그럴 것이다. 그렇다는 인식에서 모든 일은 세워지지 않으면 안 된다.

* 인간은 상소리의 공간에 드리운 한 가닥 거미줄에 매달린 존재이다. 그것이 우리들의 환상적 상황이다.

* 노예의 달력에는 늘 여름만 있고 자유민의 달력에는 겨울도 있다.

* 겨울과 폭풍을 두려워하는 자 — 그것이 노예이다.
* 역사를 만드는 것은 지성이 아니라 용기이다.
* 모든 국민사는 그 국민의 용기의 표현이다.
* 나쁜 용기라는 것도 있다.
* 참다운 용기는 극기라는 말은 옳다.
* 극기해서 생명력이 약해지는 법은 없다. 극기는 생명의 절제 있는 운용이며, 소심은 게으른 생명이다.
* 암탉이 알을 낳듯이 제도가 행동을 낳아주는 것은 아니다.
* 제도는 매일 창조하는 것이다.
* 제도는 요술 방망이가 아니다.
* 나쁜 제도를 가진 용기는 좋은 제도를 가진 비겁보다 윤리적이다.
* 노예는 요술 방망이를 좋아한다.
* 용자는 명예를 좋아한다.
* 용자는 마술자를 식탁의 여흥에 부르고 노예는 식탁을 모두 바친다.
* 옛날에는 노동도 모두 마술이었다.
* 제도를 믿는 자는 그 제도를 위해 한 일이 가장 적은 자이다. 뱃삯 없는 놈이 배에 먼저 오른다.
* 제도를 보장하는 것은 용기이다.
* 그것은 매일 방어되어야 한다.
* 대부분의 사람은 좋은 제도를 원하는 것이 아니라 마술을 원하고 있다.

* 용기 없는 자의 환상 — 그것이 마술이다.
* 원래 마술은 행동이었다.
* 국민이란 말을 경로당의 피초대자쯤으로 생각하는 사람이 많다. 권력에게서 효도를 받자는 사람들.
* 용기 있는 곳에 슬기도 있다.
* 의식衣食이 족하고 예절을 안다. 옳다. 의식이 부족한데 예절을 아는 것 그것이 예절이다.
* 많이 일하고 적게 먹는 자 — 그것이 성자다.
* 사회에 성자만 있다면 곡식 값이 하락할 것이다. 그러므로 많은 사람이 배불리 먹을 수 있으리라.
* 자녀에게 부끄럽지 않은 부모가 되는 것은 매우 어렵다.
* 자녀에게 효도할 것.
* 나쁜 사회란 파수대에서 노름판이 벌어지고 있는 사회. 전의가 충분했는데도 함락된 성은 대개 파수병의 잘못이다.
* 어느 시대에나 민중은 충분한 전의를 가지고 있다. 평화를 원하는 것은 늘 사령관들이다.
* 전쟁을 원하는 사령관은 반드시 승산만 있는 것은 아니다.
* 고대의 군기는 지휘관도 직접 위험에 노출되고 있던 데서 유지되었다. 그때에는 전쟁은 도덕적이었다고 말해도 좋다.
* 전쟁을 주장하는 사람의 진실은 그가 병졸로 참전할 뜻이 있느냐 없느냐에 달렸다.
* 전쟁 — 거기서 상처받지 않는 사람은 전후방을 통해 한 사람도 없다.

* 문학은 인류의 꽃이다.

* 꽃을 위해서 죽는 수도 있으며 꽃으로 죽일 수도 있다.

* 문학은 정신의 교회이다. 그 속에서는 인간은 다소간 경건해지지만 밖에 나와서까지 그러리라는 보장은 없다. 종교가 마술이 아닌 것처럼 문학도 마술이 아니다.

* 나쁜 종교와 나쁜 문학은 마술을 행하는 것이다. 그것들은 대개 눈속임이다.

* 나쁜 종교와 나쁜 문학을 깨뜨리는 길은 종교와 문학을 갖지 않는 일이 아니고 좋은 문학을 가지는 일이다.

* 모든 사람이 종교와 문학을 가지고 있다. 모든 인간이 폐와 심장을 가졌듯이.

* 문학이란 것이 있는 것이 아니라 문학은 만들어지는 것이다. 문학을 만들기 위해서는 문학을 매개로 하는 길밖에는 없다.

* 문학은 가르쳐주지 못한다는 말은 옳지 않다.

* 문학에 있어서 작가의 몫이라는 것은 지극히 작은 부분이다.

* 도시에 길이 있듯이 문학에도 길이 있다.

* 소설만 읽고도 좋은 소설을 쓸 수 있는 시대도 있고 소설만 읽고는 신통한 소설이 씌어질 리 없는 시대도 있다.

* 그것도 소설을 읽어야 알 수 있다.

대학 신문에게

　대학 신문은 막연히 생각하기보다 훨씬 중요한 성격의 신문이라고 필자는 생각한다. 일반 상업신문은 물론이거니와 여러 특수 신문들에 비해서 대학 신문이 갖는 특징은 그 내용에서 무엇보다 과학과 예술에 대한 기사가 차지하는 비중이라고 할 것이다. 과학 예술의 전문 잡지에 비해 보더라도 대학 신문은 훨씬 기동성 있고 포괄적인 운용을 할 수 있는 것이다. 처음부터 끝까지 우리 생활의 본질에 대한 최고의 주제가 문제되고 그것을 탐구하고 배우는 사람들로 이루어진 것이 대학이다.

　이런 환경이라는 것은 대학 말고는 보기 어렵다. 그리고 학생을 기준으로 생각한다면, 그의 일생에서 이처럼 생활 전체가 지적인 호기심에 대해서 최대의 관심과 정당성을 부여하는 환경이라는 것도 아마 많은 사람들에게는 유일한 기회가 되는 것이라 믿는다. 학생 모두가 학자나 연구자의 생애를 보내는 것은 아닐 테니까.

그럴수록 대학에 몸담은 기간에 인간과 사회의 본질에 대해서 상식적이 아닌 참신한 태도—뭐랄까, 순진한 지적 허영이라고 할까, 그런 기질이 몸에 배는 것이 중요하고 값지다고 생각한다. 지적 허영심이란 것은 다른 허영심에 비하면 타락하기가 비교적 어렵고 인생의 어둠 속에서도 방해받지 않는 위안이 되는 성질을 가지고 있다.

요컨대 이런 생활을 보내는 것이 대학이며, 이런 생활의 제도화가 대학이며, 대학 신문은 이 대학 문화의 중요한 부분이다. 대학 공동체 안에서의 대학 신문의 기능은 일반 사회에서의 일반 신문의 그것과 형식으로서는 마찬가지겠지만 강조하는 내용이 다른 것이다.

과학과 예술에 대한 정보를 왕성하게 제공하고, 학생들의 지적인 호기심을 자극하고 안내하는 통로로 구실하는 것이 대학 신문의 사명이 될 것이다.

이런 일은 물론 대학 신문 혼자서만 되는 일은 아니고 대학 전체의 환경, 나아가서는 사회 환경과도 관련이 있겠지만, 이야기를 너무 넓히면 초점이 없어질 우려가 있겠고, 아무튼 대학의 특징, 대학 신문의 특징을 살리는 길은 결국 대학과 대학 신문 자체의 창의성에 달린 것이다.

우리 사회 전체가 지향하고 싶은 가장 바람직한 사회생활의 표본을 대학 공동체가 보여주고, 그런 표본의 이론을 동시에 설득해주며, 그렇게 해서 대학 공동체를 거쳐 간 성원들이 자기들의 긴 생애를 통해서 자기가 젊었을 적에 겪은 이상적 모형에다 생활을 맞춰볼 수 있게 하는 것이 대학 생활이며, 대학 신문은 그러한 대학 생활의 길잡이라고 생각한다. 귀지의 무궁한 발전을 기원한다.

영혼靈魂의 지진地震

    문화는 부드럽고 따뜻한 인간의 집을 인간의 손으로 만든 자연 속에다 지어놓은 인간의 집이다. 그러나 문화는 부드럽기만 한 것은 아니다. 사람은 삶의 공포를 달래는 것을 가져야 하는 것과 마찬가지로, 공포를 불러일으키고 공포를 잊지 말게 하는 어떤 것을 가지지 않으면 안 된다.
    인간의 슬픔은 무한하고 인간의 고통도 무한한 데 비하여 그것들을 길들이는 인간의 힘인 문화는 유한하다. 나쁜 문화는 지금 자기들이 가진 것을 지나치게 평가한다. 그렇게 해서 인간을 가난하게 만든다.
    공포에 짓눌려서 꿈을 잃어버린 삶이 비참한 것이라면 공포를 잊어버린 삶은 천박하다.
    한 종족의 신화나 전설 속에는 인간의 공포와 꿈이 담겨 있다. 우리나라 장수 설화는, 주제의 깊이가 놀랄 만하다. 나는 우리나라 신화나 전설에서 이만큼 깊은 공포를 자아내는 이야기를 본 적이 없다. 우리나라 신화는 어떤 정서적 충격을 주기에는 너무 평범하고 안이하다. 전설에는 이와 달리 뛰어난 것들이 많다. 이 이야기에서의 '아기'의 신성神性, 우리가 '장수'라고 불러오는 초월적 존재만 한 종교적 환기력을 가진 존재를 지적하기는 어렵다. 특히 그것은 보편적 타당성을, 민중의 꿈을 모태로 하고 있다. 우리나라의 전설에 나오는 '메시아'의 형태가 이 '장수'임에는 틀림없을 것이다.

예술은, 의식의 심부에 깔린 어떤 정서의 광맥에 충격을 주어 표층에 있는 의식에 지진을 일으킬 수 있다면 아마 가장 바람직한 일이다. 전통 종교의 유통력이 약화된 사회에서는 이런 일이 매우 어렵다.

오늘의 우리 의식에는 시멘트의 층이 너무 두껍게 깔려 있다. 많은 예술적 노력은 화력이 충분치 못하거나 바른 지점에서 기폭되지 못하고 있다.

겉보기의 다양함은 예술에서는 아무 위안도 주지 않는다. 영혼의 깊은 곳을 울리는 어떤 진동만이 우리들에게 보람을 준다.

'와'와 '과'

 이음말인 '와' '과'를 쓰지 말라고 하는 법이라도 만들어지면 아마 살아갈 수가 없을 것이다. 이 두 낱말은 그렇게 큰 몫을 맡고 있다. 말이란 것은 이 누리에 있는 것들에 하나하나 붙여놓은 이름 딱지 같은 것이기 때문에 한꺼번에 온 누리를 나타낼 수는 없다. '누리'란 말이 있지 않느냐고 곧 묻기 쉽지만 이 말은 모두 말한 것이자 아무 말도 않은 것이나 마찬가지기 때문에 그것만 가지고 앎을 옮길 수는 없고 그 '누리' 속에 있는 것들을 낱낱이 가리키는 말이 있어야 앎을 옮길 수 있게 된다.

 그러니까 말을 모두 주워 모아서 그것들이 서로 이웃한 촌수대로 붙여놓으면 말로 만든 누리가 된다. '와'와 '과'는 이 맞춤에 쓰이는 풀·못·나사·밧줄 같은 것이다. 이 말은 그러므로 아주 힘 있는 말이기는 하나 큰 함정을 지닌 말이기도 하다.

 우리는 흔히 '한국과 세계'라고 한다. 이 말은 잘 뜯어보면 보기처럼 아무렇지 않은 것은 아니다. '과'로 이어놓았으니 그 양쪽에 있는 '한국'과 '세계'는 마치 '돌과 나무' 할 때의 '돌'과 '나무'처럼 갈라놓을 수 있는 무엇처럼 알기 쉽다.

그런데 '세계' 안에는 '한국'이 벌써 들어 있으므로, 그런 '세계'에 '과'라는 말로 붙여놓은 '한국'은 '세계' 밖에나 있는 '한국'일 수밖에 없는데, 그런 '한국'은 정말 없는 것이다. 그러니 '한국과 세계'라는 말은 정말은 쓸 수 없는, 뜻 없는, 또는 틀린 말이다.

목숨을 조금씩 갉아먹는 연기를 뿜는 자동차라도 쓸 수밖에는 없는 것이 살아가는 사정인 것처럼, 이렇게 틀린 말도 쓸 수밖에는 없는 어떤 테두리까지는 할 수 없는 일이지만 한 치도 틀려서는 안 되는 학문이나, 그 힘이 크게 미치는 권력이라는 것이 '과'와 '와'를 잘못 쓰는 일에 조심하지 않으면 그야말로 나라 '와' 겨레에 큰 탈을 만들 것이다.

평화의 힘

　베트남에서의 싸움이 멎은 다음부터 지금까지의 사이는 아마 유럽 미국과 사람들의 역사에서 그들의 목숨 값이 제일 비싸진 시대에 들어섰다고 볼 수 있겠다. 이 시간 현재 백인들은 전쟁에 종사하지 않고 있으며 앞으로도 그럴 것 같다. 닉슨 독트린이라는 것이 나온 이래 이러한 모양은 더욱 뚜렷한 것이 되어가고 있다. 평화를 누리면서 번영하고, 전쟁을 하지 않고 문제를 풀어간다는 방식이다. 전쟁이란, 정치의 연장이라고 한 클라우제비츠의 이론은 이제 강대국들에 대해서는 빈말이 될 것 같다. 이런 모든 일이 일어난 것은 핵무기 때문이다. 전쟁으로 얻으려는 이익에 비해 그에 지불해야 할 값이 터무니없기 때문이다.
　물론 이런 전망은 강대국들에게만 맞는 가능성이기는 하다. 유럽과 미국 외의 지역에서는 언제든지 전쟁이 일어날 가능성이 열려 있다. 우리는 코끝에서 화약 냄새가 가시지 않는 공기를 마시면서 살고 있다. 언제 터질지 모른다면서 아직 터지지는 않고 있다.

 어쨌든 평화다. 그리고 이 평화의 기간에 우리는 많은 것을 이루어놓았다. 큰 전쟁을 겪으면서도, 분단이라는 조건에서도, 반드시 최선이었달 수 없었던 정치적 우여곡절 속에서도 우리는 많은 것을 이루어놓았다. 이것은 북한에서도 마찬가지일 것이다. 남한테서 얻어온 대의나 명분의 한계가 어디까지라는 것도 양쪽이 대강 시험해볼 대로 시험해보기도 했다. 지금 이 지구 위에서 우리가 제일 어렵고 불행한 처지에 있다고는 말하기 어려울 것이다.

 그러나 괴로움이라는 것은 사람답게, 좀더 낫게 살자는 데서 비롯되는 것이지, 바람이 없다면 이 세상에 괴로운 조건이란 있을 수 없다. 죽기밖에 더하겠는가, 하는 허무주의를 받아들일 수 없는 데서 괴로움은 비롯되는 것이다. 우리들의 괴로움을 평화의 조건 아래에서 해결하는 것이 이 땅에 살고 있는 모든 사람들의 간절한 염원이다. 남북한이 군비 경쟁을 하는 것은 현재로서는 불가피하다. 그러나 우리는 우리 눈앞에서 벌어지고 있는 이 위대한 백인들의 슬기를 본받는 지각은 잃지 말아야 하겠다. 이러저러한 명분으로 이 지각을 흐리게 하려는 편이 먼저 민중적 지반을 잃게 될 것이다. 민중의 염원을 슬기롭게 조직하는 것, 그것이 간악한 일본 침략자들이 우리에게 물려준 거짓의 논리인 '옥쇄玉碎' 정신에서 마침내 벗어나는 길이다.

금강산

 며칠 전 티브이에서 금강산을 보여주었다. 휴전선에서 찍은 것이라 한다. 이것이 찍힌 것의 모두인지 어쩐지는 모르나 너무 아쉽도록 짧은 것이었다. 그렇더라도 드물게 보는 좋은 구경거리였다. 지극히 감각적인 것일망정 막혀 있는 땅의 저쪽을 보여준 것은 상징적이기까지 하다. 사진을 찍어서 금강산이 닳을 것도 아니고 보면 누구나 해치지 않고 좋은 구경을 한 셈이다.
 북한 쪽에서 봐도 잃은 것 없이 당한 느낌이겠지만 크게 미워질 소행은 아닐 것이다. 현재의 남북 관계는 지극히 복잡하고 위험하기 때문에 이상론으로는 여러 가지 교류 방안이 나올 수 있지만 실지에 옮기기에는 어려움투성이다. 성묘 문제 같은 것도 형식론으로서는 당연한 명분이지만, 북한으로서는 그에 따르는 어려움이 있어서 받아들이기 어려울 것이다. 북에서 제의하는 안들에 대한 우리 측 입장 또한 마찬가지다.

이런 상태에서 무엇인가 그래도 숨통을 열고 부드러운 한 가닥의 기운이라도 서릴 수 있는 일을 한다는 것은 대단히 어렵지만, 그만큼 중요하기도 하다. 큰일을 서로 제안하는 것도 좋지만 아주 작은 일, 서로의 큰 이익에 조금도 흠이 가지 않으면서도 상징적으로는 효과가 있는 그런 일들을 생각해내서 실천하는 것은 매우 뜻있다는 것을 어젯밤 금강산 방영이 가르쳐주었다. 그런 일들이 쌓여갈 때 어떤 효과를 가져올 것인가는 가볍게만 볼 수 없다. 공동 성명은 큰 이야기를 큰 테두리에서 말해주었다. 무엇이 어찌됐든 이 성명은 없는 것보다 낫다. 싸우더라도 공동의 기준이 있게 되었기 때문이다. 그러나 그것이 너무 원칙론이기 때문에 실지로 옮기자면 무수한 중간 단계가 있어야 하는데, 여태껏 쌍방이 보인 교류 방안은 그나마도 서로 받아들일 수 없는 중간 단계였던 모양이다. 이루어지지 않으니깐.

더 낮추자. 더 하찮은 것부터, 누구의 체면도 깎지 않는 것부터 시작하고 애써보는 것이 어떤가. 당장 효과를 보자는 생각을 버리고. 극한 대립에서 갑작스러운 접근으로 하는 방식이 아니라, 적의는 적의대로 얼마든지 유지하면서 동시에 병행해서 작은 화해의 몸짓을 끊임없이 일방적으로 표시하는 노력을 하는 것은 '5천만 민중'의 아무도 마다하지 않을 것이다.

겨울

 이번 겨울은 다른 해에 비해서 추운 겨울이라고 한다. 신문 같은 데서 자료를 조사해서 알려주니 그런가 보다 하지, 보통 사람들은 아마도 지난겨울의 이맘때보다 지금이 얼마나 추운지 아는 사람이 드물지 않을까 싶다. 하물며 지지난 겨울이나, 또 그 앞 해의 겨울에 이르러서는 그저 겨울이었다는 것밖에 구체적인 아무 인상도 남아 있지 않기가 십상이다. 보통 사람은 그렇게 산다. 숫자로 몇 도가 높고 낮다는 이야기는 기억하기가 그렇게 어렵다. 이른바 물리적 기후란, 사람의 마음에 구별되어 기억되기가 어려운 것이다.
 문득 지난 전쟁 때 피난 오던 생각을 한다. 그때 1950년 12월이니까 겨울이다. 겨울이니까 그때도 추웠다. 지금보다 더 추웠는지 어떠했는지는 모르겠다. 그런데 지금 그 겨울의 추위가 뼈에 스민다. 그것도 나 자신의 감각을 통해서가 아니라, 그때 철부지 자식들을 업고 이끌고 피난길에 나섰던 부모 생각을 떠올리다 보니 그들의 가슴과 살갗을 통해서 그해 그 추위가 정말 너무 똑똑히 그리고 생전 처음으로 내 것이 되는 것이다.

그리고 내 부모의 나이는 그때 지금 내 나이보다 여섯 살이나 아래였다. 그 나이에, 무슨 제한도 없이 주렁주렁 낳은 아이들을 데리고 타관 땅 부두에 내려선 마음과 몸은 얼마나 추웠을까. 그것이, 그 겨울의 맵짠 추위가, 을씨년스러움을 이제야 알겠다. 피로 맺어진 인연因緣보다 더 모진 것이 세상살이의 인연이어서 이제는 그 식구도 모두 갈려버렸다.

사람이 사는 사계에는 기쁨과 슬픔이, 눈물과 한숨이 스며 있다. 숫자로 몇 도라고 해서는 금년과 작년의 비교도 잘 해내지 못하는 게 마음이지만 살아 있는, 살아온 삶의 겨울 봄 여름 가을은 기억 속에 너무나 뚜렷이 살아 있어서 우리가 살아 있는 동안에는 잊히는 법이란 없다.

지금 같아서는 그 기억이란 것조차 없다면 무엇에 집착해서 살아야 할지 모르겠다. 아마 사람은 저마다 그러한 사적인 기억에 의지해서 남을 헤아리고 서로 사정 얘기를 나누며 사는 것이리라. 왜냐하면 사람들의 사적 기억이란 모두 비슷하니깐. 우리들의 그 비슷한 겨울아, 너는 참 모질기도 하다.

어제와 오늘

 어제라는 것은 다시는 돌아오지 않는다. 이것은 그 어제가 좋은 어제였든 나쁜 어제였든 마찬가지다. 그러나 이 다시 돌아오지 않는다는 말은, 어제가 그 어제로서 그만이라는 말이 아니다. 어제는 돌아오지 않지만, 그 어제에 자기가 한 이러저러한 일의 열매는, 오늘 속에 살아 있다. 오늘이란 것은 많은 어제가 쌓인 물건이다. 오늘이란 이 쌓인 어제들을 풀어나가는 일이다. 우리는 그 어제들이 오늘에게 넘겨준 결과를 맞으면서, 그때 그 일을 그렇게가 아니라 이렇게 했더라면 얼마나 좋았을까 하고 생각한다.
 사업에 대한 어제, 공부에 대한 어제, 사귐에 관계되는 어제, 그런 모든 어제들에 대해서 우리는 흐뭇함보다는 아쉬움과 뉘우침을 더 많이 가지는 것이 보통이다. 그러나 아쉬움은 그저 아쉬움일 뿐이다. 어제는 어제다. 움직일 수 없는 어제들이 오늘 앞에 놓여 있다. 우리는 그 오늘을 살 수밖에 없다.

그런데 어제는 실은 오늘의 결과로 끝나지는 않는다. 내일 오는 일들도 거의 어김없이 어제 있었던 것과 다름없는 일들이다. 그런데도 사람들은 그 내일을 다루면서 어제보다 그리 슬기롭게 구는 일은 드물다.

왜냐하면 내일 우리 앞에 나타나는 어제는, 어제는 어제이되 대개는 모자를 바꿔 썼다든지 구두를 다른 것을 신었다든지 하는 식으로 온다. 이것을 어제라고 알아보기는 매우 어렵다는 것이 역사라는 어제가 적어도 말해주는 가르침이다.

어제는 돌아오지 않는다. 그 결과만이 오늘 우리 앞에 있다. 그러나 내일, 어제는 다시 돌아온다. 다만 조금 다른, 그러나 우리를 헛갈리게 하기에는 넉넉한 다른 모습을 빌려서. 그러므로 오늘은 중요하다. 적어도 내일 돌아올 어제에 대해서 어제보다는 조금 낫게 맞서볼 수 있는 짬이 오늘밖에는 없기 때문이다.

살아간다는 것은 실은 꼭 같은 어제가 늘 다른 모습을 가지고 나타나는 이상한 숨바꼭질을 닮았다. 조금이나마 빨리 찾아내고 낭비 없이 살고 싶다는 생각은 아마 이런 해가 바뀐다든지 할 때면 누구나의 마음에 오가는 생각일 것이다.

인류의 키와 개인의 키

　사람이 이 둥그런 땅덩어리 위에 태어나 살기 비롯하고부터, 요즈음 우리처럼 온갖 꿈에서 멀어져버린 사람들은 없었다. 아주 얼마 전까지만 해도 이 누리에는 모르는 것이 가득 차 있었기 때문에 사람들은 그 모르는 것들에 꿈을 실어보았다. 무서운 것에는 무서운 꿈을, 즐거운 것에는 즐거운 꿈을. 저 하늘에 떠 있는 달에는 토끼가 떡방아를 찧고 있었다. 보름달을 조금만 눈여겨보면 정말, 비스듬히 그런 그림자가 보인다.
　그러나 이제 아무도 그게 토끼라고는 여기지 않는다. 사람이 달에 가서 그 푸석푸석한 땅에 새겨놓은 구두 발자국을 사진에서 보았기 때문이다. 아마 몇 손위 할아버지 할머니들이 그것을 보았다면 모름지기 얼이 빠져서 실성실성해졌을지도 모른다. 그런데 우리는 과학자도 아니면서, 잘은 모르는 대로 이 일을 받아들이고 있다.

왜냐하면 사람이 달에 간 일은 큰일이지만, 이것은 호롱불을 켜면서 사는 마을의 사람이 대번에 달에 간 것이 아니라, 달에 가기까지 사이에 차곡차곡 쌓인 사다리가 있기 때문이다. 사람이 조금씩조금씩 힘 있는 연장을 만들어내어 드디어 그 로켓이라는 것에까지 이르렀기 때문이다. 돌도끼에서 껑충 로켓으로 뛴 것이 아니라 그 사이에 조금씩 힘이 다른, 가운데붙이의 사다리가 있는 때문에 우리 마음은 조금씩 술을 마셔간 사람처럼 저도 모르게 엄청난 일을 수월하게 받아들이고 있는 셈이다.

 이 누리 속에 있는 우리가 앎의 등불을 힘 있게 만들어서 어둠을 밝히는 일이 나쁠 수 없다. 탈인즉 다름이 아니라 우리가 저도 모르는 사이에 어둠이 다 밝혀진 줄로 알게 되는 일이다. 이렇게 되면 그나마 손에 쥔 등불이 되레 눈을 가린다.

 달은 제일 가까운 별이다. 저 하늘의 뭇 별은 얼마나 되는지 헤아리지 못한다. 얼마나 많으면 그 별의 뭉치가 냇물처럼 보이겠는가. 우리가 가진 앎은 냇물의 모래알 하나, 바다 위에 뜬 반딧불 하나보다도 못하다.

 그런데 정작 두려운 일은 이 누리가 그처럼 엄청나게 크다는 일이 아니다. 그 누리만 한 목숨을 가졌다면 언젠가는 그 목숨의 그릇에다 이 누리를 다 담을 수 있을 테지만, 우리한테 주어진 목숨은 너무 적다.

 여기까지는 짐승이나 같다. 사람은 그런데 짐승과 달라 이 짧은 목숨을 살면서 얻은 앎을 뒷사람에게 물려주는 그릇을 만들어냈다.

 그것이 말이다. 이 말이라는 그릇 속에다 사람들은 돌도끼 쓰던 때부터 티끌 같은 앎을 푼푼이 모아 마침내 달에까지 사다리를 놓고 말았다. 이렇게 하면 언젠가 이 누리의 끝까지 사다리를 놓을지도 모른다.

  그러나 그동안을 사는 낱낱의 사람마다는 그저 한결같은 작은 삶밖에는 살지 못한다. 이 누리만 한 꿈과 오늘을 사는 낱낱의 사람 사이의 메울 수 없는 먼 것을 어떻게 받아들이느냐를 가지고 사람은 괴로워한다. 사람의 마음속에는 이렇게 티끌과 누리가 쌍둥이처럼 같이 산다. 이 쌍둥이가 한 뿌리의 두 가지임을 알려주는 것이 아마 뭇 고장 사람들이 저마다 만들어낸 종교라는 것이다. 이 두 가지를 잇는 눈에 보이는 사다리가 이루어지는 날까지는, 우리는 언제나 '종교적'이라고 부를 수밖에 없는 어떤 슬기가 있어야 옳은 뜻으로 불러 사람답게 살 수가 있다.

큰일 작은 일

 사람은 좋은 말, 아름다운 말만 하고 살지는 않는다. 안 좋은 말, 욕하는 말을 한번 적어보자.
 '나가 죽어라' '다리몽댕이를 분질러버린다' '빌어먹어라' '오뉴월에 염병하다 땀도 못 낼 놈' '아가리를 짝 찢어놓겠다' '눈깔을 콱 쑤셔놓겠다' '간을 내서 씹어 먹겠다' '호랑이한테 물려가라' '찢어죽일 년' '손모가지를 짤라놓겠다' '때려죽일 년' '머리카락을 몽창 뽑아놓겠다' '얼어 죽을 년' '굶겨 죽일 년' '십 대까지 앉은뱅이만 낳아라' '미친년' '우라질 년' '숨통을 콱 눌러버리겠다' '물을 먹다 체할 년' '병신이 달밤에 체조하네' '병신 육갑하네' '미친년 지랄하네' '접시 물에 빠져 죽어라' '요놈의 원수야'……
 이만 하기로 하자. 예를 들다 보니 정말 신이 날 지경이다. 사람이 욕을 안 하고 살기는 어렵다. 어느 나라 사람이든 다 욕을 한다. 그리고 그 욕에는 그 나라 역사가 들어 있다. 앞의 예에서 호랑이 같은 것은, 그 짐승이 없는 데서는 나올 수 없는 욕이며, 여기서도 지금은 효과가 있을 것 같지 않은 욕이다.

 욕을 하는 때는 그만한 까닭이 있다. 악에 받쳤을 때 사람들 입에서는 욕이 나온다. 앞의 욕을 나눠보면, 저주와 협박의 두 가지가 된다. 저주는 제가 손대지 않고 남에게 재앙이 일어나기를 비는 것이고, 협박은 자기 손으로 너에게 재앙을 만들어주겠다고 밝히는 말이다. 여기서 보듯, 욕이란 적에 대해 쓰는 말이다. 욕이 많다는 것은 적이 많다는 말이 된다. 적이 많은 것은 나쁘고 적이 적은 것이 좋지만, 말로만 적을 적게 한다고 해서 실지로 적이 적어지지는 않는다. 그것은 말뿐이기 때문이다. 어떤 경우에는 욕을 하는 것이 더 옳은 태도일 수도 있다. 왜냐하면 이 삶에는 적이 없을 수 없고, 그 적이 나쁜 것일 때는 좋은 말로 부르기는 힘들기 때문이다.

 그런데 어떤 경우에나 욕해서는 안 될 대상이 있다. 그것은 아이들에 대해서다. 아이들은 대개 욕의 내용에 어울릴 만한 일을 하는 때는 드물고, 한대도 그들은 몰라서 그렇게 한다.

 나는 욕을 반대하지 않는다. 그러나 너무 작은 일에 대해서 너무 큰 욕을 한다거나, 크고 작고 가림 없이 최대 급의 욕만 하는 버릇이 붙으면, 잘잘못의 정도를 경우에 따라 구별하는 힘을 잃어버린다. 발등을 밟은 사람에 대한 화풀이와, 우리가 더불어 사는 나라를 팔아먹은 사람에 대한 감정이나 마찬가지가 되어버린다. 이것이 욕이 가져오는 가장 큰 손실이다. 나라를 팔아먹은 사람과 싸우기 위해서, 발등을 밟은 사람과 손을 잡아야 할 때, 발등이 밟힌 순간에 '이 육시를 할 놈아' 하고 욕했다면 더 어떻게 해볼 도리가 있겠는가?

삶의 속도

 미그 25라는 굉장하다는 비행기를 몰고 소련 비행사가 일본 비행장에 내렸다. 얼마 전 이야기다. 비행사는 지금 미국으로 갔다고 한다. 올 때부터 그렇게 할 생각이고, 일본에 내린 것은 비행기가 내릴 수 있는 조건이 거기가 제일 좋았기 때문이다. 비행기가 소문대로라면 미국으로서는 굉장한 정보를 앉아서 얻은 것이니, 호박이 넝쿨째 굴러든다는 것은 이럴 때를 두고 할 만한 얘기다. 그 정보가 어느만 한 것인지를 비교할 수 없는 사람들로서는, 이 사건은 사실 그리 새로울 것은 없는 일이다. 냉전의 과정에서 이런 일은 너무 많이 있어왔을 터이고, 우리가 아는 경우도 많다. 그런데 여기서 우리 같은 평범한 생활자에게 곧 떠오르는 것은 이 비행사의 아내의 처지다. 법이나 습관이야 어찌 되었건 간에 적국으로 달아난 남편을 가진 아내라는 처지는 괴로울 것임에 틀림없다. 소련과 같은 나라가 아니라도 정도의 차이일 뿐이지 그 여자의 앞

길은 딱하기 이를 데 없다. 게다가 자유를 찾기 위한 것은 그렇다 치고 아내는 어쩌라는 생각이었을까. 아무튼 아내 된 여자의 불행은, 미그 25의 성능과 꼭 비례한다. 그 비행기의 속도만큼이나 빠르게 한 여자의 팔자가 어디에선가에서 어디엔가로 옮아버렸고, 결코 좋을 수 없는 데로 옮아버린 것이다.

우리는 여간해서는 한 가지 일을 열 가지 가닥으로 이어나가면서 생각하기가 힘들다. 바빠서도 그렇고, 버릇으로도 그렇고, 더 이어나갈 정보가 없어서도 그렇다. 모두 바쁜 사람들이다. 그러나 아무리 바빠도 세상이라는 것은 자기가 가진 가닥이며, 뿌리며, 가지를 그것들마다의 법칙에 따라 뻗어간다.

바쁠수록 잘 생각하는 일이 제일 바쁘게 살 수 있는 길이 아닐까 한다.

글쓰기의 맥

　대학생들의 문장력이 가난해졌다느니, 관심이 얄팍해졌다느니 하는 소문들을 막연히 들어오다가도 막상 이런 심사를 해보면 용케 글쓰기의 전통을 이어나갈 만한 학생들의 수가 적지 않게 유지되고 있음을 실감하게 된다. 이번 심사에서도 표현의 일반적 능력이나 관심의 진지성 같은 것에서 학생들의 긍정적 마음들을 만날 수 있었다.
　특히 대학생들이 자기들이 이 사회에서 차지하는 자리에 대해서 우리나라 실정에 맞는 객관적 자기 성찰의 양식을 일반적인 감각으로 가지고 있음을 발견할 수 있었던 일은 기쁘고 대견스러운 경험이었다. 「상」은 그러한 바람직한 경향의 한 대표로서 추천하게 된 작품이다. 중편 「귀향」은 주제, 구성 모두 넉넉한 힘을 지닌 수준작이었다. 많이 다루어진 소재지만 훌륭하게 자기 자신의 세계로 옮겨져 있다.

이 밖의 작품들 역시 어느 것이 낫다 못하다 가리기 어렵게 저마다 즐길 만한 빛깔을 지니고 있어서 작자들의 문학적 능력을 인정하기에 모자람이 없었다. 언제나 그렇지만 이런 속에서 한두 편을 고른다는 일이 자로 금 긋듯이 뚜렷할 수 없는 어려운 일이었지만 고른다는 것은 처음부터 그런 불가능을 전제로 한 일임을 되새길 수밖에 없었다.

문화와 의지

 문화라는 것은 그것이 힘을 잃었을 때는 부적이라든지, 면죄부의 모습을 띤다.
 민주주의가 사람들의 나날의 국민 투표에 의해서 유지돼야 하듯이, 문화도 당대를 살고 있는 사람들의 의지에 의해서만 유지된다.
 의지를 잃었을 때 문화는 의식과 부적의 상징 장치가 된다.
 문화란 어떤 지방색을 띠든 본질에 있어서는 한가지다.
 인간의 조건이 빚어내는 괴로움을 고루 나누고, 공동의 노동의 열매일 수밖에 없는 온갖 인간적 생산물을 공정하게 나누는 생활 — 그것이 문화다.
 우리는 흔히 문화의 지표에 지나지 않는 것을 문화라고 생각하기 쉽다. 고기를 보지 않고 찌만 본다. 그럴 때 문화는 부적이 된다.
 의지에 뒷받쳐지지 못한 많은 것들이 무너지는 것을 우리는 보았다.

의지란 무엇인가? 그저 살려고 하는 뜻만이 아니다. 상황의 진실에 대한 앎에 뒷받쳐진, 공정한 생활의 모형이라는 핵을 중심으로 움직이는, 생명 감각의 궤도 운동이다.

문학도 그것의 방법을 통해서 이 모형을 묘사하고, 탐구하고, 환기하려는 행동이다.

이 책에 실린 글들 또한 그런 마음의 운동의 궤적들이다.

이렇게 모아보면 그 궤적들은 부적과 면죄부로부터의 끊임없는 탈출이라는 모양을 보여준다.

코끼리와 시인

장님들이 코끼리를 만져보았다.
한 장님은 코끼리는 기둥같이 생겼다고 말했다.
다른 장님은 코끼리는 큰 배처럼 생겼다고 말했다.
나머지 장님은 코끼리는 가는 뱀처럼 생겼다고 말했다.
이 장님들은 저마다 코끼리의 다리·배·꼬리를 만져보고 그렇게 말한 것이다.
우리가 잘 아는 이야기다.
만일, 이 코끼리를 '삶'이라 부르기로 하자.
개별 과학이란 것은 저마다 자기가 택한 테두리 안에서 삶을 본다.
모든 것을 보지 않는다는 것이 개별 과학의 본질이다.
아무리 정밀할망정, 과학은 전체적인 접근을 스스로 삼간 데서 오는 부분성을 벗어나지 못한다. 만일 과학이 이 사실을 잊어버리고 그것 자체가 전체적인 인식인 것처럼 생각한다면 그 과학은 이 이야기의 장님들과 마찬가지로 지나친 것을 주장하는 것이 된다.

철학자라고 하는 사람을 코끼리 앞에 데려왔다고 하자.

그는 뜬눈으로 코끼리를 보는 사람에다 비유할 수 있다.

그는 덩치 큰 짐승이라고 볼 것이다.

철학자는 '삶'을 전체적으로 관련시켜서 본다.

그런데 또 한 사람이 와서 코끼리를 보았다고 하자.

그는 코끼리가 먼 나라에서 와서 먹이를 먹지 못하여 병들어 있고 눈물을 흘리고 있는 것을 보고 자기도 눈물을 흘렸다고 하자.

이 사람을 우리는 시인이라 부른다.

그는 코끼리를 관찰하거나 생각한 것이 아니고 느낀 것이다.

그는 코끼리가 되었던 것이다.

이것이 이 세상에서 시인이라 불리는 사람들이 하는 일이다.

인간성이란

　인간성이란, 사람이 사람답게 살아 있을 때의 상태를 말한다면, 그것이 상실되었다는 것은, 엄밀하게는 사람이 죽었을 때를 말한다. 이런 극한의 경우를 말하는 것이 아닐 때는, 살아는 있되 죽은 것이나 마찬가지라는 뜻으로 쓰인다. 인간성의 상실이란 그러므로 죽음과 그에 견줄 만한 사람답지 못한 상태 사이에 있는 온갖 것이나, 일, 행동이다. 부패·부정·재앙 따위를 말한다.
　사람은 태어난 바에는 살 권리가 있고, 살자면 사람답게 살아야 할 의무가 있다. 사람답게 살지 않을 때는 살 권리도 없어진다. 이것이 상식이다. 짐승도 마찬가지다. 모든 목숨 가진 것이 목숨을 지키자면 이 두 가지가 모두 갖추어져야 한다. 그러니 이것은 목숨의 법칙이라고 해도 좋다. 이 법칙을 어기면 죽는다. 개인도 그렇고 사회도 그렇다. 우리나라도 이것을 지키면 살고 이것을 안 지키면 죽는다. 죽은 목숨처럼 산다는 말까지 있는 우리들의 지난날이고 보면, 무슨 희한한 인간성을 가졌다가 그것을 잃어버렸으니 어디 가서 다시 찾자는 말은 있을 수 없고, 우리가 다 아는 그렇고 그런 삶을 좀 어떻게 낫게 만들어보기는 해야 하겠다. 많은 사람이 그런 뜻을 가지고 애쓰고도 있다. 몰라서 일이 안 되는 일은 없다. 뜻을 버리지 말고 살아가는 길밖에 있겠는가.

크리스마스캐럴

 '올해도 마지막 가는 거리에 자선냄비가 나오고' 하는 말은 언제부턴가 해마다 이때쯤 펼쳐 드는 신문에서 정해놓고 나오는 글귀가 되어왔다. 정동 골목을 광화문 쪽으로 오다가 큰길에 조금 못미처 오른쪽으로 구세군 대한 본영이 있다. 영문으로 들어서는 기자의 눈에 그 오래된 벽돌집이 문득 그만한 크기의 자선냄비처럼 보였다. 2층으로 올라가 '부서기장관'이란 패가 붙은 방으로 들어간다. 눈매가 부드럽고 키가 큰 외국 사람이 기자를 맞는다.
 "어서 오십시오."(유창한 한국말. 이하 같음)
 "저는 소설가 최인훈입니다. 말씀 나누고 싶어서 왔습니다."
 "예, 저는 폴 레이더입니다. 앉으십시오. 한국 이름은 라의도입니다."
 "이웃 돕기를 하는 기관은 많습니다만 구세군의 자선냄비는 그런 운동이 가장 눈에 쉽게 보이는 형태고 눈에 익기도 한 풍경이어서 말하자면 이웃 돕기 운동의 상징 같은 것이어서 이런 기회를 마련해봤습니다."

"옳습니다. 그런데 왜 저를 만나시는지 모르겠군요."

"예?"

"전에는 이 본영 사령관이 서양 사람이었습니다만, 지금은 한국 분인 김용섭 부장이 책임자이십니다. 저는 그분을 도와드리는 사람인데."

"예, 그 이야기는 듣고 왔습니다. 다른 나라에 와서 이런 일을 하시는 것은 글자 그대로 이웃을 돕고 계시는 것이 아닙니까? 그래서 라 참영羅參領 님 개인으로 보면 우리에게는 이웃이고 또 대한 본영의 한 분이기도 하다는 두 가지 뜻으로 선생님을 찾아 뵙는 것입니다."

"그렇다면 알겠습니다. 저야 뭐 이렇게 신문에 실리고 영광이지요."

"본영에 오신 지 얼마 되십니까?"

"15년 됩니다. 처음에는 여기 구세군 사관학교의 교관을 하다가 교장이 되었고 지금은 부서기장관을 맡아보고 있습니다."

"고향은? 가족도……"

"뉴욕입니다. 아내와 세 아이가 있습니다. 막내는 여기서 낳았지요."

구세군 운동은 111년 전 영국에서 비롯되어 지금은 83개국에 지역 사령부를 가진 그리스도의 정신에 의한 사회사업 기관이다. 창시자인 부스 대장은 당시 영국의 사회 문제에 대한 기성 교회의 대처 방식보다 더 능동적인 길을 열기 위해서 군대 조직을 본뜬 구세군을 만들었다고 한다.

19세기 중엽의 영국이라고 하면 산업혁명으로 말미암은 사회 변혁기로 이농한 인구가 도시로 집중하여 저임금에 허덕이는 노동자와, 수요에 넘치는 인구가 한편에서 실업 인구로 머물고 있어서 그들은 부랑·범죄·퇴폐에서 부침浮沈하는 형편이었다. 『크리스마스캐럴』을 비롯한 찰스 디킨스의 저 어두운 런던 소설들의 무대이기도 했다. 노동자의 최저한의 생활권을 보호하기 위한 노동 입법이 비로소 진지한 관심의 대상이 되었던 것도 이 무렵이다. 부스 대장의 운동은 이 같은 영국의 근대화 과정에서의 사회 공해에 대처하기 위해서 일어난 일련의 부조리 극복 움직임의 하나로서 기독교가 전통적으로 수행해온 사회봉사의 시대적 표현이라 말할 수 있을 것이다. 영국 산업 혁명의 모델이 그 후 온 지구상의 모든 사회에 퍼지면서 그에 따른 동형의 사회 공해가 시차를 가지고 나라마다 일어났고 구세군과 같은 성격의 운동이 그 경험과 선구성 때문에 널리 필요했던 것이다.

먼 나라에서 온 폴 레이더 씨가 라의도羅義道란 이름으로 우리의 가까운 이웃이 되어 내 앞에 앉기까지에는 역사의 그러한 원근법이 있는 셈이다. 그러나 역사는 되풀이하면서도 변화한다.

"전에는 본부에서 오는 돈으로 많이 움직였습니다만 지금은 103영문 가운데 50퍼센트가 현지에서 자급하고 있으며 긴급 구호적인 것에서 요즈음에는 좀더 항구적인 쪽으로 사업의 내용이 옮아오고 있습니다."

당장 한 끼니의 죽, 그날 잠자리를 마련해주는 식의 사업에서 지금은 직업 교육·미혼모 지도·노인 사업 같은 것으로 중점이 옮아왔다는 이야기다. 앞으로 더 그런 쪽으로 나갈 것이고 미국에서도 구세군은 많이 일하는데 알코올 중독자를 돌보거나 젊은이들의 생활 지도·노인 사업·여름 캠프 등 보다 심층적인 사회 문제와 씨름하고 있다고 한다. 이런 앞날의 문제와 관련한 어려움도 있다.

라羅 많은 자금이 있어야 하는데 모금에 대한 법률이 엄격해서 기금을 마련하는 데 어려움이 있지요. 정부의 도움과 이해도 많습니다만, 역시……

크리스마스 자선냄비에 의한 모금이 1974년에 9백만 원, 1975년에 7백만 원이었고, 올해는 천만 원쯤 되지 않을까 한다고 한다. 뉴욕의 한 해 같은 모금액 6백만 달러에 비하면 적겠지만 이 돈은 숱한 시민들의 정성이라는 점이 중요하다.

라 그렇습니다. 마음은 있으나 큰돈은 돕지 못하는 사람들이 이웃을 돕는 기회를 가질 수 있는 것이지요.

자선냄비에 대한 가장 좋은 정의다.

라 일반 시민과 정부의 도움이 있으면 더 좋은 일을 할 수 있을 겁니다. 많은 계획을 가지고 있지요. 꿈입니다. 좋은 일을 하기 위해서는 꿈이 있어야지요.

옳은 말이다. 사람의 꿈은 언젠가 꼭 이루어지는 길을 찾고 마는 법이다. 라의도 참영은 창밖을 가리킨다.

라 저기 보이는 서대문 쪽 극동셀 빌딩이 우리 건물인데 세를 주고 있지요. 실은 본영이 그리로 가면 편리한데 세를 받아서 요긴한 데다 쓰느라고 남을 주고 있지요. 빚내서 지은 집이지만 도움이 많이 됩니다.

"고맙습니다. 수고 많으시겠습니다. 그럼……"

작별하고 본영 문을 나선다. 길을 건너 맞은편 인도에 들어서는데 하느님은 나의 길목에 한 이웃 사람을 세워놓고 계셨다. 후줄근한 차림의 중년 지난 남자 한 사람이 엄숙하게 손을 내민다. 본영 문을 마주 보고 서서 드나드는 사람을 예의 주시하고 있는 참인 모양이다.

그에게 '적은 도움의 기회'를 실천하면서 나는 사과한다. 속으로. 친구여 미안합니다, 내가 찰스 디킨스와 같은 글재주를 가지지 못하였음을…… 그러나 만일 시절이 좋을세면 글재주 없는 것을 참기가 조금은 덜 고통스럽겠소.

많은 이웃들이 자선냄비라는 이름의 '작은 도움의 기회'가 거기 있을 광화문 지하도 쪽에서 광화문 지하도 쪽으로 밀려가고 있다.

예술 외교

한 민족은 여러 가지 얼굴을 지니고 있다.

사람의 생활이 여러 가지 기능으로 이루어져 있기 때문이다. 정치·경제·문화 등으로 불리는 것들이 어울려서 사회생활이라는 것을 만들고 있다. 그러한 기능들이 저마다 그 사회의 얼굴이 된다.

독일이라는 나라는 요즈음 사람들에게는 나치스니 아우슈비츠니 하는 얼굴만으로 기억되기 쉽다. 그러나 한 세대 전만 하더라도 독일은 베토벤이나 괴테, 칸트의 나라였다. 근대 문명의 천재들이 모두 그 나라에서 태어난 것처럼 느끼게 하는 얼굴들이 널리 알려져 있었다.

어떤 까닭에서든 독일은 세계 사람들에게 유리한 얼굴을 내보이고 있었던 것이다.

이런 인상은 오래간다. 그것이 거짓이 아닌 때에는 더욱 오래간다. 한번 알려지기까지가 문제인 것이다.

민족과 민족, 나라와 나라는 서로 정치·경제·군사상으로 충돌하면서 살아간다. 그러나 그런 충돌이 끝나고 다시 평화 속에서 살게 될 때, 상대방을 용서하고 이해할 수 있는 다른 얼굴 — '적敵'이라는 얼굴 아닌 다른 얼굴의 마련이 미리 있으면 크게 도움이 된다.

아마 이런 점에서 가장 성공한 나라는 프랑스가 아닐까 한다. 많은 사람들이 프랑스라는 이름에 '문화'라는 말을 연결시켜서 생각한다. 프랑스는 그만큼 세계에 대해서 비적대적인 얼굴로 인상 짓는 데 성공한 것이 된다.

정치나 경제나, 군사상에서는 나라들은 서로 경계한다. 양보할 수 없는 이해의 자리이기 때문이다.

문화라고 불리는 사회적 얼굴의 경우에는 이것이 훨씬 덜하다.

한 나라가 이 얼굴을 잘 관리하는 것은 정치·군사·경제적인 이해를 지키는 문제에 대해서조차 궁극적으로는 큰 관계가 있다.

문화 속에서도 예술이라는 얼굴은 모든 사람들에게 평화와 이해의 바탕을 마련하는 몫을 한다.

가령 미국을 여행한 경험이 있는 사람이면 이런 느낌을 받은 사람이 적지 않을 것이다. 즉, 2차 대전 후만 쳐도 30년을 정치·경제·군사적으로 동맹 관계에 있는 이 나라에 비해서 우리 쪽에서는 과연 어떤 문화적 얼굴을 익혀놓았는가? 하는 질문이다. 그리고 그런 것을 찾아보려 애쓰게 될 것이다. 그리고 마침내 그런 것이 없음을 발견할 것이다.

자기네 군대가 주둔해 있는 나라로만 한국이 미국민들에게 알려져서는 안 될 일이다. 1, 2차 대전 때, 미국민은 프랑스를 자기네 군대가 주둔한 나라로만 보지는 않았을 것이다.

  한민족의 이상적 모습과 희망을 담고 있는 예술을 이웃 나라들에 적극적으로 알리는 일을 진지하게 생각할 때가 됐다.

평화의 배

 우리가 탄 해군 쾌속정은 목포를 떠나 발굴 현장으로 향한다. 뱃길은 섬과 섬 사이를 누비면서 연안을 끼고 나간다. 도착하기까지 시야에 섬이 보이지 않을 때는 없었다. 신안新安은 전군全郡이 섬만으로 이루어진 고장이다. 섬들 위로 뭉게구름이 하늘의 섬처럼 한가롭게 솟아 있고 바람도 없다. 작업을 위해 좋은 날씨라고 한다. 2시간쯤 항해하자 멀리 섬 사이로 큰 배가 보이기 시작한다. 발굴을 하고 있는 해군 함정이다. 우리가 탄 배의 방향 때문에 작업함作業艦은 섬 그늘에 가려버린다. 섬에 다가가서 모서리를 돌아서자 현장이 불쑥 나타난다.
 북쪽 한 군데만 트이고 나머지 삼면이 멀리 엇갈려 놓인 섬들로 눈길이 막히는 바다 한복판이다.
 큰 공장만 한 배가, 옆구리에 그보다는 작은 배, 그것보다 더 작은 배, 이렇게 두 배를 거느리고 닻을 내리고 있고, 그 앞에 부표로 둘러친 속에 뗏목이 떠 있다. 이 뗏목 바로 밑 20미터에 배가 가라앉아 있다.

발굴 모함母艦에 올라서 지금까지 얘기를 듣는다. 작년 겨울 도굴꾼이 잡힌 것이 끄트머리가 된 이야기, 배가 가라앉아 있는 데를 찾기까지의 이야기, 실려 있는 문화재의 종류, 작업하는 데 어려운 점, 앞으로의 발굴 작업의 예상——신문으로 이미 알려진 이런 이야기들이다. 간추려서 앞으로 관심거리는 세 가지가 될 듯하다. ①지금까지 도자기와 동전을 주로 하여 여러 가지 물건이 나왔는데 아직도 얼마나 남았는지 모를 물건 속에 어떤 종류의 것들이 나오겠는가 하는 점 ②발굴의 완성 단계가 될 선체 인양의 가능성 ③완전히 암중모색으로 이루어지고 있는 작업의 어려움——이런 이야기다. 썰물과 밀물 사이에 물결이 멈추는 하루의 2시간이 작업 시간인데 지금 하오 2시가 그 시간이다. 뗏목 위에서 잠수자들이 물속으로 들어간다. 지금 하고 있는 일은 어제 가라앉은 배 위에 걸쳐놓은 쇠로 만든 격자 틀을 완전히 바로잡는 일이라 한다. 바다 밑 어둠 속에서 손으로 더듬는 일이고, 그것도 한 사람이 아닌 50명의 해군 잠수자들이 교대로 들어가서 발굴하기 때문에 작업 과정이 쓸데없이 겹치는 것을 막고, 끌어올려진 물건의 본래 자리를 알기 위한 조처다. 발굴은 원래 발굴 현장에서의 위치와 시간을 적어놓는 것이 원칙이니까 이것은 당연한 조처다. 쇠창살 모양의 이를테면 방안지를 바닷속 목표 위에 겹쳐놓고 그 방안方眼 하나하나를 처리해나가는 방식이다. 오늘 계획에는 없었지만, 이 일이 끝나면 '해저 문화재'를 끌어올려 보여주겠다고 한다.

우리 일행은 뗏목 위로 자리를 옮긴다. 목적은 어쨌든 일하는 사람들 언저리에 서성거리는 것은 참 거북한 일이다. 이윽고 격자 설치가 끝나고, 교대를 한 다른 잠수자들이 빨랫감 바구니같이 만든 큰 통을 가지고 잠겨 들어간다. 오늘 걸음의 노른자위가 되는 순간을 기다리면서 모두 그 자리를 들여다보며 기다린다. 잠수자들이 숨 쉬는 거품이 피어오른다.

우주선을 보낸 지상 기지의 사람들의 마음이나 분위기도 이러리라. 15분이 지났다.

비닐 커버를 씌운 바구니가 둥실 떠오른다. 뗏목 위에 끌어올린다. 커버를 벗긴다. 남대문 시장 사기그릇 집이다. 청자 그릇들이 한 바구니 그득 담겨 있다. 전문가들이 하나하나 들어낸다. 거의 청자·백자의 사발이고 연적이 다섯, 동전이 조금이다.

연적은 소 잔등에 탄 아이가 뿔을 당기고 있는 것, 귀를 당기고 있는 것인데 담뱃갑만 한 크기의 백자다. 아직까지 보지 못한 작품이라 한다. 소와 아이를 주제로 한 이런 연적이 넷, 나머지 하나는 도사풍道士風의 수염 있는 노인인데 이것도 처음 나온 것이라 한다. 깨진 그릇은 두어 개뿐 모두 말짱하다.

귀로에 오른다. 올 때와는 거꾸로 작업 모함이 섬 그늘에 가렸다가 다시 보이고, 다시 가려진 채 떨어지고 마침내 쾌속정은 다른 섬들 사이를 달린다. 비로소 발굴 현장은 기억의 공간 속에 뚜렷이 자리를 잡는다.

지금 짐작하는 대로라면 6, 7백 년 전 중국 산둥성 어느 포구를 떠난 그릇 장사 배가 무슨 까닭인지는 모르나 거기서 가라앉아 이 땅에 한 왕조가 새로 일어나 망하고, 이 반도가 둘로 갈라져 큰 싸움이 벌어지고, 사람의 삶이 어떤 것이 옳은지를 두고 서로 겨루는 이때 지금까지 그 배는 거기 가라앉아 있었던 것이다. 그 배에서 일하는 사람들은 해군 군인들이다. 한쪽은 돈을 찾아, 한쪽은 칼을 든 사람들이지만 모두 바다의 일꾼들이다. '칼을 쳐서 보습을 만들고'라고 옛날 먼 나라의 서사시인은 평화의 모습을 노래했지만 방금 보고 온 그 모습은 그런 태평의 그림은 아니다. 한 손에 칼을 쥔 채 다른 손으로 꽃을 꺾어드는 것이라 할까. 사람만이 하는 복잡한 삶의 방식의 하나이다.

이 언저리 바다는 북에서 보낸 배들이 뚫고 들어오려는 해역이다. 해군의 본래 일은 이 배들을 잡는 것인데 그들이 겉보기에는 그 신선놀음 같은 일을 만고(萬古)에 덤덤한 섬들과 바다만이 지켜보는 속에서 하고 있다. 그 잠수자들은 그것을 건져내고자 훈련된 사람들이 아니다. 폭발물을 바다 밑에 벌여놓거나, 벌여놓은 폭발물을 들어내거나 그런 일을 위해 훈련받은 사람들이다. 전문가들이 바다 밑에서 가져온 것 나부랭이들을 다루는 것을 눈으로 보아오면서, 이들 잠수병들도 지금은 자기들이 하고 있는 일이 어떤 것인가를 잘 알고 있다고 한다. 현실이란 것은 가끔 우둔한 눈에도 여부없이 본질을 드러내 보이는 그런 순간이나 장면을 슬쩍 드러내 보인다.

바다 밑에 들어가 옛사람들의 그릇을 캐오는 사람들. 그 그릇들은 옛사람들에게는 나날의 삶에서 곁에 두고 쓴 살림붙이들이다. 수병들이 캐오는 평화의 일용품들. 팽팽한 이 반도의 온갖 불길한 먹구름 밑에서 사람들은 먼 옛날 속에서 먼 앞날을 캐어낸다. 바다 밑에 있는 평화를 캐고 있는 것이다.

바다 밑에 무슨 평화가 있겠는가. 옳은 말이다. 바다 밑에 평화가 있을 턱이 없다. 평화를 사랑한 사람들의 마음들이 가라앉아 있고, 그것을 건지는 것은 오늘 이 땅 사람들의 다음의 바다 개펄 속에 깊이 묻혀 평화를 그리는 마음이다. 강산풍운군江山風雲君아 큰 지장만 없다면 이런 민심에 좀 화위동심化爲同心해주시기를.

배는 전라우수영全羅右水營을 향해 쏜살같이 달리고 있다마시.

호국의 넋

사람은 사회적 동물이라는 정의가 있다. '사람'이란 말이 바로 '사회적 동물'이란 말이기 때문에 이 정의는 같은 말의 되풀이에 지나지 않는다. 그런데도 우리는 이런 정의를 내리고 있고, 그것이 필요하기까지 하다는 것은 이 본질적으로 자명하고 객관적으로 참인 사실이 때로 왜곡되고 훼손되기도 하기 때문이다. 그런 왜곡과 훼손을 바로잡기 위해서, 사실을 관념적으로 확인하기 위해서 논증이 필요하게 된다. 그러나 사실의 회복은 논증만으로 이루어지지 않는다. 논증은 행동해나가야 될 때가 있다. 논증에 의한 설득만으로는 사실의 회복이 불가능할 때 사람들은 논증이라는 행동보다 더 포괄적인 행동을 하게 된다. 자기 사회가 적에게 침략을 받았을 때 이런 행동은 극대화된다. 그리고 이런 극대화에서 겪는 개인의 사회에 대한 최대한의 의무 이행이 '순국' '전사'라고 불리는 현상이다.

생명을 지키기 위해서 생명이 희생되어야 한다는 것은 사람의 가장 큰 모순이다. 그러나 이 모순에는 다른 해결이 없다. 그 모순을 될수록 공정하게 나누어 가진다는 것과, 자의로서든 결과로서든 다른 성원에 대해 그 모순을 더 많이 치른 사람들에게 명예의 형태로써든 혹은 그들의 친족에 대한 보상의 형태로써든, 살아남은 성원들의 감사를 나타내게 된다. 이것이 우리가 '현충일'(6일)이라 부르는 행위와 각종의 '원호援護'(6월은 원호의 달이다)라고 불리는 행위의 의미이다.

오늘 우리가 여기에 이렇게 있는 것은 그들의 사람다운 용기의 결과이다.

사람의 역사와 더불어 오랜 의식이 명예로운 사자들에 대한 이러한 감사의 의식이다. 어떤 사회든 어떤 시대든 마찬가지였다. 왜냐하면 사람이 사회적 존재라는 것은 사람의 불변의 본질이기 때문에 생명을 위해 생명을 버려야 한다는 모순도 불변의 본질이기 때문이다. 같은 사람이기 때문에 우리는 그들이 한 일이 무엇인가를 너무나 잘 안다. 인간의 역사에서 가장 위대한 사람 가운데 한 사람인 사람조차도 '만일 받지 않아도 될 잔이면 안 받고 싶다'고 한 그러한 불행이다. 그럼에도 불구하고 그것이 진리의 뜻이라면 받겠다는 결의 아래에 받아들였던 그런 운명이다.

관청의 장부에 오른 많은 순국의, 호국의 이름들이 그러나 모든 이름들을 다한 것은 아니다. 무명의 시공에서 사회적 동물의 본능에 순殉한 숱한 목숨들은 다만 이 강산만이 알고 있을 것이다. 그들을 우리는 이름으로 부를 수는 없어도 그들 또한 사실로서 있었던 사람들이다. 한 사회가 있다는 것은 이들의 공덕 위에 서 있는 것이 된다. 눈에 보이는 것들은 보이지 않는 것들 위에 서 있는 셈이다. 이름으로 밝혀진 순국의 넋들조차 숱한 이름 없는 사람들과의 협력 아래에서만 그 이름을 얻었다고 볼 수도 있다. 그들에게 공동체에 대한 의무를 가르친 그들의 부형父兄과 스승과 친구와 또 그들의 모범이 된 선열들이 그들의 가장 사람다운 행위의 기반이었겠기 때문이다.

 사람의 사람다움이 기려지는 것은, 사람은 사람이면서 사람됨에서 벗어날 수도 있는 모순 때문이다. 사람의 사람다움은 구름이나 물처럼 한 가지 자성自性만으로 그야말로 물 흐르듯 구름이 가듯 이루어질 수 없다는 것이 사람됨의 또 하나의 모순이다. 사람은 순간마다 사람됨을 자기 안에서 획득하지 않으면 안 된다. 사람됨의 상태란 그러므로 자기 안에서의 매 순간의 인격적 투표 행위라고 할 수 있다. 사회적 본질을 선택하고 그 반대의 본질을 부정하는. 이 선택은 자기가 버리거나 단념해야 할 이득이 적을수록 쉽고 클수록 어렵다. 그래서 우리는 역사에 수많은 '유다'들을 보게 된다. '유다'는 별다른 사람이 아니다. 그렇게 기울어버린 모든 인간의 가능성이다. 이 가능성을 극복하고 다른 가능성을 택한 사람들은 자기 불성을 이룬 부처들이다. '호국 종교'라는 말이 있다. 종교란 관념적으로는 사회의 상징 모형이고, 객관적으로는 공동체 자체이기 때문에 '호국 종교'란 말은 동어 반복의 또 하나의 예일 뿐이다.

 종교란 공동체 속에서의 모든 인간의 권리 의무의 환기 행사이다. 독거獨居하면서 하는 종교적 명상조차도 상상의 사회 속에서 이루어지는 편의상의 단독 집전單獨執典이다. 개인 척후個人斥候가 본대本隊를 떠나도 본대가 준 임무를 대행하듯이, 우주인이 그 먼 공간에서 지구 사회를 위해 일하듯이.

이런 것이 불과 몇 백 년 전까지의 인류의 수십만 년의 역사에서의 종교의 물처럼 달처럼 자연스러운 본질이었다. 그들의 신이란 따지고 보면 모두 부족의 명예로운 전사들이 추서된 존재였던 것이다.

그리고 이것은 가장 정당한 신의 족보이기도 하다. 우리나라의 신화에서도 개국의 영웅들은 모두 이 세상 삶이 끝나고는 승천하여 호국신이 되고 있다. 집단 표상에 대한 환기력이 소외된 사회에서만 발생할 수 있는 과도적인 인식의 혼란이 '개인 종교'니 '기복 종교'니 하는 파악이나 분류들이다.

이것들은 관념적으로 또는 현실적으로 사회에서 소외된 인간 개인이 그 소외를 본질로 잘못 아는 데서 비롯된다. 이런 소외가 본질이 아닌 것은 아니다. 그러나 그것은 유일한 본질은 아닌 것이다. 사람은 이 소외를 이길 수 있는 다른 본질을 함께 지니고 있다.

과학자가 자기를 실험실 속에 소외시킬 때 그는 그것이 방편임을 자각하고 그렇게 한다. 아무도 그를 이탈자라고 나무라지 않는다. 그가 자기의 연구를 사용하지 않는 한까지는. 그도 우주인이며, 척후인 것이다.

서훈에 위계와 계열이 있듯이 그 대상인 인간의 행위에도 위계와 계열이 있다. 왜냐하면 현실은 모든 인간에게 같은 문제를 주지 않기 때문이다. 우리가 오늘 감사하는 넋들의 경우에도 이 사정은 마찬가지다.

그들은 모두 이러저러한 저마다의 길로 공동체의 제단에서 공양받는 이름들이 되었다. 모두 한 부처이지만, 그들의 업이 모두 달랐기에 그들의 성불의 형태도 갖가지로 다르다. 그런데도 우리는 그들을 모두 한 가지 이름으로 부를 수 있다. '호국의 넋'이라고.

오늘 이 자리에서 이 시간을 사는 우리가 할 수 있는 그들에 대한 가장 훌륭한 공양은 그들의 뜻을 이어 행하는 길이다. 그 길은 어떤 것일까? 우리가 비인非人 아닌 사람으로 성불하리라는 발원을 굳히고 그 발원을 옮기기 위해 자기 업에 가장 잘 어울리는 길을 고르는 슬기와 이웃의 그러한 선택의 자유를 존중하는 풍토를 이루는 것이 아닐까 한다. 그렇게 해서 사람다운 사람들이 이루어서 이어온 이 국토가 더욱 낙토樂土에 가까운 사회가 되게 하는 것, 모든 인간들이 저마다 이룩하는 인간적 승리에의 다짐이 오늘 이날의 우리의 마땅한 기도일 것이다.

경건한 상상력의 의식을

로마 군대가 시라큐스 섬에 쳐들어갔을 때의 일이다. 상륙에 성공해서 시가전이 벌어졌다. 한 로마 병사가 어느 건물에 뛰어들어가 보니 백발이 성성한 노인 한 사람이 마룻바닥에다 낙서를 하고 앉아 있었다. 병사가 칼을 뽑아 든 채 다가서자 노인은 황급히 손을 흔들며 말했다. "비켜주게, 그림이 지워지지 않는가?" 병사는 칼을 들어 노인을 내리쳤다. 이 병사의 이름은 전해지지 않는다. 노인의 이름만이 전해진다. 아르키메데스. 과학의 아버지의 한 사람으로 아르키메데스의 원리의 발견자다.

이 이야기는 필자가 좋아하는 이야기 가운데 하나다. 철학자 디오게네스의 이야기하고 비슷한데 형식이 퍽 대조적이다. 그러나 자신들이 택한 삶에 대한 철저한 신념에는 다름이 없다. 신념이 거의 생리화돼 있어서 신념이라는 표현보다는 기벽氣癖이라든지 기벽奇癖이라고 부르는 것이 어울려 보이고 그 당자들에게는 기인

奇人이라는 말이 맞아 보인다. 아르키메데스는 기하학 문제를 풀고 있었다.

그가 풀고 있던 문제가 시라큐스의 무역선의 건조를 위한 설계도였든지, 시라큐스 항구의 항만 시설을 위한 설계였든지, 아니면 해안 방위를 위한 포대 건설 모형이었든지는 우리로서는 그리 중요하지 않다. 칼을 든 적병이 코앞에 다가섰을 때 본능적으로 그가 걱정한 일이 마룻바닥에 그려가고 있던 계산이었다는 점이 감동의 중심이 된다.

이것은 사람만이 할 수 있는 일이다. 더 생각할 일은 이런 기질의 사람이 태어나자면 그가 살고 있는 사회가 그만하게 발달한 사회일 것이 짐작이 간다. 과학이라는 것은 피도 없고 눈물도 없는 것인 양 알기 쉽지만, 과학은 피도 있고 눈물도 있고 게다가 선미仙味마저 있는 인간들의 인생에 대한 사랑의 표현이 쌓이고 자란 것이다.

다른 이야기 한 가지. 성경에 있는 비유다. 날이 저물었는데 양 한 마리가 보이지 않는다. 양치기는 없어진 양을 찾아 땅거미가 뉘엿거리는 골짜기로 찾아 나섰다. 아흔아홉 마리의 양을 벌판에 남겨놓고. 이 비유는 양치기가 양을 얼마나 지극히 사랑했는가의 비유로 쓰이고 있다. 성경에서는 하느님이 인간에 대해 베푸는 사랑을 나타내기 위한 말로 쓰인다.

나아가서 이 이야기는 설교자에 따라 모든 책임 있는 자리에 있는 사람들이 자기 보호와 지도 아래 있는 사람에 대해서 어떤 마음가짐으로 대해야 하는가를 말해준다. 한 마리를 찾아다니는 사이에 늑대가 나타나서 남은 양들을 다 잡아가면 어떻게 하는가 하는 물음도 있을 법하다. 우리 같으면 대를 위해 소를 희생한다는 말이 더 그럴듯해 보일지 모르긴 하다.

그러나 이 비유의 뜻을 옳게 알자면 '한 마리'라는 숫자를 그렇게 상대적인, 비교적인 수준에서 읽어서는 안 될 것이다. 그야 하나보다 둘이 많고 둘보다는 셋이, 무릇 x보다는 $x+1$이 많을 것은 뻔한 일이다. 양치기가 그런 셈을 몰랐을 리가 없다. 여기서 '한 마리'는 '한 마리뿐'인 그 양이라는 뜻이다. 다른 어떤 것도 아닌 그 양이라는 것을 강조한 단위 생명의 절대성을 말한다. 이러저러한 이유 — 날이 저물었으니 찾기는 틀렸다, 이리들이 아흔아홉 마리를 노리고 모여든다. 아흔아홉 마리 양들이 감기 들겠다 — 그 밖의 뭇 이유를 들어서 한 마리 양을 버릴 것을 주장하게 된다. 아마 많은 경우에서 이 말은 옳다. 그러나 이 결단은 편의에 따른 것일 뿐, 그 한 마리의 희생이 절대적으로 옳다는 까닭은 되지 못한다. 도리어 성경에 따르면 한 마리를 찾아 헤매는 것을 하느님은 옳게 여긴다고 되어 있다. 그것이 신의神意인 것이다. 정치가 종교와 하나였다는 것은 우리가 잘 아는 인류학의 상식이다. 정치의 뿌리에는 산술이 아니라 종교가 있는 것이다. 정치뿐이 아니라 경제 역시 '경제라는 수단으로 행하는 신神에의 귀의'라는 뿌리가 있음도 또한 경제 사상사가 말하는 바와 같다.

과학 기술이나 종교 및 윤리가 그리스나 이스라엘의 발명물도 아니요, 우리 민족 자신이 그러한 것 없이 살아온 것도 아니다. 어떤 민족이나 마찬가지로 우리도 창조와 섭취를 통해 높은 문화생활을 역사적으로 하여왔고, 어떤 시기에는 고전적 세련과 활력의 상태에까지도 여러 번 도달한 바 있다.

문제는 개화 이래 오늘까지 계속되고 있는 기간이다. 과학 기술과 사회 경영술이 세계의 다른 지역과의 사이에 압도적으로 격차가 있는 상태에서 그 격차를 줄여가고 있는 것이 우리들의 현대사의 성격인데 거기서 일어나는 역기능들이 이 시대의 생활자들에게 큰 짐이 되어오고 있다. 이것은 당연한 일이다. 운동에는 반작용이 있다는 의미에서 당연하다.

그러나 이 물리적 당연함에 대해서 사회적인 보완과 완화 장치를 마련하는 일은, 비록 우리가 현대 문명의 창조자가 이미 못 되었을망정, 그 계승자, 수익자가 되려 할 때 인간적인 품위를 주장할 수 있는 자격 조건이 된다. 이것을 게을리 하면 품위는 그렇다 치고라도, 현대 문명의 높은 수준이 거꾸로 고통이 되는 방대한 인간들이 발생한다. 공해라든지, 기대 가능성만 높고 성취도가 낮은 데서 오는 심리적 좌절감이라든지 하는 현상들이다.

이런 일들은 모두 구체적인 차원에서 해결되어야 할 것은 말할 것도 없겠으나, 우리가 특별한 계제── 말하자면 문화의 달이라든가 하는──를 마련해서 우리 생활 전체를 좀더 근본적으로 반성하려고 할 때에는 좀더 그야말로 근본적으로 생각해보는 일이 있음 직하다.

우리가 수익受益하고자 하는 문명의 뿌리에 있는 종교적·윤리적, 그리고 미적 노력의 방대한 축적에 대해 상상하고 그러한 인간적 노력 앞에 경건해지는 시간을 가지는 것이 모든 문화 행사의 근원적 효용일 것이다. 말하자면 상상력의 의식으로서.

봄의 꿈

 겨울이 가고 봄이 왔다. 아마 이 말은 모든 말 가운데서 가장 알기 쉽고 가장 다정한 울림을 주는 말일 것이다. 옛날 사람들은 어느 나라에서나 봄을 맞이하는 종교적 의식을 베풀었다. 자연이 젊음을 되찾는 것이 봄이라고 생각하고 사람의 힘을 거기에 보태어 봄의 거듭나기를 도와주려는 것이었다. 모든 사람이 농민이었던 시대에는 봄은 절대적으로 기쁨의 계절이었고 출발의 계절이었다.
 우리 학교에도 봄이 왔다.
 교실과 교정에는 새 얼굴로 가득 찼다. 또 전문대학의 첫해이기도 한 이번 봄 학기는 세 가지 뜻의 봄이 겹친 계절이다. 새 계절, 새 학기, 새 제도라는.
 모든 것이 그런 것처럼 새것이란, 이미 있던 것의 품속에서 나온다. 우리 학교에 새로 들어온 학생들은 우리 학교의 전통이라는 이미 쌓여 있는 것을 이어받기 위해 들어온 새 사람들이다. 우리

학교의 특수성이 무엇인가를 인식하고 자기 자신을 새로 갖추는 것이 그들이 할 일이다.

어제까지 고등학교나 직업인이라는 연기를 한 배우가 지금부터는 그것들을 마치거나 아니면 간직한 채로 '예술을 배우는 사람'이라는 새 역할을 맡은 배우가 된다는 말이다.

사람은 평생을 살아가면서 여러 가지 배역을 맡는 배우와 같다. 돌이켜봐서 가장 알찬 방법은 자기의 배역에 대한 결정을 빨리 받아들이고 그것을 충분히 사는 태도이다.

봄은 봄에 즐겨야 한다.

예술의 전문가가 되기 위한 소중한 시절인 우리 학교의 과정은 우리나라에는 하나밖에 없는 종합 예술 학교다.

소속된 학과마다 신입생들은 자기들이 할 바를 뚜렷이 인식하고 생활에 낭비가 없도록 해야 하겠다.

어느 일에서나 그렇지만 예술에 종사하면서 그것에 몰두하지 못하는 것은 가장 큰 잘못이다. 모든 훌륭한 일이 몰두하는 데서 나왔다.

예술은 사람을 기쁘게 하기 위한 꿈을 만들어내는 기술이다. 예술가란 '꿈쟁이'라고 부를 수 있다. 밤에 사람은 꿈을 꾼다. 그러나 이런 꿈은 갈피 없고 뒤죽박죽이다.

또 사람들은 헛된 욕심을 가져본다. 그러나 이성에 맞지 않는 욕심은 실현되지 않는다. 그것은 꿈은 꿈이지만 헛된 꿈이다. 현실 세계에서 이뤄지기를 바라는 꿈은 현실 세계의 법칙을 따라야 한다.

예술이라는 꿈은 앞에 적은 두 가지 꿈을 참고 삼아 그 잘못을 버리고 만들어진 꿈이다.

예술은 생리적 꿈처럼 현실의 환각을 준다. 그러나 예술은 헛된 욕망처럼 현실 자신이라고 주장하지는 않는다. 막이 내리면 배우는 자기 옷으로 갈아입을 줄 안다.

예술은 이 '현실을 닮는 것'과 '현실이 아닌 것을 가지고 그렇게 하는 것'이라는 모순되는 조건을 극복하는 기술이다.

그래서 현실을 잘 닮지 못하는 예술가는 부족한 예술가요, 현실 자체를 가져다 현실을 만들어내려는 예술가는 현실과 예술을 혼동하는 예술가이다.

예술은 예술이라는 방법을 통하지 않고는 붙잡을 수 없는 현실의 얼굴을 붙잡으려는 데에 그 본질이 있을 뿐만 아니라 한걸음 더 나아가서 예술이라는 방법을 가지고 살아진 현실 자체이기도 하다. 우리가 익히 듣는 말로 어린이란 어른이 되기 위한 과정이 아니라 그것 자체가 한 현실이란 사실과 같다.

예술은 현실의 모방일 뿐 아니라, 심지어 현실에 적용하기가 불가능할지라도 아름답기만 하면 그만인 것으로 약속이 된 창조적 거짓말이다. 거짓말인 줄 알면서 예술이라는 마당에서는 거짓말임을 받아들이는 인간의 제도이다.

인간에게 기쁨을 주는 꿈을 만들어내는 기술자는 그 사람 자신이 꿈이 가득한 사람이지 않으면 안 된다.

이 봄에 우리 마음속의 꿈을 부활시키자.

실험 정신을 살리자

이번 연연 잔치에 대하여는 대개 두 가지 평가가 있는 것 같다.
새 시도라고 기대되던 것이 그리 놀랄 만한 것은 못 되었다는 것이 한쪽의 의견이고 충분히 뜻있는 착상이었다는 것이 다른 쪽 의견이다.

잔치라는 것은 그 잔치에 참가하는 사람들에게 그 사람들이 섬기는 목적을 다시 머리에 새겨주고 그 목적의 실현을 위해 사기를 북돋는 데 있다. 우리 학교의 목적은 예술을 만드는 힘을 기르는 것임을 되새기고 이런 힘을 우리들 속에서 끌어내기 위해 분위기를 만들어내고 탐구하려는 마음에 충격을 줄 만한 진행 방식을 취하게 된다.

잔치의 이런 본질에서 본다면 이번 연연제는 성공적이었다고 보인다. 특히 미스 에블린 로스의 기획은 공간의 이용에 대한 본보기를 보여주었다. 빈 터와 시설을 거기서 일이 이루어지는 2차적

수단으로만 생각하는 것에 대하여 반성하게 만들고 나아가 그것들을 떳떳한 표현의 주인공으로 삼도록 애써보는 본보기였다고 할 만하다. 비록 넉넉하지 못한 공간이기는 하나 그럴수록 그것을 가장 힘 있고 아름답게 만드는 일은 예술의 본질이기도 하다. 예술 학교의 환경은 그것 자체가 중요한 교육 보조 재료의 구실을 한다는 생각을 해봄 직하다. 잔치는 지나갔지만, 이번 경우에는 적어도 잔칫날이 지난 다음까지도 남아 있는 것이 있다.

교문 오른쪽 벽에 그려진 그림이 그것이다. 적어도 거기를 비워 두는 것보다는 훨씬 보기가 좋다. 미스 에블린 로스의 이른바 움직이는 조각의 성과도 좋게 보고 싶다. 그물 속에 들어가 있는 사람을 간질인 사람들이 있어 혼났다고 하는 이야기도 있지만 다 집안 같은 사이니까 믿고 그런 것이겠으니 큰 허물이 아닐뿐더러 일종의 참여 정신을 실천한 것으로 보는 것이 좋지 않을까 한다. 아무튼 우리가 배울 것은 이번 잔치의 이러저러한 것들의 적당 여부가 아니라, 그 전체적인 아이디어라고 생각한다.

좋은 예술은 어린아이들 같은 순진한 모험심과 자유스러운 실험 정신이라는 자리로 끊임없이 돌아가야 하는데 에블린 로스는 꾸미지 않는 인품과 더불어 우리들에게 좋은 일을 하여주었다.

우리가 만날 잔치만 벌일 것은 아니므로 우리가 살고 있는 공간의 이용에 대해서 좀더 일상생활과 관련된 일을 몇 가지 말해보려 한다.

강의실 안팎에서의 좋은 분위기를 지키는 일이다. 좋은 분위기래야 별것이 아니고, 조용히 해야 할 때 조용히 하는 일이다. 공부하고 있는 교실 밖을 지나가면서 거리낌 없이 왁자지껄 떠들며 지나간다든지, 옆방에서 퉁탕거리는 일이 보통인데 이런 신경을 가지고야 예술은커녕 쥐뿔도 하기 어렵다. 예술가가 되기 위해서는 어떤 컴퓨터도 따를 수 없는 예민한 정신이 티끌만 한 것에도 반응할 줄 아는 것이 필요하다.

그런 정신의 깊은 속이야 눈에 보이지 않는 일이지만 남의 방해가 되기까지 해서는 안 될 것이다.

우리가 사는 곳은 학교이므로 모든 일은 생각하는 사람들에게 편리한 분위기여야 한다. 이런 것을 교풍이라든가 학풍이라는 이름으로 부를 수 있을 것이다. 뭐니 뭐니 해도 이 험한 세상에 예술에 종사하고, 예술 교육을 하고, 받는다는 것은 행복한 일에 속한다. 사회와 인류를 위해서 아름다운 꿈을 만들어내기 위한 공부라는 것은 해볼 만한 일이다. 그런 사람들이 오가는 복도나, 교정이나, 동산에는 무슨 그럴싸한 기운이 서려 있어야 할 것이 아닐까? 기본적으로 우리 힘이 미치지 못할 조건들은 아무리 탓해봐야 단박 어찌될 수는 없다. 사람은 언제나 주어진 조건 속에서 힘껏 산다는 것이 가장 생산적이다. 조건은 주어질망정 '힘껏'까지 주어지는 것은 아니므로 그 '힘껏'은 무한한 가능성을 지니고 있다. 비록 우리가 가진 시설이나 조건들이 아주 넉넉지 못하더라도 우리는 이 조건에서 일할 수밖에 없고, 그럴수록 머리를 써서 이 자리가 가장 쾌적하고 능률적이게 가꾸고 이용해야 할 것이 아닐까?

곧 종강이 되고 기말 발표회가 있게 된다. 이 행사는 다른 학교에는 없거나 일반적이 아닌 우리 학교의 특성에서 생기는 활동이다. 각 과에서 그동안 익힌 실기를 선보이는 구체적인 결산 활동이다. 이론과 실천을 어떻게 잘 결합시키는가를 주의하면서 좋은 발표가 있기를 다짐하자.

이론을 기계적으로 외우는 것이 아니라 이론이 각 학과의 목적인 작품 표현의 길잡이가 되게 하는 것이 우리 학교의 특징이다. 예술은 반드시 이론이 앞서는 것이 아니기 때문에 발표회라는 이 형식은, 학생들에게 우리 고유의 목적에 구체적이고 직접적으로 참여하고 평가받게 하는 기회가 된다. 학과 이론 시험과는 다른 성격을 가진 교육 평가의 방법이다.

아무쪼록 이번 발표회에 뛰어난 걸작들이 많이 생산되어서 본인에게 뚜렷한 자신감을 주고 다른 사람에게는 큰 자극과 가르침이 될 수 있도록 힘을 기울이자.

창조와 화해의 기능
─ 가을 학기를 맞아

우리 학교의 경우에는 가을 학기는 특별한 뜻을 지닌 듯하다.

2학년에게는 이번 학기가 마지막 학기가 된다. 전 과정을 마무리 짓는 시기로서 사람마다 새 결심과 계획을 하지 않을 수 없는 기간이 된다.

1학년으로 말하면 지난 학기를 거쳐 비로소 학교에 정이 들고 편한 마음으로 행사나 공부에 참가할 수 있는 심리적 안정을 가지게 된 학기라고 하겠다.

2년제 전문학교라는 편제 때문에 우리 학교 학생과 교수들은 다른 학교에 비해 교육의 목표가 더 뚜렷하고 기간을 가장 능률 본위로 보내야 한다는 의식을 가지고 있다. 막연한 인문 교육이 아니라 보편적 인문 교육의 바탕 위에 어느 한 분야의 예술을 만들어내는 실지 능력을 가지게 하는 것이 우리 학교의 교육 목표다. 이런 점에서 일반 대학의 인문 예술 학과와 크게 다르다.

경험에 따르면, 1학기말 발표회 때에 벌써 한 가지 사실이 발견된다. 입학을 막 했을 당시를 기준으로 관찰하면 몇몇 예외를 제외하면 학생들의 실기 능력에는 뚜렷한 자각이나 골격이 보이지 않는다. 그러나 1학기말 발표회를 해보면 짧은 동안에 모든 학생이 고루 각기 장르의 기본적 약속을 몸에 익힌 것을 알 수 있다. 그 장르에서의 기본적 약속에서 벗어난다거나 하는 일이 없게 되는 것이다.

이러한 바탕 위에 개성과 노력에 의한 발전이 쌓여야 예술가로서의 힘을 지니게 되는 것이지만, 이 바탕은 근본적으로 중요한 부분이다. 학생들은 집단 교육의 과정에서 독학이나 일대일 교육에서는 잘 얻어지지 않는 것을 집단적으로 터득하고 눈이 뜨이게 되는 모양이다.

예술 교육은(다른 교육도 원칙적으로서는 그렇겠지만) 말을 물가까지 인도하는 것에 비유할 수 있을 것이다. 물을 마시는 것은 스스로의 의지로써만 이루어지는 행위다. 학생들에게 자기들의 인간적 목마름을 예술이라는 강물에서 목을 축이겠다는 주체적 욕망이 있을 때 비로소 예술이라는 강물은 그들의 눈에 비치게 된다.

인류의 예술 유산이 아무리 큰 것이고 넘치는 것이라 할지라도, 배우려는 사람의 의욕에 비례해서만 활성화되는 것이 인간 문화의 성격이다.

인간 문화의 한 가지 난점은 인류의 문화는 끝 모르게 불어나는데 그것을 배워야 할 인간의 조건은 늘 마찬가지라는 점이다. 야만 사회의 갓난아이와 문명사회의 갓난아이는 둘 다 다름없는 존재 즉 인간이라는 동물의 갓난아이로서 백지의 의식을 가지고 태어난다. 문명사회일수록 갓난아이는 더 많은 짐—교육의 짐을 가지고 태어난다.

이런 조건에서는 방대한 문명을 쌓은 사회에서 그 사회에 어울리지 않는 무지 속에서 사는 계층이 발생하기 쉽다. 여기서 교육을 통한 경쟁은 깊어지고 갈등이 커진다. 교육받을 기회와, 교육 과정에서의 경쟁에서 생기는 격차가 만들어내는 긴장이 큰 문제가 되고 있는 것이 현대 사회. 순전히 문화적인 면에서만 보더라도 '풍요 속의 빈곤,' 마음의 빈곤이 있을 수 있는 것이다.

현대 예술은 이 같은 현대—풍요와 그 속에서의 빈곤이 갈등하는 시대에서의 창조와 화해의 기능을 맡고 있다. 인간의 마음을 더욱 풍요하게 만드는 형식을 창조하는 것이 예술가의 첫째 임무다. 그러나 인간에게는 갖가지 좌절과 가난이 따르게 마련이다. 이러한 가난을 이기는 것 즉 인간 모두의 재산인 인간 문화의 혜택이 고루 돌아가는 사회를 보여주는 꿈을 만들어내는 것이 예술가들의 하는 또 하나의 일이다.

예술을 연구하는 현대 예술가들의 어려움은 인류와 더불어 늘 있어온 이런 과업이 우리가 사는 현대에 와서 더욱 많은 정진을 거쳐서야 해결될 만치 복잡해진 데 있다. 현대 문화가 가난하고 유례없이 비인간적이어서가 아니다. 현대 문화가 어느 때보다 풍요하고 어느 시대보다 인간의 꿈이 높아졌기 때문이다.

과제의 어려움을 두려워 않는 것을 이르기를 젊음이라고 한다. 우리도 젊어지자.

생명력을 키우는 힘
― 새 학기에 부쳐

봄은 자연이 부활하는 계절이다. 예부터 사람들은 이 계절을 한 해의 시작으로 생각하고 생명의 부활을 축하하고 부추기는 행사를 하여왔다. 많은 예술 이론가들은 이런 행사에서 예술의 기원을 찾고 있다. 예술은 생명의 기쁨과 슬픔을 가장 예민하게 표현하는 인간 행동이기 때문에 그 기원이야 어떻든 자연의 부활 속에 나타나는 생명의 모습과 크게 닮은 데가 있는 것은 사실이다. 겨울을 이기고 봄이 오듯이 어려운 수련을 거쳐서 예술의 꽃을 피우는 능력을 키우기 위해서 이 연연 동산에 자연의 봄에 못지않게 발랄한 예술 학도들이 씩씩한 출발을 하는 새 학년을 맞는다. 일부 학과 증원이 있은 이번 학년은 더욱 뜻깊은 개강이라 해야 할 것 같다.

우리 학교처럼 예술의 여러 분야가 한 장소에서 교육이 이루어지는 경우에는 몇 가지 생각해볼 만한 일이 있다.

첫째로 가장 중요한 것은 자기 전공에 대한 성실한 학습이다.

대부분 학생들이 고등학교를 졸업하고 처음 들어온 상급 학교이기 때문에 교수와 학습의 양면에서 모두 새 경험을 많이 하게 된다. 새로워진 측면의 특징은 무엇보다 자율적 학습이 요구된다는 점일 것이다. 고등학교까지의 일반적 학력을 바탕으로 지금부터는 자기 전공 분야에 뚜렷한 목적의식을 가지고, 스스로 문제를 찾으려는 의욕이 있어야 전문 교육은 그 열매를 온전히 맺을 수 있다. 특히 개성이 중시되는 예술 교육에서는 학생 자신이 가진 귀중한 자질을 키우는 것이 목적이기에 자기 속에 있는 예술적 욕구를 학생 자신이 자각한다는 것은 어느 단계보다 중요한 일이다. 교수와 학교 시설은 이러한 학생 자신의 내적 요구에 따르기 위한 보조 역할을 하기 위해 있는 것이지 기계적으로 무엇인가를 나누어줄 수 있는 만능의 창고 같은 것은 아니다.

둘째로 학생들은 자기가 전공하는 과목 외의 분야에 대해 관심을 가지고 자기 전공에 보탬이 되는 방법을 생각해보는 것이 좋을 것이다. 원래 예술의 각 분야는 그 기원에 거슬러 올라갈수록 서로 얽혀 있다. 기원에서 그렇게 통합되어 있다는 것은 그것들이 지금 분화되어 있을망정 본질적으로 연관되어 있음을 말한다. 그러한 본질적 연관을 파악할 수 있는 기회나 편리를 잘 이용하여 자기 전공에 그치지 않는 예술 이해의 폭을 넓히도록 해야 할 것이다. 자기 나라 말밖에 모르는 사람은 자기 나라 말을 객관적으로 다룰 수 없다는 말이 있는 것처럼 자기 분야밖에는 모르는 예술가라는 것은 상상하기 어렵다. 대개의 예술가들은 자기 전공 외의 분야에 대해서 알고 있는 경우가 많다. 전폭적인 인간 이해를 바탕으로 하는 예술이라는 행위의 본질로 보아 마땅히 그래야 할 것이다.

셋째로 이러한 각 분야의 예술이 교육되는 자리답게 교육 효과의 증대를 위해서 서로 돕는 일이 요청된다. 가장 쉽고도 요긴한 것은 강의실이나 복도 같은 데서의 분위기다. 자기 교실에서 강의가 없는 시간에도 다른 교실에서는 강의가 진행되고 있는 경우가 많은데 이럴 때 정숙을 유지하는 일은 기본적인 예의에 속한다. 우리가 몸담고 있는 곳이 깊은 생각과 느낌을 훈련하는 곳임을 생각한다면 소음과 거칠음을 피하는 신경이 있어야 할 것이다.

가르치고 배운다는 것을 완전히 이론화하기는 어렵다. 어느 정도의 계획을 가지고 가르침의 마당에서 여러 사람이 만날 때 우리가 예측하지 못한 일조차 그 과정에서 생긴다. 경험은 자신 속에 이론을 품고 있다. 우리는 그런 경험에 부딪혔을 때 그것을 알아볼 수 있는 감수성을 훈련하려는 것이다. 발전하는 인간은 새날을 맞을 때마다 어제 속에는 없었던 새것을 기대하는 것이 마땅하다. 그런 뜻에서 새 학년을 맞을 때마다 학교라는 장소에는 새 활력이 부어진 것이라고도 할 수 있다. 재학생들은 지난 1년을 통해서 어떤 자신이나 예측을 가지게 되었을 것이고 신입생들은 아직 뚜렷한 모습으로 가다듬어지지 않은 대로 싱싱한 의욕과 힘의 덩어리를 가지고 참여하게 되는 것이 신학기다. 그것들은 다 소중한 생명의 움직임들이다. 그런 생명의 목소리에다 가장 힘차고 효과적이고 아름다운 모습을 주는 기술을 배우고 연구하려는 우리는 늘 세상을 새롭게 보는 힘을 잃지 말아야 할 것이다. 예술가에게는 봄철만이 부활의 계절일 수 없다. 매 순간마다 자기 영혼의 부활을 체험하는 능력을 지니는 것은 예술가에게 요청되는 첫째 사실이다.

자연의 생명에 지지 않는 싱싱한 의욕으로 학업에 임하자.

봄의 어머니

　기말 발표와 시험의 기간이 되었다. 기말 발표는 우리 학교에서 특히 중시하는 실기 교육으로 그 학기에 배운 바를 각 과의 전공 분야에서 완성 형태로 보여줘야 하는 것이다. 완성 형태란 물론 형식 면에의 규정이다. 가령 연극과라면 연극에 관한 연극사·연출론·희곡론·무대 기술·연기론과 같이 부분적 지식이나 기술이 검토되는 것이 아니라 전체로서의 연극 한 작품을 제작해야 되는 것이다. 원래 한 덩어리로 있는 것을 분업해서 연구하는 것이 우리가 교육받고 있는 형식이며 다른 학교 같으면 여기서 끝난다. 그러나 우리 학교는 예술 각 분야에서의 독립되고 완전한 창작가를 만들기 위해서는 규모는 어떻든 각 분야에서의 완성품을 제작하기를 교육 과정의 하나로 정하고 있다.
　예술가의 자질은 부분적인 것을 구성하여 전체적으로 균형이 있는 형식을 만들어내는 데 의존하는 바가 크다. 전체적인 균형이 있자면 어느 한 가지만의 지식으로써는 이루어지지 않는다. 여러 가지 지식이 서로 밀고 당기면서 주어진 조건에서 가장 효과적인 자리를 잡아야 한다. '가장 효과적인'이란 것의 기준은 '사람의 마음을 움직이기 위해'가 될 것이다. 이러한 균형에 도달하는 것은 계획과 실천의 반복을 통해서 도달하는 길밖에 없다. 학생들의 현실을 보면 부분적인 이론에는 분명하지만 전체적인 조화에 대한 감각이 부족하거나 부분적인 파악에는 엉성하지만 전체적인 판단에는 우수한 경우가 많다. 그 어느 쪽도 바람직하지는 못하기 때문에 자신의 단점이 어디 있는가를 알고 모자라는 것을 메우는 노력을 게을리 해서는 안 될 것이다.

 기말 발표회와 달리 이론 과목 시험은 과목 자체가 예술에 관한 것이라는 것뿐 일반적인 과학 교육의 원리와 다름이 없다. 인간은 모든 것을 그때마다 감각적으로 경험할 수는 없기 때문에 불가불 이미 경험된 것을 지식의 형태로 받아들인다. 인간이 동물과 달리 엄청난 지식을 가질 수 있는 것은 경험의 축적을 위한 이 같은 방법을 만들어냈기 때문이다. 여기서 자칫 교육상의 큰 문제가 생긴다. 남의 경험을 손쉽게 받아들일 수 있는 것이 지식의 우수성이긴 하지만 주전자의 물을 컵에 따르듯이 되는 것은 아니다. 이 경우의 컵인 피교육자는 그 스스로 상당한 노력을 해야 하는 것이다. 다만 입을 벌리고 있으면 물이 흘러 들어온다는 것과는 다르다. 그 노력이란 무엇일까? 이미 형성된 지식은 당연한 일이지만 그 경험을 하나도 빼지 않고 모두 표현하고 있는 것은 아니다. 그러자면 그 경험을 반복하는 길밖에는 없다. 지식은 경험을 표현하되

경제적으로 표현한다.

　1이라는 숫자는, 한 개밖에 없는 태양, 한 사람뿐인 어머니, 사과 한 알, 얼굴에 하나밖에 없는 입…… 그 밖의 무한한 현상에서 '하나'라는 측면을 따로 떼어 이 '하나'라는 개념을 '하나'라는 표기보다도 더 간단하게 하기 위해서 '1'이라고 표현한 것이다. 따라서 이 세계에는 '1'이라는 존재는 없다. 있는 것은 이러저러한 구체적인 사물이 각기 '하나'씩 있을 뿐이다. '1'이 진실로 있는 것은 오직 인간의 머릿속에 관념으로서 있을 뿐이며, 이 관념은 인간의 머릿속에서 인간이 사고할 때의 경험의 분류 기호 노릇을 하기 위해서만 존재한다.

　지식은 정도의 차이는 있지만 모두 이 기호 1과 같은 성격의 기호인 언어로 전달되기 때문에 우리는 그러한 전달 수단이 대표하고 있는 구체적 경험을 되살려내는 능력이 있어야 한다.

　이 같은 능력이란, 숫자 '1'을 대했을 때 거기서 '하나'뿐인 태양, 한 사람의 어머니……를 되짚어 떠올리는 것을 말한다.

　우리는 이런 능력을 상상력이라고 말한다. 숫자만 그렇다는 것이 아니다. 오늘 세상에는 이 숫자와 다를 바 없는 지식들이 넘쳐 있다. 사람들은 이 숫자에서 더 나갈 성의도 없이 그것을 마지막 형태로 받아들인다. 상상하는 힘을 잃어가는 것은 지친 정신의 증상이다.

　예술은 인간의 기본적 능력인 이 상상 기능의 퇴화를 막고 왕성한 상상력의 조직이 살아 있게 하는 기술이다.

　상상력의 중풍이 들린 사람들에게는 충격 요법으로 작용하며,

상상력이 왕성한 사람에게는 그 힘을 사용하여 이 세상에 없을 꿈을 무지개처럼 그려보게 하는 기술이며, 개념을 사용하는 사고에 약한 사람에게는 현실의 총체적 이해를 위한 대리 경험의 역할도 한다.

우리 학교가 이론 교육에 대한 결과 측정의 방법으로 학과 시험을 봄과 동시에, 기말 발표라는 실기 측정의 제도를 두는 것은 예술의 본질에 입각한 교육 방법임을 알아야 하겠다.

발표와 시험의 기간이 되었다.

겨울이 봄의 어머니임을 아는 상상력이 우리들 머릿속에서 그동안 얼마나 자랐는가를 알아보는 계절이다. 자기 힘을 바로 가늠하고 내일 더 깊이 느끼기 위한 준비인 이 기간을 열심히 치러내기로 하자.

강연을 위한 메모

우리나라가 1945년에 해방되었을 때 국민들은 우리 자신의 앞날에 대해서 일정한 희망을 가지고 있었다. 희망의 종류는 각기 다르겠지만 그것의 공통성은 한결같이 대단한 낙관조의 방향에서 이루어졌다는 점이다. 그러나 다음에 온 역사는 그것이 지나친 낙관이었다는 것을 보여주는 방향으로 전개되었다. 절대적 희망의 좌절에서 쉽사리 절대적 비관론이 나올 바탕이 있었고, 우리 사회가 안고 있는 정신적 황폐는 이러한 역사적 반동의 측면에서 이해할 수 있다.

그러나 문제는 역사라는 것이 낙관론이나 비관론이라는 일방적 논리에 따라 움직이는 것이 아님을 생각하는 것이 중요하다. 역사는 우리가 생각하기보다 훨씬 복잡하다는 것을 해방 후의 역사는 우리에게 가르치고 있다.

이 시대를 사는 사람들에게는 역사에 대한 낙관론이라는 환상과 비관론이라는 환상을 모두 물리치면서 낙관과 비관의 보다 깊은 의미를 직시하고 환상 없는 삶을 견뎌야 할 과제가 주어져 있다. 이러한 환상은 우리들의 경우 주로 정치적 유토피아에 대한 환상에서 오며 한국 현대 문학은 이 문제에 대한 접근의 태도에 따라서 예술로서의 가치가 결정된다고 보아도 지나친 말이 아닐 것이다.

광장의 젊은이

　사람은 어떤 동물보다도 자기 삶을 어렵게 사는 동물이어서 어떤 문명사회에서도 인간은 백지 상태의 젖먹이로부터 출발해서 그 사회의 수준에까지 자기를 성숙시켜야 한다.
　그런데 그 사회 자체가 어느만 한 성숙한 상태에 있지 못할 때는 그 사회에 사는 개인들에게는 그처럼 괴로운 일이 없다. 사회는 늘 변화하는 것이니까. 그야 어떤 사회든 다소간에 사정은 마찬가지겠지만 어느 정도의 차이라는 것은 있고 이 정도가 심한 경우도 있는데 우리도 그런 사회에서 살아오고 있다.
　성숙하지 못한 사회에서의 성숙하지 못한 세대인 한 청년의 경우를 생각해보면 사정은 더 어려워진다. 청년이란 단계는 어떤 사회에서나 성숙이라는 데서는 먼 나이이기 때문이다. 고대인들은 여러 가지 성년 의식을 통해서 이 단계를 처리했다. 그들의 사회에서도 벌써 소박할망정 갈등은 있었던 것이다.

젊은 꿈이 인생의 시간 속에서 찢기고 바래지는 현상은 새삼스러운 일이 아닐는지도 모른다. 그런데도 어쩔 수 없이 이 풍속은 세대마다 되풀이된다. 이런 일은 집단이나 민족의 역사 속에서도 일어난다.

우리 민족은 늙은 민족이다. 그런데도 근래 100년 사이에 우리는 너무 젊은 꿈에 휘말려온 느낌이 든다. 그때까지의 자기의 삶과는 다른 모습의 삶에 부딪혔을 때 그런 균형 감각의 상실이 일어난다. 늙은 민족이 마치 젊은이처럼 행동하고 마는 것이다.

『광장』의 주인공은 자기 개인의 미숙성과 자기가 속한 사회의 미숙성이 교차하는 자리에서 자기가 설 자리를 찾아내려고 노력한 한 시대의 생활자의 초상이다.

올여름 나의 계획

 가을에 나올 책을 준비하느라고 바쁘다. 나는 쓴 글들을 잘 관리하는 편이 못 되어서 그때마다 여기저기 묶여져 나온 것들을 저서라고 가지고 있는데 조금 세월도 지나고 보니 여러 가지 사정으로 판이 없어진 것들도 많고 독자들의 손에 쉽게 들어갈 수 없는 사정이 된 것도 더러 있다.
 오랜만이라고 해서 그런지 여기저기서 책을 내자고 해서 반가운 일이다.
 이런 때 고치기도 쉬우므로 옛날에 썼던 글을 될수록 낫게 만들어보려고 애를 쓴다. 작품이란 것은 입학시험 때 쓴 답안 같은 것은 아니므로 쓴 사람이 할 수만 있다면 몇 번이라도 고쳐서 내놓아도 좋다. 그러나 좀체 그런 계제가 이루어지기 어려우므로 바쁘면서도 아무 군소리가 나한테는 있을 리가 없다. 여름도 아직 진짜 대목에는 들어서지 않았으니, 어려울 것도 없다. 또 여름이라고 해서 책을 읽거나 글을 쓰는 데 괴로워본 적이 없다. 남들은 덥다고 야단이지만 무엇이 그리 더운지 모르겠다. 몸에 탈이 있으면 몰라도 여름이란 어디 있어도 좋은 것이다. 전에 베트남에 갔을 때도 그다지 덥다는 것을 느끼지 못했다.

마음대로 고르라면 나는 열대에서 살고 싶다. 춥고 바람이 불고 하는 것은 삶의 어려움이 그것대로 나타난 것 같아서 마음부터 무겁다. 겨울 동안에도 여름이 이어나가게 하는 것이 문명이라는 것일 게다. 이 여름이 되도록 오래갔으면 하는 것이 나의 바람이다. 써냈던 글 말고도 새로 쓴 희곡을 좀더 생각해보느라고 아직 내놓지 못하고 있는 일이 좀 걱정이다.

마음 같아서는 이 일만은 먼저 했으면 좋겠는데 그렇게 되지 않는다. 산다는 것은 마음대로 안 된다. 난데없는 일 때문에 사람은 이리저리 휘둘리게 되는 일이 많다.

그렇게 안 되자고 애는 써야겠지만, 애를 쓴다고 그 굴레에서 벗어날 수 있다고 짐작한다면 잘못된 짐작임에 틀림없다. 자기가 애써볼 수 있는 일이, 그래서 조금이나마 자리를 내볼 수 있는 일이 아직 있다는 것은 좋은 일이다. 햇빛과 초목들의 여름이 아직도 남아 있는 것이 좋은 일이듯이.

가을

가을이 깊어간다.

나뭇잎이 누렇게 물이 들고 아침저녁으로는 제법 써늘해졌다.

농촌만은 못 하겠지만 도시에서도 가을은 뚜렷이 눈에 보인다.

겨우살이 걱정이라는 모습을 띠고 가을은 찾아온다.

어느 집에서나 돈 들 일이 많은 것이 가을이다.

모든 일을 연말에 결산하는 제도에서는 가을은 가장 바쁜 철이다.

그래서 가을에는 문득 자기를 돌이켜보게 된다.

생활의 구체적인 일만이 아니라 좀더 깊은 생각도 하게 되는 것이 가을이다.

좀더 깊은 것이래야 결국은 생활이요 그 나름대로 구체적이 아닌 생활이라는 것이야 있을 리 없다.

그렇기는 하지만 한 해를 돌이켜본다든지 몇 해 사이의 일을 뒤돌아보는 일은 언제나 있는 일은 아니다.

그래서 보통 때 머리에서 떠나 있던 일들이 떠오르고 무엇인가 뒤숭숭해진다.

오래 손에서 놓았던 애독서를 뒤적여보는 것도 가을이 일으키는 어떤 허전함이다.

현대 도시의 생활은 차츰 사람과 자연 사이에 숱한 장벽을 만들었다고 하지만 우리처럼 가난한 생활에서는 그 장벽은 아직 엷다.

그리고 장벽이 두꺼워진다고 하더라도 상대적인 것일 뿐이지 자연의 변화에서 벗어날 수 없음은 물론이다.

왜냐하면 우리는 가을을 더 잘 맞이하기 위해서 산으로 찾아가게 되기 때문이다.

사실 가을의 웬만한 관광지는 도시를 옮겨다 놓은 느낌이 든다.

그러나 그만큼 사람들이 자연에 목말라 있는 증거이기도 한 것을 생각하면 어찌할 수 없는 일이다.

자연은 그만한 위안의 힘을 지니고 있다.

도시가 큰 공장이 되어가면 갈수록 사람들은 잠깐이나마 자연 속에서 쉬기를 바란다.

건전한 관광을 말하기는 아직 이르다.

가지고 있는 것을 축내고 상처를 입힌 다음에야 우리는 그것들의 값을 알아보는 일은 제일 흔한 버릇이다.

어릴 적에는 계절의 변화를 모르고 지나듯이 어린 문명도 자연을 모르고 내닫기만 한다.

어린 문명과 마찬가지로 가난한 문명도 자연을 돌볼 겨를이 없다.

자연에서도 멀리 떠나고 높은 인공의 안락함에도 아직 먼 상태—

그것이 우리들의 모습이다.

  그러나 그 속에서도 다름은 있다. 보다 자연에 가까운 사람들과 보다 인공의 안락함에 가까운 사람들이 함께 가을맞이한다고 해서 같은 가을을 맞이하는 것은 아니다.

  한 도시에, 한마을에 사는 사람들이 너무 다른 가을을 맞이하지 않게 힘쓰는 일이 제일 사람다운 가을맞이의 풍속일 것이다.

  가을은 우리에게 그런 풍속에 대해서 생각하게 한다.

  가을에 겨우살이 걱정을 하는 가장이나, 상급 학교 시험을 걱정하는 학생이나 가을 산과 바다로 찾아가는 사람들이나 모두에게 가을은 한 가지 생각을 하게 한다.

  가을을 가을답게 맞이하기 위해서는 서로 어떻게 도와야 하는가를 생각하게 하는 것이 바로 가을이다.

  그렇게 해서 사람들의 마음은 자란다. 올가을의 단풍은 내년 이맘때의 단풍과 다르지 않다.

  그러나 사람들의 마음은 해마다 같지 않다.

  마음의 가을에도 풍년과 흉년이 있다.

  해마다 더 풍성해지는 가을.

  해마다 쌓이는 것이 불어나는 가을.

  그런 가을을 맞는 살림이 되자면 어떻게 해야 하는지 생각게 하는 것이 또한 가을이다.

  가을은 생각이 많아지는 계절이다.

쓸 줄도 알아야 한다
―― 사람이 사는 밝은 사회를 위해

지난해 있었던 일로 기억한다. 여러 사람의 눈에 띄었을 신문 기사가 있었다. 어떤 사람이 이민을 가면서 자기 재산 전부를 팔아 비행기 값만 빼놓고 모두 동료들의 자녀 교육을 위해 내놓고 갔다는 이야기였다. 순간적으로 우리 가슴을 울리게 하고 다음에는 나날의 생활 속에 덮여 있던 생각들이 이것저것 떠올랐다.

우리는 가끔 이런 유다른 사람들의 이야기를 듣게 된다. 구두닦이로 번 돈을 고아원에 희사한다든가, 남모르는 선행을 몇 십 년씩 계속한다든가, 평생 모은 값진 물건을 공공 기관에 내놓는다든가 하는 따위의 일들이다. 더구나 이런 일들이 어느 모로 보나 그럴 만한 여유가 있어 보이지 않는 사람들에 의해서 이루어졌을 때 우리는 무엇인가 헛갈리는 느낌을 받는다. 무엇이 헛갈리는 것인가? 우리의 상식과 이런 일들을 하는 사람들의 상식이 헛갈리는 것이라고 봐야 할 것이다.

시장의 윤리에 따라 움직이는 인간 행동

그러면 이때 우리들의 상식이란 어떤 것인가 하면 시장의 윤리라고나 하면 될 것이 아닌가 한다. 시장에서는 적당한 값에 따라 물건을 주고받는 것이 근본 규칙이다. 물건을 내리깎거나 터무니없이 비싸게 파는 것이 나쁜 일이 된다.

'적당한 값'을 따라서 흥정은 오락가락하다가 마침내 어떤 값으로 매겨진다. 이 '적당한 값'이라는 것은 사실 매기기가 쉽지 않지만 그렇다고 전혀 종잡을 수 없는 것은 아니다. 여러 가지 지표나 또 목적에 따라 윤곽을 잡을 수 있는, 합의 사항에 가깝게 만들 수 있는 성질의 것이다.

이렇게 다루어진 값에 따라 이루어지는 행동이 시장에서의 인간 행동이며 오늘날 거의 모든 인간 행동이 이 시장의 윤리에 따라 이루어지고 있다. 옛날에는 좀처럼 생각할 수 없던 일까지도 지금은 이 시장의 윤리에 따라 움직이고 있다.

어떤 사람의 생애를 통틀어 생각해본다면 오늘의 사회에서는 그는 생애를 정당한 값을 주고 사기 위해 움직이고 있는 셈이며 그러기 위해서 자기 노력을 정당한 값으로 팔고 있거나 정당한 값에 맞추려 애쓴다. 선량한 모든 사람은 이 파는 일과 사는 일 어느 쪽에서나 정당한 값이기를 요구한다. 그 선보다 높으면 폭리라 진단된다. 즉 적정한 값 — 이것이 우리들의 상식이다. 이 선에 맞을 때 우리의 양심은 그런대로 균형을 유지한다. 그런데 이 글의 처음에서 거론된 사람들은 자기네 행위를 이 원칙 — 즉 적정한 값이라는 원칙에 어그러지게 운영하고 있는 것이 된다. 그들은 자기 생애를 비싼 돈—— 즉 선량한 사람들의 상식이 요구하는 것보다 훨씬 비싼 돈을 주고 사는 사람이다. 법률이 강제하는 것도 아니고 시장의 상식이 요구하는 것도 아닌 비싼 값을 스스로 치르고 그 값에 어울리지 않는 물건—— 즉 그들의 조촐한 인생을 사는 것이다. 그들의 수입에 걸맞지 않는 희사라든지, 보상의 길이 없는 봉사라든지, 법률적으로 아무 흠이 없는 재산상의 권리를 포기한다든지—이런 일들을 그들은 어떤 기준에 의해서 해내는 것일까? 그 기준이 무엇이든 그것이 우리 상식과 다른 것임은 뚜렷하다. 이 두 가지 상식—— 그들과 우리의 상식의 만남이 우리가 느끼는 헛갈림의 내용이다.

그것이 참으로 사람다운 씀씀이임을……

이런 사람들의 상식을 여기서 따져보자면 아주 긴 이야기가 시작될 수 있다. 그러나 이런 일들과 만났을 때 느끼는 우리들의 마음의 헛갈림 그것만을 두고 말하자면 그것은 그리 길게 따져볼 것도 없는 뚜렷한 현상이다. 우리는 본능적으로 그들의 행동이 옳고, 아름다운 것임을 느낀다. 비록 모두가 그렇게 하기는 사실상 어려우면서도 그러한 행동들이 옳은 것임을 느끼는 것이다.

우리는 흔히 '쓸 줄을 안다'는 말을 한다. 이것은 시장의 법칙에 따라 행동을 할 줄 안다는 말이 아니다. 시장의 법칙만으로써는 다할 수 없는 보다 높은 법칙에 맞게 돈이나 물건을 쓸 줄 안다는 뜻으로 쓰이는 말이다. 시장의 법칙으로 보자면 밑지는 일을 하는 것을 말한다.

이런 '쓸 줄'은 사회적으로 그럴 만한 필요가 있어서 생긴다. 첫째, 시장의 법칙이 불완전하기 때문에 그것을 보완할 무슨 다른 행동이 필요하기 때문이다. 둘째로 그런데도 그 다른 행동을 누구에게 어떤 기준에 따라 요구해야 할지 모르는 데서 생긴다. 셋째로 그런데도 그 사회 안에 있는 누군가가 자기 스스로 그 일을 맡아 하지 않으면 그 사회는 사회라고 하는 것의 본질로 보아 매우 건강하지 못한 상태에 빠지게 되는 것을 막을 수 없게 된다.

이런 때에 나타나는 것이 쓸 줄 아는 사람들이다.

그리고 그들의 그 쓸 줄 아는 씀씀이를 보면서 우리는 그것이 참으로 아름다운 씀씀이임을 직감한다.

우리의 이상을 말한다면 이런 씀씀이가 왜 필요한지를 과학적으로 연구해서 그것이 전혀 개인의 우발적인 행동에만 기대지 않아도 되도록 제도화하는 것이 필요하다. 그리고 사실 여러 가지 형태로 이런 제도화는 꾸준히 모든 사회에서 이루어져오고 있다.

이 일은 우리가 당면한 사회적 과업 중의 하나이다. 외국의 큰 기업들이 돈을 벌어들이는 데 필요한 인재에 못지않게 벌어들인 돈을 쓰는 부서에 더욱 유능한 인재를 둘 만큼 쓴다는 데에 비중을 두고 있는 것도 이런 노력의 하나이다.

언제나 그런 사람들은 있게 될 것이다

그러나 어느 시대, 어느 시점에다 기준을 잡더라도 인간의 시장의 상식이 완전해진다거나 불완전하다면 그 불완전을 보완하는 제도가 완전하다든가 하는 일은 없을 것이다. 왜냐하면 그것은 사람과 자연환경, 사람과 사람 사이의 문제가 완전히 해결된다는 것을 뜻하는 것인데 지금의 문명 상태에서 그런 시대를 그려본다는 것은 그려본다는 기쁨 이상의 실질적 의미는 없는 것이다

그렇다면, 사람이 사는 사회가 사회답자면 '쓸 줄 아는' 사람들은 언제나 필요하고 아마 지금까지의 인간 역사에 비추어보아 언제나 그런 사람들은 있게 될 것이다. 그런 사람들에 대한 이야기를 들었을 때의 헛갈림의 느낌은 귀중하다. 왜냐하면 그것은 우리가 인간임의 증명이기 때문이다.

이 헛갈림의 느낌을 바탕으로 그들의 본을 받아 그를 뒤따른다는 길로도 나갈 수 있고, 그들의 상식을 제도화하는 노력으로 나갈 수도 있으며 그래야 할 것이다. 그 어느 쪽이든 그들이 보인 '쓸 줄'은 이런 밝은 사회 행동의 상징 됨의 힘을 지닌다.

평화와 빛

등화관제 훈련이 있었다.

우리 집 구조는 불을 켜놓고 밖에 빛이 새지 않게는 돼 있지 않아서 관제란 결국 소등일 수밖에 없다.

라디오를 듣는다. 서울 시내의 등화관제 상황과 아울러 전국의 그것을 라디오는 전해준다. 그만하면 잘 진행되고 있다는 느낌이 드는 보도였다. 경보가 단계적으로 실시되었다가 단계적으로 해제된다. 그사이에 이 훈련의 취지에 대한 계몽이 곁들여진다. 적기의 공습이 가상되고, 그에 대한 응전이 가상 실시되고 있다. 적기는 거의 격추되고 남은 일부가 도주했다고 한다.

캄캄한 속에서 여러 가지 생각이 오간다.

비록 훈련일망정 마음이 편할 수 없다. 어린것들은 어둠 속에서도 재잘거린다. 아마 그들에게는 그저 신기한 행사일 것이다. 그럴 수밖에 없다. 그러나 어른들에게는 많은 것을 생각게 하는 시간이다. 우리 생활이 이런 일 속에서 이루어지고 있다는 것을 생각하지 않을 수 없다. 일제시대에도 우리는 이런 훈련을 해야 했었다. 육이오 때에는 훈련이 아니라 실지로 겪었다. 피난 다니던 일. 피난살이에서 비롯한 수많은 일들. 생생한 폭격의 기억.

　기억은 아직도 현실과 손을 끊지 못하고 있다. 현재 이 지구 위의 대부분의 나라가 누리고 있는 평화라는—— 아무것도 아니게 된 혜택이 우리한테는 아직 주어지지 못하고 있는 것이다.

　우리들의 자식들에게 미안한 일이다.

　이러한 일들이 어떤 연고로 어떻게 되었는가를 알고 있기는 하다. 그러나 그 연고가 쉽사리 달라지지 않으리라는 것도 알고는 있다. 그래서 아마 어떤 일보다도 질서 있게 이 훈련이 이루어지는 것일 게다. 잠깐 어둠 속에 있다가 다시 불을 켜면 그만이라는 일일 수 없다.

　이 어둠 속에서 우리는 여러 가지 일을 생각하는 것이다. 만일 생각하지 않는다면 이런 훈련을 하는 뜻이 그만큼 헛되어진다. 생각하지 않더라도 느끼기라도 해야 할 것 같다. 그리고 실지로 모든 사람이 느낄 것 같다. 이런 느낌은 우리들의 생활에 무엇인가 영향을 줘야 한다. 그것은 다름이 아니라, 우리가 밖에서 오는 위험에 대해서 그만한 느낌을 가지고 있는 데 비해서 우리 안에 있는 위험에 대해서 얼마나 깊이 느끼는가 하는 일이다.

　우리 사회에는 이 훈련의 밤에 우리가 가지는 느낌에 걸맞지 않는 일들이 수없이 일어나고 있다.

　우리 같은 처지에 있는 사회가 좋은 미래를 개척하자면 있어서는 안 될 그러한 종류의 일들이 너무 많이 일어나고 있다.

그리고 그런 일들이 얼마나 위험한 일인가—즉, 적기의 내습처럼—에 대한 감각이 너무 모자라다. 아니 감각이 문제가 아닐 것이다. 그 감각이 구체적으로 나타나서 우리를 보호하는 일에까지 나가야 할 사회적 행동의 수준이 너무 미약하다.

한 가지 예를 들자. 공해에 대한 이야기는 무성하다. 그러나 우리들 주변에는 공해는 아무 반격도 받지 않는 적기처럼 매일같이 우리를 공습하고 있다. 공해라는 것은 개인이 막을 수 있는 것이 아니다. 등화관제가 모든 사람의 협력이 있어야 하듯이 공해로부터의 안전을 위해서는 사회적인 행동이 필요하다. 평화를 우리 손으로 지키기 위하여 우리는 무진 애를 쓰고 있다.

평화 속에서 우리 몸의 평화를 지키기 위해서다.

그런데 우리 몸이 그 비싼 대가를 치른 평화 속에서 병들어간대서야 말이 안 된다.

우리들의 자식들에게 미안한 일이다.

어떻게 도리가 없을까? 어떻게 했으면 좋을지 답안이 생각나지는 않는다. 그러나 생각해야 할 일이다. 뿐만 아니라 이런 문제를 더 잘 생각할 수 있는 자리에 있는 사람들이 있다. 그런 사람들에게 잘 좀 생각해달라고 말하고 싶다. 세상일을 혼자 다 생각한다는 것은 불가능하기 때문에 우리는 불가불 다 함께 생각해야 되고, 그 생각하는 데는 경중도 있게 마련이다.

생각의 빛이 밝기만 하다면 조금쯤 불편한 어둠을 누가 마다하겠는가?

젊은이에게 보내는 편지

　우리 집 뜰에는 목련나무가 한 그루 서 있습니다. 나는 가끔 창으로 이 나무를 내다보게 됩니다. 창문 앞에 앉으면 절로 보인다고 하는 편이 더 옳겠군요. 겨울이라 상록수가 아닌 바에는 무슨 나무든 앙상하기는 마찬가집니다. 가끔 참새와 까치가 날아와서 마른 가지를 타고 이리저리 옮아앉았다가 후루룩 날아갑니다. 보고 있노라니 새들이 움직이는 모양이 눈에 즐겁습니다. 새들은 가볍고 부드럽게 가지에서 가지로 옮겨 앉는데 마치 평지에서 춤을 추듯 익숙합니다. 새들이 나뭇가지를 타고 이리저리 옮겨 앉는다는 것은 신기할 것은 없겠지요. 그러나 저렇듯 마치 춤이라도 추고 있는 것처럼 움직임이 미끈하고 물 흐르듯 한 것은 좀 생각해볼 만한 일입니다. 한 움직임에서 다음 움직임으로 넘어가는 마디에 망설임이 없습니다. 그러면서 헛디디는 일이 없습니다. 적어도 내 눈에는 띄지 않았습니다. 가끔 나뭇가지를 부리로 쪼아대기도 합니다. 톡톡톡 하고 쪼아대다가는 쉬고 다시 톡톡 해보고는 후루룩 옮겨 앉습니다. 새들이 이러는 것은 체조를 한다거나 춤을 추고 있는 것은 아닐 것입니다. 살아가고 있는 움직임인데 그렇게 보이는 것입니다. 사람도 이렇게 움직인다면 아마 모든 말을 노래로 하고 모든 움직임을 춤으로 해야 할 것입니다. 이것은 되지 않을 일입니다. 학교에서 모든 강의를 노래로 하고 모든 움직임을 춤으로 한다고 생각해보십시오. 우리 삶이 지금보다 몇 갑절 더 있어서 연습을 하고 난 다음에야 우리는 인생을 살 수 있게 되겠지요. 인생에는 연습이 없고 따라서 인생을 노래와 춤으로 이룰 수는 없습니다. 그러나 우리는 말과 움직임을 노래와 춤처럼 살고 싶다는 것은 사람의 큰 바람이기 때문에 비록 삶의 한 부분이나마 우리는 말과 움직임을 노래와 춤으로 살고 있습니다. 이것이 예술이라 불리는 것입니다. 그러니까 새들은 생활이 곧 예술인 그런 삶을 살고 있는 것이 됩니다.

 새들은 어떻게 해서 이런 사치스러운 생활을 할 수 있을까요? 새들은 살림살이가 사치스럽지 못하기 때문에 바로 이런 생활을 할 수 있습니다. 새들은 몸만 가지고 삽니다. 그들은 연장을 쓰지 않습니다. 새들은 옷도 입지 않습니다. 그들의 먹이는 늘 한가집니다. 그들은 씨 뿌리지 않습니다. 주워 먹을 뿐입니다. 이렇게 살림이 보잘것없이 단출합니다. 단출한 살림 테두리를 움직이는 몸놀림은 익숙해지게 마련입니다. 그들의 움직임과 움직임 사이에 망설임이 없는 것은 그런 까닭입니다. 사람의 삶은 이렇지 못합니다. 같은 사람이라도 외국 말을 익히자면 더듬게 됩니다. 사람은 어느 한때인들 눈 감고도 다닐 수 있는 길을 건너면서 산다는 일은 없습니다. 모험·잘못·연구·실험·성공, 다시 새 대상이 나타나서 앞서 하던 움직임이 쓸모없어지고—이런 것이 이어지는 것이 사람의 삶입니다. 그러니 삶이 예술이 될 수가 없지요. 사람의 삶은 넘어지고, 헛디디고, 떨어지고, 팔다리를 삐고, 심장이 멍들고—이런 일의 되풀입니다. 그러면서 말투며 손발 놀리는 것이 좀 부드러워질까 하면 섭섭하게도 퇴장해야 되게 정해져 있습니다. 그래서 한 사람이 제 힘으로 자기 한평생에 마치 새가 노래하듯 새가 날아다니듯 그렇게 아름답게 자기를 다듬어내는 것은 되지 않을 일입니다. 사람은 앞서간 사람의 슬픔과 기쁨의 겪음을 본받을 때에만 그런 일이 가능해집니다. 앞사람들의 겪음의 쌓임을 뜯어봐서 가장 미끈한 말하기와 움직이기를 가능하게 하는 법을 익혀서 실패를 줄이는 것이 교육입니다. 우리가 교육을 받는 것은 이 때문입니다. 그러나 교육도 전문화되면 다른 분야에 대해서는 잘 모르게 됩니다. 이것은 피할 수 없는 일입니다. 사람의 직업에 상관없이 오로지 '사람'이라는 자격 하나로 사람의 조건을 한정시킨 다음, 그 '사람'으로서 가장 멋있게 기뻐할 줄 아는 힘, '사람'으로서 가장 멋있게 슬퍼할 줄 아는 힘을 교육하는 것이 예술이라는 인간 활동이 아닐까 합니다.

마음의 사계

 봄, 여름, 가을, 겨울—이렇게 한 해가 지나가고 달력이 바뀌면, 사람은 한 살 나이를 먹는다.
 흔히 봄에는 희망을, 여름에는 실천을, 가을에는 결실을, 겨울에는 휴식과 준비를 비유한다. 이 비유는 농사짓는 일에다 연결해서 1년 기후를 맞춘 것이다.
 그러나 지금은 모든 사람이 농사를 짓고 살지는 않는다. 기후가 미치는 영향은 기본적으로 모든 산업을 지배하지만, 그것을 이용하든지 극복하면서 하는 일—그러니까 한 해 언제나 돌아가는 일이 점점 많아지고 있다. 인류는 기후에서 해방되려는 노력을 꾸준히 해오고 있다. 그렇다고는 하지만 우리 살림에서는 춥다는 것은 배고픈 것 못지않게 아직도 큰 괴로움이다.
 겨울이 되면 무연탄 아궁이에 매달려 사는 것이 거의 모든 아낙네들의 가장 큰 일거리가 된다.

밖에서 일하는 사람들 역시 추위는 달갑지 않다. 우리들의 거의 모든 일터는 아직도 추위를 잊고 일할 만한, 추위에 대한 방비가 없이 운영되고 있다.

심지어 사람들은 겨울에 전쟁까지 한다. 우리들 땅에서도 그런 전쟁이 있었고, 지금도 우리는 그 그늘 밑에서 살고 있다.

그러나 겨울이라고 다 안 좋은 것은 아니다. 어떤 사람들은 겨울을 제일 좋은 철이라고 생각한다. 시원하고 정신이 든다는 것이다. 밤이 길어서 조용히 일하기 좋다고도 한다.

그뿐이 아니다. 사람이 살아가는 일은 봄에만 좋은 일이 있고, 겨울에는 모든 일이 다 끝나지는 않는다. 꽃 피는 겨울도 있고, 잊고 싶은 봄도 있는 것이 삶이다.

인생은 곡식 자라듯 그렇게 철 따라 매듭이 있는 것은 아니다. 언제나 어떤 시간에도 인생의 순간에는 봄에서 겨울까지가 모두 겹쳐 있다.

자연의 계절과 인생의 계절은 그렇게 일치하지만은 않는 것이다. 아마 그렇기 때문에 사람은 겨울을 견딜 수 있는 모양이다.

하다못해, 겨울이 왔으니 봄이 멀지 않다는 희망조차도 사람은 가져볼 수 있다.

사람은 저마다 마음속에 자연의 계절하고는 다른 계절을 가지고 있다. 마음속에서는, 기뻤던 계절은 다 봄이다. 눈이 오건 비가 오건. 마음속에서는 슬펐던 계절은 다 겨울이다. 꽃이 피건 뻐꾸기가 울건.

더우면 바람을 일으키고, 추우면 불을 피우면 된다. 그것조차 마음대로 안 되는 것이 우리 형편이지만, 이런 것들을 서로 도우면서 애써나간다면 우리네 마음은 그리 춥지는 않을 것이다.
 가장 견디기 어려운 추위는, 찬 마음이다. 그것은 사람을 슬프게 만드는 가장 큰 힘을 가지고 있다.
 얼마나 많은 사람들이 찬 마음 때문에 봄에 떨고 여름에 병드는 법인가.
 밖에는 눈보라가 치더라도 마음속의 봄만 꺼지지 않는다면 우리는 봄을 가지고 있는 셈이고, 봄을 만들어낼 수도 있다. 겨울의 한복판에서조차.

잠들기 전의 5분

 우리는 하루 동안에 많은 일을 겪는다. 그러고는 내일을 위해서 잠자리에 든다. 잠들기 직전 정신이 깨어 있는 순간까지가 하루의 경계선이 되는 셈이다. 그런데 얼마나 많은 사람들이 이 시간에 자기의 하루를 돌이켜보는 습관을 가지고 있을까? 될수록 여러 사람을 대상으로 통계를 내보지 않고서는 정확히 알 수는 없는 일이지만 이런 습관을 가진 사람이 그렇게 많지는 않을 것 같다.
 책임 있는 자리에 있는 사람들은 이런 습관이 어느 정도 불가피할 것이다. 그러나 모든 사람이 이런 습관을 가질 수밖에 없을 만큼의 책임을 가지는 것은 아니다. 뿐만 아니라 비교적 되풀이하면 되는 일터를 가진 사람은 매일매일이 그리 다를 것이 없을 것이다. 그러나 한편, 사람은 되풀이를 피하기 위해서도 연구가 필요하다. 연구란, 그 일을 좀더 잘하는 길을 생각해보는 일이다. 이런 연구를 위해서는 많은 시간이 걸린다. 또 사람이 연구할 일이란 반드시 자기가 하는 일에만 그치지 않는다. 가족·친구·취미 등에 관한 일도 아울러 우리 생활의 내용인데 이런 일을 모두 깊이 연구한다는 것은 사실상 불가능하다. 그래서 우리는 거의 모두 이런 일에 대해 전문으로 연구한 사람들의 업적을 통해 자기 교육을 계속한다.

 이렇게 해서 보면 하루의 마지막 몇 분 동안에 만일 우리가 그날 있었던 일을 잠깐 훑어보는 습관을 가진다면 내일에 대해서 조금은 다른 사람이 된 느낌을 가질 수 있다. 아마 잠들기 전에 깊은 생각을 하기는 어렵다. 더구나 까다로운 생각에 잠을 설칠 수도 있다. 그러나 훈련에 따라서는 잠을 설치는 지경까지는 가지 않고 간단히 자기 하루를 눈앞에 그려보는 일은 그리 어렵지 않다. 그러나 만일 잠들기 전, 예를 들어 5분 동안 그날 있었던 일을 돌이켜보는 일을 계속할 수만 있다면 그 사람은 매우 규모 있게 자기 생활을 거느릴 수 있게 될 것이다. 그동안에 깊은 연구를 한다거나, 방책을 생각할 수는 없을지라도 그런 연구를 위한 실마리라든가 테두리를 떠올릴 수는 있고, 적어도 오늘 한 일을 한 묶음으로 훑어볼 수는 있다. 사람의 마음이라는 것은 순간에 여러 가지를 떠올릴 수 있는 힘을 가지고 있다. 이미 겪은 일을 돌이켜볼 때는 더욱 그렇다. 그런 돌이킴에서 단 한 가지라도 좋은 꾀라든지 옳은 뉘우침이라든지, 지나쳐버린 즐거움을 발견한다면 족하다. 5분 동안의 수확으로서는 말이다. 비록 하찮은 하루라도 우리는 경험을 두 번 하게 되는 셈이다. 지나간 하루를 바꿀 수는 없지만 귀중한 하루를 내일을 위한 재료로 삼을 수 있다. 인생을 실지로 두 번 살 수는 없다. 그러나 회상이나 상상 속에서는 우리는 인생을 두 번 살 수 있다. 이 두번째 삶에서는 손해 본 것은 버리고 즐겁거나 이득이 된 부분만을 골라잡을 수 있고, 내일은 그런 쪽으로 생활의 핸들을 좀 돌려보자는 결심을 할 수 있다. 결심대로 될지는 몰라도 아무튼 결심할 수는 있다. 그리고 우리는 어떤 정리된 느낌을 가지고 잠들 수 있다. 잠들 때 머리맡을 대강 치우는 것처럼 우리 머릿속도 그렇게 치워지는 셈이다. 5분쯤 비몽사몽간에 그런 정리를 할 수 있다면 가끔 실천해보기에 알맞은 노력이 아닐까?

음식 맛

어렸을 적에는 맛있는 것도 많았다.
참외도 맛있고 수박도 맛있었다.
엿도 맛있고 국수도 맛있었다.
언제부턴가 그런 음식 맛을 느끼지 못하겠다. 아마 나의 먹새가 그 무렵부터 차츰 못해지다가 마침내 어떤 고비에 온 모양이다. 하기야 신기할 것도 없는 일이다. 나이가 들면서 누구나 겪는 일이다. 그렇다고는 하지만 먹을 것들이 옛날만 못해진 탓도 있다. 지금도 어쩌다 맛나는 것을 먹게 될 때가 있는 것을 보면 혀나 위만을 나무랄 수는 없는 것이다. 너무 해로운 음식이 많다는 말을 귀에 못이 박이게 듣는 것도 미리부터 입맛을 잃게 하는 데 한몫 거들고 있는지도 모른다.
책도 그렇다. 전에는 재미있는 책도 많고 신나는 책도 많았다.
언제부턴가 그런 재미가 덜해지는 것을 알겠다. 어쩐지 진국의 맛이 나는 책들이 덜하다. 책은 더 많고 가짓수도 더 많은데도 그렇다. 얼마나 이야기들이 신나게 재미있었는가. 그런 맛에 책을 읽는데 무언가 책 맛들이 달라졌다. 아마 마음이 옛날처럼 순박하지 못하게 돼서 까다로워진 탓이리라. 지금도 어떤 책은 신나게 재미있는 것은 그렇다면 어쩐 까닭인가.

읽는 책만 그렇다면 또 모르겠다.

자기가 쓰는 글도 전처럼 마음에 차지 않는다. 이것만은 누구 탓도 할 수 없는 일이기에 애를 써본다. 그런데도 뜻대로 되지 않는다.

제 글에 제가 취해야 할 것이다. 그런데 자꾸 깨어난다. 살아 있는 사람이 깨어나는 것은 조금도 안 될 것 없고 그래도 글이란 또 취하게 하는 것이 글이니 야단이다.

왜 그럴까. 글의 재료가 좋은 것을 구하기 어려워져서 그럴까. 다루는 솜씨가 무디어져서 그럴까. 힘이 못해져서 그럴까.

그래도 역시 아무 다른 누구에게도 기댈 수 없는 일이기에 자꾸 애를 써보는 길밖에 없다. 이것만은 뚜렷한 일이다. 맹랑한 일이다.

6월은 이런 것일까.

자기 확인의 기쁨

　나는 병역을 육군에서 마쳤는데, 육군 근무자들은 대개 해군이나 공군에 대해서 호기심을 가지고 있다. 육군은 땅에서 사는 사람이 땅에서 움직이는 것이므로 새로운 맛이 없기 때문이다.
　정작 해군 근무자들은 어떤지 모르겠으나 역시 남다른 경험인 것만은 사실인 것 같다.
　필자가 해군과 인연을 맺은 것은 몇 해 전 서해에서 순찰 임무를 맡고 있던 어느 함정에 초대를 받아 1박 2일의 생활을 해본 것과, 작년 여름에 목포 앞바다의 해저 보물 인양 작업 현장에 역시 초대를 받아 작업을 구경한 것이 둘째 번 인연이다. 그때마다 관계자들이 하는 말로 우리나라는 해양 국가가 되어야 한다는 의견이었다. 이 의견은 원칙상 옳은 말임에 틀림없다.

　이렇게 바다는 보통 사람의 호기심이라는 점에서 보든지, 국가의 장래에 맞춰 보든지 평범이라는 데서는 떠난 마당이다. 독자 여러분들처럼 해군 사관학교 생도라는 신분은 그런 의미에서 매우 특이한 삶이라 할 수 있을 것이다. 게다가 젊은 시절을 여기서 틀이 잡히게 되는 것을 생각한다면 바다는 운명이라고까지 말할 수 있을 것이다. 물론 한 100년 전 사람들에게서처럼 바다가 신비한 구석은 훨씬 줄어든 것은 사실이지만 여전히 바다는 인류의 미래에 대해서 풍부한 연구와 이용의 원천임에는 다름이 없다. 이 세계는 바다와 우주에 먼저 걸음을 내디딘 사람들이 지금 좌지우지하고 있다. 능력과 집념에 따라서는 세계의 바다는 아직도 무진장한 모험과 가능성의 장소인 것이다. 물론 사관학교는 일차적으로 군인을 기르는 곳이다. 국가를 지키기 위해서 바다에서 싸우는 군대의 간부를 기르는 곳이다. 그러므로 사관생도가 자기 인생을 생각할 때 바다 위에서의 전투 기술이 가장 중요한 임무이겠지만, 현대전의 성격에서 보더라도 해군 업무라는 것은 다른 인간 생활과 광범하게 관련되어 있는 것도 사실이다. 해군의 어떤 분야에서는 해양학자로서의 연구만을 하는 경우도 있을 것이다. 그런 분야들이 결국 전투력이라는 것에로 종합되겠지만 그런 연구들은 평화 생활에도 사용될 수 있는 것이다. 더구나 군에서 퇴역하여 민간인이 되는 경우에는 더욱 그러할 것이다. 현대 국가의 군인은 군인으로서의 자기를 굳게 지키면서도 동시에 될수록 넓은 안목을 가지는 것이 바람직한 것은 개인의 능력을 융통성 있게 활용하는 것이 사회의 이익이 되기 때문이다.

옛날로 갈수록 구별이라는 것을 절대시한 것을 볼 수 있다. 인종·신분·성별·직업 따위가 서로 넘을 수 없는 것이 되어 있었다. 사람이란 언제나 이런 구별에 따라 살게 마련이지만 오늘날의 우리는 다르게 생각한다. 구별은 구별대로 언제나 있을 수밖에 없지만 사람이 곧 그 구별 자체는 아니다. 나면서부터 군인이 따로 있는 것은 아닌 것처럼 그 밖의 모든 구별이란 것도 마찬가지다. 사관생도라는 신분도 마찬가지다. 머리에서 발끝까지 사관생도일 수는 없을 것이다. 인간성은 무한한 것이기 때문에 때로는 자기의 현재 신분과 갈등을 일으키는 경우도 생기게 되는 것이 사람의 생활이다. 그럴 때 여유 있는 대처를 할 수 있자면 평소에 폭넓은 생각을 하는 버릇을 기르기를 힘쓰는 것이 좋지 않을까 싶다.

그러면 이처럼 폭넓은 인간성의 함양에 반대할 사람은 없을 것이니 그 이야기는 그렇다 치고, 사관생도라는 신분의 가장 중요한 특징은 무엇일까 하는 점을 생각해보자. 이것도 여러 가지로 말해 볼 수 있겠지만 청년기에 있는 집단으로서의 의미에 초점을 맞춰보기로 한다. 청년기는 방황하는 시절이다. 자기 인생을 어떤 목표에 맞출까를 두고 방황하는 것이 보통이다. 사람은 인생의 출발에서는 모든 방향에 대해서 똑같은 가능성을 가지고 있다. 그래서 망설이게 된다. 청년기의 가장 큰 고민은 여기서 온다. 자기의 적성이라는 것을 찾으려고 애쓰게 된다. 청년기에 부딪치게 되는 선택은 두 가지로 줄일 수 있다. 직업과 이성이 그것이다. 장차 무엇이 될까? 어떤 이성을 배우자로 삼을까? 하는 문제이다. 옛날에는 이 선택이 어느 정도 사전에 한계가 있었다. 신분·인종 같은 울타리를 넘을 수 없기 때문에 선택의 폭이 지금보다 좁았던 것이다. 물론 가능성과 자유의 제한이기 때문에 이것이 옛날 사람들의 고민과 비극의 원인이었던 것은 사실이지만, 한편 이런 제한은 정력의 낭비를 줄이고 마음의 평화를 가져다준 것을 계몽사상의 세례를 받은 이후의 세대는 모르거나, 인정하기를 부끄러워한다. Boys be ambitious! 이것이 근대 이후의 인간들의 불문율이 되었다. 현대 사회의 문제가 되어 있는 경쟁의 격화는 신분 제도의 붕괴가 가져오는 필연적인 결과라 하겠다. 인류의 역사 이래 청년기에 들어선 인간의 집단이 오늘날처럼 자기 정립을 위한 모색이 그처럼 암중모색이요, 모험이요, 자기 부담적인 시대는 없었던 것이다. 오늘날의 청년 문제의 뿌리는 바로 이 선택의 원칙적 비제한성이다. 그리고 거의 모든 사람들이 뒤에 가서 자기들의 청년기의 선택에 대해 만족하지 않는다. 이번에는 그 불만이 장년기와 노년기의 인생 문제의 중심이 된다. 청년기는 현대인의 미련과 집착의 출발점인 셈이다. 햄릿이라는 인물이 우리 마음을 끄는 것은 이 때문이다. 인간의 결단의 불확실성 앞에서 망설이는 태도를 잘 나타내준 인물이기 때문이다. 이런 인물은 그 이전 문학에서는 나오지 않았다. 그 이전 문학의 주제는 운명이었던 것이다. 근대 이후의 세계에서 운명의 신은 죽고 대신 방황의 신이 등장한 것이다.

　필자의 생각에는 사관생도 신분의 가장 큰 특징은 이 점에 관련된다. 사관생도 연령의 다른 청년들은 아직 방황의 소용돌이 속에 있다. 앞으로 몇 해 동안의 뚜렷한 자기 인생 궤도를 그려볼 수 있는 사람이 얼마나 되겠는가? 사관생도들은 이 점에서 우선 뚜렷한 길에 들어서 있다. 아마 인생의 끝에 가서 이루어지는 행복이라는 것은 어떤 길을 택했는가에는 관계가 없다. 어떤 출발을 했건 그 길에 충실하기만 하면 모두 행복이라는 끝에 이르는 길이 될 수 있다. 왜냐하면 앞서 말했듯이 인간의 생활이란, 특히 현대에는 한 길이 다른 길에 통해 있기 때문에 어디서 첫걸음을 내디뎠건 모두 얽혀 있기 때문이다. 그런데도 청년기에는 많은 사람이 그렇게 생각하지 못한다. 처음 한 발자국이 모든 것을 결정한다고 생각하기 쉽다. 마치 주사위나 화투장을 다룰 때처럼. 실은 이런 생각은 신분제 사회에서의 운명관의 망령이 우리 마음속에 살아 있기 때문일 것이다. 한번 양반으로 태어나고, 한번 상인으로 태어나면 그것이 결정적이었던 인류 역사의 무거운 기억이 우리 속에 살아 있기 때문일 것이다. 이 망령에서 벗어나는 것이 현대인의 마음의 건강을 위한 근본적인 각성이 아닐는지. 인생은 첫발자국이 결정하는 것이 아니라 첫발자국에서 시작한 모든 발걸음마다 궤도와 진로의 수정이 쌓이고 쌓여서 행복에 도달하게 되는 어떤 곡도曲度 있는 궤적이라 보고 싶다.

많은 같은 나이의 청년들이 이 첫발자국 이전에서 방황하고 고민하고 있는 시점에서 이미 결연한 걸음을 내디딘 집단—이것이 사관생도의 모습이다. 사관생도들의 걸음걸이, 눈초리, 말씨는 이것을 몸으로 나타내고 있다. 제도의 힘으로 몸이 터득하고 나타내고 있는 바를 마음으로 확인하고 통찰하는 슬기까지 겸한다면 이 동일성identity 위기의 시대에 자기들이 차지한 행복을 정당하게 알아볼 수 있으리라고 믿는다.

소설의 주인공과 작가

　소설의 주인공에게는 세 가지 얼굴이 있지 않을까 생각한다. 첫째는 소설 속에서 지니는 그 자신의 얼굴이다. 둘째는 그를 창조한 작가의 꿈으로서의 얼굴이다. 셋째는 독자가 자기들 나름대로 의미를 부여하고 해석해서 이루어지는 얼굴이다.
　첫째와 셋째 얼굴에 대해서는 작가라 할지라도 왈가왈부할 성질의 일이 아닌 줄 안다.
　다만 둘째 번 얼굴에 대해서 말해본다면 작가는 그를 언제나 사랑한다. 그의 많은 부분이 그나마 간직하고 싶은 개인적 꿈과 여기저기 닮은 데가 있고 소설의 당연한 권리로 훨씬 더 순수하기 때문이다.

'그레이' 구락부 시절

나는 1952년 대학 1학년 겨울부터 이듬해 여름 사이에 「두만강 豆滿江」이라는 소설을 썼다. 고향의 기억을 쓴 작품이다. 이 소설을 쓸 때까지 소설을 쓰겠다는 생각은 가져보지 않았다. 아마 들어가서 겪게 된 대학 공부가 그 무렵의 나의 정신적 요구와 잘 맞물리지 못한 데서 온 자기 치료가 아니었던가 생각한다.

그러나 이 소설을 완성하지는 못했다. 너무 테두리를 넓게 잡은 것이 미완성의 가장 큰 까닭일 것이다.

이 작품을 중단하고 1959년에 「그레이 구락부 전말기」를 써서 안수길 선생에게 보일 때까지 나는 다른 소설은 쓰지 않았다. 생각만 많고, 이것저것 책만 뒤져서 읽었다. 「두만강」은 견문이 좁은 대로 경험과 이론 사이에 분열이 없는 순탄한 작품인데, 이후에는 좀체 이런 상태를 가질 수 없었다. 설불리 문학 자체를 생각하기 시작한 데서 오는 당연한 벌이었을 것이다. 그래서 습작기라고 하면 보통 제1작이 나오기까지의 기간을 말하는 것인데 필자의 사정은 형식적으로는 「그레이 구락부」 이전을 습작기라고 할 수도 있겠으나, 미완성인 형태로 보더라도 「두만강」은 그것만으로도 나의 첫 작품으로 보아도 될 만한 것은 지니고 있어 보이므로 습작 시대는 실질적으로는 「두만강」 이전이라고 해야 할 것이다.

그런데 그 이전 시대라는 기간에 이렇다 하게 자각적인 문학 공부라 할 만한 것은 하지 않았으니 그 기간을 가리켜 습작 시대라는 이름으로 불러야 할지 어떨지 잘 모르겠다. 음악가나 화가라면 전혀 이런 말은 나올 수 없는 일이다. 아무 연습도 안 하다가 갑자기 기성 수준의 음악가나 화가가 될 수는 없기 때문이다. 실은 문학의 경우에는 작품은 쓰지 않더라도 독서가 '습작'이라는 과정을 어느 정도는 대신하기 때문에 이런 현상이 일어나는 것이라 보아도 좋을 것이다. 문학 작품을 읽는다는 것은 수업 화가가 대가들의 그림을 베껴 보는 과정에 비길 수 있다는, 그러니까 필자의 경우에도 습작 기간을 말한다면 「두만강」 이전의 그러한 독서 경험 일체가 습작 과정이라 불러도 좋을 것이다. 소설가가 되려고 자각적으로 독서한 것은 아니지만 실질적인 의미는 그렇게 보아도 되기 때문이다. 그런 독서를 소설가가 되기 위해서가 아니고 그렇다면 무엇이 되기 위해서였느냐고 묻는다면, 어떤 특정의 목적도 없었다느니보다도, 그 무렵에는 필자에게 어떤 특정의 사람이 되겠다는 결심을 할 만한 아무 준비도 있지 않았다. '사람'이라는 것은 그저, 분류 기호이고, 모든 개인은 꼭 '어떤' 사람으로만 살게 마련이라는 것을 알기에 필자는 너무나 많은 시간을 허비

했다. 그 시간의 귀중함과 절대성에 생각이 미칠 때마다 언제나 너무 슬프다.

정통正統을 찾아서
—— 전병순田炳淳의 『강원도江原道 달비장수』에 대해

먼저 이 작품집에 실린 이야기들을 세 가지 갈래로 나눠서 생각해보고 싶다. ①은 「박포씨博圃氏」와 「박포씨 후일담博圃氏 後日譚」, ②는 「체취體臭」「회춘기回春記」「실루에뜨」, ③은 「이단異端」「미수未遂」를 비롯한 그 나머지다.

③에 드는 이야기들은 모두 착실하게 살려는 사람들이 만나게 되는 어려움들을 다룬 것들이다. 「이단」에서는 주인공이 배급 타는 줄에서 딱한 나머지 남을 새치기를 시켜준 탓으로 정작 저는 밀려나고 만다. 짤막한 얘기지만 대뜸 윤리학의 근본 문제가 솟아오른다. 남을 사랑하기 위해서는 어디까지 저를 버리는 것이 옳은가 하는 물음이다. 안락사를 다룬 「미수」는 사랑을 하기 때문에 살인을 할 것인가 말 것인가 하는 고비가 드러난다. 「국가」에서는, 제도적으로 이뤄져야 할 일이 잘 돌아가지 않을 때, 그것을 저마다의 자리에서 어떻게 치러야 하느냐가 말썽이 된다. 「강원도 달비장

수」에서는 먹고살기 위해서 어디쯤까지 사람스럽지 못해져도 용서받을 수 있을까를 묻고 있다. 어버이가 자식에 기울이는 사랑은 정말 절대일 수 있는가가 테스트되는 것이 「테스트필(畢)」의 이야기다. 「파장금 서정(敍情)」에서는 결혼이라는 인류의 근본 형식이 새삼스럽게 수수께끼가 되고 만다. 이 모든 경우에서 한결같은 것은, 만일에 주인공들이 규범이 바라는 바를 말 그대로 옮기려고 들면 그 자신이 곧 부서지고 말리라는 점이다. 윤리보다 살아남는 일이 더 무겁다 치더라도 살아남기 위해서 어디쯤까지 사람의 길을 어길 것이냐를 가리기는 쉽지 않고, 쉽다 하더라도 그 같은 가림이 저마다에게만 뿔뿔이 맡겨진다면 마침내 사회 전체로 보면 윤리적 쑥밭이 되고 만다.

이렇게 해서 이 소설들의 세계 역시 동시대의 작가들이 모두 부딪치고 있는 괴로움의 커다란 울타리에서 벗어나는 것이 아님을 알 수 있다. 개화 이래 진행되어온 거듭된 사회 변화는 보통 생활자의 자리에서 생각할 때 끊임없는 윤리 규범의 무너짐이라는 뜻을 가지고 있다. 고지식하게 '윤리'라는 이름의 채권을 산 사람들은 그것이 나중에 보면 갚아줄 사람 없는 빈 종이였다는 것을 깨닫게 되기가 일쑤였다. 깨닫는다고 해도 반드시 의식 속에서 뚜렷한 객관화가 이루어진다는 말이 아니고, 눈에 보이는 모양으로 드러나 보이게 된다는 말이다. 즉 윤리 채권을 많이 산 사람은 생활에서의 패배자가 된다는 형태로 사람들은 생활의 법칙을 배우게 되었던 것이다. 그 배움을 이번에는 생활에 옮기고 보면 '비싸게나 불러라' 같은 이야기가 되고 만다. '삶'을 위해서 '사람다움'을 아주 내버리고 만 상태가 되고 만다. 그렇다면, 그러면서 산다는 것은 대체 무엇인가 하는 물음에 다시 마주 서게 된다.

다음에는 ① 속에 들어가는 「박포씨」를 보기로 하자. 이것이 작자의 가장 이른 작품이라는 것은, 전병순이라는 작가가 생활자로서나 작가로서나 그만한 겪음과 닦임을 거친 끝에 소설을 쓴다는 일을 비롯했다는 것을 대번에 알아보게 된다. 주제나 소재로 볼 때 「박포씨」는 ③과 한 덩굴로 이어진다. '박포'라는 사람은 윤리의 파수꾼이라는 자리를 빌려서 윤리 위반자들을 등쳐먹고 사는 사람이다. 유럽 시민 사회가 마련한, 공익을 지키기 위한 제도와 장치가 우리 땅에서 어떤 회화가 되었는가의 좋은 본보기가 여기 있다. 「박포씨」는 ③과 그저 한 덩굴이랄 뿐 아니라 탈이 난 동네에서 윤리를 말 그대로 지키지 못하게 되고, 다음에는 슬금슬금 그것을 에누리하게 된 끝에 나타나는 제 속임의 모습을 보여준다. 비윤리를, 그래도 윤리의 이름으로 저지른다는 데에 그의 소심과 자기 상실이 자리 잡고 있는 것이다. ③에서는 사람들은 정직하게 자기 상실의 고비에서 괴로워한다. 그런데 박포 씨는 자기 상실을 저 잘난 멋으로 겪어내는 것이다. ③에서 독자들은 주인공과 마주 보게 되는데 ①에서는 독자와 주인공들 사이에 '박포'라는 시점이 끼여들어 있다. 박포 씨는 ㉠그 자신 행장行狀을 가진 소설의 주인공이자, ㉡소설적 시점을 대행하는 기술자이자(왜냐하면 그의 생활은 그의 직업상 '남'의 이야기의 추적이므로), ㉢작품 안에서의 직업은 기자이다(즉 ㉡과 하는 일이 같다).

③작가─㉠행위자로서의 주인공─독자
①작가─㉡대행 작가로서의 주인공(작중 신분은 기자) ─㉠행위자로서의 주인공─독자

여기서 두 가지 열매가 여문다. 첫째는 다른 주인공들(말하자면 ③의 그들에 비해)이 나오는 이야기에 비해서 훨씬 넓은 생활권을 자연스럽게 소설의 지평 안에 끌어당기게 된다. 다음에는 작가와 작중 인물 사이에 어떤 사람도 알아볼 수 있는 뚜렷한 절연체이자 간접 조정 장치인 매개항을 마련한 탓으로 '웃음'을 자아내는 데 성공하게 된다. '웃음'은 이때, 우리들의 '문제'의 '괴로움'의 구도가 이렇구나 하는 탐구의 뚜렷한 윤곽이 너무 잘 드러난 데 대한 독자로서의 만족, 승인, 잘 그렸다 하는 느낌의 나타냄에 다름 아니다. 자기 성찰이 강한 주인공을 소재로 하는 경우에는, 그들 주인공 자신에 의한 자기 부정적인 자성이 작가와 주인공의 행장 사이의 절연 몫을 하는 것이지만, 안이 무너진 박포 씨 같은 경우에는 불가불 어떤 형태로건 작가는 주인공의 자각 '밖'에서 이런 비판의 틀을 마련하지 않을 수 없다. 박포씨의 경우에는 그가 기자라는 형식적 신분과, 그 신분의 본질과 정확히 거꾸로 행동하고 있다는 사실이 그 '틀'로 쓰이고 있는 것이다. 그래서 결과는 '웃음'이다. 「박포씨 후일담」에서도 이 웃음은 되돌아온다. 두 작품 사이에 있는 사회적 변화의 실체에 대한 분석은 접어두고 있지만 해학가諧謔家로서의 작자는 그 변화의 결과에 대한 판단만은 바로 하고 있는 셈이다. 그 변화의 실체를 분석하는 일은 작가로서의

또 다른 일거리이자 형식을 요구하는 것이지, 이 작품 자체의 완벽성에 대해서는 무관한 일이라 해도 독자들은 이해할 것이다.

②에 드는 작품 ─「실루에뜨」「체취」「회춘기」는 ①과 ③과는 다른 울림을 내는 이야기들이다. 여기서 작가는 알맹이로 봐서 역시 윤리적인 문제이기는 하지만, 우리가 습관으로 제도라든지, 그 제도를 거쳐서 이루는 남과의 생활이라는 말로는 부르지 않는 문제와 마주치고 있다. 결혼 생활이라는 것은 물론 제도요, 그것도 첫째 급 제도에 틀림없다. 그러나 그것이 첫째 급이라고 말하지 않을 수 없을 만큼, 다른 제도의 문제처럼 공약수를 말해본들 문제를 푸는 데에 그것이 미치는 힘이 너무나 하찮게 울리고, 문제는 그대로 너무도 해결 없이 남게 마련이라는 그런 '제도'인 것 또한 사실이다. 그것이 다른 제도들과 살 닿은 관계를 가지고, 어떤 때는, 아니 많은 경우에 다른 제도와의 함수 관계에 있지만 남녀의 애정의 문제는 다른 제도와의 사이에 엄연한 종차種差를 가짐 또한 의심할 수 없다. 이들 작품에서도 이 문제에 대한 속 시원한 이야기 같은 것을 작가는 말하고 있지 않다. 애정의 문제는 삼강오륜三綱五倫이 무너진 다음, 개화 연애開化戀愛 → 복고復古 → 위악僞惡 → 무정부無政府와 같은 주기가 돌림병처럼 바뀌고 되풀이되었을 뿐, 그래야 할 만한 깊이와 점잖을 가지고 다뤄지지도 못했고, 어떤 미끈한 양식에 이르지도 못한 문명 지표의 하나이자, 따라서 소설 문학에서도 가장 얕은 긍정적 축적밖에는 갖지 못한 소재이다. 이와 같은 사정을 반영해서 ②에서 다루어진 애정의 이야기들은 한결 가라앉아 있고, 문제의 깊이 앞에서 망설이는 몸짓이 작가의 붓에 어떤

뉘우침, 주저 같은 울림을 빚어내게 만들고 있다. 말할 수 있는 테두리 안에서만 이야기한다는 것은 예술적 미덕의 하나이다. 가령 「강원도 달비장수」에서는 돈 때문에 애정의 윤리가 무너지게 되지만, 돈 때문에가 아닌 「체취」나 「회춘기」의 경우에는 문제는 그리 쉽지도 않고 테두리가 뚜렷할 수도 없겠고, 따라서 「박포씨」에서처럼 여유가 있을 수도 없다. 다만 여전히 남을 다치지 않으면서 행복할 수 있는 길은 무엇인가를 열심히 찾는다는 몸가짐에서는 ①이나 ③과 다름이 없다. 이처럼 살펴볼 때 풍속의 교정자로서, 세련된 행위 양식의 전형의 창조자로서 개화 이래의, 생활과 예술 표현에서의 거듭되는 위기에 대해 저항해온 이 땅의 문화 제작자의 한 사람으로서의 몫을 다하고 있는 한 작가를 우리는 알아보게 된다. 그의 소설의 제목인 「이단」이라는 표현은 그 작품의 문맥에서의 반어적인 효과를 넘는 뜻이 있어 보인다. 우리 사회의 문명 상태는 그 이단에 대한 '정통'의 모습도 쉽사리 말하기 힘들다는 사정에까지 그 울림이 퍼질 수 있는 표현이라 새겨지기 때문이다.

 무슨 목적에서건 작품에 대해서 밖에서 논의한다는 것은, '말'의 성질 때문에 개념화, 선조화線條化일 수밖에 없다. 해설자가 위에 적은 말들 역시 그런 것이고, 그것도 매우 좁은 이해력 안에서 한 말에 지나지 않는다. 전병순 씨의 작품은 스스로 서 있고, 그것도 실팍한 제 힘으로 서 있는, 소설이라는 이름의 자족적 세계이다. 누구보다 먼저 필자 자신이 이 세계를 즐길 수 있는 기회를 가진 것은 큰 기쁨이었다는 것을 말함으로써, '해설'의 가난함과 작가의 세계 자체의 그득함에 대한 증언으로 가름하고 싶다.

두 신인 · 기타

「빠이빠이 태양太陽!」

지난 1950년대의 한국 전쟁에 이어, 베트남 전쟁은, 그곳에 보내졌던 우리 젊은이들을 통해서 한국 문학의 의식에 또 하나의 폭幅을 만들어놓았다. 이 작품은 이러한 폭을 이루는 많은, 이미 나온 베트남 소재의 작품들과 같은 계열의 것인데, 강한 감성과 사로잡히지 않는 눈을 가지고 그곳에서 겪은 한국 병사들의 삶을 그리고 있다. 신인이 가장 성공할 수 있는 출발은 아직 문학적 정형화가 이루어지지 않은 소재와 씨름하는 일인데, 이 작품은 그 씨름에서 성공한 것이라 느꼈다. 맺음 부분이 약한 것이 흠이다.

「머큐리의 지팡이」

이 작품에서는 다른 뜻에서 소재의 폭을 넓힌 점과 그 기술의 형을 살 만하다. 이런 내용은 우리 소설에서는 통속 소설의 독점이 되다시피 한 것인데, 기술에 굴절을 줌으로써 깊이를 내는 데 성공하고 있다. 좀더 거친 것이 있었으면 하는 것, 너무 깨끗하지 않은가 하는 것이 선자選者의 생각이지만 이런 대로의 공간을 고수하는 작가의 자유도 있는 것이고, 그럴 힘도 느껴진다.

「갯바람, 쓰러지다」

너무 정형화된 소재를 정형화된 문체 의식으로 다루고 있다. 소설임에는 틀림없으나 작가가 보탠 무엇이 없다.

「노고단의 설화雪花」

더 전위적으로 써야만 어떤 깊이를 낼 수 있지 않았을까 느껴지는 작품이었다. 감수성도 점잖고 깨끗했으나 강하거나 깊은 울림을 내지 못한 것으로 느꼈다.

「늪과 다리」

약한 사람의 이야기를 약하게 써서는 소설의 아름다움이 되기 어렵다. 예술로서의 소설미는, 성자담이든 악인담이든, 사실적이든 관념적이든 그 소재에 있지 않다. 산에 살면 노루를 요리할 것이며, 바닷가에 살면 거북이를 삶을 것이다. 소재는 우연히 요리사의 가까이에 있는 재료일 뿐이다. 예술로서는, 그 소재의 생리적 비중이 아무리 무겁더라도, 그것들은 모두 동가同價이다.

어떤 소재든, 작가의 강한 의식의 조명 속에서만 문학미에 이른다. 문학미와 특정 소재의 미분화가 언제나 갈림길이다. 「늪과 다리」는 더 압축되었거나, 더 기술이 굴절되었어야만 좋았을 것이다.

위의 작품 가운데서 「빠이빠이 태양太陽!」과 「머큐리의 지팡이」를 함께 밀고 싶다.

닦임과 쌓임의 힘

「놀부뎐」은 내가 판소리 형식으로 쓴 유일한 작품이다.
 판소리의 대본이란 것은 그것 자체로 완결된 창조가 아니다. 더욱이 현대의 독자들에게는 그렇다. 판소리 대본은 연기자가 가락과 동작을 곁들여서 창을 함으로써 비로소 완성된다. 물론 판소리 전문가나 웬만큼 판소리를 익힌 사람에게는 판소리 대본은 음악에서의 악보와 같은 것이 될 수는 있다. 그러나 대부분의 현대 독자는 활자로 찍은 이야기는 모두 활자에만 의지해서 감상하려는 습관을 가졌기 때문에 판소리 대본은 그럴 때에는 혼란을 줄 수 있다. 즉 기왕의 판소리는 인물과 구성이 틀에 박혀버려서 현대 소설에서 섬세한 인물 묘사와 구성에 길든 독자에게는 유치한 것으로 보이기 쉽다. 이것은 잘못인 것이다. 판소리 대본에는 정해진 가락이 있어서 연기자가 대본의 대사에 가락과 동작을 첨부한다는 것이 당연한 약속으로 되어 있기 때문이다. 판소리 공연＝대본＋

가락+동작+무대. 이것이 판소리라는 것이며 대본은 구성 요소의 하나일 뿐이다.

　가락과 동작과 무대라는 요소가 어울려서 비로소 판소리 무대는 인생의 깊은 느낌을 고도의 수준에서 나타내게 된다. 무대 실연에서는 문자만 보아서는 유치하기도 한 구절이 그럴 수 없이 빛나는 것이며 꼭 빛나야 하는 것이다. 과장해서 말한다면 판소리에서 주인이 되는 것은 이야기 내용인지, 가락인지 알 수 없는 것이다. 이것은 사정은 조금씩 다르겠지만 모든 고전 예술에 해당하는 사정이다.

　나의 판소리 「놀부뎐」은 판소리 대본이 문학으로서도 홀로 설 수 있게 써본 것이다. 그것이 얼마나 성공했는지는 작자가 말하기는 어렵지만 어느 정도는 의도가 이루어졌다고는 말할 수 있다. 그리고 이 작품이 무대에서 공연될 때에 문학으로서 개선된 점이 어떻게 작용할는지도 궁금했었는데 그동안 이 작품이 여러 번 무대에서 공연된 바를 보건대, 고전 판소리보다는 현대인에게 상식적인 저항을 덜 주고, 그렇다고 판소리 공연으로 부적당할 만큼은 소설화되지 않았다는 판단을 내릴 수 있었다.

　특히 민예극장에 의한 공연은 작자인 필자를 만족시킬 만했다. 판소리의 음악성을 기본적으로 살리면서, 연기자를 내레이터인 창하는 사람 말고도 더 등장시켜 보통 연극 형태를 취하고도 넉넉히 즐길 만한 무대를 만들어준 것은 기쁜 일이었다.

　필자의 욕심 같아서는 놀부가 자기의 인생을 곰곰이 생각하다 보니 마침내 경제철학자에서 형이상학자의 경지에까지 이르는 대목을 그대로 무대에서 보여주었으면 싶은데 웬일인지 지난번 공연에서는 이 부분은 생략돼 있었다. 아마 너무 무겁거나 분석적이어서 극적 효과에 도움이 안 된다고 생각했는지 모르겠다. 그러나 필자의 생각에 그 부분을 너무 무겁게 할 필요는 없지 않을까 한다. 말하자면 고전 판소리 대사에 지천으로 깔리는 상투적인 교훈 문자의 변형쯤으로 생각했으면 좋겠다. 어차피 삶의 깊이를 문자화하고 보면 시시한 잔소리가 되는 것은 피할 수 없고, 시시한 문구를 쓰면서도 운치를 곁들이는 것이 작자나 연기자의 솜씨가 될 수밖에는 없는 것이다. 이 점은 어떻든 지난해에 본 민예의 「놀부뎐」은 총체적으로 가름할 때 좋은 공연이었다고 필자는 생각한다.

이번 공연은 전번에 쌓은 경험의 바탕 위에서 이루어지는 것이기에 더 기대할 만하다. 말할 것도 없는 일이지만, 연극 미학의 핵심은, 같은 작품이 왜 극단과 연기자에 따라서 좋을 수도 나쁠 수도 있느냐 하는 문제로 귀착될 수 있다. 한마디로 연기력이라고 말할 수 있겠지만, 연기가 볼만하자면 무엇보다 연습량이라는 기본 조건이 만족할 만해야만 한다. 고전 예술이란, 무수한 공연이라는 형태의 연습으로 닦인 예술품들이다. 그렇게 해서 마침내 양식화·음악화의 경지에까지 이른 예술이다. 이런 형식적인 세련이 없었다면 옛사람들인들 어찌 같은 작품만을 그토록 되풀이해볼 수 있었겠는가?

현대 연극의 발전을 위해서 백 가지 좋은 이론을 말할 수 있겠지만, 가장 기본적인 것으로 극단들이 같은 작품을 거듭 상연하여 완전도가 회마다 증가되는 작품을 가지는 일이다. 이런 뜻에서도 이번의 공연을 축하하며 기대한다.

최창학 소묘

　최창학崔昌學 씨가 S출판사에 있었을 무렵이니까, 그를 안 지도 그러고 보면 한 10여 년 된다.
　그의 첫 작품인 「창槍」을 읽어보면 출판사에서 일한 경험이 잘 살아 있다. 물론 그 경험은 상상의 힘으로 변용돼 있어서 일상의 사물이 날카로우면서도 따뜻한 그림자가 져 있다. 말하자면 그가 「창」을 써준 것은 필자처럼 살아 있는 사람에 대해서 늘 어떻게 사귀어야 하는지를 가늠하지 못하는 종류의 사람에게는 퍽 다행한 일이었다. 왜냐하면 거기에, 일상의 사물을 보다 깊이 보고 보다 의미 있게 바라보고 싶어 하는 버릇을 가진 한 인물을 볼 수 있었기 때문이요, 예술가들에게 제일 살갑게 느껴지는 인간은 그런 사람이기 때문이다. 아무튼 필자는 그렇게 느꼈다. 「창」의 세계는 성에 차지 않는 세계에 둘러싸인 인간이 그 속에서 자기를 방어하면서 의지의 힘으로 그 세계들을 풍부하게 만들려는 노력처럼 보였다. 「창」에 관한 한 그 노력은 주인공의 의식—더 바르게 말하자면 상상 속에서 이루어지고 있다. 이 세상에서 의식밖에는 가지지 못한 존재가 그것을 연장 삼아 삶의 고통과 싸우고 있는 모습이었다. 그리고 작품의 이런 인상은 그의 풍모와도 잘 맞아 보였다. 보통보다 약간 큰 키에, 어깨를 안으로 굽힐싸 하면서 한 손으로 머리를 쓸어 넘기면서 웃는 모습을 보면 그가 속에 지니고 있는 치열한 의식의 세계가 잘못해서 담뱃재처럼 밖으로 툭 떨어지지나 않을까 조심하는 모양 같아 보인다. 물론 그는 그런 세계가 작품 속에 잘 들어앉아 있기를 원하는 것이다. 필자의 기억에는 그 무렵에 최창학 씨와 무슨 대단한 이야기 같은 것은 나눈 적이 없는 것 같다. 아마 그가 작품을 쓰기 전에는 잘 알지 못해서 그랬을 것이고, 첫 작품인 「창」을 쓴 다음에는 알 만한 것은 어지간히 짐작했다고 느꼈기 때문에 그랬으리라 생각한다. 자기 자신의 안에서 여러 개의 자기와 싸우고 있는 사람으로 그를 짐작했던 모양이다.

　최창학 씨가 S사를 그만두고 다른 출판사로 옮긴 다음에도 가끔 그를 만났다. 그때 이야기로 상당히 먼 거리에서 통근한다는 사정이어서 퇴근 후에 만나 한잔 한다든가 그런 기회도 가지지 못했다. 그는 여전히 어깨를 안으로 굽힐싸 하고 웃으면서 머리를 쓸어 넘기는 것이었다. 그래도 출판사라는 데는 문필인들에게는 제일 편한 곳이요, 용건의 공사가 딱히 가름하기가 어려운 법이므로 그의 책상머리에서 잠깐 앉았다 온다든지, 가까운 다방에 가서 차 한잔 나누고 갈라진다든지 한 일은 그에게 그닥 폐가 된 것으로는 알지 않고 있는데 실은 어떠했는지 모르겠다. 그에 대한 관심은 전혀 이런 친구 사이의 정 때문만이었달 수는 없다. 그는 첫 작품 이래 꾸준히 아마 누구 못지않게 부지런히 긴장을 잃지 않은 작품들을 내놓았다. 발표되는 것마다 모두 읽지는 못했지만 그래도 눈에 띄는 대로 읽은 것만 가지고 말하더라도 그의 작품들은 차차 어떤 방향이 잡혀왔다는 느낌을 준다. 먼젓번 작품집에서도 그 점은 느껴진다. 여전히 작품의 분위기가 작가를 방불케 하는 작중 화자의 심상의 그림자를 짙게 받고 있으면서도 그의 작품「창」에서처럼 한 인간의 심상이 주로 되어 있지는 않다. 아마 어느 시기를 고비로 자기와의 싸움에 어느 만한 마무리를 한 작가가, 자기가 살고 있는 주변에서 일어나는 이야기, 남과 남들의 이야기, 남과 자기와의 이야기에 눈을 돌리게 된 모양이다. 거기서는, 즉 세상에서는, 우리가 모두 알고 겪고 있는바 이 사회 이 시대의 아픈 이야기들이 작가의 붓끝에 의해서 뛰어난 솜씨로 다루어지고 있다. 뛰어나다고 하는 것은, 그가 세상에 접근하는 방법이 대단히 날카로움을 말한다. 사물의 핵심에 이르는 길이 그렇게 열리리라고는 믿기 어려울 것 같은 데서 그 길을 연다. 그러나 실은 믿기 어렵다고 생각하는 것이야말로 우리가 살아가면서 조금씩 무디어졌거나 처음부터 무딘 마음밖에는 가지지 못한 탓이라고 함이 옳을 것이다. 그의 소설을 읽으면 정말 문득 열리는 마음의 눈을 느낄 수 있기 때문이다. 작품마다 그렇다. 별스럽지 않게 시작되는 이야기는 대개「창」의 주인공의 풍모가 어딘가 풍기는 듯한 작중 화자나 혹은 역시 그런 연상을 주는 주인공의 분위기가 느껴지면서 시작된다. 그러자 이야기는 차차 아무렇지 않은 듯한 일이 얼마나 대단한 일의 껍데기에 지나지 않는가를 밝혀나가면서 마침내 우리는 섬뜩한 삶의 고통의 현장을 보게 된다. 이런 현장이 최창학 씨에 의해 처음 발견되었다거나, 그만이 다루고 있는 세계는 아니다. 그의 소설들이 특이한 것은 진실을 지극히 간결하게, 망설임 없이 나타내는 태도 때문이다. 있어서는 안 될 일들이 이 세상에 너무 흔하다 보면, 세상의 진실은 그런 것 말고 어디 다른 곳에—이를테면 더 깊은 데라든지, 더 높은 데라든지, 더 먼 데라든지 하는 곳에 있는 것이나 아닌가 하는 헷갈림을 주기 쉬운데 최창학 씨의 의식은 그런 헷갈림을 모른다. 그는 눈앞에 있는 것을 있는 것대로 본다. 그리고 그것들이 있다고 말한다. 그러고 보면 너무 분명하게 그것들은 있는 것이다. 너무 쉽기 때문에 우리가 한눈을 팔기 쉬운 우리들의 코앞에서 그는 삶의 알맹이를 집어 올린다.

그러고 보면 필자가 앞에서 적은, 그의 소설이 어딘가 「창」의 주인공을 느끼게 하는 시선에 의해서 서술되고 있다는 말은 틀린 말인지도 모르겠다. 필자가 그렇게 표현한 것은, 그의 소설들이 작가의 심상에 지나지 않는다는 뜻에서가 아니다. 그야 물론 모든 표현은 표현자의 심상임에는 틀림없다. 그러나 심상만이 두드러지고 서술자가 느껴지지 않는 편이라든가, 어느 구석엔가 느껴지는 편이라든가 하는 구별은 있을 수 있다. 필자가 말한 느낌은 후자의 뜻에서다. 그리고 이런 느낌은 작품이 주는 효과나 빛깔을 어느 정도 결정하고 있는 것으로 보이기 때문에 그의 작품을 좀더 옳게 이해하기 위해서 유의해야 할 점이 아닐까 한다. 그 효과란 다름이 아니고, 이 세상 삶을 굉장히 복잡하게, 라는 것은 얼마든지

성의를 가지고 높은 꿈을 설계할 작정으로 있고, 실지 설계하고 있고, 삶이란 의당 그렇게 까다롭게 조심스럽게 꾸며져야 옳은 줄로 알고 있는 한 의식이, 정작 눈앞에 대하게 되는 삶이 너무도 난폭하고, 어처구니없고, 되는대로 움직이고 있음을 발견하는 순간이랄까 경우마다랄까에서 느끼는 에누리 없는 어리둥절함·아픔·노여움 등의 반응이 신선하게 전달됨을 말한다. 간결한 표현이 강력하게 느껴지는 것은 복잡한 마음을 거쳤을 때이다. 진리 자체는 간결한 것인지 몰라도 진리에 이르는 길은 간결할 수 없을 만큼 헛갈려진 것이 우리가 사는 세상이다. 최창학 씨의 간결성이 강력해 보이는 것도 모름지기 같은 까닭에서다.

이러한 생각은 대부분 그의 먼젓번 작품집에 실린 작품들을 대하면서 막연하게 필자의 머리에 떠오른 것이었는데, 이번 작품집에 실린 작품들에 대해서도 같은 말을 할 수 있으리라 믿는다. 몇몇 작품은 이번에 처음 읽는 것이지만 거의 비슷한 관심과 형식으로 이야기되고 있다.

소설만 그렇달 수는 없지만, 가운데서도 소설은 고통을 지닌 예술이다. 만드는 쪽에서나 읽는 쪽에서나 그렇다. 사실 예술의 아름다움·즐거움 같은 말로 다루는 것은 그 사용에 있어서 여러 가지 제한을 두지 않으면 얼마든지 오해가 생길 수 있다. 소설다운 소설이 어디 아름다움이나 즐거움이라는 말을 허술히 써서 아무렇지 않을 만한 것이 있는가! 차라리 상처를, 비록 거짓으로나마 앉은 딱지 밑의 상처를 헤집고 멈춘 피를 흘리게 하는 것이 예사다. 약한 신경이 멀미가 날 낭떠러지에 밀어붙이는 일이 많은 것이 그런 소설들이다. 소설이 아름답다 함은 그 속에서 벌어지는 일이 아름답다 함이 아닐 것이다. 아름답다고 하기에 걸맞지 않은 일에서 눈을 떼지 않음으로써 사람다움을 잃지 않으려는 마음가짐이 ─주인공의 그것이든, 작가의 그것이든─ 그런 의식의 있음새가 아름답다는 이야기일 것이다. 그것은 한 인간(독자)이 한 인간(작자·주인공)에게 보내는, 삶의 태도에 대한 공감을 그렇게 부른 것에 다름 아니다.

　공감이라지만, 거기에는 천차만별일 수 있다. 필자가 말하는 뜻은 주관적 공감이다. 그의 소설의 신선한 놀라움, 깊은 깨달음을 주는 풍부함을 남김없이 분석할 능력이 있어서 이 글을 쓰는 것은 아니다. 한 독자로서 우연히 이 작가가 좀 큰 키에, 어깨를 약간 안으로 굽힐싸 하면서, 조금도 미안한 일이 없음에도 불구하고 미안한 듯이 웃으면서 한 손으로 머리카락을 쓸어 넘기는 것을 볼 수 있는 자리에 있다는 순전히 지리적 조건만을 믿고 몇 자 적고 있다. 때로는 지리적 조건이라는 것도 무엇인가일 수 있지 않을까 믿어보기 때문이다.

사대주의란 말

　이솝 이야기를 읽으면서 이리를 미워하고 돼지 새끼들에게 박수를 보내는 시절은 누구나 겪게 마련이다. 그 무렵에는 세상은 자로 댄 듯이 반듯하고 헤아리기도 쉬워 보인다.
　그러다가 경험 자체가 그런 쉬운 세계의 모습과 어긋나게 되면 우리는 저 혼자 세계의 참다운 뜻을 알려고 애쓰고 마침내 많은 남들이 남긴 연구 결과인 '과학'이라는 것의 도움을 받아 보다 가까운 삶의 모습에 이르게 된다.
　그런데도 우리 사고에서 이솝의 이야기 같은 의인법이 아주 사라지기는 거의 어렵다.
　사대주의라는 말도 그런 의인법의 한 가지다. '사대事大'는 나쁘고 '자주自主'는 옳다는 정도의 글자풀이가 문제인 것은 물론 아니다. 구체적으로 어떤 일에 이 기준을 들이대고 어떤 평가를 내리려 들면 결코 글자풀이처럼 쉽게 잘라지는 현상은 없다는 것이 거의 모든 경우에 말해질 수 있다.

그런데 이런 식의 사물 접근의 태도는 끊이지 않는다. 정치적 행동에 대해서, 문화적 태도에 대해서, 어떤 민족의 역사에 대해서 이 말을 가지고 개괄하려고 하는 논의는 끊이지 않는다.

가령 우리 민족의 지난날에 대해서 즐겨 이 말을 갖다 붙이는 사람들이 더러 심심치 않게 있어왔는데 우리가 조금만 주의하고 우리 지난날을 뜯어보면 결코 그렇게 쉽게 말할 수 없는 실적들에 부딪힌다.

어느 나라 역사에서나 마찬가지로 우리 역사에도 자주와 용기의 사례가 너무나 많이 너무나 충분하게 산맥처럼 우뚝하고 광맥처럼 깊게 깔려 있다. 자기를 지키기 위한 피와 땀이 충분하게 지출돼 있다는 말이다.

이것은 역사적인 사실이기 때문에 우리가 겸손을 하려야 할 도리가 없다.

사대라는 말의 사상사적인 뿌리를 지금 자리에서 돌이켜보면 아마 세 가지쯤으로 갈라볼 수 있을 것 같다.

첫째는 정치적 의도가 깔린 어떤 외국인들이 퍼뜨린 논의다.

둘째는 개화기의 우리 선각자들의 위기의식에서 나온 자기 동족에 대한 충격 요법적인 비판으로서.

셋째는 순수한 의미——즉 현상 파악의 미숙성으로서의 의미이다.

첫째와 둘째에 대해서는 그 심리적 정치적 의도가 분명하기 때문에 대처하기는 그리 어렵지 않다.

그러나 셋째 번 뿌리는 언제나 있을 수 있는 위험이다. 가령 사대란 말로 제일 흔하게 다루고 싶어 하는 지난날의 대중국對中國 관계를 예로 들어 어디에 위험이 있는가 알아보자.

틀림없이 영향을 더 많이 미친 것은 중국 쪽이고 우리는 영향을 더 많이 받은 쪽이었다.

그 영향을 분석하면 정치·군사적인 것 그리고 문화적인 것으로 이루어진다.

그런데— '중국'이란 이름으로 지난날의 우리가 인식한 그 정치·군사·문화적인 것은 어떻게 이루어진 것일까?

우리가 그것들을 '중국'이란 이름으로 요약할 때 우리는 일종의 의인법을 쓰고 있는 것이 된다.

마치 '중국'이 그것을 이리가 이빨을 가지듯, 닭이 알을 낳듯 '단독'으로 '자생'한 '천연'의 것으로 계산하기 쉽다.

그러나 중국은 그 국경 저편의 고대 문명 발생 지역과의 통로에 자리 잡고 이 지구 위에 발생한 최고의 정치·군사·문화적 최신 기술을 그 국경선을 통해 끊임없이 축적하고 흡수하는 자리에 있었다. 그러니까 당대의 우리가 '중국'이라 인식한 그 기술 내용들은 실은 인류 문명의 축적에 붙여진 지극히 표피적인 명사에 지나지 않았다는 사실이 숨겨지기 쉽다.

중국이 가졌던 이 같은 통로가 막히고 다른 문명 중심지에서 중국이 고립되고, 그 통로가 근대에 와서 일본에 더 전폭적으로 연결되었을 때 중국은 얼마나 무력하였던가를 보면 이 같은 설명은 그리 틀리지 않는 것이 아닐까?

우리 쪽이 '영향'을 받아왔던 사정에는 이처럼 대명사에서의 객관적 조건이 불리하게 작용했던 것을 지나칠 수는 없을 것이다.

우리나라 역대 왕조의 주체적 결함은 이러한 객관적 대세를 더 부추겼을 것이나, 그것이 '사대'라는 한마디로 무한 책임을 질 수는 없는 일이다.

우리 역사상의 자주적 세력이 이 문명사적 조건에 용감하게 도전한 것은 사실이지만 대세를 거꾸로 돌리지 못한 것 역시 그들의 용기나 지혜의 부족 같은 말로 설명될 일이 아니다. 역사는 이들 모두를 속에 지닌 폭을 가진 흐름이다. 어느 개인이나 민족의 성패는 생물학적인 의인법이나, 윤리적인 평가로 풀이되는 것이 아니다.

세계나 인생은 연결되어 있고, 그런 세계에서 축적된 문화유산이 유통하고, 어떤 까닭에서건 이 축적된 유산에 접근하는 통로를 가진 주체가 생물적인 차원을 넘어선 힘을 지니게 된다.

과거의 '제국'이란 그런 것이었다. 그리고 중국도 어느 시기까지는 그런 '제국'이었고 우리 선인들이 상대한 중국이란 그런 것이었다.

오늘 우리는 다른 상황에 살고 있다. 문명의 중심지에 대한 접근의 이점이라는 것이 옛날에 비하면 지리적 조건에 좌우되는 일이 훨씬 줄어들었다.

이것은 어느 지역만 그렇다는 것이 아니고 지구 시대, 지구 문명이라는 말이 현실로 되어가고 있는 시대로서 우리가 사는 시대를 인식해도 이제는 과장이랄 것은 없다.

바야흐로 지구 문명이 이룩되고 있다. 문명이 편재하는 데서 오는 불행을 줄일 수 있는 전망이 어느 때보다 밝은 시대가 시작되어 가고 있는 셈이다.

현재의 불균형한 문명의 분포를 고쳐나갈 수 있는 과정 자체를 문명화할 수 있는 가능성이 어느 때보다 밝다. '군림君臨'이나 '사대' '정복'이나 '예속' '전쟁'이나 '식민지화'가 아니라, '평화'와 '교류' 속에서 문명의 이동이 이루어지는 그런 시대를 진지하게 말해볼 수 있는 시대에 우리는 발을 들여놓고 있다.

'사대'란 두 주체 사이의 관계에 대한 겉보기에 알기 쉬운 것 같으면서 정확하지 못한 통속적 규정이다. 모든 주체가 문명의 향유자에 대한 의인법적 인식에서 벗어나는 것—자기가 가진 문명이 결코 사유나 독점할 성질의 것이 아니라는 것, 상대방이 가진 문명이 결코 이솝 이야기의 동물들의 그것처럼 천연의 생물학적 능력이나 윤리적 미덕이 아님을 깨달을 필요가 있다.

우리처럼 '사대'라는 쪽의 논의에 많이 휘말렸던 주체로서는 이 말은 우리가 생활하기 위해서는 타 주체와의 관계 형식을 어떻게 만드는 것이 가장 생산적인가 하는 것을 연구하는 방향으로 극복되어야 할 것이다.

공통의 대의

우리는 지난 30년 사이에 적어도 민족적으로 두 번에 걸친 큰 고비를 겪었다. 하나는 1950년에 일어난 전쟁이고, 다른 하나는 1972년에 있었던 7·4남북공동성명이다. 앞의 것은 골육의 상잔이었고, 뒤의 것은 골육의 화해였다. 하나는 민족의 통일 문제가 남침 전쟁으로 짓밟힌 것이었고 나중 것은 민족의 통일은 평화적으로 이루어져야 한다고, 이 반도에 살고 있는 5천만의 사람들 앞에 맹세를 세웠다.

이것이 민족을 주체로 본 지난 30년의 반도 역사의 큰 궤적이다. 그런데 이 궤적은 떼어놓을 수 없이 짝지어진 국제적 문맥을 가지고 있다. 그 문맥이란 미·소 사이의 전후사의 궤적인 냉전에서 데탕트에로라는 테두리다. 6·25에 비롯된 전쟁은 민족의 남북 전쟁이자 냉전도 틀림없는 전쟁이라는 것을 드러내준 미·소 사이의 동서 전쟁이기도 했다. 마찬가지로 7·4성명도 우리 민족의 화해의 사건이자 그것은 미·소 사이의 데탕트의 짝을 이루는 국제적 문맥 안에서의 사건이었다.

워싱턴-모스크바 사이의 기류는 서울-평양 사이의 기류와 이처럼 정비례해서 움직여왔던 것이다.

이런 경험적인 관찰에 비추어볼 때 미 지상군의 이 시점에서의 철수는 많은 사람들에게 당혹감을 안겨주는 것이 아닐 수 없다.

그런데 남북 관계는 지난번 7·4성명의 면에서 후퇴하고 있는 것이 실정이다. 데탕트라는 모자 속에서 나왔던 남북 화해라는 평화의 비둘기는 어디론지 숨어버리고 만 이 시점에서 미국은 그 지상군을 거두어간다고 한다.

지상군이 물러남으로써 생기는 명백한 힘의 공백을 미국은 무엇으로써 메운다는 것일까? 미국 대통령이 한국 방위를 기자 회견에서 말한다든지, 한국군의 전력을 증강시키기 위해서 돕는다든지 하는 말은 지상군 철수를 갚을 만한 무게가 있을 것 같지 않다. 미국 대통령은 큰 권한을 가진 사람이지만 그가 가장 책임질 수 있는 몫은 행정부의 장으로서의 권한이다. 그의 백 마디 말보다 한·미 방위조약의 보강 개정 같은 것이라면 그것이 실질적인 행동으로 보일 것이다. 한국군의 방위 능력 증강을 위한 지원만 해도 그렇다. 우리가 증강하면 적도 증강할 것이다.

문제는 남북간의 균형에 있지 않다. 남북 각기의 동맹국 사이의 지원 태세의 균형이 문제의 핵심이다. 애당초 '남북' 문제라는 상황이 왜 생겼는지, 또 지금도 그 상황의 저류는 데탕트라는 상황과 공존하고 있음을 생각한다면 한국 문제를 단순한 한국의 국내 정치화하려는 논리에는 우리로서는 저항해야 할 것이다.

자주란 것은 남의 행위의 결과를 면책시켜주는 것일 수가 없다. '결자해지'란 말도 있듯이 국제적 책임에 속하는 부분에 대해서는 우리는 상대방의 역사적 기억을 일깨워줘야 할 것이다.

이 점에도 상황은 불투명하다. 소련이나 중공은 가령 미 지상군의 한국 철수에 비길 만한 어떤 명시적인 태도도 한반도 문제에 대해 취한 바가 없다. 가령 미·중공 사이에, 미·소 사이에 막후幕後에서 어떤 이야기가 있었는지 우리는 모른다. 다만 뚜렷한 것은 미 지상군의 철수 같은 뚜렷한 막전幕前에서의 행동은 아닐 것이고, 눈에 보이지도 들리지도 않는 것은 우리들 보통의 한국 시민들에게는 없는 것이나 마찬가지다.

미 지상군 철수만 한 분명한 조처에 대해서 중·소 양측이 그에 어울릴 만한 행동을 취하지 않는 것은 무슨 까닭일까? 이렇게 생각해가노라면 모르는 일투성이다. 아니면 이것은 미국 대통령의 국내 정치용 정책에 한국이라는 동맹국이 위험한 출연을 강요당하고 있는 것일까? 베트남 전쟁 때에도 한국은 국내외에서의 어려운 부작용을 무릅쓰면서 당시의 미국 행정부의 편의를 위해 행동했었다.

이른바 비동맹권 국가들에 대한 외교적 교섭에서 한국은 베트남 파병 때문에 큰 저항 요인을 만든 셈이다. 미국의 정치 구조에 비추어볼 때 미국 국내 정치의 상황 때문에 외교 정책에서의 변화는 있을 수 있는 일이다. 만일 그렇다면 그것은 전술적인 것인가 혹은 고도로 전략적인 변화일까.

문제는 아직도 미국과 우리 사이에 공통의 대의와 국가 이익이 어디에 존재하는가를 더 이상 신중할 수 없이 넉넉한 시간을 들여서 거듭거듭 검토해보고 그와 같은 양국의 국민들의 오랜 노력에 의해서 쌓인 소중한 성과들을 서로 부담 없이 지켜나갈 수 있는 방안을 모색해야 할 것이다.

한말 이래 한·미 관계는 한국인의 입장에서 볼 때 피할 수 있었던 미국 측의 정치적 과오라는 불행한 선례가 있었기 때문에 한국 국민은 이와 같은 신중성을 요구할 수 있는 권리가 있지 않을까.

평화의 길

　우리나라 사람들은 세계 여러 곳에 널리 퍼져 살고 있다. 그 가운데서도 가장 많이 사는 외국이 일본이고, 중공·소련·미국에도 10만대로 헤아려야 할 우리 사람들이 살고 있다.
　우리나라 역사가 이 반도를 중심으로 정착되고 나서 이렇게 많은 사람이 민족의 주거주지역主居住地域 밖으로 나가 산 일은 없다. 당대唐代에 산둥반도에 신라방이라고 하는 우리 사람들의 거류지가 있었지만, 인구는 모름지기 천 명대로 헤아릴 규모가 아니었을까.
　민족의 이와 같은 확산은, 20세기에 들어와서 우리가 겪은 가장 큰 화였던 일본의 강점 기간에 이루어진 것이었다. 일본·중국·소련·미국 등으로 간 사람들은 정치적 망명, 경제적 자구행위自救行爲, 그리고 징발徵發 같은 사정으로 이들 남의 땅으로 나가게 되었다. 이것이 지금 이들 지역에 사는 우리 사람들의 연혁인 것인데, 그동안 우리들이 알고 있는 소식에 의하면, 일본에 사는 우리 사람들은 다른 지역의 재외 거주자들하고 여러 가지로 다른 조건 하에 놓여 있는 것으로 알려져 있다.

중공이나, 소련, 미국 등에 사는 우리 사람들에 대해서는, 그들이 소수 민족으로서 다른 계系의 소수 민족들에 비해서 특별히 불편한 대우를 받는다는 따위의 일이 알려진 바가 없다. 이들 중·소·미 등은 모두 다민족 국가이고, 그 속에서 우리 사람들은 다른 소수 민족이 누리는 만큼한 권리는 누리고 있는 모양이다. 이런 경우에는 우리 민족의 일부가 다른 지역에 퍼져서 살고 있고, 그 나라 법률 아래서 상식적으로 타당한 권리 의무를 가지고 살고 있다는 것이므로, 우리는 어느 정도 마음 놓고 그들의 소식이나 생활을 대하고 있다.

그런데 유독 일본에 사는 우리 사람들의 그곳 생활만은 이렇게 대범한 성질이 못 되고 있다. 본국의 우리는 줄곧 여러 가지 얘기를 들어오고 있는데 때로는 우울하고, 때로는 섭섭한 일들이 한두 가지가 아니다.

그러한 사실들을 분석하면 대개 이렇게 될 것 같다. ①그곳 원주민들의 특유한 텃세 ②우리 거주자들의 감정 ③개인적인 극복—이렇게 나누어질 수 있지 않을까 한다.

①이 보통 제일 큰 골칫거리고 우리가 섭섭하게 생각하는 일이다. 원주민들의 태도는, 우월감·차별 대우 같은 것이다. 이런 태도가 역사적으로 보나, 국제법으로 보나, 인도상으로 보나, 모두 빨리 극복되어야 할 불합리인 것은 말할 것도 없다. ②가 어떤 뜻에서는 더 주의해야 할 일이 아닐까 싶다. 그들의 우월감에 대응

한 열등감, 그들의 차별에 대한 묵인 같은 태도다. 객관적으로 말해서 이런 일들이 바로잡히는 전망은 시간과 더불어 우리 교포들에게 절대적으로 유리하다. 이것은 재일 교포 전부가 그렇다. 민단계民團系이든, 조련계朝聯系이든 마찬가지다. 그들은 망국의 민중들이 아니라, 엄연히 현존하는 본국을 가진 사람들이기 때문이다. 개인에서와 마찬가지로 국가나 민족이라는 것도 흥망이 있다. 20세기에 우리가 겪은 실패 같은 것도 마찬가지다. 승패는 병가지 상사다. 이것이 두고두고 관념적 자기 모욕의 뿌리가 되어야 할 합리성은 조금도 없다. 물론 재일 교포의 문제는 이런 관념적 표층의 바탕을 이루는 현실적 박해나 차별일 것이다. 이것은 관념적 극복만으로는 해결이 안 되는 문제다. 이 문제의 해결은 필자의 생각으로서는 앞서 말한 것처럼 시간과 더불어 희망적이다. 조련계는 그들대로, 민단계는 우리들대로 더욱 그들이 맺어진 본국의 후광과 실력에 의한 보호를 더욱 받게 될 것이라고 필자는 내다본다. 여러 선전가들의 좀 성급한 희망에도 불구하고, 본토인 반도에서의 정세는 장기적인 평화 공존의 길로 차츰 나가고 있다. 우리에게 평화만 허락된다면, 이 바쁜 세상에 자기 민족의 피를 서로 흘리는 바보 같은 짓만 피하게 된다면, 우리라고 손을 싸매고 앉아 있겠는가. 우리가 중국이나 소련 같은 무력대국武力大國은 못 될망정, 모든 잠재력에서 볼 때, 일본을 부러워할 필요는 없을 만한 가능성을 지니고 있고, 그것은 외양의 복잡함에도 불구하고 이미 현실화되어오고 있다. 분단의 현실에도 불구하고 전운戰雲의 상재商在에도 불구하고 이것은 사실이다. 그 밖의 여러 가지 정치적 사정, 경제적 난관에도 불구하고 그렇다. 재일 교포들이 허심탄회하게 반도를 바라보고, 각기 본토의 남과 북을 방문할 기회를 가지게 되면 아마 그러한 실감을 가질 수 있으리라고 믿는다. 재일 교포의 문제를 집단적인 차원에서 본다면 위에서 말한 바와 같은 길을 따라 여러 가지가 개선되고 정상화될 것이다. 마지막으로 이러한 집단적 자리가 아닌 개인적 차원에서의 자기 운명의 선택도 가능하며, 관대하게 다루어져야 하리라고 생각한다. 말하자면, 극단적인 형태로 일본적日本籍을 얻어 일본에 귀화해버리는 일이다. 한국 민족이라는 생물적 종은 바꾸지 못하더라도 어느 국가에 소속하겠느냐는 인간의 자유 선택에 속하는 일이며 어떤 경우에는 그런 선택(귀화)이 그 사람으로서는 최선일 수 있다. 그럴 때 그 사람을 막을 상위 원리上位原理란 어디에도 없다. 제행諸行은 무상無常이며, 집착은 민족에 있어서도 근원적으로는 미망迷妄이다. 원리적으로는 여기까지 선택의 폭은 열려 있어야 자유인이라 할 것이다. 그러나 현실적으로는 이런 경우는 수로 보아 많지 않을 것이고, 여전히 선택은 여러 가지 현실적 이해·애증·집착에 의해 이루어질 것이다. 그런 경우에는 본국의 미래라는 것이 가장 큰 고려의 조건이 될 것이다. 그리고 필자가 믿기로는 본국의 미래는 열려 있고 재외 교포들이 쉽사리 버리기 어려운 많은 이점, 기득권을 가진 미래가 열려 있다. 소련형의 계급 혁명, 중국형의 혁명 전쟁과는 다른 형태로 반도의 미래는 해결될 것이기 때문에. 왜냐하면 반도의 남북의 당사자들은 1972년 7월 4일의 성명에서 두 가지 점을 민족 앞에 약속했기 때문에. 즉 그 첫째는 남북문제는

'평화'라는 방법 안에서 해결하며 둘째로 이데올로기의 차이에도 불구하고 '민족'의 동질성은 공동 이해의 근거가 된다고 밝혔기 때문이다. 필자는 더도 말고 이 성명대로 실천되기를 바라고 이것이 본국과 국외 거주의 모든 우리 사람들의 이해에 합치하고, 이 세월을 사는 모든 사람들은 이 희망 밑에서 이 희망의 실현에 맞게 처신하고 삶을 꾸려나가는 것이 겨레와 자신을 위한 이익이라고 믿는다.

한말의 상황과 오늘

 몇 해 전부터 한반도의 상황이 한말韓末의 그것을 닮아오고 있다는 말이 자주 들리게 되었다. 이런 말의 주장은 대체로 이렇다. 한말에 이 반도는 열강의 세력이 서로 부딪치는 중심이 되었고, 그 열강들 사이의 싸움의 함수로서 이 반도의 운명이 정해졌는데, 오늘날에도 거의 그때와 마찬가지 얼굴들이 또다시 마찬가지 극을 연출하려 하고 있다는 것이다. 이런 관찰은 반드시 비관론을 위한 전제로 주장되는 것은 아니고, 국면의 어떤 중대한, 적어도 전 단계와는 달라진 성격을 나타내는 위기의식과 이어지고 있는 것 같다. 현상적으로 이런 관찰은 매우 새겨들을 만한 값이 있다. 그런데 필자는 이러한 위기의식에 공감하면서도 그 위기의식의 원인이 되는 우리 반도에서의 보다 주체적인 측면에 눈길을 돌리고 싶어진다.
 앞서 말한 논자들은 주로 상황의 요인으로서 주변 강대국을 주역으로 보고 막상 반도의 남북 당사자들의 비중을 은연중 종속 변수쯤으로 보는 느낌이 있음을 막을 수 없다.

그런데 한말이란 어떤 시기인가? 그 결론을 알고 있다는 입장을 버리고 당대의 현실에 우리 몸을 옮겨본다면, 그 시점, 즉 한말이란 우리가 '아직' 패배하지 않은 시점, 미래가 '미지수'인 시점 ─ 좀더 적극적으로 말하면 원칙적으로 '희망'이 가능했던 시점을 말한다.

이것은 우리가 역사를 결과론으로만 접근할 때 놓치기 쉬운 상황의 더도 덜도 없는 반면半面이다. 많은 사람이 한말의 상황은 어차피 누군가가 반도의 강점자가 되었을 것은 불가피했다고 보는 것 같다. 필자는 이런 생각에 반대이다.

한말이란, 이 반도에 있는 모든 계층의 원주민들이 아직 역사적 전력을 다 소모하지 않은 시점이었다. 패배라는 것은 전력이 모두 소모되었다는 식의 산술이 아니다. 전력의 전략적·전술적 투입이 졸렬했기 때문에 핵심적 전력 요점이 격파당해서 아직 접적하지도 못한 여타의 전력이 마비되고 해체되고 결국 적에게 무장 해제됨을 말한다. 우리가 원시 부락의 섬멸전을 머리에 두고 실수하지 않는 한 문명 시기 이후의 각 시대의 전쟁이란 바로 그런 것이다. 그러니까 한말이란, 이를테면 역사 자신의 눈으로 본다면 승리와 패배의 두 가능성이 공존하는 시점에 다름 아니다. 모든 시점이 그렇듯이, 역사책을 통해서 역사의 결론에서부터 거슬러 바라보는 비통한 패배의 시대라는 얼굴과는 다른 한말의 얼굴이 거기 있다. 민족 정부는 아무튼 아직 존재하고, 유휴遊休 상태에 있던 통치 계층 중의 여지 부분이 자발적으로 현실에 복귀하고 민중은 적절한 전투 지시를 갈망하고 있다. 그리고 이러한 상황은 위기에 처한 모든 존재가 그런 것처럼 증폭된 폭발적인 에너지를 지니고 있다.

그런데 그 한말에 우리는 패배했다. 왜냐하면 가장 졸렬한 전투 편성에 따랐기 때문에. 가능했던 승리의 시나리오들은 이렇게 해서 역사라는 카메라에 담겨보지 못하고 말았다.

처음 이야기로 돌아가자. 많은 사람이 우리 상황이 한말과 닮았다고 했다. 그리고 적어도 주변 관계국의 얼굴이며, 태도에 관한 한 우리는 이 말을 수긍해도 좋으리라고 본다. 그렇다면 우리는 같은 시험 문제를 두 번 치르는 것이 된다. 사실 약분約分해 받아들인다면 역사는 늘 같은 시험 아닌 어떤 출제 방법을 알고 있다는 말인가. 이번에는 이 문제를 어떻게 푸는가에 시험의 결과가 달려 있다. 한말에는 결국 어떤 해답 방식을 우리는 취했던가. 많은 사람이 그것을 사대·내분·독선—이라고 부르고 있다. 즉 대외적으로 자기 자신의 역사 실수歷史實數를 영零으로 놓고 외국의 힘으로 독립을 유지하고, 대내적으로는 민족의 모든 역량을 위기 해결에 동원하기보다 내부에서의 패권 다툼을 앞세우고, 그 패권 다툼에서 독선을 휘둘러서 대의에 참여하려는 전의에서 결코 자신보다 못지않은 동지들을 가로막고, 민중으로부터 고립되었던 것이 한말의 파국까지에 보여준 우리 민족의 정치적 흐름의 제 특징이라고 말하는 사람들이 많다. 요약해서 말해본 이 같은 평가에 필자는 동의한다.

지금 우리가 처한 시점의 성격과 한말의 그것과의 유사성은 주로 주변 강대국의 태도 때문에 이루어지고 있는 것은 사실이지만, 거기에는 그만한 차이(한말과의)도 있다. 한말에 외국 세력은 주로 통치 계급의 좁은 회로 안에서 민중들을 들러리로 세워놓고 한제국韓帝國을 교살했다. 그러나 오늘날에는 우리 반도는 정견을 달리하는 원주민이 반도를 양분하여 국가의 형태로 대립되어 있고 그들은 한말처럼 자신들의 전쟁에 의해서가 아니라 대리전쟁의 형태로 자신들의 이익을 관철하려 한다. 월남전 이후 이 원칙은 그들 사이에 이루어진 어느 정도 확실한 합의인 모양이다. 즉 어느 편도 과당 지원을 않고, 즉 지원 균형 속에서 남북 자체의 각 역량에 의한 자결自決에서 문제를 매듭짓기로 한다는 합의이다. 이것은 미국이 마지막 단계에 와서 월남전을 그렇게 매듭짓고 싶어 한 원칙이었지만 거기서는 한쪽이 너무 점수를 많이 따고 있었기 때문에 이 해결은 불가능했다. 한반도에서는 베트남과 달라 아직 그런 의미의 압도적으로 유리한 입장에는 어느 쪽도 서지 못하고 있다. 여기서 만일 자측自側을 그렇게 생각한다면 그것은 독선이 될 것이다. 외국이 이런 입장을 취하는 동기가 어디 있든 우리에게는, 그것을 '자주'라는 조건이 강화되었다는 가능성으로 전용轉用할 이점을 준다. 우리 반도의 문제의 해결에서 사대 대신에 자주성의 폭을 차츰 넓혀가고, 이런 자주성을 행사함에 있어서 자멸의 길인 내분 대신에(즉 우리 경우에는 남북 전쟁 대신에) 평화의 장치를 더 개선시켜가며, 이와 같은 대외, 민족의 남북 상호간의 문제를 합리적으로 해결하고 민족 성원의 어느 층의 이익도 희생되지 않기 위해서 보다 넓게 운명 결정에 참여하는 길인 민주적 절차를 생활의 모든 차원의 상호 원리로 채택할 것을 역사는 우리에게 눈이 있으면 보라고, 그리고 그대로 답안을 쓰라고 청천 하늘 높이 가르쳐주고 있다고 필자는 믿는다. 그리고 우리는 이런 역사의 충고를 이미 수신하여 문서로 적어놓았다. 7·4남북공동성명이 그것이다.

7·4공동성명에 담긴 희망·슬기·결의——이것이 이번 8·15를 맞으면서 우리 상황의 하늘에 뚜렷이 휘날리는 승리의 깃발이다.

시대의 어려움 속에서

 서른두 해 전에 우리는 적의 포로였다. 우리가 살아온 땅에 앉은 채로 적의 말밖에는 말할 수 없고, 적이 생각하는 대로 생각하기를 강요당하고, 적을 위해서 살았었다. 그리고 우리는 세계로부터 고립되어 있었다. 어느 나라도 우리의 독립이나 해방을 진지하게 생각해준 나라는 없었다(당연한 일이다). 민족은 통일된 채 갇혀 있었다.

 서른두 해가 지난 지금 이 사정은 기묘하게도 꼭 거꾸로 되었다. 민족은 분단되어 있으나 분단된 두 부분은 적어도 각자의 동맹권에 대해서는 열려 있다. 다른 모든 요소들에 앞서서 오늘의 반도의 구도에서 이 점을 우리는 새겨서 볼 필요가 있다. 우리는 지금 우리의 언어로 말하고, 적어도 분단된 '각' 부분에서는 그 어느 때보다도 '자주'란 말이 힘 있게 높아지고 있다.

우리가 적점하敵占下에 들어간 시기는 우리 역사의 전환기였다. 그것은 어떤 같은 문명 수준이 지배하는 역사 시대 속에서의 점령과는 다르다. 유럽 사람들의 근대는 ①자연에 대한 운용 기술의 질적 변화, ②주민의 참정권의 확대, ③통치 단위 안에서의 정치적 권위의 단일화와 같은 내용을 가진 것들이었다. 어느 항목도 그 이전에 비하면 혁명적인 성격의 것들이었다. 우리 역사도 다른 역사와 마찬가지로 이런 항목이 실현될 수 있는 방향으로 발전하고 있었으나, 이런 자생적 개선을 위한 시간은 다른 나라에 의해서 중단된 것이다. 그것이 유럽의 동진, 일본의 점령의 의미다.

오늘 우리 반도에서 벌어지고 있는 일은, 이 중단된 역사의 진화가 그동안에 겪은 외력外力에 의해 손상을 당한 조건에서 속행되고 있는 모습에 다름 아니다. 그 모습이 완미完美한 것일 수 있다고 많은 사람들이 생각했다. 그러나 근대화의 초입에서 우리가 겪은 패전은 우리에게 그것을 허용치 않았다. 어떤 패전도 치러야 할 값을 떠맡긴다. 그 패전이 36년간의 점령만으로 넉넉지 못했다는 것이 지금은 뚜렷해졌다. 역사의 부당함을 말하는 것은 쓸데없는 일이다. 부당하든 말든 역사는 빚을 졸라댄다. 이 채귀債鬼에게서 벗어나는 일은 빚을 갚는 일뿐이다. 이런 일은 우리만 당하는 일이 아니다. 이 지구 위에 산 모든 민족이 당한 일이었다. 패전은 결정적이 아니다. 거기서 어떻게 일어나는가가 정말 갈림길이다.

미군이 철수한다고 한다. 그들의 한반도 정책의 전환점이다. 강자들이 그들의 남북 동맹자에 대한 원조를 서로 조정함으로써 현재의 상태를 유지하자는 것으로 풀이된다. 남북 당사자의 비중이 상대적으로 높아진다. 자기 운명 재량運命裁量의 폭이 넓어질 것이다. 이 폭을 어떻게 설계하느냐에 따라서 강자들의 의도 자체도 굴절이나 수정을 받을 것이다. 인간적 사태라는 것에는 결정론이란 뜻이 없다. 남북 당사자들이 새 국면을 어떻게 맞이하고 어떻게 치러나가는가에 따라 제3자의 의지도 얼마든지 달라질 수 있다. 지금 이 시간에도 역사의 기旗에는 낙관도 희망도 씌어 있지 않다. 역사의 기는 스핑크스의 얼굴 같은 것이다. 그것은 언제나 질문일 뿐이다.

도구를 쓰면서 문명 생활을 비롯한 이래, 인간은 일정한 기간마다 생활의 전반을 지배할 수 있는 슬기를 깨닫곤 했다. 겉보기의 다름에도 불구하고 이런 슬기는 한 시대가 지난다고 쓸모없어지지는 않는다. 과도기를 사는 사람들에는 이런 자신이 없다. 그래서 번쩍거리는 신기한 말에 매달리기 쉬운 심리가 된다. 이 반도에 사는, 배운 것이 모자라 부끄러운 많은 사람들도 많은 말을 들으면서 살아왔다. 잘난 사람들한테서. 나라 안팎의. 개국 이래로. 그때나 지금이나 별로 똑똑하지는 못해도 몸으로 치르고 겪다 보니, 그 많은 말들을 조금씩은 에누리를 하는 여유쯤은 생긴 것이 아닐까. 이 땅의 사람들은. 급하다고 바늘허리를 매어 쓰랴는 말처럼.

이 국토의 통일을 잔치에 비유해보자. 남과 북은 모두 이 잔치에 가장 좋은 음식을 가지고 참가하게 될 것이다. 그런데 예의 바른 우리니까 한 번쯤은 자기 손에 쥔 떡과 반찬이 저쪽 구미에 맞겠는지도 가끔 생각해보는 것이 좋겠다. 너무 맵지 않은지, 너무 짜지 않은지, 너무 싱겁지 않은지, 너무 투박하지 않은지 이런 생각을 잘 해보는 것이 옳지 않을는지. 잔말 말고 먹으라고 해서는 잔치 자리가 즐겁지 못할 것이 뻔하지 않겠는가.

미국과 소련이 지금처럼 이렇게 처신할 줄을 예전에 누가 미루어 알 수 있었겠는가. 그러나 그들은 그렇게 하고 있다. 서른두 해 전, 이 땅의 생각 있는 사람들도 그렇게 하려고 했었다. 그러나 그들은 성공하지 못했다. 강자들이 그럴 처지가 안 되었기 때문이다. 지금 그들은 자기들이 겪어본 방법을 조금 우리들에게 허락할 듯이 보인다. 그 속뜻이야 모르지만, 우리는 우리 뜻대로 이 조건을 이용하지 않으면 안 된다. 천하에 아무도 우리를 탓하지는 않을 것이다.

역사란 늘 같은 질문을 하는 법이지만, 그 질문하는 방법은 늘 다르다. 보기 싫은 것은 없는 것으로 셈하고, 없는 것을 있는 것처럼 셈하면 돌아올 것은 낙제점밖에는 없다.

생활자의 감각은 늘 오늘 지금 있는 것에서부터 시작할 수밖에 없다. 이 반도에 우리 종족으로 이루어진 정부와 군대가 있고, 우리말을 사용하고 있는 이 현실은 서른두 해 전에 비겨서 뚜렷이 아무튼 나아졌다. 이것이 현실이다. 이 현실을 동족의 내란으로 발전시키느냐 동족 속에 형성된 경쟁 집단으로 변화시키느냐는 우리한테 달렸다. 그리고 이 변화 여하에 따라 서른두 해 전 8·15의 의미도 달라진다. 한국 현대 문학의 특별한 어려움은 그가 대상으로 하는 역사가 아직도 그 주조를 정립하지 못한 곳에서 이루어져야 한다는 데 놓여 있다. 그것은 가장 객관적이면서 동시에 작가의 희망이 강하게 섞인 주관적인 것이어야 한다는 것을 뜻한다. 이 방향에서 한국 문학은 노력해왔으나, 그 작업의 본질상의 어려움 때문에 어떤 성과보다도 성과를 향한 의지의 확인에 더 중점을 두고 평가할 때에야 그 고통이 드러나는 그러한 것이었다. 그러나 적어도 이 땅의 운명을 누구보다도 깊고 솔직하게 보려고 모든 문학 세대가 몸부림친 것은 사실이고 앞으로도 그럴 것이다.

사랑의 기술

국민학교에서 대학까지 사람은 많은 것을 배우고 난 다음에 비로소 완전한 성인으로 사회 생활을 시작합니다.

학교에서 배우는 일은 일반적인 상식에서부터 전문 기술에 이르기까지 가지각색이지만 아무튼 우리가 나머지 생애를 살아나가는 기본 실력이 되는 내용들입니다. 그 내용들을 가지고 우리는 사회를 이해하고 직업상의 기술을 터득하게 됩니다. 모든 사람이 대학까지 다니는 것은 아니지만 최소한 글을 익히고 숫자를 익히는 기본 교육도 본질적으로는 대학 교육과 다름이 없는 것입니다. 이런 교육을 가지고 우리는 어느 분야의 직업인이 되어 밥벌이를 하면서 살아가게 됩니다. 그리고 일생 중에는 끊임없이 성인 교육을 받아서 시대에 뒤떨어지지 않을 기회가 주어집니다.

그런데 우리는 사람을 사랑하는 데 대한 교육은 특별히 받는 법이 없습니다. 적어도 학교에서 배우는 과목에는 그런 것이 없습니다. 사람을 사랑한다는 범위를 더 좁혀서 이성간의 사랑에 대해서 말한다면 어디서도 그런 것을 배워주는 학교는 없습니다. 우리는 그것—이성을 사랑하는 법을 생활 속에서 배워갑니다. 가르치는 사람이 따로 있어서가 아니라 경험으로 겪어나가면서 알게 됩니다. 이렇게 막연하게 배우는 일이란 것은 이상한 일입니다. 인간은 살아가는 데 필요한 모든 기술을 제도적으로 배워주고 배우고 있는데 유독 이성간의 사랑에서만은 이렇게 경험에 맡기고 있는 것입니다. 동물도 그렇지만 인간의 사랑에도 법칙이 있고 그 법칙을 따라야만 위험이 적고 성과가 큽니다. 이런 법칙을 우리는 생활 속에서 관찰과 실습을 통해서 배우게 됩니다. 그러한 관찰의 처음이자 제일 가까운 대상은 자기 부모의 생활일 것입니다. 사실 많은 경우에 사람의 이성 관계의 틀은 자기 부모의 모습에 따르는 율이 많습니다. 그런데 부모들의 생활은 너무 가까워서 그것을 객관적으로 관찰하고 거기서 법칙을 끌어낸다는 것은 아주 어렵고 어쩌면 거의 모든 사람은 일생을 통해서 부모를 사랑하는 남녀 사이로 객관화하는 데 이르지 못하고 만다는 것이 사실입니다. 좋건 나쁘건 부모는 절대적인 사실로 받아들여지기 쉽고 거기서 남과 다름없는 엄연하고 냉혹한 법칙을 발견한다는 것은 웬만한 자녀에게는 불가능한 일입니다. 그러나 이것은 의식적으로 객관화하는 것이 어렵다는 말이지 부모의 사랑 생활이 미치는 영향과는 다른 얘깁니다. 영향으로 말할 것 같으면 이처럼 절대적인 영향 또한 달리는 찾아보기 어려울 것입니다. 의식하지는 못하지만, 의식의 밑에서 자기도 잘 다루지 못할 또 하나의 자기처럼 부모의 사랑 생활은 자녀들의 사랑 생활을 방향 짓는 것입니다. 물론 방향 짓는 형식이 단순하지는 않습니다. 비록 부모의 사랑 형식에 실망해서 그와 반대되는 형식에 기울어지는 경우에도 부모의 그림자는 거기에 작용하게 되는 일이 많아 보입니다. 이를테면 반발의 정도가 심해서 다른 형태의 문제를 만들게 되는 일 같은 것 말입니다. 아무튼 자녀들은 사랑의 형식에서 부모의 형식을 벗어나기가 어려우며 생애의 어느 부분에서는 사람은 이 문제와 심각하게 부딪치는 일이 많습니다. 아마 인간이 성숙하는 여러 조건이 있지만, 이 문제에 대한—즉 부모의 사랑 형식으로부터의 해방, 혹은 모방이 아닌 자기 힘으로 이룩한 재창조라는 단계는 아주 중요한 일이라고 생각됩니다. 이렇게 부모라는 모델이 비싼 값을 치르게 만드는 까닭은 부모의 권위 때문에 생기는 신성감이 과학적 관찰을 크게 가리게 되기 때문입니다. 우리의 부모에 대한 감정은 부모 자신들에 의해서 부단히 강조됩니다. 자기 자신을 객관적으로 자식 앞에 드러내는 부모란 아마 지구 위에 한 사람도 없을 것입니다. 이와 같은 대상으로부터 인생의 교훈을 끌어내기가 얼마나 어려운가는 짐작할 만한 것입니다.

  다음에 사람이 이성간의 사랑에 대해서 배우는 학교는 남의 사랑을 관찰하는 일입니다. 이것은 매우 생산적입니다. 부모와 달리 남의 사랑 생활은 객관적으로 보기가 훨씬 쉽습니다. 남의 사랑의 이야기는 우리 주변의 실지 생활에서도 허다하게 부딪치는 사건입니다. 거기서 우리가 배우는 바는 매우 크고 효율적입니다. 남의 사랑에 대해서는 많은 사람들이 정확한 판단자이며 현명한 조언자의 능력을 갖추고 있습니다. 남의 일이기 때문에 사태의 전모가 감정의 맹점 부분이 없이 잘 보이는 것입니다. 남의 사랑의 한 형식으로서 문학 작품이라는 것을 들어야 할 것입니다. 종이 위에서 숨 쉬는 사람들의 이야기지만, 우리는 그 종이를 손에 들고 있는 동안은 그 사람들을 우리 머릿속에서 정말 살아 있는 사람들처럼 느끼는 것이며, 그러나 우리 자신은 아닌 남으로 느끼는 것입니다. 문학 작품은 실지의 남의 생활을 관찰하는 것보다 교육적 견지에서 본다면 훨씬 효과적입니다. 실지의 남들은 그들의 사랑 생활을 우리에게 보여주기 위해서 살고 있는 것은 아닙니다. 그들은 우리를 위해서 생활의 속도를 가감한다거나, 확대해 보여준다거나, 긴치 않은 부분을 생략해준다거나 하지는 않습니다. 문학 작품은 실지 생활에서는 불가능한 그러한 일을 하여줍니다. 소설을 읽으면서 우리가 주의해보면 알 수 있는 제일 눈에 뜨이는 일은 실지 생활에서는 사람이란 이렇게까지 자기 생활을 의식하면서 행동하는 것은 아니라는 점입니다. 생활에서 행동할 때마다 미주알고주알 자기 행동에 자각적으로 이유를 댄다거나 자기 행동을 그렇게 시시콜콜히 되새겨본다는 법은 없습니다. 사람의 행동은 모두 목적 의식과 방법의 선택을 거치는 것은 사실이지만 이러한 과정은 숙달이나 나태 때문에 대개 의식에 떠오르지 않는 일이 많습니다. 그래서 실지 살아가는 사람은 눈에 보이는 행동에서 다음 행동으로 직접 옮아가는 것처럼 보입니다. 남의 행동에서 법칙을 끌어내는 데 어려운 점은 이처럼 그 목적이나 방법이 반드시 명시적이거나 시종일관하지 않기 때문입니다. 소설은 이런 숨은 과정을 모두

드러나 보이게 쓰기 때문에 사실 소설 속의 인물이라는 것은 실지의 사람의 행동 구조를 실생활에서의 관찰보다 더 충실히 보여준다고 보아야 할 것입니다. 소설 속의 인물들이 그렇게 생생하게 느껴지는 것은 그 때문입니다. 더욱 문학 작품에서는 사랑의 이야기가 다루어지는 일이 많습니다. 이것도 사실은 좀 과장된 느낌입니다. 문학 이외의 어떤 지식 표현도 개인의 사랑의 생활이라는 인간의 기본적 생활을 다루지 않기 때문에 비록 주인공이 작품 속에서 생활의 다른 장면도 보여주는데도 마치 사랑의 생활이 주된 줄거리인 것처럼 보이는 수도 많은 것입니다. 그렇더라도 일반적으로 문학의 가장 큰 소재가 사랑인 것만은 틀림이 없습니다. 그리고 가장 강력한 사랑의 학교인 것도 틀림없는 일입니다.

많은 사람들이 이성간의 사랑에 대해서 문학을 통해서 그 정서가 가다듬어지는 것은 그만한 까닭이 있는 것입니다. 부모님들은 곧잘 너는 다리 밑에서 주워왔다고 말하기 일쑤이고 남의 사랑이라는 것은 어떤 지점에서는 진실이 가려지는 부분이 있습니다. 학교에서는 모든 고상하고 정밀한 생활 기술은 가르치지만 사랑의 생활은 가르치지 않습니다. 사정이 이렇고 보면 사랑의 교육을 실시하는 책임은 자연히 문학예술에게 떠맡겨집니다. 우리가 젊었을 때 밤을 새워 소설책을 읽을 때 우리가 거기에 심취한 것이 무엇인가를 생각해보면 분명한 일입니다. 이러저러한 인생의 다른 지혜나 슬기는 반드시 문학 아니고도 얻을 데가 있습니다. 더욱 오늘날처럼 전문적 지식이 고도화되고 보면 아무도 정치 기술이나 건축 기술을 배우려고 소설책을 읽는 사람은 없을 것입니다. 거기에

다만 인간 사이의 사랑이 묘사되었다는 그것만으로 우리는 소설이 다른 어떤 글보다도 인간을 전반적으로 다루었다는 환상, 빼먹은 것 없이 살아 있는 인생을 모방한 글이라는 환상을 받습니다. 문학은 옛날부터 남녀의 사랑에 대해 가장 솔직한 발언을 해온 표현 방식이기 때문에 거기에는 축적된 지혜와 정보가 짙게 들어 있습니다. 이렇게 해서 사람은 상상 속의 남의 사랑을 관찰하고 공감하고 비판하면서 사랑을 배웁니다. 그런데 소설의 즐거움부터가, 거기서 배운다는 데 앞서서 그들 등장인물의 삶을 그 사람들이 되어 자기가 사는 것에 있는 것처럼 사랑을 배우기 위해서 우리는 살고 있지 않습니다. 우리는 사랑하기 위해서 배우자는 것임은 말할 것도 없습니다. 즉 가장 큰 배움은 곧 자기가 사랑하는 것입니다. 그리고 여기서 진정한 사랑의 본질이 드러납니다. 가장 큰 교육은 경험일 것은 틀림이 없는데 여기서는 실험을 하는 일이 매우 비싸게 먹힌다는 사실입니다. 그렇게 말하기보다도 사랑이라는 것은 누구나 경험을 쌓기 위해서 하는 일은 없습니다. 첫째로 우리는 사랑은 한 번으로 이루어지기를 바랍니다. 첫사랑이 마지막 사랑이 되는 것이 사랑의 이상이라 할 것입니다. 그런데 대개는 첫사랑이야말로 마지막 사랑이 되는 일은 드문 일입니다. 누구한테 물어봐도 다 그렇다고 합니다. 아마 인간의 사랑의 첫째 괴로움은 이것일 것입니다. 그리고 이루지 못한 사랑은 다른 어떤 것—말하자면, 사업의 실패라든지, 출세라든지보다도 더 치르는 값이 큽니다. 사람은 사랑에다 그토록 자기를 남김없이 던져 넣는 것입니다. 그래서 뜻과 같지 못하면 우리는 이 세상이 모두 쓸데없는 것처럼 느낍니다. 사실입니다.

  사랑을 얻지 못하면 세상은 아무것도 아닙니다. 적어도 자기에게는 그리고 자기가 없는 세상이 자기에게 무엇일 수 있다는 것은 환상입니다. 사회 쪽에서 필요해서 만든 환상입니다. 잃어버린 사랑에 대한 보상은 어디에도 있을 리 없으니까요. 우리는 아직도 이성간의 사랑에서 날카롭게 드러나는 이 개인주의의 진리를 두려워하고 거기다 이런저런 옷을 입히려고 합니다. 그러나 적어도 우리 마음에서는 우리들 인간의 사랑의 비참한 한계를 그 모습대로 받아들이는 것이 좋습니다. 거기에는 아무 위안도 있을 수 없습니다. 비참하다는 것은 이런저런 까닭으로 사람은 자기 바라는 사람과 남자와 여자로서 사랑할 수 없는 일이 생기고 거의 모든 사람이 자기 생애에서 이 문제와 거듭 부딪치게 됨을 말합니다. 여기에는 해결의 길이 없습니다. 해결은 없고 다만 참는 일밖에는 길이 없습니다.

  현대 교육을 받는 사람들은 인간이 노력하면 어떤 일이든 성취할 수 있다고 생각하기 쉬운데 그것은 적당한 시기에 고쳐 생각할 수밖에 없는 지나친 낙관론입니다. 사랑의 문제에서의 지나친 환상도 그 하나입니다. 사랑하는 사람의 죽음, 사랑하는 사람의 배신, 너무나 큰 주위의 방해—이런 것들이 많은 애인들을 울려온 비극들입니다. 만일 종교를 가진 사람이면 다른 세상에서 다시 만나기를, 배신한 애인은 반드시 지옥에 가기를 믿을 수 있을 것이며, 주위의 방해라는 것은 요즈음 같아서는 거의 자기 할 탓으로 이길 수 있는 일이 되었습니다. 사랑의 문제도 우리가 정말 사랑다운 사랑을 하려 들면 인생의 다른 모든 문제처럼 죽음과 삶을 하나만 골라야 할 지경에 이르게 됨을 각오해야 할 것입니다. 그만한 결심이 없으면 그만한 사랑밖에는 돌아오지 않을 것입니다.

사랑의 문제는 미리 교육을 받는대야 닥치면 그다지 쓸모가 없기가 십상입니다. 다만 튼튼한 심장이 제일 믿을 수 있는 것이 아닐까 합니다. 사랑의 상처도 아물기는 아무는 것입니다. 다행히 우리는 다른 아담과 다른 이브를 만날 수 있습니다. 아마 이것이 사랑을 위한 제일 큰 위안입니다. 또 실제적인 구제책입니다. 곧 죽을 것 같던 사람들이 다른 아담과 다른 이브를 만나서 희희낙락하는 것을 우리는 예사로 보는 바입니다. 별난 사람들 말고는— 그들은 고집 센 사람들이지요—대개는 이 방법에 의해서 그럭저럭 해나갈 수 있습니다. 세상은 살아가게 마련이니까요. 그러나 어떤 사람이 어느 특정한 상대와의 사랑이 깨어진다면, 다시는 다른 사랑을 찾지 못한다고 말한다면 그런 사람은 그럴 권리가 있는 것입니다. 그것은 그 사람이 틀림없이 순수한 사람이라는 증거입니다. 동물에게는 자연이 준 성에 따르기 위해 사랑이 있지만, 인간은 자연이 준 성을 바탕으로 해서 성을 자기 자신의 노래로 승화시킨 것입니다.

사랑의 예술도 다른 예술과 마찬가지로 거기서 성공하려면 사랑 밖의 일체의 것을 버려야 합니다. 그렇게 해서 거지가 되건 범죄자가 되건 자기가 바라는 사랑의 길에 매진할 수 있다면 성패간에 한은 없을 것입니다. 우리는 차츰, 얻어진 사랑의 자유를 너무 쉽게 생각해서 사랑에는 어떠한 희생이나 어려움도 견뎌야 함을 잊기 쉽습니다. 먼저 이런 공짜는 없다는 것을 명심하는 것이 좋지 않을까 합니다. 사랑에서도 물려받은 전통의 혜택은 자기가 치를 값을 치르고서야 자기 것이 될 것입니다.

우리가 바라는 삶

 1978년 오늘 현재의 우리 삶을 돌아보고 우리의 삶이 이렇게 되었으면 하는 모습을 그려보기로 한다.
 첫째는 평화이다. 1945년 이후 우리 땅에 이루어지고 있는 무력적 대립은 본질적으로는 아무 변화 없이 그대로 지속되고 있다. 사실 우리가 무슨 일을 계획하건, 이러한 계획을 제약하는 가장 큰 테두리는 남북의 무력 대립이라는 이 상황이다. 우리처럼 보다 나은 생활을 위한 개발을 위해서 큰 과제를 안고 있는 가난한 나라가 이토록 막대한 힘을 국방에 쏟아야 한다는 것은 너무나 아까운 낭비임에 틀림없다. 다행히 평화를 위해서 희망을 가져볼 수 있는 몇 가지 조건이 있기는 하다. 국제적으로 이데올로기 대립을 평화적으로 해결하려는 태도가 널리 받아들여지고, 이러한 태도를 영구한 것으로 만들려는 노력이 미국과 소련 사이에서 해가 갈수록 열매를 맺어가고 있다. 그러나 이 노력 자체도 중동이나 아프리카의 정세가 보여주듯이 절대적인 보장은 안 된다. 현실적으로 이데올로기 대립을 평화적으로 해결할 수 있을 것 같은 지역과, 무력 형태를 여전히 취하고 있는 지역으로 나누어서 생각하는 것이 옳은 분석일 것이다. 우리 목표는 독일과 더불어 이데올로기의 무력적 강요에서 벗어나는 지역권 속에다 자신을 위치시키는 방향으로 외교가 전개되어야 할 것이다. 강대국의 세계 전략에서 가장 혹독한 국면에서 이용당하지 않기 위한 노력이다. 평화에 대한 또 하나의 가능성은 7·4남북공동성명의 성과를 굳게 지키고 발전시키는 길이다. 이 성명이 나왔을 때 이 땅에 사는 사람들이 받은 감명이야말로 우리 시대의 핵심을 이루는 정치적 공약수라 할 수 있다. 정치는 반드시 다수결이 승리하지는 않지만 장기적으로 역시 다수의 이익이 목적을 관철하는 것은 역사가 모두 보여주는 바와 같다. 냉전의 완화와 남북이 대화를 시작했다는 이 두 가지 조건은 이 땅에 살고 있는 모든 사람들의 생명을 위한 평화로운 환경을 만듦에 있어서 좋게 쓰일 수 있는 두 개의 지렛대다. 우리가 아프리카에서 일어나고 있는 동서 대립에서 배워야 할 것은 거기서 우리의 모습을 보고 그 같은 형태로 우리 역사가 다시 뒷걸음치는 것을 막는 일이다. 독일과 일본이 패전국이었음에도 불구하고 오늘의 번영을 가져온 것은 군비 부담에서 벗어나 있었기 때문임은 모두가 아는 사실이다. 평화의 문제는 청년 문제와 깊이 관련돼 있다. 전쟁에서는 청년층이 가장 큰 희생자의 자리에 서게 된다. 평화의 문제는 경제·문화·정치 제도 전반에 대해서 절대적인 힘을 미치고 있다. 모든 부조리가 이 인간의 가장 비인간적 행위의 위협에서 나오고 있다. 원자탄 공격을 받은 일본이 평화 운동으로 세계의 인도주의적 여론의 확립에 기여한 것처럼 우리나라와 같이 이데올로기의 야만적 투쟁 때문에 화를 입고 있는 나라에서 세계적 공감을 얻을 수 있는 민간 운동으로서 평화 운동을 생각해봄 직한 일이 아닐까 한다. 우리에게 지워진 운명을 이기기 위해서는 훌륭한 계획이 안출되어야 하고 그것이 추진되도록 노력하는 일이 필요하다. 이러한 운동에는 어려운 점이 많겠지만 우리 사회가 생존하기 위해서는 국민의 정치적 힘을 여러 단계에서 조직하고 큰 목적을 위해 참여시키는 것이 필요하다. 국민의 가장 큰 이익이 달려 있는 남북문제를 여러 가지 수준으로 나누어 생각하고 적절한 접근의 형식을 만들어내는 노력이 연구되어야 할 것이다. 평화의 지속—이것이 우리가 바라는 가장 큰 정치적 희망이라는 것, 이 희망이 더 확실한 것이 되기를 바라는 것, 우리 삶의 앞날을 위해서 필자가 생각하는 가장 큰 희망은 이것이다.

두번째는 복지의 문제라 부를 수 있겠다. 산업화의 급격한 진행은 여러 가지 문제를 만들어내고 있는데 가장 핵심이 되는 부분은 소득의 분배 문제임은 널리 지적되고 있는 바와 같다. 전쟁의 위협과 막대한 외국 자본의 수입이라는 조건 아래서 이루어지고 있는 우리들의 경제생활은 어떤 상황보다도 가혹한 조건에서 이루어지고 있는 삶이라 불러도 좋을 것이다. 민족 자본의 축적과 국민 통합의 유지라는 두 가지 목표를 다 같이 만족시켜야 할 것이기 때문이다. 이상론은 어떻든 이 문제에서 여러 사람이 만족할 수 있는 현실적 폭은 아주 좁다고 필자는 생각한다. 국민 소득이 절대적으로 낮은 것이다. 그러니까 이 문제는 현재의 경제적 조건을 국민적 입장에서 보아서 낭비를 줄이는 방향에서 운영되어야 할 것이다. 이러한 낭비는 부정부패에서 오는 것들이 그 대부분이 아닐까 한다. 산업 운영의 과학성, 근무에 대한 정당한 평가 기회의 개방— 이런 것들을 이루어나가자면 모든 과정에서 부패가 없어야만 이루어질 수 있다. 이러한 부패가 될수록 억제되고 소득이 합리적으로 분배될 때만이 국민의 건전한 산업 활동이 자극되고 발전이 지속될 것이다. 나폴레옹에 대한 웰링턴의 승리는 결국 영국 농민이 프랑스 농민보다 더 합리적인 소득 구조의 혜택을 받고 있었기 때문이라는 말을 하는 사람이 있듯이 이 문제는 국방력과 직결된다.

정책 집행자들이 어느 정도 심각하게 생각하고 있는지 모르지만, 공해 문제는 오늘날 국민 생활에 대한 또 하나의 위협이 되고 있다. 현대 산업의 성격 때문에 무공해 환경을 기대하기는 어렵지만, 이 역시 정도의 문제다. 현재의 조건 아래서도 얼마든지 개선의 여지가 있다. 가령 공해 교육이라 이름 붙일 과목을 광범하게 배당해야 할 것이다. 인권의 첫째 본질이 생명의 존속에 있는 것처럼 도덕의 첫째 본질은 공해라는 이름으로 오고 있는 생명 모독에 대한 날카로운 감각의 유지에 있다. 각급 학교 학생들에게 공해의 실태와 그로부터의 가장 적절하고 현실적인 대처법을 가르치는 것은 산업 사회의 도의 교육이라 불러서 마땅할 것이다. 관계자 모두의 노력에 의해서 공해를 예방하고, 그 해독을 줄이고, 사후 조처를 해나가는 문제를 심각하게 연구해야 할 것이다. 공해라는 문제는 농업 경제에서는 일어나지 않던 문제이다. 대부분이 자연을 분해 결합하는 처리 과정인 현대 산업에서 일어나는 공해 문제는 우리 국민이 처음 겪는 문제이다. 생명을 유지하기 위해서 일하는 과정이 생명의 독을 만들어내는 과정과 하나가 되어 있다는 사실은 상징적이기까지 하다. 인간이 도덕적 노력을 게을리 하면 문명은 곧 죽음임을 뜻하는 것이기 때문이다. 자기 나라의 공해를 외국에 떠맡기고, 자기 사회의 공해를 다른 사회 계층에게 떠맡기는 식으로 약육강식의 행동 양식에 따른다면 마침내는 모든 관계자가 모두 파멸할 것이다. 이 문제 역시 이상론보다도 현실적으로 가능한 일조차도 하지 않게 되는 데 문제가 있고 이 문제 역시 부패의 문제와 관련된다. 필요한 감시를 해야 할 자리에 있는 사람들이 맡겨진 감시를 소홀히 하는 데서 오는 폐해가 문제의 중심이다. 이것은 적극적으로 공해를 없애는 힘은 제한되어 있지만, 간접적으로는 그러한 노력에 대한 조건까지도 된다. 왜냐하면 필요는 문제 해결의 첫째 추진력이 되기 때문이다. 엄격한 행정력과 사회적 감시가 이루어진다면 공해의 해소를 위한 연구나 발명이 촉진될 것이기 때문이다. 절대적으로 낮은 국민 총소득을 합리적으로 분배하는 데에는 금액상의 소득 증가 이상으로 공해 해소에 대한 노력이 필요하다. 왜냐하면 낮은 소득을 견디기 위해서도 개인적으로 어찌할 수 없는 공해로부터 국민을 보호하는 것은 넓은 의미의 국민 개인 소득의 향상이나 다름없기 때문이다. 공해 문제는 소득의 분배 문제의 한 측면에 지나지 않는다. 소득이라는 개념을 어떻게 정의하든 그것은 개인이 기여한 노동에 대한 적절한 대가여야 하고, 현실적으로 적절할 때 사람들은 덮어놓고 환상적 기대를 내세우지는 않는다. 우리 사회의 현실은 이 현실적으로 적절한 수준까지도 이루지 못하고 있기 때문에 우리의 미래를 생각할 때 이 문제는 가장 중요하게 거론되어야 할 과제이다.

정치학에서의 권력 이론은 사람과 사람 사이의 지배·피지배 관계에 초점을 두고 있다. 그러나 이러한 이론은 그것만으로는 때로 좁은 생각밖에 제공하지 못하는 흠도 있다. 왜냐하면 노예도 지배하는 대상이 있다. 그것은 자연이다. 인간의 가장 밑바닥인 노예도 자연에 대해서는 지배자이다. 이 지배권 없이는 노예는 노예로서의 피지배의 자리를 해낼 수 없다. 그리고 주인은 결국 노예를 통해서 자연을 지배하고 있는 것이다. 주인이 식인종이어서 노예의 육체 자체를 의식주의 대상으로 삼지 않는 한 주인이 노예를 지배한다는 것은 노예를 통하여 자연을 지배한다는 말에 다름이 아니다. 그런데 노예는 최소한 자연의 주인이어야 하기 때문에 아무리 극한의 상태라 할지라도 그는 자연 자체에까지 내려갈 수 없다. 자연 자체에 내려간다는 것은 인간의 문명의 성격상 불가능한 일이다. 즉 노예의 육체가 어떤 다른 인간 즉 지배자의 의식주의 대상이 된다는 것은 문명의 이전인 동물의 상태로 간다는 것을 말한다. 그렇기 때문에 문명한 사회일수록 이 노예 속에 있는 인간적 부분—즉 자연의 지배자로서의 자격과 실력이 증대할 수밖에 없다. 그렇지 않으면 그 문명 자신이 가동하지 않기 때문이다. 현대 산업은 자연에 대한 지배력을 나날이 증대시키고 있다. 그렇다면 길게 보아서 인간은 자신 속에 있는 주인 됨의 부분을 더욱 증대시켜야만 이 문명 수준을 유지할 수 있을 것은 자명한 일이다. 아마 가장 바람직한 사회의 모습이란 '권력'이란 개념이 인간 전체와 자연 사이의 관계에만 쓰이고 인간 사이에서는 쓰이지 않는 경우일 것이다. 인간은 자연에 대한 지배력을 끊임없이 증대시켜왔다. 인간의 역사란, 자연에 대한 인간의 지배력의 증대의 과정이다. 이것이 역사의 본질임에는 틀림없다. 그런데 이때 이 명제에서 사용된 '인간'이란, 시간과 공간에서 논리적으로 추상된 개념이다. '인간'이란 인간의 탄생에서 오늘에 이르는 사이에 산 모든 인간을 하나로 생각했을 때의 개념이다. 그러나 '인간'이라는 이름의 50만 년 나이 먹은 한 사람의 거인이 살고 있는 것은 아니다. 살았고 살고 있는 것은 몇 십 년 생활하는 구체적 개인들이다. 이 구체적 '개인'들에게 분배되는 '자연에 대한 지배력'은 모두 다르다. 모든 사회는 그 전대에서 물려받은 '자연에 대한 지배력'을 가지고 출발하는데 이 지배력은 그 사회 속에 살고 있는 개인마다에 따라서 배당량이 다르다. 인간 사회가 이미 축적된 자연 지배력—그러니까 동물 수준에서 벗어난 자연 지배력의 유산 위에서 산다는 것은 인간 사이의 불평등의 기초가 된다. 이 배당량의 차이 때문에 인간 사이의 권력 관계가 생겨난다. 그런데 이 분배는 언제나 공정하지 못하게 마련이다. 인간이 이 세상에 태어날 때는 벌거숭이의 생물로 태어난다. 그는 사회 속에서 자라면서 '자연에 대한 지배력'의 배당을 받는다. 그러나 그 배당이 공평하기는 언제나 어렵다. 인간 사회의 가장 큰 문제는 이 배당을 어떻게 하면 공정하게 하느냐에 있는데 여기에는 언제나 억제력이 작용한다. 그것은 이미 좋은 배당을 받은 사람들 쪽에서 오는 것이 하나이며, 다른 하나는 사실 자체의 본질적 제약에서 온다. 배당이 다르다는 것은 한편으로 그 배당에 어울리는 생활 형태나 노동 형태를 말하는 것인데 이러한 형태의 변화를 위해서는 물질적으로 시간이 필요한 것을 말한다. 아마 관념적으로 어떤 사회적 프로그램을 만드는 것은 즉시라고 표현할 만큼 시간적 경과를 무시할 수 있다. 그러나 이 프로그램이 현실화하기 위해서는 아무튼 그 프로그램의 작성과는 견줄 수 없이 큰 양의 시간이 필요하다. 그 결과 계획된 변화와 현실적 변화 사이에 놓이는 단계는 불가피하게 불평등한 상태의 존속일 수밖에 없다. 그리고 이것은 변화의 단계를 기계적으로 잘랐을 때의 이야기지만, 실은 모든 순간이 이러한 변화를 포함하고 있기 때문에 불공정한 상태는 항시 존재하게 된다. 이것이 사실 자체의 본질적 제약이라는 말의 뜻이다. 이런 상태를 한쪽으로만 치우쳐 말하면, 사회는 늘 공정성의 쪽으로 개선되고 있다고 말할 수도 있고, 사회는 늘 불공평하다고 말할 수도 있을 것이다. 진보와 보수의 대립은 이 같은 사회적 본질에 바탕을 두고 있는 두 가지 태도다. 이 두 가지 태도는 그것들을 서로 무한히 멀어지게 끌고 갈 수도 있고, 무한히 가깝게 다가설 수도 있다.

개화 이래 우리 사회의 움직임에서도 이 두 가지 태도가 있어왔고 지금도 있다. 우리 사회가 그 자신이 움직여온 사회적 진화의 속도를 가지고는 대처할 수 없는 위기를 맞았던 시기— 우리는 그렇게 개항 전후한 우리 사회를 정의할 수 있을 것이다. 그 이후의 역사를 통하여 이 두 태도가 보여주는 바를 관찰하면 각기 잘못된 데를 알아볼 수 있다. 보수적인 사람들은 대체로 그들이 물려받은 배당이 사회 전체에 속하는 것으로부터의 배당이라는—배당 개념 자체에 대한 성찰을 가지지 못한다는 것이다. 이것은 가장 나쁜 의미의 보수의 본질이다. 그리고 이것은 앞에서 말한 배당의 공정성을 막는 전자의 조건에서 나오는 일반적 경향이다.

한편 진보적인 사람들에게도 모자라는 것이 있다. 그것은 시간에 대한 물리적·사회적 성찰의 미흡함이다. 모든 진보주의의 일반적 성격이지만 우리나라의 경우는 특히 이 결함이 크지 않았나 싶다. 이것은 우리보다 앞선 사회의 사회적 변화를 관념적으로 인식한다는 문제와 그의 실현을 혼동한 데서 일어날 수 있었던 일이다. 관념적 시간과 현실적 시간의 다름에 대한 성찰의 문제다. 사회적 변화를 위해 필요한 시간이란 다른 말로 하면 행동하는 시간을 말한다. 행동에는 시간이 필요한 것이다. 왜냐하면 행동이란, 인간의 육체가 움직이는 것을 말하는데 움직이는 데는 물리적으로 시간이 필요하기 때문이다. 우리보다 앞선 사람들의 사회적 표본은 다름 아닌 그들의 시간, 그들의 노동, 그들의 행동의 결과물이다. 그 표본이 높은 것이면 높을수록 그것은 보다 많은 노동의 결정에 다름이 아니다. 그것을 본받으려 하는 경우에 세 가지 진행 형태가 있을 수 있다. ①그것들이 이루어진 것과 같은 속도를 취하는 것, ②그것보다 못한 속도를 취하는 것, ③그보다 빠른 속도를 취하는 것이다. 개화 이래의 진보주의자들은 ③의 입장을 취했다.

그런데 같은 목표에 이르는 빠른 속도라는 것은 어떤 것인가? 그것은 단위 시간당 노동량이 많다는 것이다. 단위 시간당 노동량이 많은 행동이란 어떤 것인가? 그것은 보다 우수한 '방법'을 말한다. 우리들의 경우 많은 개혁자들이 그들의 시범자들보다 어떤 나은 방법을 개발했는가에 문제는 귀착된다. 그들의 관념적 좌절, 현실적 실패는 그러한 '방법'의 개발에 실패했음을 말해준다.

1978년이라는 이 시점에서 우리나라의 남과 북에는 우리 민족이 개항 이후 추구해온 과제를 각기 다른 방법으로 해결하려는 사람들을 중심으로 민족의 세력이 양분되어 있다. 그 과제란 세계의 다른 부분과의 역사적인 발전의 격차를 줄이는 일이다. 그들은 갑자기 솟아난 세력이 아니다. 개화 백 년의 오늘의 모습으로, 유기적 사회적 변화의 계승자로서 존재한다. 그것은 우리들의 실패에 대한 공동의 유산까지도 계승하고 있다. 개화기의 선각자들에 의해서 유토피아처럼 인식되었던 것들이 오늘날 우리들의 손으로 이상한 형태로 소유되고 있다. 이것들이 원래 모습이 이런 것일까? 아니면 우리가 잘못 다룬 것인가? 원래 모습이 그렇다면 어떤 삶을 설계해야 하는가? 잘못 다루었다면 까닭은? 이러한 문제를 안은 채 우리는 휴전선을 사이에 두고 무력만 증강시키고 있다. 잘못된 길이라도 이기면 그만인가? 잘못된 길이라도 현상만 유지되면 그만인가? 그럴 수는 없다. 무엇보다 먼저 전쟁은 회피되어야 하고, 잘못된 것은 고쳐져야 한다. 평화의 유지와 체제의 개선—이것이 모든 사람이 바라는 방향이다. 평화의 유지를 통하여 얻어지는 시간에 사회적 정의를 실현하는 것—이것이 남북을 통해 사람들이 원하는 바다. 이 일에 있어서 가장 중요한 일은, 이 일이 어느 한두 사람이 혼자 떠맡을 일이 아니라 이 땅에 사는 모든 사람들에게 널리 개방되어야 할 공동의 의무요 권리임을 확인하는 일일 것이다. 이러한 뜻에서 7·4공동성명은 글의 진정한 뜻에서 공동의 현장이다. 남북문제를 평화적 방법으로 해결한다는 도달점을 정한 이상 이 선에서 물러서서는 안 될 것이다. 이 성명은 우리 땅에서 일어나는 역사적 사건과 사회적 변화의 주인공이 우리 국민 자신임을 확인한 문서이다. 역사의 주인이 모든 국민이라면 국민은 주인임을 역할할 수 있는 방법이 주어져야 하고 국민들은 그것을 찾으려 해야 하고, 지키고 키우려 해야 한다. 자기 운명의 주인은 자기이며, 어느 한 정파나 조직에다 그 운명의 관리를 송두리째 맡길 수는 없다는 것을 밝힌 뜻을 지니는 7·4성명은 개화 이래의 오랜 진통을 겪고 나온 민족적 자각의 결론이라고 말해도 좋을 것이다. 우리들의 미래의 사회의 이상을 지금 아무도 구체적으로 말할 수는 없다. 그러나 그 방향은 7·4성명에서 이미 뚜렷이 밝혀진 것만은 틀림없는 일일 것이다. 거기에는 우리 현실의 가장 큰 위험이 명시되어 있고, 이 위험을 회피하면서 민족의 미래의 이익을 전망하고 있다. 그리고 민족의 가장 큰 이익으로서 통일을 들고 있다. 평화 속에서 통일을 이룩하는 방법으로는 양측의 교류를 차츰 넓혀갈 것을 말하고 있다. 이 문서에서는 어떤 이념보다 앞서 현실 정치가 추구해야 할 건강한 상식이 밝혀져 있다. 현실 정치가 반드시 한쪽이 다른 쪽을 파괴하는 방법으로만 이루어질 필연성은 없다.

우리나라가 1945년에 해방되었을 때 국민들은 우리 자신의 미래에 대해서 일정한 희망을 가지고 있었다. 희망의 종류는 각기 다르겠지만, 그것의 공통성은 대단한 낙관론의 방향에서 이루어졌다는 점이다. 그러나 다음에 온 역사는 그것이 지나친 낙관이었다는 것을 보여주는 방향으로 전개되었다. 절대적 희망의 좌절에서 쉽사리 절대적 비관론이 나올 바탕이 있고, 우리 사회가 안고 있는 정신적 황폐는 이러한 역사적 반동의 측면에서 이해할 수 있다. 그러나 문제는 역사라는 것이 낙관론이나 비관론이라는 일방적 논리에 따라 움직이는 것이 아님을 생각하는 것이 중요하다. 역사는 우리가 생각하기보다 훨씬 복잡하다는 것을 해방 후의 역사는 우리에게 가르치고 있다. 이 시대를 사는 사람들에게는 역사에 대한 낙관론이라는 환상과 비관론이라는 환상을 모두 비켜가면서 낙관과 비관의 보다 깊은 의미를 직시하고, 환상 없는 삶을 견뎌야 할 과제가 주어져 있다. 이러한 환상은 우리들의 경우 주로 정치적 유토피아에 대한 환상에서 오며, 7·4성명이 우리 삶의 지침이 될 수 있는 까닭은 어떠한 환상도 제시하지 않고 현상을 직시한 그 정치적 성숙성에 있다.

옛날 옛적에 훠어이 훠이
— 브로크포트대 연극과 공연을 보고

　미국 브로크포트 대학 연극과에 의해서 공연된 이번 「옛날 옛적에 훠어이 훠이」는 여러 사람의 성실한 노력으로 이루어진 열매였다. 1977년 여름에 연출자인 이 학교 연극과장 케네드 존스 씨와 원작자와의 사이에 공연이 합의된 이후 번역이 예정대로 진행되고 원작자의 공연 참관까지 실현된 것은 존스 씨를 비롯한 동 대학 연극과의 열성에 전적으로 힘입은 결과였다.
　브로크포트 대학은 학생 수 1만 명. 뉴욕 주립대학의 하나로 로체스터와 버펄로의 중간쯤 나이아가라 근처에 있는 종합대학이다.
　필자가 도착한 날은 맑지만 쌀쌀했고 눈이 1미터쯤 쌓여 있었다. 공항에는 작품의 번역자인 조오곤趙午坤 박사가 마중 나와주었다. 조 선생은 이 대학 연극과 교수로 연극사와 작품 분석을 가르치고 있다.
　필자는 이날 저녁의 연습부터 참관하여 2월 22일에 시작한 본 공연의 3일째까지를 보고 다음 날 한국 연극에 대한 강의를 하였다.

연출자인 존스 씨는 작품을 정확하게 해석하였고 그의 지도로 학생들은 좋은 연기를 보여주었다. 특히 개똥 어머니 역을 한 드루 양의 연기는 훌륭한 것이었다. 또한 작품의 끝에 있는 춤 부분을 위해서 초청되어 학생들에게 한국 춤을 지도한 엘레나 킹 여사의 귀중한 공로는 잊을 수 없는 것이었다. 관객들은 웃을 만한 데서 웃었고 침묵할 데서는 침묵하였다. 번역극에서 있을 수 있는 이해의 장벽은 이번 경우에는 발견되지 않았다. 뉴욕 한국 영사관의 호의로 보내진 농악 녹음이 사용된 끝 장면의 춤은 극의 문맥 속에서 지니는 효과는 물론이려니와 그것 자체만으로도 훌륭했다. 한국에 와서 직접 무속과 춤을 취재한 바 있는 아시아 무용 전문가인 킹 여사의 힘이었다(킹 여사는 공연 전날에 한국 춤에 대한 강연 및 시범을 보여주었다).

공연장은 3백 석쯤 되는 시설이 잘된 액자 무대였는데 초가 울타리 산 등을 장치해서 한국 환경을 재현하였다. 초가는 키가 약간 높아 보였지만 큰 잘못이랄 수는 없는 정도였다. 이번 공연이 교수와 학생들이 신중하게 택한 레퍼토리임과 최초의 아시아 현대극임을 생각하면 관계된 모든 사람과 더불어 지극히 다행스럽게 여길 만한 공연 성과였다. 첫날 막간마다 박수하고 막이 내리자 기립 박수가 나왔는데 조 선생 말에 의하면 흔치 않은 일이니 축하한다고 하였다. 무엇보다 앞서 뛰어난 번역을 한 조 선생 자신에게 드려야 할 인사일 것이다.

공연은 리허설 과정에서 풍부하게 슬라이드 촬영을 하였고 계획

대로 미시간 대학의 협력하에 녹화되었는데 필자가 출발할 때까지 편집이 끝나지 않아서 보내주기로 약속을 받았다.

보고 나서 밀러 부총장이 말한 것처럼 주제가 보편적인 성격을 지닌 것이 이번 공연이 무엇보다 본질적인 면에서 성공한 원인이며 정확한 연출, 면밀한 번역, 열성적인 연기, 한국 춤을 위한 안무자를 현지에서 가질 수 있은 점 등이 행복하게 결합되어 즐길 만한 무대를 만들어낸 것이었다.

첫날 공연 후에 학교 측에서 원작자를 위해 베풀어준 리셉션, 로체스터 교포들의 초대, 연극과 학생들이 베푼 호의(그들은 학교 차를 얻어 필자를 나이아가라 폭포와 버팔로 미술관에 안내해주었다) 등 공사로 그곳 여러분이 보여준 환대에 대해서 갚을 길이 막연하다.

타향의 나그네가 되어보면 사람 사는 세상의 외로움과 고마움을 사무치게 느끼게 된다. 미국에서도 눈 고장이라 불리는 그곳에서 순수한 외국 젊은이들이 우리나라 옷을 입고, 우리나라 집을 지어놓고, 우리들의 슬프고 아름다운 이야기를 불 밝힌 무대 위에서 엮어가는 것을 보는 것은 특별한 느낌이 있었다. 더구나 그것이 외국인에 의해 치러지는 첫 자기 작품이기도 했기 때문에 그 느낌에는 여러 가지 이름을 줄 수 있을 것이다. 이번 공연이 갖는 연극사적 의미라든지 한미 문화 교류라든지—

간단히 이번 걸음을 보고하는 자리인 이 글에서 그런 얘기를 다하기는 미상불 어렵다. 다만 필자의 머리에는 내 작품 속에서 내리는 눈과 그 고장의 눈이 한 빛깔이라는 인상이 뚜렷이 남아 있다. 이 빛깔의 기억을 오래 간직하고 거기서 또 다른 이야기를 만들기 위해서 힘쓰면 이번 일에 힘을 모은 모든 사람들의 우정에 갚음이 되는 길이 될 성싶은 생각이 들 뿐이다.

인연의 끈은 아직도

베트남 피난민 문제는 벌써부터 여러 사람의 관심을 모아왔다.
 얼마 전에 프랑스의 작가 사르트르가 이 문제에 대해 유럽의 책임을 일깨우는 말을 했다는 보도가 있었다. 오늘 신문에 의하면 도쿄에서 열린 정상 회담에서도 이 문제가 다루어졌다고 하니 구체적인 해결에의 실마리는 풀린 느낌이 든다. 물론 실마리에 지나지 않는 것이지만 해결을 위한 가장 좋고 믿음직한 출발임에는 틀림없다. 미국 대통령이 숫자까지 들어 베트남 난민을 받아들일 것을 제의했다고 하니 좋은 일이며 유엔에서도 본격적인 방안이 나오리라 기대할 만하다.
 사실 흔히 하는 말로 국제 정치라는 것은 냉정하다. 수많은 사람들이 몇 년에 걸쳐 바다와 육지에서 헤매고 있는데도 각국의 사정 때문에 이 사람들에 대해 구원의 손길을 내밀지 않았다는 것은 지구 사회의 문명이 처한 지금의 자리를 에누리 없이 보여주는 일이었다. 옛날과 달라서 지구 위의 모든 표면이 주권 국가에 의해 점유돼 있는 형편에서는 그들에게는 갈 곳이 없다.

베트남 피난민이란 사람들의 문제는 두 가지 점에서 필자에게는 관심의 대상이다. 첫째는 그들이 이데올로기 전쟁의 희생물이라는 점에서다. 그들은 각각의 이유로 현재의 공산 베트남에서는 인간으로서의 행복을 추구하기가 어렵게 된 사람들의 집단이다. 그들의 비극은 그들이 충성해온 국가가 없어졌다는 데서 비롯하였다. 남부 베트남의 패망에 대해서 그 책임의 소재를 여러 가지로 말할 수 있다. 가령 그들 자신의 내부적 결함── 부패라든지──에 돌리는 견해가 있다.

그러나 부패라는 것은 한 국가의 흥망의 한 가지 원인은 될 수 있어도 그 하나로 단순화시킬 만큼 베트남 문제는 단순한 것이 아니었다. 어떤 개인도 국가를 창조할 수는 없고 보면 대부분의 베트남 공화국 시민들은 자기들의 국가를 주어진 것으로 받아들이고 사는 길밖에는 없었던 것이다. 그리고 산다는 것은 군인도 되고 관리도 되고 경찰관도 되고 장사꾼도 되고 암거래를 하는 장사꾼일 수도 있는 것이다. 어느 나라 국민이나 모두 하는 일을 했을 뿐이다. 그리고 베트남과 같이 오랫동안 전쟁을 겪고 있던 사회에서의 부패라는 것은 어느 수준까지는 살기 위한 어쩔 수 없는 수단이기도 했던 것이다. 어느 수준이라고 하는 의미는 정작 추궁당할 만한 수준의 부패를 저지른 사람들은 지금 베트남 피난민의 무리 속에 있지 않을 것이다.

그렇다면 지금 육지에서 바다에서 떠돌고 있는 베트남 피난민이라는 사람들은 정치권력의 싸움에 희생된 약한 사람의 무리라고 봐도 좋을 것이다. 그런 약한 사람들이 가혹한 이데올로기적 추궁에 공포를 느낀 나머지 살던 땅에서의 미래를 포기하고 피난처를 찾고 있다. 옛날부터 싸움에 진 나라의 국민들이 집단적으로 고향을 등지고 승리자의 둘레에서 탈출한 일은 많았다. 오늘의 베트남 피난민 문제도 인류 역사의 해묵은 비극의 지극히 현대적인 되풀이다. 그들의 문제가 더욱 비극적인 것은 그들은 찾아 나설 빈 땅이 없다는 점이다.

다음에 생각되는 일은 한국 사람으로서 그들에게 가는 특별한 느낌이다. 그들의 운명이 아직 판가름 나지 않았을 때 우리는 군대를 보내서 그들을 도운 바 있다. 불행하게 그 도움은 도움이 궁극적으로 의도한 바를 이루지 못한 결과가 되고 말았다. 한번 도왔다고 끝까지 도우란 법도 책임도 없기는 하다.

그리고 우리가 도왔던 법적인 실체—베트남 공화국은 이미 존재하지 않는다. 현재로서는 우리는 베트남에 대해서 브라질이나 이집트나 네덜란드가 가질 만한 관계와 마찬가지 관계밖에는, 즉 인도적 측면에서의 관계밖에는 없기는 하다. 그러나 이렇게 잘라서 말하고 보면 그래도 거기는 한 가닥의 다하지 못한 무엇인가가 남는다. 법적인 책임에서는 벗어나 있지만 인도적인 책임만이라기엔 좀 진한 그런 관계가 느껴진다. 그리고 이런 감정은 단순한 감상만이라고 하기도 어려운 것이 아닐까 한다. 우리들의 많은 귀한 목숨들이 그곳에서 무로 돌아간 바 있다. 한판의 전쟁이 끝났으므로 그곳에서의 행동의 의미는 끝났다고 생각하는 것은 인생의 모두를 반드시 다 설명했다고는 할 수 없다.

　베트남에서 싸웠던 한국 젊은이들의 심정을 생각해보면 이것은 분명해진다. 베트남 피난민의 문제는 이 심정을 매개로 하여 한국이라는 전체와 특별한 끈이 아직 이어지고 있다고 볼 수는 없을는지. 이 끈은 생각하기에 따라서는 꽤 뜻깊은 것일 수가 있다. 우리가 베트남에 파병하였을 때 꽤 말이 있었던 것을 우리는 기억한다. 파병 자체는 어쨌든 지나간 일이다. 그러나 그 파병에 얽혔던 그 '말'을 좀더 우리들의 품위에 보탬이 될 수 있게 만드는 길을 역사는 아직 남겨놓고 있다. 그 길이란 베트남 피난민에 대해서 우리 형편으로 될 수 있는 도움을 적극적으로 제공하는 일이 아닐까 생각한다.

　이 가혹한 현실에서 성실의 모범이 될 만큼은 우리의 현실은 넉넉하지 못하지만 가난한 사람의 정성이 천국에서 높이 평가되는 것은 틀림없는 일이다. 역사란 한 번의 동작으로 완성되는 일이란 없다. 우리는 그것을 보완하고 더 높일 수도 있다.

　구체적으로 베트남 피난민을 돕는 일은 어느 개인이 하기도 어렵고 물론 여러 가지 사정도 있을 수 있다. 정치적인 고려 같은 것도 있을 수 있을 것이다. 그러나 우리가 남이 못하는 일을 생각해보기 전에 베트남 피난민 문제는 어떤 고비를 넘은 것 같다. 무엇보다 그들을 위해 다행한 일이다.

　속죄양을 먼저 돕고 나서는 일은 어렵겠지만 분위기가 호전되어 여러 나라가 인도주의적인 차원에서의 적절한 행동을 하기에 이른 환경에서는 우리도 너무 떨어지지 않을 만큼의 원조의 방법을 생각하는 것이 옳을 줄로 믿는다. 넉넉하지 못해도 인사를 아는 것이 착한 일이라고 옛사람들은 말하였다.

입명立命의 형식形式
―「하늘의 다리」에 대하여

   문학도 다른 전달 행위와 마찬가지로 그 문학이 그것으로 표기되고 있는 말이 쓰이는 사회에 의견의 일치가 있을 때 가장 생산적이다. 의견의 일치란 여기서는 문화적 동일성을 말한다. 우리는 현재 그런 동일성이 미형성未形成인 시기를 오래 살고 있다. 이런 시대를 사는 사람들은 자기 인생에게 어떤 안심입명安心立命을 주기를 누구보다 바라면서 어디에서도 그것이 얻어지지 않는 상태에 놓이게 된다. 나는 이런 무정형의 공포를 우리 시대의 가장 큰 문제라고 생각한다. 인생은 언제나 어려웠겠지만, 거의 모든 시대에 그 어려움을 그것으로 견딜 입명立命의 형식이 있었다. 이 소설의 주인공은 그런 형식을 찾아 헤매는 오늘의 한국인의 한 사람이다.

문명의 광장에서 다시 찾은 모국어

카오스의 바다 속의 확실성의 문제

Q 1973년 도미하신 후 신변 사정으로 일시 귀국하신 것을 제외하곤 햇수로 4년 만에 귀국하신 셈이 되는데요. '창작 워크숍'이 끝난 후에도 미국에 계속 체재하고 계시자 국내 문학인들 사이에선 여러 가지 추측설이 많았었는데⋯⋯ 선생님 자신의 정신적 동기라고 할까요⋯⋯ 그에 대한 이야기를 듣고 싶은데요.

A 예술가도 쉬고 싶을 때도 있고, 예술 밖의 사정으로, 예술이고 뭐고 다 싫어질 때도 있고, 자기가 하던 일이 갑자기 아무것도 아니게 느껴질 때도 있고, 가까운 사람의 불행 때문에 자기 인생의 계획을 다시 뜯어봐야 할 때도 있습니다. 공교롭게도 그사이에 이런 비슷한 일들이 저한테도 닥쳐서, 거기서 빠져나오느라고 그만한 시간이 걸렸습니다. 다만 지금 틀림없기로는 제가 여러분 속에 있고, 우리나라 말 속에 다시 있다는 일입니다. 우리말의 성城

에 아름다운 돌 하나라도 더 보태는 것, 이것이 내 삶의 공적 뜻입니다.

Q 선생님께서 미국 생활을 통하여 가질 수 있었던 특수한 정신적 체험에 관하여 몹시 알고 싶은데요.

A 나 자신은 그간의 미국 체재에 대하여 이렇다 하게 의미심장한 무엇을 가지고 있지 않아요. 단지 예전엔 정보, 혹은 막연한 상상만을 통해 알고 있던 '미국'이란 나라를 미국 땅에서 미국이란 곳을 밟고 다니며 미국 사람과 눈을 마주치고서야 비로소 추상적인 정보가 아닌 실제의 미국을 나의 관념과 감각에 맞추어볼 수 있었다고나 할까요? 그래서 4년간의 미국 체재를 통하여 내가 얻을 수 있었던 가장 확실한 것은 '미국이란 나라가 있기는 정말 있는 것이구나'—이런 정도이지요. 지금 우리의 시대, 즉 현대란 옛날 『서유견문록』의 시대와는 달라서 미국에 대하여 아는 게 너무 많고 또 오히려 그 정보 자체가 생생한 미국 자체를 보는 데 방해가 되는 것이라고나 할까요? 그래서 내가 체험을 통해 얻은 단 한 가지 확실성은 '정말 미국이 있긴 있구나'—이것뿐이었어요.

Q '확실한 것' '정확한 것'에 대한 이야기가 나오니까 생각이 나는데 선생님 자신이 공언하신 '나는 등장인물의 행동에 대해 판단의 윤리적 기준을 가지지 못한 채 출발점에 서 있다. 그것은 내가 무엇인가에 대하여 정확한 것이라고 말할 수 있을 때가 오기까지는 나 자신의 불확실한 것을 남에게 강요하지는 않겠다는 생각에서이다'라는 말이 생각나는군요. 그러한 작가적 입장에서 결국 선생님의 『회색인』이 탄생했고 『광장』의 주인공 이명준이 이남의

개인주의와 이북의 도식주의에 다 같이 회의하고 절망하다가 나중 포로 석방 때 제3국을 택한 후 결국 자살하고 만다는 지식인의 비극적 결단으로 나타났던 것 같은데⋯⋯ 결국 이 불확실한 심연의 바다에서 선생님이 추구하는 '확실성' '단 하나 정확한 것'이란 그것이 곧 '진리'라고 불릴 수 있지 않을까요?

A 그렇지요. 진리란 우리 가까이 있는 정보 자체, 그래서 확인해볼 수 있는 그 무엇이 아닐까 생각합니다. 그러나 '진리'라는 말 자체는 두 가지의 정의를 내포하고 있습니다. 가령 예를 들어 '지구'에 대해 이야기해본다면 우리가 발견해낸 정보가 곧 진리인 것도 있고, 우리가 발견하지 못했다 하더라도 '여전히 그 스스로 존재하고 있는 진리'가 있을 수도 있습니다. 이러한 경우 나는 우리가 발견해낸 정보도 진리요, 우리가 모르고 있는 사이에도 여전히 스스로 존재하는 그것도 진리라고 보고 있습니다.

Q 1968년대 발표하신 선생님의 작품 「주석의 소리」에서 선생님은 '확실한 인간상'으로서 민족의 연속성의 유지와 특수성을 인식하고, 또한 동시에 지구인, 즉 세계인으로서 보편적인 감각을 가지며, 그러한 바탕 위에서 민주주의와 이성의 현실에 기여하는 인간상을 주장하신 걸로 알고 있습니다. 그리고 1973년 중앙일보에 연재하고 있던 장편소설 『태풍』을 완성하신 직후 '나는 이제야 판단의 확실한 윤리적 기준을 제시할 수 있겠다'라고 말씀하신 걸 보았는데⋯⋯ 지금은 어떠신지요?

A 그때는 무언가 '확실한' 것을 알 수 있을 것 같았습니다. 그리고 그보다 더 전에는 인생이라는 게 과연 확실한 무엇을 가지고

시작할 수 있겠는가? 하는 반신반의의 입장을 조심스럽게 가지고 있었는데…… 그러나 지금은 전의 입장과도, 『태풍』 직후의 입장과도 다른, '옛날이나 지금이나 태초 이래로 확실한 것을 가지고 사는 사람은 아무도 없었고, 없다'라는 입장으로 굳어졌습니다. 그러므로 몇 년 전 확실했던 것이 지금 확실치 않아졌다고 해서 당황할 필요는 없을 것 같아요. 누구나 살기 위해서는 무엇인가를 믿긴 믿어야 하니까(아니 믿지 않을 수 없으니까) 무언가를 믿긴 믿는데 그것을 테스트해봐서 그것이 진眞이 아닐 때는 그것을 버려야지요.

Q 그렇지만 신이라든가, 영혼의 불멸이라든가 하는 그 '확실성' 여부에 대해 영원히 검증이 불가능한 것도 있지 않을까요?

A 물론 있습니다. '신'의 문제에 대해선 나는 파스칼의 방법으로 해결 짓는 수밖에 없다고 생각합니다. 즉 '신이란 있을 수도 있고 없을 수도 있다. 그것은 아무도 알 수 없다. 그러나 우리가 죽음의 나라로 갔을 때 신이 만일 없으면 그만이지만, 만일 신이 있다는 것이 확실해지면 믿지 않았던 사람은 곤란해지지 않겠는가? 그러니까 신은 믿는 게 나을 것이다'라는 불가지론적 입장 말이에요. 신이라든가 검증이 불가능한 것은 그런 방식으로밖에 해결이 안 된다고 생각해요. 아니, 그런데 신 이외의 세상의 모든 문제는 모두 검증이 가능하단 말입니까? 좀 심하게 말하자면 신 이외의 모든 세상의 문제들도 사실을 완전하게는 검증이 불가능한 것이 아닐까요? 가령 모든 사랑, 모든 진眞, 어떤 사소한 것에 이르기까지도……

Q 그렇다면 또다시 『회색인』이나 『광장』이 보여준 극단적 회의주의에 빠지게 되는 것 같은데……

A 그래요. 그 상태에서는 극단의 회의주의, 소극주의, 허약한 상대주의밖에 나올 게 없어요. 그래서 나는 '비전'이라는 언어를 설정하기로 생각했습니다. 이것이 참일까, 허위일까를 완벽하게 검증할 수는 없으니까 '차라리'라기보다는 '용감하게' '이것을 나는 이렇게 만들고 싶다'라는 주관적 신념을 세우는 것— 그것이 '비전'인 것입니다. 그러므로 비전이란 적극적인 것이지요. 전에는 무엇인가가 '밖'에 있다고 생각해서 자의의 밖에서 그것을 찾으려고 '탐색의 순례'를 했었는데, '그러나 그것은 그렇지 않다, 밖에서 찾을 수 있는 게 아니라 결국은 자기 자신이 만들어야 하는 것이다'라는 것을 깨닫게 되었어요. 그래서 찾는 것이 아니라 '자기 손'에 '지금' 닿는 것을 가지고 '무언가를 만들려고 하는' 입장으로 바뀌었어요. 찾는 입장에서 만드는 입장으로. 그래서 비전이라는 것이 현실에서 채택되고 있고 그러한 입장에서만 비전이란 가능해지는 것이에요.

역사의식 · 문명 감각, 그리고 비전

Q 그러나 선생님께서 기왕에 역사와 정치의식을 작품 속에 나타내고 계시니까 하는 질문인데 가령 역사의 경우 그러한 비전이 과연 가능한 것인지요? 역사라든가, 거대한 현실의 물결이라든가 하는 것 앞에서도요.

A 물론 가능합니다. 비전이란 환상 · 공상이 아니고 더구나 관

념의 공중누각은 절대로 아닙니다. 우리가 물과의 관계를 잘 파악하면 쉽게 물을 지배하여 멋진 수영을 해낼 수 있듯이 역사에 있어서의 비전의 현실, 자유라는 것도 자기 신념 이전의 성격을 잘 파악해서 그것과 어울려서 만들면 되는 것입니다.

Q 그렇지마는요, 문명과 역사에 갇혀 있는 대부분의 사람들은……

A 그렇지 않아요. 나는 '문명' '역사의식' '문명 감각'이란 말을 자주 쓰는데 이것은 상당히 서로 통하면서도 또 다른 말이에요. 역사의식이란 '모든 것은 움직이면서 앞으로 나아간다'라는 무한히 발전하는 개념이고, 문명 감각이란 반복 의식, '모든 것은 어떤 궤도를 반복해서 자꾸 순환한다'는 의식인데…… 한 사람의 마음속에서 이 역사의식과 문명 감각이 잘 조화된 씨줄과 날줄처럼 곱게 어울려 직조되어 있을 때 비전의 적극적 의미가 가능해져요. 그 둘이 잘 어울린 상태의 의식만 가질 수 있다면 말이죠. 개화기 시대 사람들은 현실이란 것을 지나치게 역사의식 쪽에 치우쳐 생각했던 것 같아요. 가령 마차만 보다가 자동차를 보았을 때 신기한 느낌에 기절이라도 할 것처럼 놀란다든가…… 그러나 그 둘은 형태상에서는 완전히 다르지만 '땅 위를 굴러가는 것'이라는 점에서는 완전히 같지 않아요? '형태상의 변화'를 생각하는 것은 '역사의식'이고, '결국 같은 패턴이다'를 깨닫는 것은 '문명 감각'인데 이 두 개의 의식이 평형 상태를 이루는 마음이 지금은 중요한 것 같아요. 즉 '순환하면서 변화한다' 하는……

Q 결국 그것은 선생님이 미국 체험을 통해 체득하신 귀중한 결

론이 아닐까요?

A 그렇다고 할 수 있어요. 한국 생활과 미국 생활이 다르기는 하지만 결국은 같은 패턴이라는 것을 직접 보면서 생각했지요. 개화기 사람이라면 미국에 가서 남과 우리의 차이점만을 보았겠으나 그것은 역사의식일 뿐이고, 지금 현대인이라면 '남과 우리가 다르나 같다'라는 문명 감각과 함께 '남 속에 있는 우리' 즉 '세계 속에 있는 조국'을 보아야 할 것입니다. 역사의식와 문명 감각의 조화를 항상 갖는 것, 그래서 치우치지 않는 것, '세계 속의 우리'를 그릇되지 않게 보기 위하여 '이런 의식의 저울을 항상 녹슬지 않게 유지하는 것' 그래서 이 두 개의 추가 서로 평형되도록 하자는 것—그것이 소위 후진 문화권에 살고 있는 우리에게 가장 귀중한 것이라는 생각을 하면서 돌아왔습니다.

표기법의 이중 환율제를 거부한다

Q 이번에 귀국하셔서 전번에 발간된 『광장』을 재출판하시면서 한자어를 모두 한글 표기로 고치셨다고 하는 이야기를 들었는데…… 가령 '종말終末'을 '막끝'으로 말입니다. 이런 작업은 어떤 정신적 차원에서 이해되어야 할까요? 『소설가小說家 구보丘甫씨의 일일一日』 중에서 '선생님은 혼합 표기론이신가요?'라고 묻는 출판사 편집장에게 '어느 쪽으로든지 통일되어야 한다는 말이지요. 문장은 일반이건 문학이건, 한글 전용이면 전용, 혼합 표기면 표기로, 공통이어야 한단 말이에요. 현재처럼 혼합 표기를 하는 체제에서 한글만으로 표기하고 있는 소설 표기법은 일종의 시어詩語라

든지 암호 같은 것이죠'라는 구보 씨의 말이 막 떠오르는데요.

　A　문학이란, 말해보자면, 말을 놓을 데 놓는 일입니다. 역사의 식이나 문명 감각이나 모두 이 일을 하는 데 쓰이는 힘살이나, 감각 기관 같은 것이겠지요. 말이 세워놓은 대로 넘어지지 않게 하자면, 튼튼한 비碑를 세울 때처럼, 여러 가지를 마련하고 꾸며내어야 합니다. 말을 모르는 아이도 의식은 있는 걸 보면 의식은 말과도 다릅니다. 문학은 의식을 말로 나타내도록 약속이 되어 있으니까, 아무리 좋은 의식을 가져도 말 속에 그 의식의 하전량荷電量이 모두 넘어오지 않으면 문학은 아닌 것입니다. 그런데 우리가 보통 쓰는 말과 문학으로서의 말은 그 전압이 다릅니다. 일상의 말과 문학의 말이 요즘에는 옛날과 달라서 형식상으로는 다름이 없기 때문에, 문학 아닌 기술記述에서 쓰는 전압밖에는 안 가진 말을 쓰면서 자칫 그것이 문학적 전압을 가진 것처럼 잘못 계산하기 쉽습니다. 한자어를 한글 표기할 때에는 더 이런 위험이 큽니다. 한글 표기 뒤에 눈에는 안 보이지만 한자가 겹치기 때문에 이것만으로써도 어떤 변압의 효과를 냅니다. 이 전혀 값싼 표기법의 이중 환율에 의한 거스름을, 요즈음 우리는 예술적 변압에 대신시키기 쉽단 말입니다. 요즈음 들어 점점 이런 게 눈에 띄고, 제 속에 있는 계기가 화를 내요. 그래서 이런 문학적 불로소득을 저에게 못 하게 하는 저항으로서 그런 일을 해본 것입니다. 특히 제 작품의 경우는 관념이 나무나 돌처럼 소재가 되어 있기 때문에 뜻이 없지는 않을까 합니다.

　Q　독자를 위하여 한글 표기법으로 고친 『광장』의 일부분을 소

개해주셨으면 합니다. 한눈에 비교해볼 수 있도록……

A 그러면 『광장』의 한 부분을 예로 들어보지요.

『광장廣場』 원문

시간의 흐름 속에서 완결한 전체를 붙잡아, 안식을 얻으려 기대했다. 하지만 생활은 아랑곳없이 흐르고 있었다. 미련스럽게 움켜온 강바닥 모래들도, 돌아가는 굽이에서 벌써 산산이 흩어졌다. 무엇인가 마지막 것을 얻은 후에는 다시 생각이란 이름의 요부를 침실에 들이지 않으리라 마음먹으면서, 표정과 제스처를 훈련하는 마음의 화장실에서는 자꾸 루주가 빛나가고 아이섀도가 번졌다. 끝없이 실수를 거듭하고 끝없는 뉘우침이 따랐다.

윤리적 노력이라는 것이 고상하나마 비극적 자기도취에 그치는 것이며, 더 혹독하게는 신에 대한 무모한 반항이라면 이리도 저리도 못 하는 피곤한 마음은 또 한 번 제자리에 주저앉는다. 현상이 가지는 상징의 냄새를 혼곤히 맡아보며 에고의 패배감을 관용이라는 포장지로 그럭저럭 꾸려가지고, 신이 명령한다는 '이웃 사랑'의 대용물로 쓰기로 한다는 선에서 주저앉곤 했다.

1차 개정

시간의 흐름 속에서, 마무리진 뜻을 읽어내서 허전함을 달래려 한다. 하지만 삶은 아랑곳없이 흐르고 있다. 미련스럽게 움켜온 강바닥 모래들도, 돌아가는 굽이에서 벌써 산산이 흩어진다. 무언가 마지막 것을 얻기만 하면 다시 생각이란 이름의 요부를 침실에 들이지 않으리라 마음먹으면서 낯빛과 몸짓을 가꾸는 마음의 화장실에서는 자꾸 연지가 빛나가고 곤지가 번진다. 끝없이 실수를 거듭하고 끝없는 뉘우침이 따른다.

실수가 없어지라는 것이 갸륵하나마 자기 됨됨이를 모르고 제멋에 겨웁는 데에 그치는 것이며, 더 혹독하게는 신에 대한 철없는 대듦이라면, 이리도 저리도 못 하는 고단한 마음은 또 한 번 제자리에 주저앉는다. 누리와 삶의 뜻을 더 깊이 읽을 힘이 없는 자기처럼 남도 불쌍한 삶이거니 싶은 마음을 너그러움이라는 싸개로 그럭저럭 꾸려가지고 신이 바란다는 '이웃 사랑'의 대용물로 쓰기로 한다는 언저리에서 주저앉곤 한다.

2차 개정

때의 흐름 속에서 마무리진 뜻을 읽어내서, 허전함을 달래려 한다. 하지만 삶은 아랑곳없이 흐르고 있다. 미련스럽게 움켜온 강바닥 모래들도, 돌아가는 굽이에서 벌써 알알이 흩어진다. 무언가 마지막 것을 얻기만 하면 다시 생각이란 이름의 화냥년을 잠자리에 들이지 않으리라 마음먹으면서, 낯빛과 몸짓을 가꾸는 마음의 거울 속에서는 자꾸 연지가 빛나가고 곤지가 번진다. 끝없이 실수를 거듭하고 끝없는 뉘우침이 따른다.

실수가 없어지라는 것이 갸륵하나마 자기 됨됨이를 모르고 제멋에 겨웁는 데에 그치는 것이며, 더 혹독하게는 신에 대한 철없는 대듦이라면, 이리도 저리도 못하는 고단한 마음은 또 한 번 제자리에 주저앉는다. 누리와 삶의 뜻을 더 깊이 읽을 힘이 없는 자기처럼,

남도 불쌍한 삶이거니 싶은 마음을 너그러움이라는 싸개로 그럭저럭 꾸려가지고, 신이 바란다는 '이웃 사랑'과 **바꿔 쓰기로 한다는 언저리에서 주저앉곤 한다.** (고딕체로 나타난 곳이 한글 표기로 개정된 부분임)

Q 좋은 말씀 많이 해주셔서 고맙습니다. 독자들에게 많은 도움 되었으리라 생각합니다.
A 감사합니다.

사고와 시간

[1] '신은 죽었다'(니체), '신분에서 계약으로'(메인), '공동 사회에서 이익 사회로'(퇴니스), '마술로부터의 해방'(베버), 이것은 유럽 근대의 성격을 설명하는 것을 그들의 학문과 사상의 주제로 삼은 유럽의 두뇌들이 근대를 규정한 말이거나, 자신들의 책의 이름들이다. 이것을 훑어보기만 해도 그들이 말하고자 하는 바를 어렴풋이 짐작할 것 같은 생각이 든다.

인류는 오랫동안 주술의 멍에 아래 살아왔다. 세계 어디서나 사람들은 먹을 것과 안전한 출산과 전쟁의 승리, 일상생활에서의 안락과 같은 것을 얻기 위해서 저들마다의 주술에 의지해왔는데 인류가 태어나서 최근 3, 4백 년 전까지 인간은 주술과 갈라서지 못했다. 물론 그동안 끊임없이 과학적 지식이 발전해온 것은 사실이지만, 과학만으로는 인간은 안전의 느낌을 가질 수가 없었던 것이다. 차츰 사람들은 주술에 대한 믿음을 약화시켰지만, 다른 도리가 없을 때는 주술이라도 해보았고, 마음속에서 아주 주술을 몰아내지는 못했다. 주술은 우리가 오늘날 미신이라는 이름으로 부를 때 생각하는 것처럼 어처구니없는 것만은 아니다. 영국의 인류학자 프레이저는 주술을 동기에 있어서 현실적이지만, 잘못 선택된 수단이라고 말하고 있다. 잘못 선택되었다고 하는 뜻은, 그것이 목표의 성취에 효력이 없다는 것을 말한다. 주술이라는 원인과 목표라는 '결과' 사이에는 과학적 인과 관계가 없다는 말이다. 원시 사람들은 사냥을 떠날 때 그 짐승 흉내를 내는 춤을 춘다든지, 잡고자 하는 짐승의 모습을 만들어 그것을 칼로 찌른다든지 하는 일이 많았다. 목적하는 짐승과 닮은 물건에 대해 행한 행동은 목표물에 영향을 미친다고 생각한 것이다. 또 갖가지 금기라는 것에 묶여서 산 것이 옛날의 생활이었다. 어느 특별한 날에는 길을 떠나지 않는다든가, 울안에는 무슨 나무를 심지 않는다든가, 애기 낳은 집에는 가지 못하는 사람이 있다든지 하는 것들이다. 풍수지리를 본다고 해서 묏자리·집자리가 인간의 운명과 연결된다. 천재지변에 인신 공양을 하는 일 등등, 온통 주술로 얽혀 있는 것이 인류사의 대부분의 기간에 행하여진 실정이었다. 그런데 프레이저가 이들의 동기가 현실적이라고 했듯이 사람들은 주술을 심심풀이로 한 것이 아니었다. 인간의 욕망을 성취할 방법이 너무 가난한 수준밖에는 이르지 못했기 때문에 그들은 잘못된 방법에 매달렸던 것이다. 몸이 아파도 쓸 약이 없었기 때문에 그들은 병 치성에 희망을 걸었고 약이 있어도 가난해서 약 쓸 형편이 되지 못하면 또 푸닥거리에 기댈 수밖에 없었다.

이러한 사정이 크게 바뀌기 시작한 것이 근대라는 이름으로 불리는 유럽사의 한 시기였다. 꽃이 열리기까지 꽃나무 속에서는 움직임이 쌓여가지만 꽃이 열리는 것을 눈으로 볼 수 없듯이, 이런 시기가 어느 한 시대에 난데없이 이루어진 것은 아니다. 인간의 경험이 쌓이고 합친 끝에 마침내 그 뭇 세대의 뭇 개인들의 경험이 한 가닥의 실로 꿰어진 것이다. 앞에서 적은 사상가들은 이 현상을 저마다 특이한 개념을 가지고 설명하려고 하였다. 거기서 공통한 것은 잘못된 사고방식에서의 해방이라는 주제이다.

   그들은 주술에서 해방되면서 가속적으로 자연에 대한 지배력을 불려왔다. 지구 아닌 다른 별에 사람이 가게 되었다든가, 물질의 단위를 찾아내어 거기서 힘을 얻게 되었다든가, 인간의 씨앗을 다룰 수 있게 되었다든가 하는 데까지에 이르렀다.

   사람은 동물과 달라서 무한히 발전할 수 있는 것은 경험을 그저 기억할 뿐만 아니라 정리해서 기억한다. 정리한다는 것은 같은 것을 같은 것끼리 묶어서 그것들에게 간단한 이름을 주는 것을 말한다. 필요할 때면 끄집어내서 낱낱의 사실을 알아볼 수 있는 힘을 가지고 인간은 수학을 비롯한 과학이란 이름의, 체계화된 방법으로 정리된 정보의 축적을 가지게 된 것이다.

   2 전 같으면 가물 적에 온 나라가 기우제를 지내느라 법석이었을 것이다. 요즘엔 곳에 따라서는 그런 데도 있었는지는 몰라도 있었더라도 아마 많지는 않았을 것이다. 비가 오지 않으면 양수기를 써서 지하수를 이용한다든지, 그 밖의 대처법이 장려되고, 또

받아들여졌을 것이다. 농민들도 그만큼 생각이 합리화되어가고 있다. 하늘에 빌어도 비는 오지 않기 때문이다.

어떻게 돼서 비가 오는지를 몰랐던 때에는 농민들은 기우제라도 지내볼 수밖에 없었다. 비뿐이 아니라 옛날에는 병이 난다든지, 출산이라든지, 물건을 잃었다든지, 길을 떠난다든지, 온갖 일에 사람들은 귀신에게 빈다든지 비방을 실천한다든지 하였다. 그런 일을 하면 소원이 이루어지리라고 생각한 것이다. 이런 것들을 우리는 굿이나 치성이라 불렀는데 이 주술 행위가 사람이 바라는 결과와 관계가 있다고 믿었다. 세계의 다른 부분의 사람들과 마찬가지였다. 오늘날 우리 사회에서도 그런 행위들이 그런 결과(비, 건강한 출산, 잃어버린 물건이 되돌아오는 일)와 아무 상관이 없는 것을 알게 되었기 때문에 주술은 힘을 잃어버리고 말았다. 주술을 합리적인 행위가 대신하게 된 것이다. 근래에 자주 듣는 '근대'라는 것은 주술에서 합리성에로의 발전 단계라고 표현하는 사람도 있다. 근대화라는 말은 합리화라는 말과 같은 것이다.

3 행동은 '목표→수단→결과'라는 일련의 과정으로 이루어지는데 목표라는 것은 우리가 결과를 미리 의식 속에서 그려보고 그에 맞는 '수단'을 역시 의식 속에서 만드는 것을 말한다. '수단'은 이 '목표'가 밖에서 이루어진 상태—— 즉 행동이나, 도구·기계를 통틀어 말한다. 이렇게 보면 사고의 합리화라는 것은 행동의 출발점에서 늘 '목표'와 '결과'를 이어주는 바른 '수단'을 알아낸다는 뜻이 된다. 주술은 이 '수단'이 잘못된 경우의 행동이다. 주술에서

벗어난다는 것은 그러나 쉬운 일이 아닐뿐더러 금을 그은 듯이 어느 때 이후와 이전으로 갈라설 수 있는 일은 아니다. 언제나 부딪쳐야 하는 위험이다.

사회적인 변화가 심할 때는 더욱 그런 위험은 크다. 기우제 같은 것은 아무나 알아볼 수 있는 비합리적인 행동이지만 대부분의 비합리성이란 이렇게 쉽지는 않은 모습을 지니기 때문이다. 가령 기술적인 발전의 가속성이 현대의 특징인데, 최신 기술의 습득을 게을리 하고 낡은 기술에 머물러 있을 때는 그런 태도를 비합리적이라고 부른다. 낡은 기술이 주술이란 말이 아니라 비능률적이라는 말이다. 이럴 때도 우리는 비합리적이라는 말을 쓰는데, 더 능률적인 기술을 쓰려고 하지 않는 태도를 말하는 것이다. 경영의 합리화라는 말 역시 그렇다. 인사나 기술에서 능률적이 아닐 때 우리는 그렇게 표현한다. 사회적인 변화라는 것은 인간관계와 기술의 분야에서의 행동 양식의 변화를 말하는 것인데, 이러한 변화는 필연적으로 신구新舊의 갈등을 가져온다. 또 사회적 변화는 사회의 여러 분야가 통일이 없이 일어나는 것이 보통이기 때문에 여기서도 혼란과 갈등이 온다. 그뿐 아니라, 지금까지는 비합리적인 것과 합리적인 것의 바꿈은 다만 기술적인 문제인 것처럼 말해왔지만 이 과정에는 사회적인 힘도 미친다. 즉 사회 전체로 봐서는 비합리적이지만 사회의 일부 층을 위해서는 합리적일 수도 있다는 관계가 끼어들게 되기 때문이다. 근래에 문제되고 있는 토지 투기가 좋은 예가 된다. 투기로 돈을 버는 사람들에게는 지금의 토지 정책이 합리적인 것이지만, 사회 전체로 봐서는 비합리적이 된다.

합리, 비합리는 이런 면에서는 사고의 문제가 아니라 사회적 이해 관계의 대립이라는 면을 가지게 된다. 경제 발전에서 고도성장이냐 안정이냐 하는 문제도 다른 요인(예컨대, 국제 경제의 현황)과 더불어 사회 전체의 이해와 일부의 이해라는 문제를 그 속에 지니고 있다. 사고의 합리화란 결국 비와 기우제 같은 단순한 데서부터 사회적 복지와 경제에서의 맹목적 방임주의 같은 데까지에 이르는 광범하게 관련된 종합적 판단을 요구하게 된다.

4 우리는 무엇 때문에 사고를 합리화해야 하는가? 목표에 바르게 이르기 위해서다. 목표는 개인의 경우에는 개인적 행복, 사회일 때는 사회적 복지다. 여기에 이르는 데는 두 가지 문제를 풀어야 한다. 첫째는 인간과 자연 사이의 갈등을 풀어야 한다. 이것이 첫째의 관문이다. 이 해결의 방법을 우리는 과학이라고 부를 수 있을 것이다. 인류는 이 길을 꾸준히 걸어온 결과 오늘과 같은 높은 기술 수준에 와 있다. 우리 처지는 개화기까지 세계의 최신 기술 수준에서 가로막혀 있기 때문에 그것이 망국의 원인을 마련하였다. 개화 이후에 비로소 우리는 발전된 기술—즉 자연을 정복하는 합리적인 방법을 받아들여 자연과의 싸움에 이용하고 있다. 그러나 우리 기술은 아직 세계의 다른 지역에서 도달한 수준에 미치지 못한 채로 있는데 근본적으로는 이 틈을 줄이고 늘 제1급의 수준을 지키는 것이 합리적 사고의 확립이라는 과업의 기본적 내용이 될 것이다.

둘째 번 문제는 인간과 인간 사이의 갈등을 해결해야 한다. 근래에 역시 문제되고 있는 노동 문제는 이러한 인간 사이의 갈등의 한 양상이다. 자본주의 초기에는 기업가의 이윤이나, 근로자의 임금 문제는 자유방임하면 스스로 조절되는 것으로 알았지만 점차 나타난 갈등은 오랜 곡절을 겪어서 현재에 이르러서는 그 당시의 경제철학은 비합리적인 사고에서 채 벗어나지 못했던 것으로 알게 되었다. 기업이 개인의 것이라는 개념에 대한 수정이라든지, 자유계약이라 해서 모두 합법적일 수 없다는 판단이 보편적인 것이 되고 있다. 우리도 급속한 경제 성장의 과정에서 남들이 다 겪었던 이런 문제들과 만나고 있는데 우리는 후진국으로서의 이점을 잘 이용할 수 있는 입장에 있다. 이것은 결국 사회적 도덕의 문제다. 사회 안에서 일어나는 일은 최종적으로는 사회 전체의 이익이라는 관점에서 조절되어야 한다는 합리적 사고를 정립하고 실천하는 길로 나가는 것이 시대적 과제가 되고 있다. 사실 추상적으로 말하면 이 원칙은 인간 사회가 있는 곳에는 어디에나 있어온 원칙인데 사회가 변화할 때는 모든 분야가 한꺼번에 변화하는 것이 아니라 이미 있던 생활의 일부가 변하기 시작하기 때문에 이 원칙에 혼란이 오는 모양이다. 자본주의 초기에 근대 산업과 상업이 일어났을 때, 아직도 사회의 대부분의 인구는 농촌에서 농사를 지었고, 농업은 기간산업이었다. 신흥 산업이란 것은 적은 인구가 적은 생산에 종사하는 분야였다. 그들은 기성 질서의 간섭을 뿌리치기에 큰 힘을 기울여야 했고 사실 기업의 자유라는 것은 필수적이었다. 예를 들면 이동의 자유조차 없었던 시기에 무엇보다 필요한 것은 개인의 자유방임이었다. 자유는 무제한일수록 좋은 것처럼 보였다.

그만큼 구속이 많았던 것이다. 그러나 신흥 산업이 국민 경제 속에서 큰 비중을 차지해가면서 이런 요구나 주장은 의미가 달라지기 시작한다. 신흥 산업이 이미 사회적 합법성과 국민 생산에서의 주도권을 차지하고 이미 경쟁에서의 격차가 생긴 상황에서의 계약의 자유라는 것은 강자의 자유와 약자의 손해를 의미하게 된다. 근래의 우리 사회의 여러 갈등에도 이런 문맥에서의 갈등이 점차 깊어지고 있다. 이 매듭을 잘 푸는 것이 사고의 합리화의 또 다른 측면이 된다. 이 문제는 우리 민족의 분단 상황과도 관련이 있다. 우리는 동족이면서 북한과 갈등 관계에 놓여 있다. 그리고 이 갈등은 인간의 행복에 대한 합리적인 해결 방법을 서로 달리한다는 형식을 취하고 있다. 이 형식이 강요된 것이라든가 또는 강요되고 있는 것이라든가 하는 논의는 물론 할 수 있는 것이지만 어쨌든 형식상 그렇고 본질적으로도 이 합리성에 대한 견해의 차이가 중요한 갈등인 것은 사실이다. 그렇기 때문에 우리는 우리 내부의 인간적 갈등을 가장 합리적으로 해결한다는 업적을 성취한다는 것은 북한과의 사이에 놓여 있는 갈등을 합리적으로 해결하는 방법이 될 수 있다. 전쟁이라는 방법에 의한 남북 갈등의 해결이 비합리적인 것이 되면 될수록 더욱 그렇게 된다. 즉 체제의 우수성의 경쟁이 되는 것이다. 이것은 전쟁이라는 야만한 방법에 대체할 수 있는 가장 바람직한 경쟁 방법이다.

 1+1=2라는 사실에는 사람들은 쉽사리 동의한다. 그러나 내가 하루 일하고 너도 하루 일한다는 결정에 도달하는 것은 언제나 어렵기 쉽다. 사고의 합리화에도 이 두 가지 형태가 있다. 첫째 것만

을 우리는 사고의 합리화라 생각하기가 쉽다. 둘째 번 것 역시 말로만이라면 쉬울는지도 모른다. 그러나 그것을 실천하기는 말처럼 쉽지는 않다. 그런 데서 생기는 필연성이 합리적 사고의 결론을 제도화한다는 일이다. 합리적 사고의 확립이라는 것은 머릿속의 합리화만으로도 모자라고, 일이 닥쳤을 때마다 합리적으로 행동한다는 뜻으로 해석해도 모자라고, 합리적인 생각에서 나온 행동의 양식을 제도화한다는 데까지에 이르러야 할 것이다. 결국 사회 전체의 합리화이며, 체제의 합리화이다. 자연을 가장 능률 있게 개발하고 인간 사이의 갈등을 가장 공평하게 조절하는 것이 습관이 될 수 있게 사회를 조직하는 일이다. 그리고 이런 일은 이성의 문제이면서 동시에 의지의 문제다. 밝은 생각으로 잘 생각한 끝에 우리 사회에 사는 모든 사람들이 그 생각의 결과를 현실화하자는 의지를 가지고 행동하는 일이다.

5 위에서 말한 모든 이야기는 요컨대 '말' 이상도 이하도 아니다. 이러저러하게 하는 것이 좋다는 '말'이다. 그러나 이 말이 '의지'가 되고, '과학'이 되고 '제도'가 되고 행동이 되자면 '말'하는 것보다 엄청나게 많은 절차가 필요하다. 그 절차를 특징짓는 것은 '시간'이다. 어떤 말도 그 말이 이루어지자면 '시간'이 걸려야 한다. '말'도 시간이 걸려야 한다. 사고의 합리화라는 말이 미치는 뜻과 대상은 한마디로 해서 생활 그 자체의 합리화에 이르는데 이 생활의 여러 분야는 각기 성격을 달리하기 때문에 말이 현실화되기 위한 시간도 저마다 다르다. 어떤 것은 빠르게 어떤 것은 늦게

하는 식으로 차이가 있다. 사고의 합리화는 '말'에서 '실현'에 이르는 절차가 분야마다 다르다는 것을 인식하고 되도록 대상의 성격에 어울리는 시간 계획을 가질 줄 아는 데에까지 이르러야 진정한 합리성에 이르렀다고 할 수 있을 것이다. 요리를 만들 때 여러 가지 재료를 넣는 데는 순서를 지켜야 한다. 순서라는 것은 재료가 그 요리에서 가지는 시간적 위치다. 이것이 잘못되면 모든 재료가 들어가고서도 바라는 결과는 나오지 않고, 낭비가 생기게 된다. 시간 계획이 잘못되었기 때문이다. 생활의 합리화에는 경험에 따른다면 우리가 생각하기보다는 더 많은 시간이 들어야 한다. 겉보기에 다 조건이 갖추어진 것 같으면서도 결과가 좋지 않을 때는 시간 계획에 잘못이 있는 경우가 많다. 이것을 무시하면 우리는 어느덧 새 주술을 믿는 것이 된다. 주술을 다른 말로 나타내면 행위와 결과 사이에 필요한 시간을 계산하지 않는 행동이라고 말할 수 있다. 금이 나오너라! 하고 주문을 외우면 대뜸 금이 나온다는 것이 주술이다. 그러나 현실에서는 금이 나오자면 금을 캘 시간이 필요한 것이다. 시간을 무시하거나 단축시킨다는 것은 필요한 공정을 빼먹지 않고서는 되지 않는다. 그렇게 하면 나오는 것은 금은 금이되 잡물이 섞인 것이 될 수밖에 없다. 우리처럼 생활의 후발 합리화 과정에 있는 처지에서는 '합리주의'라는 것까지도 주술이 될 위험이 있고 사실 있어왔다. 그렇게 되면 '합리주의라는 이름의 비합리주의'를 섬기는 것이 된다.

  사고의 합리화의 마지막 시금석으로서 이 시간관념의 도입을 강조하고 싶다. '말'에 대해서 그 원래 뜻의 이상도 이하도 아닌 무게를 줄 때 비로소 '말'은 제값을 지니게 된다. 그렇지 못할 때 '말'은 '허풍' '거짓말' '주문'이 되고 만다. 개화기 이래의 우리나라의 정신 풍토의 가장 큰 허점은 시간에 대한 성찰의 부족이다. '말'을 하는 데 드는 시간과, 그것을 자연과 사회 속에서 실현하는 데 드는 시간을 구별하고, 그들 속에서도 자리마다 그 시간이 다르다는 것을 인식하는 일이 구체적으로 계산되어야 할 것이다. 주술의 지배를 벗어난 옛날 사람들의 기술 수준은 낮았지만, 그 수준에서는 그들은 바른 시간관념을 가지고 있었다. 공든 탑이 무너지랴고 그들은 믿었다. 시간이 많이 걸려야 진짜가 나온다는 경험을 말한 것이다. 이 말은 진리이다.

성숙과 소속

　나라 밖에 살고 있는 우리 겨레 가운데서는 재일 동포의 사정이 가장 잘 알려져왔고, 모국과도 현실적으로 같이 맺어져 있음은 우리가 다 아는 바와 같다.
　그런데 근년 다른 재외 동포들의 소식도 차츰 알려지고 있다. 소련에 4, 50만이 살고 있다고 하며, 그들의 집단 거주 지역에 다녀온 여행기도 보도되었다. 한편, 얼마 전 중공의 인민회의를 보도하는 티브이 화면에서 한복을 입은 한국 여자의 모습을 시청자들은 볼 수 있었다. 신문에 따르면 그녀는 중공에 있는 한국인 자치구의 대표라고 한다. 중국에 살고 있는 교포의 수도 소련의 그것 못지않으리라고도 보도되었다. 여기에 미국 지역 및 그 밖에 사는 사람들을 더하면 2백만 가까운 한국인이 모국 밖에 나가서 살고 있는 것이 된다.
　어느 나라에나 재외 거주자를 가지게 마련이지만 우리의 사정에는 특별한 데가 있다.

첫째로 이들 재외 거주자들은 모두 한말 이후에 나간 사람들이라는 것이다. 기껏 4대쯤밖에는 안 되며 첫 대의 생존자도 적지 않으며 2대, 3대들도 첫 대가 가진 모국상母國像을 뛰어넘을 만한 어떤 인식에는 아직 이르지 못한 것 같다는 짐작이 간다.

둘째로 모국이 분단되어 정치적 통합에 대한 전망이 쉽사리 이루어지지 않고 있다는 점이다.

재외 거주의 역사가 짧고 통일된 모국이 부재라는 것은 그들에게는 현실적으로나 심리적으로 큰 짐이 되고 있을 것이다. 소련의 중앙아시아에 몰려 사는 한국인들은 처음에 연해주라고 부르기도 하는 우리 국토와 잇닿은 극동 소련에 살다가 정책에 따라 집단 이주당한 것이라고들 전한다. 거주지를 뜻대로 못 하는 생활이 어떤 것인지 생각해보면 그들이 겪는 그 밖의 어려움도 미루어 짐작이 간다. 이 밖의 지역에서도 모두 어려운 문제를 안고 있을 것이다.

이들의 거의 모두가 모국을 떠난 까닭도 대체로 사적인 선택이라는 말만 가지고는 풀이가 완전치 못하며 현대사의 흐름에 밀려갔다는 측면을 놓치지 말아야 할 것이다. 우리 현대사를 상징하는 모형 집단이 재외 한국인이라고 해도 틀리지 않는다. 이렇게 브는 것은 그들 존재의 보다 적극적 측면(해외 '진출'이라든지, '식민'이라든지 하는)을 부정하지 않고도 들어맞는 일이다. 그들은 살고 있는 나라에서 아직 완전한 소속을 누리지 못하고 있으며 이주자로서의 성숙에 이르러 있다고는 보기 어렵다. 이렇게 된 까닭은 한국인이 유사 이래 모국에서만 살았다는 사정 때문에 일찍이 본받을 만한 것이 없는 경험인 탓으로 매우 어려운 일이 되고 있다. 어렵다는 것은 그들에게 있어서 그렇달 뿐만 아니라 모국 이주자로서도 마찬가지다. 재외동포가 한국인이냐 외국인이냐는 말도 나오고 있다. 곧 그들의 소속에 대해서 정치적으로나 심정적으로 뚜렷한 초점이 잡히지 않고 있는 것이다. 여기에 모국이 분단되어 있다는 사정까지를 더하면 문제는 더욱 어려워진다. 그래서 이런 현실을 그대로 받아들일 수밖에 없는 관계자들의 마음은 풀리지 않는 부대낌과 매듭으로 가득 찰 수밖에 없다.

모국과 외국에 산다는 지리적인 다름은 있지만 현대 한국인의 의식은 모름지기 같은 것이 아닐까 한다. 문제를 깊이 생각하면 할수록 그렇다. 흔히 이르듯 '국민'이라고 하면 '피'가 같다는 것만으로는 안 되며, 근대형의 사회가 요구하는 다른 요소들이 어울려야 하는 것일진대, 우리는 아직 '국민'으로서의 자기 정립을 하지 못하고 있다는 말도 할 수 있지 않을까 싶다. 우리가 오랜 역사를 거쳐서 기득권을 가지기에 이른 한반도의 남북을 통합하여 그것을 국토로서 삼는 국가를 정치 목표로 가지고 있는 바에는 우리들의 소속은 모두 결락의 부분을 가지고 있는 것이 된다. 오늘 자기를 한국인이라고 생각하는 사람들은 그러한 관념적 동일성에 걸맞는 현실적 '바탕'을 갖지 못하고 있다. 통일된 나라에 의해서만 이루어질 이 '바탕'이 주어진 것으로서가 아니라 만들어져야 할 것으로서 역사의 숙제로 주어지고 있다는 것이 우리들의 사정이다.

이런 사정 아래 살고 있는 개인으로서의 모든 한국인은 특별한 괴로움을 지닌다. 집단에의 소속이라든지, 그 집단의 성원으로서의 성숙이라는 것은 인간 생활의 가장 기본적인 뼈대인데, 이 뼈대가 불구라고 한다면, 이런 조건을 안고 사는 개인이란 것은 굉장한 긴장을 강요당하는 그런 삶을 사는 것이 된다. 이런 상황은 피난민의 삶을 아주 닮았다.

피난민이란, 고향을 떠나 아직 현 거주지에 뿌리를 내리지 못한 그런 삶이다. 재외 2백만의 사람들과, 지난 전쟁 때 북에서 남으로 남에서 북으로 옮긴 고향 떠난 사람들을 합치면 실질적으로 피난민이라 불릴 사람의 수는 민족 인구의 10퍼센트 가깝다. 피난민이란 표현은 문학적으로는 몰라도 좀 지나치다고 할는지 모른다. 그러나 한말 이래 우리 국토는 러시아·중국·일본의 전장이며, 1940년대에는 다시 중국·미국·소련·일본의 전장이 되고 1950년대에는 남북 전쟁의 장이 되었다(8·15 그때만 해도 북한 지역에서 소련군과 일본군의 전투가 있었다는 사실은 거의 모든 남한 거주자들이 의식하지 못하고 있다). 이 모든 전쟁 때문에 거주지를 떠난 사람들을 피난민이란 말 말고 다른 무슨 이름으로 불러야 할까. 전쟁으로 거주지를 바꾸지는 않은 사람들도 이 기간 동안의 산업화로 대량 이동이 있었다. 이러고 보면 한말 이래의 한국 사회의 움직임을 분석하는 열쇠로 피난민이라는 개념은 그 밖의 어떤 지표 못지않게 생산적이라고 필자는 생각한다. 지역에 따라 피난민마다 특수한 성격이 있을 것은 그럴 테지만 피난민이란 이름으로 묶이는 보편성이 있음도 틀림없다. 여기에다, 위에 든 전쟁들에서 우리 민족의 주체적 참여가 아주 배제되었거나, 넉넉지 못했거나 한 사정까지를 고려에 넣는다면, 한국 현대사에 대한 필요한 관찰 요령은 거의 갖추어졌다 할 것이다.

  이런 역사가 주어진다는 것은 살아가는 개인 쪽에서 보면 운명이다. 개인이 할 수 있는 일은 이 운명을 자기에게 유리하게 바꾸기 위해 할 수 있는 일을 할 뿐이다. 그와 같은 일에는 정해진 길이 있는 것은 아니다. 소속과 그 속에서의 성숙이라는 인간 생활의 기본적인 뼈대가 주어져 있지 않고 만들어내지 않으면 안 된다는 것은 그야말로 '창조'라는 말로밖에 나타낼 수 없다. 창조라는 것은 이 말의 뜻을 따라 흉내라는 것이 있을 수 없다. 여기에 우리 삶의 어려움이 있다. 우리에게는 소속과 성숙이라고 하는 것이 기득권의 향유와 보존이 아니라, 국민적 규모에서의 모험과 도전을 개인의 차원에서도 받아들여야 한다. 이것은 갈데없이 서사시적, 영웅적 과제에 가깝다. 이러고 보면 현대 한국인은 꼭 소설의 주인공 같은 사람들이다.

해설

완강한 사실과 정신의 부드러움

김인환
(문학평론가)

 사람의 몸 가운데 가장 중요한 부분은 어느 것일까? 플라톤의 이데아가 본다는 뜻을 지닌 이데인의 동명사인 것에서도 알 수 있듯이, 고대 사회에서는 눈이 신체의 우두머리였다. 인간의 신체에 대한 근대적 평가로서 먼저 머리에 떠오르는 것은 로댕의 조각 「카테드랄」이다. 그때 68세였던 이 노인은 큰 성당이란 이름 아래 두 개의 오른손을 마주 세워놓았다. 성당이란 곧 문화의 보이는 형상이다. 문화는 단순히 관념의 소산이 아니고 인간의 땀이 이룩한 성과라는 의미를 로댕은 말하고 싶었던 것이다. 손과 문화의 관계를 바라보는 최인훈의 시선은 그 본질에 있어서 로댕의 관점과 같은 자리에 놓여 있다.

 문화는 인간의 손으로 자연 속에다 지어놓은 인간의 집이다. 부드럽고 따뜻한 인간의 집. 그러나 문화는 부드럽기만 한 것은 아니다. (「영혼靈魂의 지진地震」)

이룩한 성과로서 보면 문화란 부드럽고 따뜻한 것이겠지만 애써 이룩하는 과정에서 살피면, 문화란 고통스러운 노동의 산물이며, 부드럽기만 한 것은 아니다.

사회를 땀의 거래라고 파악한 최인훈은 무엇보다 적당하고 정당한 땀의 값을 강조한다. 인간의 생활은 남의 땀을 적당한 값에 사기 위한 움직임인 셈이며 그러기 위해 자기의 노력을 정당한 값으로 팔거나 정당한 값에 맞추려고 애쓰는 움직임인 셈이라는 것이다. 선량한 모든 사람은 이 파는 일과 사는 일 어느 쪽에서나 정당한 값이기를 요구하며, 그 선보다 높으면 폭리라 진단한다. 노동자의 입장에서는 그는 자기가 받는 것보다 더 많이 생산하지만 기업가의 입장에서는 땀이 만든 상품의 값을 땀의 값보다 클 수 있도록 환경을 가꾸어놓은 몫에 대한 권리가 인정된다. 모든 사람이 사회에 기여한 만큼의 보람을 획득해야 된다는 견해이다.

인간의 손이 제 힘을 충분히 실현하려면, 일하는 시간과 일하는 방법에 대하여 깊이 사고하지 않으면 안 된다고 최인훈은 말한다. 금이 나오너라 하고 주문을 외면 대뜸 금이 나온다는 것이 주술인데, 현실에서는 금이 나오자면 금을 캘 시간이 필요하다는 것이다. 시간을 무시하거나 단축시킨다는 것은 필요한 공정을 빼먹지 않고서는 되지 않으므로 그렇게 하면 나오는 것은 금은 금이되 잡물이 섞인 것이 될 수밖에 없다. 그러나 아무리 시간을 많이 들였더라도 적절한 방법이 개발되지 않으면 손은 힘을 잃는다. 관념적 좌절과 현실의 실패는 그러한 방법의 개발에 실패한 데에 말미암는다. 같은 목표에 더 빠른 속도로 도달할 수 있어야 하고, 단위 시간당 노동량이 더 많아져야 한다.

공산주의가 무엇을 뜻하는가가 아니라 공산주의가 무엇인가를 본 최인훈은 누가 무어래도 좌익의 이론에는 마음을 기울이지 않는다. 인간과 인간의 관계가 상품과 상품의 관계처럼 변질되어 있고, 화폐가 태초의 순간에서부터 인간 노동의 산물인 것처럼 활동하고 있다는 환상을 지적하는 데도 그는 지나치게 열을 올리지 않는다. 사용 가치가 참된 가치인 것은 인정하지만 최인훈은 사용가치와 교환가치를 동일체의 양면으로 다 받아들인다. 사용가치를 떠난 교환가치는 타락한 가치이며, 교환가치를 떠난 사용가치는 맹목의 믿음이라는 것이다.

사람이 죽으면 볼 장 다 보는 것이기에 사람의 죽고 살고가 돈을 그 장소 그 시각에 가졌는가 못 가졌는가로 결정되는 지랄 같은 시대에 살면서 돈을 비웃는다면 그야말로 지랄 같은 소리일 것이다. 〔……〕 그러나 돈이 사는 것이 아니요, 사람이 사는 것이 사회인데 그 돈이 너무 문제가 된다면 그것도 사회가 심상치 않다는 징조이다. 돈을 돌리는 것은 사람이다. (「돈과 행복」)

경제생활에 있어서 객체적 요소인 기계가 주체적 요소인 노동보다 상대적으로 증가됨으로써, 사람보다 자본이 존중되는 사회 현상에 대하여 공해를 예로 들어 비판하기도 하고, 기계의 폭발적인 증대에 따라 기계의 수익성인 이윤율이 저하되는 경향에 대하여 성장과 안정의 관계로써 비판하기도 하지만, 최인훈의 관심은 주로 지나친 경쟁의 규제로 향해 있다. 신흥 산업이 이미 사회적 합법성과 국민 생산에서의 주도권을 차지하고 이미 경쟁에서의 격차가 생긴 상황에서 계약의 자유라는 것은 강자의 자유와 약자의 손해를 의미하게 된다는 것이다. 공기를 사유할 수 없고 애인을 공유할 수 없듯이, 자연과 세상이 우리에게 가르쳐주는 내용은 공적인 것과 사적인 것의 이성적인 조화에 있다는 생각이다.

우리는 흔히 '쓸 줄을 안다'는 말을 한다. 이것은 시장의 법칙에 따라 행동을 할 줄 안다는 말이 아니다. 시장의 법칙만으로써는 다할 수 없는 보다 높은 법칙에 맞게 돈이나 물건을 쓸 줄 안다는 뜻으로 쓰이는 말이다. 시장의 법칙으로 보자면 밑지는 일을 하는 것을 말한다. 〔……〕 우리의 이상을 말한다면 이런 씀씀이가 왜 필요한지를 과학적으로 연구해서 그것이 전혀 개인의 우발적인 행동에만 기대지 않아도 되도록 제도화하는 것이 필요하다. 그리고 사실 여러 가지 형태로 이런 제도화는 꾸준히 모든 사회에서 이루어져오고 있다. (「쓸 줄도 알아야 한다」)

우리는 사회 생활이 균형 있고 튼튼하게 움직여나가기 위해서는 노동조합과 지방 자치와 평화 통일이라는 세 가지를 갖추어야 된다고 최인훈은 생각하고 있다. 여러 가지 근대형 이익 집단이 활동하고 있는 가운데 유독 노조만이 본연의 활동을 다하지 못하고 있는데, 이러한 제약이 더 이상 지속되면 안 되겠다는 것이 최인훈의 첫째 제안이다. 이미 위험 수위에 와 있는 이 문제를 어느 정도 합리적으로 해결한다면 한국 정치는 해방 이후에 누적된 수많은 역사적 후진성을 극복할 수 있을 뿐 아니라 장차 있을 통일에도 설득력 있는 정치 유산을 가지고 참여할 수 있지 않겠느냐는 의견이다. 최인훈이 둘째로 강조하는 문제는 지방 자치인데, 농촌과 중앙 정치 사이에 지방 자치라는 매개 항이 없는 경우에 모든 폐단이 일어난다고 보는 그는 재미있는 실례를 들고 있다.

국회의원이 되면 선거구에서 올라오는 청탁 손님을 치르는 것이 중요한 정무라고 한다. 바로 그렇다. 그 청탁이 중앙청 국장을 시켜달라는 것일 리도 없고 국영 업체의 과장을 시켜달라는 것일 리도 없다. 면이나 읍의 무슨 자리, 5급 정도 공무원 취직이나 그런 것이리라. 그런 청탁이 무슨 중앙의회의 의원이 봐줘야 할 부탁인가. 지방 의원이 할 일이 아닌가. (「정당이라는 극단」)

최인훈이 무엇보다 힘들여 말하는 것은 통일 문제이다. 그는 통일이라는 말과 평화라는 말을 동의어로 사용하고 있다. 월남전이 한창일 무렵에 씌어진 수필 「통일도상국」에서 그는 독일과 월남과 한국을 비교하였다.

독일은 아마 동족전을 할 주체성을 영원히 사양할 모양이고, 대신 통일도상국이 될 생각인 것 같다. 베트남은 현재 열심히 동족 상잔 중도국同族相殘途中國인 형편이다. 우리는 어느 쪽인가. 아무튼 포화는 잠깐 멎고 있으니 상잔 도중相殘途中이라 하기는 과한 표현이고, 그렇다고 적십자 예비 회담을 미적미적하는 처지에 통일도상이라 하기도 허풍스럽다. 말하자면 어중간한 셈이다. 어느 쪽으로 기울어지는가에 한족韓族의 문명도가 가름된다. 필자의 취미로 보면 통일도상국이 되는 쪽을 택하겠다. 개발도상국이라는 말보다는 한국 역사의 오늘에 대한 역사적 책임 소재가 풍기고 경제까지도 속에 포함한 보다 통합적 비전을 표현할 수 있다는 어감의 측면에서도 그렇다. 통일 없는 빵이 가져오는 것은 아마 도덕적 타락뿐일 것이다. (「통일도상국」)

최인훈의 통일 논의는 상당히 엄밀한 역사적 분석에 의하여 밑받침되어 있다. 그는 한국의 민족주의란 말이 지니고 있는 복합적 의미를 검토하여, 그 특수성을 해명하고 있다. 남한과 북한이 동일 민족으로서의 기반을 서로 회복해야 한다는 의미에서의 민족주의와 남한과 북한이 각각 현실적인 자리自利를 추구하고 있다는 남북한 각자의 민족주의이다. 감상이 아니라 이익이 7·4성명으로 이끈 원인이라는 분석이다. 종교적 발작이 아니라 정치가 지닌 잔인할 만큼의 합리성이 통일도상국의 가능성을 실현시키는 근거가 된다고 최인훈은 생각하고 있다. 그가 월남 피난민을 돕자고 제의하는 것도 결코 감상에서 나온 것은 아니다.

우리가 베트남에 파병하였을 때 꽤 말이 있었던 것을 우리는 기억한다. 파병 자체는 어쨌든 지나간 일이다. 그러나 그 파병에 얽혔던 그 말을 좀더 우리들의 품위에 보탬이 될 수 있게 만드는 길을 역사는 아직 남겨놓고 있다. 그 길이란 베트남 피난민에 대해서 우리 형편으로 될 수 있는 도움을 적극적으로 제공하는 일이 아닐까 생각한다. (「쏠 줄도 알아야 한다」)

그러나 지금까지의 모든 견해는 일상생활에서 우리가 겪는 개인의 희망과 집단적 활동에 비추어보면 매우 크고 추상적인 내용이 아닐까? 우리는 매일매일 어떻게 살아야 하나를 수필에서 엿보고 싶어하는 것이 아닐까? 삶의 구체적인 현장은 더욱 딱딱하고 때로는 더욱 근원적인 욕망과 환상의 세계이다.

1+1=2라는 사실에는 사람들은 쉽사리 동의한다. 그러나 내가 하루 일하고 너도 하루 일한다는 결정에 도달하는 것은 언제나 어렵기 쉽다. (「사고와 시간」)

최인훈이 꿈꾸는 역사의 목표는 잉여 노동이 폐지된 상태가 아니라 과잉 억압이 없는 상태이다. 권력이란 개념이 인간과 자연 사이의 관계에만 쓰이고 인간 사이에서는 쓰이지 않는 경우를 그는 바람직한 사회의 모습으로 제시한다. 그러나 어떻게 과잉 억압이 없어질 수 있을까? 최인훈은 여기서 실천의 문제와 만난다.

우리들이 앞으로 의지할 정신적 지주는 석굴암 속이 아니라 저 4월의 함성 속에 있다. 우리의 노래를 울려 보낼 하늘은 저 서라벌의 태고연한 하늘이 아니라 포연이 매캐하게 스며든 저 4월의 하늘이다. 〔……〕 4월은 인간이기를 원하는 한국인의 고향이 되었다. 그것은 신라보다 오래고 고구려보다 강하다. 인간의 고향이기 때문에 오래고오래며 자유의 대열이기 때문에 강하다. (「세계인」)

멋대로 꾸며댄 이론들이 춤추는 풍문의 세계에서 벗어나와 강한 사실의 현장에 굳게 서서 위대한 거절을 실천하는 일은 지금 이곳에서 최인훈과 우리에게 요청되는 숙제이다.

해설

새로운 세계 질서의 꿈
— 최인훈 수필에 대하여

류보선
(문학평론가)

1. 최인훈 수필의 두 기원: 세계체제론과 메시아적 역사철학

 너무 일찍 태어나서 운명에 좌초하는 비극적인 인물들도 있지만, 너무 일찍 태어나서 기괴한 작가가 되는 경우도 있다. 어느 글에서 데리다는 "미래란 성립된 규범성과의 절대적으로 단절된 무엇이며 따라서 미래는 일종의 기괴함 속에서만 자신을 예고하고 스스로를 현전시킬 수 있다"[1]라고 말한 적이 있거니와, 이에 비추어 보자면 너무 일찍 홀로 많은 것을 본 작가들은 어쩔 수 없이 기괴한 존재가 되기 마련이다. 지금 눈앞의 현실을 동시대인들보다 더 먼 미래의 관점에서, 그리고 더 큰 맥락에서 파악했을 경우 그것은 동시대인들의 그것과는 다를 수밖에 없을 터이고, 그러니 그

---

1) 데리다, 『그라마톨로지』, 김성도 옮김, 민음사, 1996, p.17.

작가가 그려낸 세계상은 기괴할 수밖에 없을 터이다. 아니, 그렇기 때문에 더욱 기괴하게 표현하는지도 모를 일이다. 동시대인들과 전혀 다른 세계상을 그저 동시대의 형식으로 표현할 수는 없겠기 때문이다. 그러니 이들은 이야기의 혁신성 혹은 혁신적인 이야기를 도입할 수밖에 없을 터이고 이는 이들을 더 기괴하게 만들 터이다. 이상의 말마따나 (소통에의) 절망이 기교를 낳고 기교는 또 절망을 낳는다고나 할까.

물론 우리 문학사에도 너무 시대를 앞서 기괴했던 작가들이 여럿 있다. 너무 일찍 깨달았기 때문에 소수집단이 될 수밖에 없었고, 소수집단이 되었기에 현실을 통일성 있는 어떤 것으로 그려낼 수 없었던 작가들. 분명 무언가가 결핍되었거나 지나치게 넘쳐 있건만 그 결여와 잉여를 조절할 가능성이 보이지 않기에, 임화식의 표현을 빌자면 '성격과 환경의 하모니'를 구현할 수 없기에 관념적이거나 환상적이나 알레고리적일 수밖에 없었던 작가들. 또 근대 이후 한국 역사를 발전으로 볼 수 없었기에, 혹은 그러면서도 그러한 역사적 연속이 지속되고 있었기에, 과거 속에서 미래를 보고 미래에서는 과거를 보는 작가들.

이런 기괴한 작가들 가운데서도 바로 그 기괴함 때문에 가장 앞자리에 놓여야 할 작가는 다름 아닌 최인훈이다. 단순화하자면, 작가 최인훈은 너무 일찍 도착한 세계체제론자다. 최인훈은 자신의 또 하나의 기념비작 『화두』에서 현재의 인류를 공룡에 비유한 적이 있다. '인류를 커다란 공룡에 비유해본다면, 그 머리는 20세기의 마지막 부분에서 바야흐로 21세기를 넘보고 있는데, 꼬리 쪽은 아직도 19세기의 마지막 부분에서 진흙탕과 바위산 틈바구니에서 피투성이가 되어 짓이겨지면서 20세기의 분수령을 넘어서려고 안간힘을 쓰고 있다──이런 그림이 떠오르고, 어떤 사람들은 이 꼬리 부분의 한 토막이다──이런 생각이 떠오른다'[2]는 것. 이 구절을 두고 한 비평가는 작가 최인훈이 "1990년대 초의 어느 한순간 〔……〕 한국 사회의 19, 20, 21세기라는 세 개의 시간대가 불가해한 양식으로 뒤엉켜 공존하고 있음"[3]을 발견한 경이로운 장면이라고 말한 바 있거니와, 이는 최인훈 문학의 문제성의 원천을 정확하게 짚어낸 날카로운 성찰이라 할 만하다. 그렇다. 작가 최인훈은 작가 자신을, 더 나아가 한국 사회를, 그리고 마지막으로 인류 역사 전체를 19, 20, 21세기라는 세 개의 시간대 속에 위치시키고는 이 세 개의 시간대의 공존 때문에 나타나는 결과들에 주목한다. 최인훈 문학에 따르자면 이 세 개의 시간대의 공존은 개인도 사회도 인류 전체도 불행하게 만든다. 불행하게 만드는 정도가 아니라 근대 이후 역사의 폭력성과 비극성의 진원지가 된다.

---

2) 최인훈, 『화두』 1, 문학과지성사, 2008년, p.18.
3) 정과리, 「21세기에 다시 읽는 최인훈 문학의 문제성」, 『문학과사회』 2009년 봄호, pp. 380~82. 이 글에 따르자면, 최인훈은 21세기를 목전에 두고 인류 역사의 공룡성, 그러니까 하나의 시공간에 여러 세기의 역사가 공존하는 현상을 발견한 것이 되지만, 이를 『화두』의 특이성만으로 설정할 필요는 없을 듯하다. 비록 『화두』 모양 인류 역사를 '공룡성'으로 비유하지는 않았다더라도 인류 역사의 '공룡성'에 대한 자각은 오히려 최인훈 문학의 초기부터 있어온 것이 사실이다. 『광장』에서부터 『회색인』 『소설가 구보씨의 일일』 『태풍』으로 이어지는 소설들이 모두 한 시대에 공존하는 이질적인 아비투스들의 격렬한 파노라마를 담은 것이었으며, 『구운몽』이 그렇게 여러 시대를 오고 간 것도 바로 이 때문일 것이다.

왜냐하면 세 개의 시간대가 타자를 승인하고 인정하면서 지양되는 것이 아니라 서로 독점적인 지위를 누리려고 끊임없는 인정 투쟁을 벌이기 때문이다. 이 인정 투쟁이 격렬하게 지속되면서 이 세 개의 시간대는 각기 다양한 경로로 (정치적으로) (무)의식화되고 인격화되고 제도화된다. 그리고 급기야 그곳을 사는 개인의 의식 내부를 전쟁터로 만든다. 인간의 의식 내부에는 전근대적 풍속과 근대적 제도, 그리고 탈근대적 지향이 서로 지양되지 않고 각각 다른 곳에 자리를 잡고 잡거한다. 그리고 이 이질적인 요소들은 각기 자의적이고도 기묘하게 결합하면서 어느 한쪽이 다른 어느 두 쪽을, 때로는 다른 두 쪽이 또 다른 한쪽을 억압하고 폐제하는 변화무쌍한 이합집산이 이루어진다. 개인의 의식 내부는 이러할진대 이러한 구성원들이 모여 사는 사회라고 다를 것이 없다. 아니, 인류 역사가 이렇게 세 개의 대타자가 어떤 관용도 없이 유일한 절대자로 군림하기 위해 매일 전쟁을 벌이기 때문에 개인들의 의식 내부의 전쟁도 멈출 도리가 없는지도 모를 일이다. 하여간 한 개인의 의식 내부이건 인류의 역사 전체이건 근대 이후 지구촌은 서로를 용납할 줄 모르는 세 개의 대타자가 인간의 목숨을 담보로 한 목숨을 건 쟁투를 벌이는 형국이 벌어진다. 현존재들은 그곳에서 어쩔 수 없이 분열증적인 주체로, 혹은 분열증적인 상태를 견디기 힘들어 반대로 편집증적인 주체로 살아간다. 최인훈 문학은 우리의 광장과 밀실이 단절된 삶을 파헤집고 들어가 이처럼 근대 세계 체제의 불균등하고 복합적인 쟁투 과정을 읽어낸다.

  물론 여기서 그치지 않는다. 최인훈은 이 불균등한 세계 사이의 복잡다단한 쟁투라는 위기 속에서 구원의 힘을 찾고자 한다. 『화두』의 마지막 부분에는 "나 자신의 주인일 수 있을 때 써둬야지. 아니 주인이 되기 위해 써야 한다. 기억의 밀림 속에 옳은 맥락을 찾아내어 그 맥락이 기억들 사이에 옳은 연대를 만들어내게 함으로써만 나는 나 자신의 주인이 될 수 있겠다. 그 맥락, 그것이 '나'다. 주인이 된 나다"[4]라는 구절이 있다. 정리하자면 세 개의 시간대 사이에서 옳은 맥락을 찾아내고 그 맥락을 통해서 옳은 연대를 만들어내는, 다시 말하자면 대타자가 원하는 대로 그때그때의 대타자의 욕망을 실현하는 것이 아니라 그 대타자들 너머의 욕망을 욕망하는 주체가 되어야 한다는 것. 그것이 지독하게 경쟁하기 때문에 주체들에게 '자기' 없는 '자기비판'을 강요하는 대타자들 사이에서 인간이 인간으로 살 수 있는 길이라는 것. 그리고 덧붙여 그 길을 위해 주체적 욕망의 연대체를 구성해야 한다는 것. 최인훈의 문학은 이처럼 광장과 밀실 사이의 분열증적인 삶들 속에서 이렇게 근대를 둘러싼 세 개의 시간대의 공존 현상을 발견해내거니와, 이는 최인훈 문학 특유의 근대체제론적 시각에 의해 가능했던 것이다.

한데, 최인훈 문학의 근대체제론적 시야는 『화두』에 이르러 갑작스레 출현한 것이 아니다. 이 시야는 아주 오래전에도, 구체적으로 말하면 『광장』과 『회색인』에도 산포되어 있던 것이기도 하다. 그러니 최인훈 문학의 세계체제론적 시각은 얼마나 일찍 도착한

---

4) 최인훈, 『화두』 2, 문학과지성사, 2008, p.586.

것인가. 당시의 문학이 현존재들의 고통을 한국전쟁이라는 트라우마에 고착시키거나 아니면 전쟁 후 더욱 강화된 사물화 논리를 지목하고 있을 때 그것도 아니면 우리에게 식민의 경험을 안겨준 일본제국이나 전쟁을 도발한 '적국' 북한의 사회주의 이데올로기 탓을 하고 있음을 상기한다면 더욱 그러하다.

최인훈 문학이 기괴한 것은 단지 너무 일찍 획득한 세계체제론적 시각 때문만은 아니다. 하나가 더 있다. 바로 최인훈 문학의 특이한 역사철학.

나는 '문명' '역사의식' '문명 감각'이란 말을 자주 쓰는데 이것은 상당히 서로 통하면서도 또 다른 말이에요. 역사의식이란 '모든 것은 움직이면서 앞으로 나아간다'라는 무한히 발전하는 개념이고, 문명 감각이란 '모든 것은 어떤 궤도를 반복해서 자꾸 순환한다'는 의식인데 〔……〕 '형태상의 변화'를 생각하는 것은 '역사의식'이고, '결국 같은 패턴이다'를 깨닫는 것은 '문명 감각'인데 이 두 개의 의식이 평형 상태를 이루는 마음이 지금은 중요한 것 같아요. 즉 '순환하면서 변화한다' 하는 〔……〕 한국 생활과 미국 생활이 다르기는 하지만 결국은 같은 패턴이라는 것을 직접 보면서 생각했지요. 개화기 사람이라면 미국에 가서 남과 우리의 차이점만을 보았겠으나 그것은 역사의식일 뿐이고, 지금 현대인이라면 '남과 우리가 다르나 같다'라는 문명 감각과 함께 '남 속에 있는 우리' 즉 '세계 속에 있는 조국'을 보아야 할 것입니다. 역사의식과 문명 감각의 조화를 항상 갖는 것, 그래서 치우치지 않는 것, '세계 속의 우리'를 그릇되지 않게 보기 위하여 '이런 의식의 저울을 항상 녹슬지 않게 유지하는 것' 그래서 이 두 개의 추가 서로 평형되도록 하자는 것——그것이 소위 후진 문화권에 살고 있는 우리에게 가장 귀중한 것이라는 생각을 하면서 돌아왔습니다. (「문명의 광장에서 다시 찾은 모국어」)

이처럼 최인훈 문학은 역사를 공허하고 균질적인 시간의 연속체로 파악하지 않는다. 최인훈에게 역사는 '순환하면서 변화한다.' 모든 역사적 사건이 전혀 새로운 것은 아니다. 그것은 언젠가 발생한 적이 있는 어떤 사건과 같은 구조적 요인에 의해서 발생한다. 같은 구조 때문에 근사近似한 모순이 발생하고 거의 유사한 해결방안(혹은 혁명)이 발생하여 모순을 해결한다. 하지만 이렇게 '나아간' 역사는 어느새 또 이전과 '같은 패턴'의 모순이 생겨나고 그렇게 되면 그 사회에서 거의 유사한 자리를 차지하는 어떤 존재들에 의해서 혁명이 발생한다. 정리하자면 '반복과 차이' '순환과 변화' '역사의식과 문명 감각' '역사와 반복' 이것이 최인훈의 문학의 역사철학이다. 이 때문에 최인훈 문학의 역사상은, 벤야민의 그것처럼, '동질적이고 공허한 역사의 진행과정을 폭파시켜 그로부터 하나의 특정한 시기를 끄집어내기 위해서 과거를 인지'하는 식이 된다. 최인훈의 문학은 '원인으로서의 사실은, 수천 년이라는 시간에 의해 그 사실과는 동떨어져 있을 수도 있는 사건들을 통해서 추후에 역사적이 되었던 것'을 잘 알며, 해서 최인훈 문학의 주인공들은 어떤 필연적인 계기도 없이 저 먼 시대로 도약하곤 한다. 그리고 바로 그곳에서 대타자의 욕망 너머의 주체의 욕망을 향락할 수 있는 시간을 발견한다. 한마디로 최인훈 문학은 '자신의 시대'를 '지나간 어느 특정한 시대와 관련을 맺게 되는 상황의 배치로 파악'하거니와, 이런 점에서 최인훈 문학의 역사철학은 벤야민의 그것과 유사하다. 벤야민이 그의 유명한 「역사철학 테제」에서 강조했던 것처럼 최인훈 문학 역시 '전 인류 역사를 엄청나게 축소해서 포괄하고 있는 현재 시간'에 주목하고 더 나아가 '메시아적 시간의 단편들로 점철된 '현재 시간'으로서의 현재라는 개념을 정립'하고 있기 때문이다. 이러한 최인훈 문학의 역사철학은 '사건들의 계기를 마치 염주를 하나하나 세듯 차례차례로 이야기하는' 일반적인 역사철학에 비추어 보자면 낯설기 짝이 없는 것이며, 그런 점에서 최인훈 문학의 메시아적 역사철학[5]은 최인훈 문학을 기괴하게 만든 또 하나의 핵심적인 요인이라 할 수 있다.

최인훈의 문학은 이처럼 한국 사회를 전 인류의 역사, 특히 근대 이후 전 지구의 세계 체제 속에서 파악하고 있다는 점에서, 그리고 메시아적 정지가 일어난 바로 그 과거로의 도약만이 근대 이후의 공허하고 균질적인 역사의 반복을 단절시킨다는 특이한 역사철학을 지니고 있다는 이유 때문에 기괴하다. 그런 데다 최인훈의 문학은 너무 일찍 도착한 세계체제론자의 그것이었고 동지가 거의 전무한 메시아적 역사철학자의 그것이었던 까닭에 그 자신의 문학

---

[5] 여기서 메시아적 역사철학에 대한 설명으로 동원된 개념들은 벤야민의 유명한 「역사철학 테제」에서 가져온 것이다. 발터 벤야민, 『발터 벤야민의 문예이론』, 반성완 편역, 민음사, 1983.

이 더욱 기괴한 것으로 기피될 것임을 알면서도 넘칠 정도로 기괴한 형식 실험을 감행할 수밖에 없게 된다. 이 때문에 최인훈의 문학은 거의 대부분 뜻밖의 실존들을 전혀 이질적인 형식으로 표현하는 특색을 보이거니와, 최인훈의 문학에 다른 작가에서는 찾아보기 힘든 여정과 행위들이 유난히 많이 출몰하는 것은 이와 관련이 깊다.

최인훈 문학 전반의 이러한 특성은 수필이라고 해서 예외는 아니다. 최인훈의 수필 역시 많은 경우 주로 다른 작가들의 수필에서는 찾아가지 않는 장소들로 향한다. 최인훈 수필에는 예컨대 인간의 능력의 범위를 넘어서는 장엄한 자연 풍광 같은 것이 없다. 아니면, 한없이 고요하고 순수한, 해서 오염된 모더니티를 반성케 하고 정화시켜주는 목가적인 풍경도 없다. 그렇다고 인공적이고 작위적인 것으로 가득 찬 도시 풍경이 있는 것도 아니다. 최인훈의 수필은 집요하게 '전 인류 역사를 엄청나게 축소해서 포괄하고 있는 현재 시간'이 잠복되어 있는 장소를 향해 간다. 그곳은 아메리카이기도 하고, 또 포연에 휩싸인 베트남이기도 하고, 자신의 모교 교정이기도 하며, 또 선거 유세장이기도 하다. 최인훈의 수필은 특이하게도 자연의 숭고함이나 목가적 풍경 등 제1의 자연에 대한 관심 대신에 현재 인간의 삶을 보다 직접적으로 규정하는 제2의 자연, 그러니까 인간의 사회역사적이면서 정치경제적인 측면을 집중적으로 표현한다. 그중에서도 최인훈의 수필은 자본제적 생산양식의 가동 이후 전 지구의 자본주의화는 필연의 수순이 되었으며, 한국 역시 그렇게 전 지구적 자본주의에 폭력적으로 포섭

되었다는 점을 알려줄 수 있는 현상들에 특히 주목한다. 아마도 최인훈 자신을 위시한 한국인 모두를 불행에 빠뜨린 식민지와 한국전쟁, 그리고 남북분단이라는 일련의 역사적 진행 과정의 그 궁극적인 기원이 세계시장의 실현과 제국주의적 세계 재편에 있다고 파악했기 때문일 것이다.

  물론 이러한 여정이 대부분이 외부의 부탁에 의해 우연히 이루어진 방문이 아니냐고 반문할 수도 있겠다. 그래서 최인훈 수필 대부분이, 그것이 어떤 이질적인 장소의 여행이건, 작가의 일상사나 사회적 사건에 대한 단상이건, 아니면 어떤 인물에 대한 포폄이건 간에, 그때그때의 필요에 의해서 씌어진 글이며, 그러니 어떤 뚜렷한 목적의식하에 나름대로의 체계를 갖추고 있는 글들이 아니라고 말할 수도 있겠다. 하지만 더욱 중요한 것은 최인훈의 수필이 그런 부탁을 흔쾌히 받아들인 연후에 씌어졌다는 점이다. 최인훈의 수필이 굳이 방문해달라고 부탁 받은 곳을 찾아가고 그곳의 풍경을 세밀하게 그려냈다고 한다면, 그 여행 전반은 그곳에서 현재적 의미로 충만한 사건성을 찾고자 하는 의지의 산물이라 보아야 한다. 최인훈의 수필은 길고 짧고, 체계적이기도 하고 찰나적인 단상의 모음이기도 하고, 연설투이기도 하고 자기반성적인 글이기도 하는 등 들쭉날쭉하긴 하지만 이 글들 사이에는 뜻밖에도 그것을 횡단하는 문제의식이 있다.

  최인훈의 수필은 그것이 어떤 동기에 의해서 씌어지건 그 여행지에서 공허하고 균질적인 시간을 지양했던/지양할 어떤 계기를 발견한다. 그러니까 최인훈의 수필 대부분은 우리가 경험하는 사회적 증상이 단순히 우리의 사회의 내부적 요인 때문이 아니라 전 지구적 자본주의의 불균등한 발전에 촉발된 것임을 밝혀내는 동시에 그 증상을 이겨낼 수 있는 방법이나 원리를 찾아나선다. 때문에 최인훈의 수필은 한편으로는 너무 일찍 도착한 세계체제론자의 역사철학이 표현되는 장소이기도 하지만 다른 한편으로는 '제국을 관통하고 제국을 넘어서도록 할 새로운 구성 권력을 발명'[6]하려는 자의 절박한 욕망이 꿈틀거리는 곳이기도 하다.

2. 외부에 대한 관심과 세계체제론적 시각

최인훈 수필의 두드러진 특징은 무엇보다 세계적인 것에 대한 관심이다. 최인훈 수필이 '세계 속의 우리'일 때 진정으로 우리의 역사를 파악할 수 있다고 믿는다는 점을 감안하면, '세계'에 대한 관심은 어쩌면 당연한 일인지도 모른다. 그래서 최인훈의 수필은 우선 전 지구적 자본주의화가 악착스레 진행되는 곳이면서 동시에 그것을 넘어설 수 있는 어떤 혁명적 에너지가 넘쳐나는 영토에 대한 관심이 높다. 최인훈은 세계체제론을 말하기에 적합한 장소라면 어디든지 마다하지 않고 간다. 그곳은 전 지구적 자본주의의 중심지인 미국이기도 하고, 전 지구적 자본주의화의 논리와 그것에 대항하는 세력 간의 격전장인 베트남 같은 곳이기도 하다. 최

---

6) 안토니오 네그리, 마이클 하트, 『제국』, 윤수종 옮김, 이학사, 2001, p.20.

인훈의 수필은 기회가 닿으면 시대의 중핵으로 달려가서 그곳의 풍경을 관찰하고 그 역사적 풍경을 나름대로 맥락화한다. 그리고 더 나아가 한국 바깥의 그곳의 삶의 풍경을 한국의 역사와 끝내 연동시키고야 만다.

물론 당시의 입장에서 보자면, 그리고 지금의 입장에서 보더라도, 미국과 베트남 등에 대한 관심 그 자체가 특이할 것은 없다. 미국과 베트남의 역사는 지구상의 수많은 국가 중에서도 특히 근대 이후 한국의 역사에 매우 중요한 모멘텀으로 작용한 것이 사실이기 때문이다. 미국은 한국이 식민지로 전락하는 데 있어서도, 해방을 맞이하는 데 있어서도, 분단의 상황에 처하는 데 있어서도, 한국전쟁의 참화를 겪고 이겨내는 데 있어서도, 그리고 이후 한국의 민주화와 분단 극복을 향한 일련의 정치적 과정에 있어서도 매번 중요한 역능을 행사한 나라이다. 때문에 미국은 혹자에게는 '혈맹'이라는 선한 얼굴로, 또 다른 부류에게는 식민지와 분단을 안겨준 '악'의 표상으로 비치는 나라이다. 그러니 한국 사회의 유토피아를 꿈꾸는 자가 있다면, 그는 누구라도 미국의 역사가 한국의 역사에 끼친 파동에 관심을 갖지 않을 수 없을 터이다. 마찬가지로 한국의 보다 나은 미래를 꿈꾸는 존재라면 누구라도 베트남에 대한 관심은 필수적이다. 21세기 초엽 현재 한국과 베트남이 놓여 있는 지점은 많이 달라졌지만, 1960, 70년대 베트남이야말로 한국과 유독 강한 친연성을 보이던 곳이다. 제2차 세계대전 이후 냉전 논리에 이후 국토가 분단되는 고통을 같이 겪었고 이후 남한과 북한이 각기 베트남의 전쟁에 개입하면서, 베트남과 한국과의 관계성은 정점에 이른 바 있다. 한국과 베트남의 관계는 분명 자국의 이익을 위한 일상적인 정치경제적인 교류의 차원을 넘어서는 잉여의 관계 혹은 관계의 잉여성이 존재했던 것이 사실이며, 해서 베트남은 우리의 정치경제에 영향을 미치는 교류국의 수준을 넘어서는 한국 사회의 민감한 참조점이자 시금석으로 작용하던 곳이었다. 그러니 당시의 이데올로그들이나 그에 대해 비판적이었던 지성들이 베트남의 현재에게서 각기 다른 한국의 과거(혹은 미래)를 발견하고자 했던 것은 당연하다.

최인훈의 수필이 이 두 나라에 관심을 보이는 것은 당대인들이 유달리 이 두 나라에게서 깊은 역사적 관계성 혹은 역사적 동일시를 느꼈던 연유와 다르지 않을 터이다. 최인훈의 미국에 대한 관심은 "한미수호조약 때에 비롯한 미국과의 관계는 일본 점령 시대의 미국의 모습, 즉 우리들의 '적의 우호국'이면서, 우리의 독립운동에 대한 민간 수준에서의 '동정자'란 분열된 모습이었다가 '해방자'로서의 절대적 모습을 거쳐 오늘의 관계——'동맹자'로서의 그것으로 옮아왔다"(「아메리카」)라는 구절에서 볼 수 있듯, 근대 이후 미국과 한국과의 그 미묘한 관계성에서 촉발된다. 베트남의 경우도 마찬가지이다. 최인훈은 한 수필에서 '베트남 난민'에 대해 말한 적이 있다. "우리가 베트남에 파병하였을 때 꽤 말이 있었던 것을 우리는 기억한다. 파병 자체는 어쨌든 지나간 일이다. 그러나 그 파병에 얽혔던 그 '말'을 좀더 우리들의 품위에 보탬이 될 수 있게 만드는 길을 역사는 아직 남겨놓고 있다. 그 길이란 베트남 피난민에 대해서 우리 형편으로 될 수 있는 도움을 적극적으

로 제공하는 일이 아닐까 한다. 〔……〕 속죄양을 먼저 돕고 나서
는 일은 어렵겠지만 분위기가 호전되어 여러 나라가 인도주의적인
차원에서의 적절한 행동을 하기에 이른 환경에서는 우리도 너무
떨어지지 않을 만큼의 원조의 방법을 생각하는 것이 옳을 줄 안다.
넉넉하지 못해도 인사를 아는 것이 착한 일이라고 옛사람들은 말
하였다."(「인연의 끈은 아직도」)

이처럼 미국과 베트남은 한국 역사의 형성과 전개에 있어 중요한 구성 인자이므로 한국 사회의 유토피아의 꿈을 꾸는 존재들이라면 이들 나라의 역사에 관심을 가지는 것은 오히려 당연하다고 할 수 있다. 최인훈의 수필도 그런 관심을 갖는다. 하지만 최인훈 수필의 이 두 나라에 대한 관심은 여기서 그치지 않는다. 구체적으로 말하자면 최인훈 수필의 이 두 나라에 대한 관심은 이 두 나라가 간혹, 어느 순간 한국 역사에 영향을 끼쳤으므로 그 순간을 직시해야 한다는 차원이 아니다. 최인훈의 수필에 따르면, 미국과 베트남은 어떤 이해관계 때문이 아니라 이미 꽤 견고한 운명 공동체이기 때문에 관심을 가져야 하는 지역이다. 미국과 베트남은 멀리 떨어져 있지만 이미 하나의 시스템으로 묶여 있다. 묶여 있지 않더라도 어느 순간 어느 곳보다도 밀접한 관계를 맺을 수 있다는 것이다.

아메리카론의 대중적 문구 가운데 하나가 '젊은 나라'라는 파악이다. 이 인식에는 그만한 까닭이 없는 것은 아니다. 이것은 미국이 독립한 다음 처음 무렵에, 영국 사람들 눈에 비친 아메리카상이 이후로 정착해버린 것이다. 노후한 사회의 정치적 반대자, 이농민들

이 건너가서 세운 나라는 영국 사람들 눈에는 새롭다는 것보다도 뜨내기 살림이라는 울림이 섞여 있었다. 〔……〕 처음으로 세습 신분을 폐지한 나라이다. 독립 무렵에는 유럽과 그 밖의 지국 위의 모든 나라에 견주어 젊은 나라였음이 틀림없다. 그런데 모든 나라가 이 후로 이 본을 따르고 보니, 공화제라는 기준으로 볼 때 미국은 가장 늙은 나라인 셈이다. 그리고 인간을 생물처럼 유전의 반복이 아니라 사회 형식의 진화라는 것을 생활의 기반으로 삼고 있음에 비추어 보면, 사회 체제의 나이테야말로 그 사회의 나이를 재는 마지막 가늠대라 해야 한다. (「아메리카」)

이 도시에 넘치도록 매연과 소음을 제공하는 '혼다' 오토바이의 도매상점이다. 일본은 이 지역에 연고가 있다. 지난 2차 대전에 일본군은 이곳을 점령하여, 불란서군을 무장해제시키고 바오다이 황제를 즉위시켜 베트남 제국을 성립시켰던 것이다. 전쟁 말기인 1945년 3월의 일이다. 역사의 현실이나 베트남 국민의 의사에 대한 장난 같은 이야기다. 식민주의자들은 망하는 판국에도 그저 가지 않는다. 현지 국민들에게 함정을 만들어놓고 간다. 역사의 부비 트랩이다. 식민주의 독과 이해관계를 현지의 끄나풀들에게 넘겨준다. 고 딘 디엠은 이러한 불행한 악조건 위에서 그의 민족주의와 자유주의를 출발시켜야 했다. 그의 실정은 결코 그 한 사람의 책임이 아니다. 그의 반대 세력이 베트콩이 되어, 오늘날의 상황이 있게 한 것은, 고 딘 디엠의 실정이라기보다, 그의 자유주의와 민족주의의 발밑에 파놓은 일본 제국주의자들의 함정 탓이라 봐서 잘못일까. 일본은 정책은 오늘의 월남 전쟁의 중요한 원인을 만들어놓았다. 근대 이후의 일본은 유럽의 침략에 시달리는 같은 아시아인 나라들에 대해서, 불난 집에 도적질, 유럽의 식민주의의 하청업자 노릇을 해왔다. 청산이 임박한 역사적 악덕 사업의 끝판에 끼어들어서, 선배들보다 더 난폭했다는 이유로 큰 벌이를 한 나라다. 오랜 세월을 한 풍습으로 살아온 이웃으로서는 기막힌 일이다. 멀리서 온 코 큰 사람들은 우리를 인간이 아닌 줄로 잘못 알고 그랬는지도 모르지만, 이웃에서 산 일본이야 그렇게 봐줄 도리도 없다. 월남 사람들의 대일본 태도는 매우 좋다고 한다. 글쎄, 혼다 오토바이는 타더라도 속만은 차리는 것이 좋을 듯하다. (「베트남 일지」)

위에서 볼 수 있듯 최인훈의 수필은 멀리 떨어져서 각기 다른 삶의 수준과 형식, 고통을 지니며 살아가고 있을 미국과 베트남의 사회 구성원들을 지구인이라는 하나의 운명 공동체로 묶어낸다. 최인훈 수필에 따르면 세계인은 하나일 수밖에 없다. 전 지구적 자본주의화가 진행된 이래 세계는 자본주의라는 단 하나의 시스템으로 통일되어 더 이상 이 시스템과 분리되어 살아갈 수 없다. 근대 이전이라 해도 사정은 마찬가지다. 각국의 역사는 지리적 제약을 손쉽게 돌파하며 옮겨 다닌다. 저 먼 로마에서 특정 시기에 융성하고는 사라졌던 공화제가 오랜 시간을 초월하여 미국의 공화제에 의해 계승되기도 하고, 이 미국의 공화제는 이후 새롭게 독립하는 나라는 말할 것도 없고 급기야 이미 민주주의화되어 있던 유럽 국가의 정치 모델이 되기도 한다. 그래서 '공화제'에 관한 한 미국은 어느 순간 '젊은 나라'가 아니라 '가장 늙은 나라'가 되어 있기도 하다. 이 모든 것은 한편으로는 근대 이래 하나의 시스템으로 고착된 전 지구적 자본주의 때문이기도 하고, 다른 한편으로는 시공간을 초월하며 이루어지는 '메시아적 시간대로의 도약'이라는 역사적 의지 때문이기도 하다.

베트남의 경우도 마찬가지이다. 최인훈의 수필은 베트남에서 베트남의 개별성만을 읽어내지 않는다. 베트남 역사의 보편성을 같이 읽어낸다. '식민주의자들은 망하는 판국에도 그저 가지 않는다. 현지 국민들에게 함정을 만들어놓고 간다'는 것이 그것. 이렇게 말하는 순간 베트남의 파란만장한 근현대사는 더 이상 베트남만의 개별적인 역사가 아니게 된다. 베트남의 역사는 곧 전 지구적 자본주의의 역사의 총화이며, 이미 오래전부터 있어왔던 인류 역사의 법칙성, 그러니까 인류 역사의 메시아를 찾기 위한 쟁투들이 반복되는 자리가 된다. 이런 관점에서 보자면 한국 바깥에 있지만 베트남은 전 지구적 자본주의라는 강력한 '인연의 끈'으로 묶여 있는 같은 운명 공동체이다. 베트남에서의 전쟁이 한국의 정치 상황을 더욱 어둡게 할 수도 있고, 한국의 정치적 판단이 베트남의 전쟁 상황을 더욱 참담한 것으로 만들 수도 있다. 아니, 그것만이 아니다. 베트남은 전 지구적 자본주의 시대 이전에도 '진리의 끈'으로 서로 맺어져 있는 그런 관계이다. 베트남은 한국 사회의 어두운 과거이거나 미래이기도 하고 한국 사회가 도약해야 할 무궁무진한 가능성을 품고 있는 땅이기도 하다. 최인훈의 수필은 베트남을, 베트남의 역사를 바로 이렇게 정향시키거니와, 바로 그 순간 베트남의 역사 전체가 우리 역사를 추동하는 한 주요한 구성인자가 되기에 이른다.

최인훈의 수필은 이렇게 인류 역사를 여러 나라의 역사의 병렬적인 연대기로 파악하지 않는다. 또한 공허하고 균질적인 시간의 연속체로 파악하지 않는다. 최인훈에게 세계의 모든 권역은 한편으로는 전 지구적 자본주의 시스템의 의해, 그리고 다른 한편으로는 메시아적 표지를 찾아다니는 역사적 운동(혹은 역사적 도약) 때문에, 하나로 묶여 있다. 해서 한국의 역사와 미국의 역사는 무관하지 않고, 마찬가지로 베트남의 역사와 한국의 역사는 무관하지 않다. 아니, 미국의 역사는 한국 역사의 과거일 때도 있고 미래일 수도 있다. 반대도 가능하다. 한국의 역사는 미국 역사의 미래인가 하면 어떤 경우는 과거일 수도 있다. 이런 관점에 서면 최인훈의 수필이 미국이나 베트남에 관심을 가지는 것은 당연하다. 아니, 이런 관점에 서면 미국이나 베트남에 관심을 갖지 않는 것은 오히려 한국 사회를 이해하려는 노력을 포기한 경우에 해당한다. 최인훈 수필이 한국이라는 사회 외에 여러 나라에 관심을 가진 이유일 터이다. 아니, 한국 사회를 알기 위해 인류의 모든 지역과 전 역사를 찾아다닌 이유일 터이다.

3. 세계 속의 한국, 한국 속의 세계

하지만 최인훈의 수필 모두가 전 세계의 역사적 운동이 한자리에 모이는 그곳의 그 순간에만 관심을 보이는 것은 아니다. 최인훈 수필은 결국 끊임없이 한국 사회에 대한 관심으로 돌아온다. 최인훈의 수필의 '세계'에 대한 관심이 '세계 속의 우리'를 말하기 위한 것임을 감안한다면, 이 또한 당연하다. 사실 최인훈의 수필에서 바로 그 장소, 그 순간에 대한 묘사는 그리 많지 않은 편이다. 오히려 최인훈의 수필에는 우리에게 친숙한 공간, 그러니까 한국 사회에 대한 관심과 관찰, 그리고 묘사가 많다. 물론 우리에게 친숙한 공간이라 하더라도 세계체제론적 시각은 여전하다. 아니, 우리에게 극히 친숙한 대상에 최인훈 특유의 세계체제론적 시각을 입힐 때 최인훈의 이 시각은 놀라울 정도의 빛을 발한다. 우리 모두가 그저 스쳐 지나갔던 그 공간, 그 대상이 한순간에 세계체제론적 영토로 바뀌는가 하면 세계체제론적으로 맥락화하기 때문이다.

외국에서 오래 산 한국 사람은 얼굴 모습에 어딘가 티가 난다. 언젠가 필립 안이라고 안도산安島山의 아들 되는 그 사람이 미군 티브이에 나온 적이 있었다. 그는 분명히 필립 안이었다. 골격이 틀림없는 한국 사람인데도, 틀림없는 미국인이라고 보이던 것이다. 〔……〕 그 결과 사람이란 것은 두 개의 얼굴을 가지고 있다는 사실을 알게 된 것이다. '자연의 얼굴'과 '사회적 얼굴'이다. 〔……〕 동포라는 것은 같은 가면을 썼기 때문에 동포인 것이지, 우리가 정한 사회적 약속—우리가 쓰기로 한 탈과 다른 탈을 쓰고 있는 사람은 이미 동포가 아닌 것이다. 국민 일체감이라는 것이 생물적 근거에서 있는 것이 아니라 사회계약적 근거 위에 서 있는 것이라는 인식이 아쉬워진다. 〔……〕 '국파산하재國破山河在'라고 옛 시인은 노래했는데, 그는 산하는 국가가 아님을 이토록 똑똑히 말한 것이다. 이런 것이 문화인이요, 사회적 종種이며 가면 사용 인종이다. '조국' '동포' '한국인' 같은 존재는 시간마다, 날마다, 세대마다 구성하고 획득한 존재이지, 천부의 소유물이나 귀속이 아니다, 라는 것이 '사회적 종으로서의 인간'의 정상 감각이다.

따라서 그것은 자동적으로 상속시키거나 유전시킬 도리도 없는 '사회적 유전 정보' '사회적 DNA'이다. 그런 까닭에 한국 사람 가운데 한국 사람인 도산조차도 그의 아들에게 이것을 상속시킬 수도 유전시킬 수도 없었던 것이다.

조국의 재획득—이것이 오늘 우리가 치러야 할 국민적 목표다. 조국이란 우리가 만들면 있고, 만들지 않으면 없고, 저절로는 절대로 없는 인공적 종이기 때문이다. (「사회적 유전인자」)

위의 인용은 최인훈의 「사회적 유전인자」라는 수필의 부분부분에서 발췌한 것이다. 「사회적 유전인자」는 도산 안창호의 아들인 필립 안의 얼굴에서부터 시작한다. 어느 날 우연히 안창호의 아들 필립 안의 얼굴을 보았는데 한국 사람 같지가 않더라는 것. 우리 입장에서 보자면 별 특별할 것이 없는 일화이다. 하지만 최인훈의 수필은 바로 이 특별할 것이 없는 에피소드에서부터 시작하고, 이 사소한 사실로부터 실로 놀라울 만한 논의를 이끌어낸다. 「사회적 유전인자」는 필립 안의 얼굴이 한국 사람 같지 않다는 사실을 지적하고 곧바로 사람은 '자연의 얼굴'과 '사회적 얼굴'을 지니고 있다는 견해로 넘어간다. 그리고 이 사회적 얼굴은, 그것의 가장 사회화된 표현 형식인 '조국' '동포' '한국인' 같은 개념 틀은 그때그때 사회 구성원에 의해 만들어지는 것이라고 말한다. 그러고 나서 최종 결론을 내리는 바, 우리에게 필요한 것은 (보다 나은) '조국의 재획득'이라는 것. 이를 다른 식으로 표현하자면 이렇게 될 터이다. 현재 우리 스스로가 '우리'라고 믿게 하는 사회적 얼굴(다른 말로 하자면 상징 질서, 영토성, 이데올로기적 호명, 담론 질서 등등)은 시간마다, 날마다, 세대마다 구성되는 것이므로 만일 그것이 더 이상 우리를 행복하게 하지 않는다면 우리에게 필요한 것은 그 같은 틀을 시간마다, 날마다, 세대마다 재구성하여 끊임없이 상상의 공동체를 혁신시켜가는 것이라는 것. 최인훈 수필은 이런 식이다. 주변의 사소한 대상들마저도 '전 인류 역사를 엄청나게 축소해서 포괄하고 있는 현재 시간'이 되도록 만든다.

최인훈의 수필은 이처럼 특유의 세계체제론적 시각으로 주변의 모든 사물과 인간, 사건들을 전인류의 사회역사적 관계의 총화로 만들어내거니와, 그런 시선은 특히 근대 이후 한국 역사에 대해서는 보다 예민해진다. 해서 최인훈의 수필이 발명해낸 근대 이후 한국의 역사상은 그간의 역사서가 만들어낸 역사상과 현저하게 구분될 뿐만 아니라 그 어떤 역사서가 만들어낸 역사상보다 중층적이다. 한마디로, 심오하다.

1945년의 그날 우리는 '해방된' 것이다. 이 위대한 날은 우리들에게 모든 것을 허락했으나, 동시에 아무것도 할 수 없게 만들었다. 해외에서 돌아온 '지사'들은 변하지 않은 조국에의 향수는 두둑이 가지고 왔으나, 한 가지 커다란 오해를 하고 있었다. 그들은 사실 해방된 조국에 돌아온 것이었는데도 불구하고 해방시킨 조국에나 돌아온 듯이 잘못 알았다. 그들은 개선한 것이 아니요, 다만 귀국했을 뿐이었다. 이 오해가 낳은 혼란은 컸다. 민국 수립까지의 남한의 카오스가 바로 거기에 까닭이 있었던 것이다. 〔……〕 미국의 대한 정책은 전후 뚜렷한 대결의 형태로 나타난 대소 관계의 양상이 이루어짐에 따라서 비로소 구체화되었다. '민주화'란 의미는 '반공'과 같은 말이 되었다. 이렇게 해서 이승만의 시대가 시작되었다. 그는 한국의 민주주의는 반공을 뜻한다는 사실을 가장 잘 안 사람이기 때문에 정권을 얻었다. 역사는 역사의 뜻을 아는 사람에게 자리를 준다. 이승만 정권은 민주주의를 위한 정권이기에 앞서 반공을 위한 정권이었으며, 그러므로 빨갱이를 잡기 위해 고등계 형사를 등용하는 모순을 피할 수 없었다. (「세계인」)

7·4 남북 공동 성명은 한국 현대사의 다음 단계를 열어놓았다. 아마 이 여명은 한일합병, 8·15해방, 6·25에 견주어 무게가 결코 낮지 않다. 7·4성명은 특히 한반도에서 살고 있는 모든 사람들에게 있어서 역사적 선례를 찾는다면 아마도 유럽 근대에서의 종교 개혁에 견줄 만한 사건이었다. 사회적 기능의 한 분야인 정치상의 사건이라고 해서는 이 성명이 한국인에게 준 무한히 복잡한 충격을 잘 설명하지 못한다. 정치적인 형이상학의 시대는 끝났다. 2차 대전

후 천황의 인간 선언을 접한 일본인들의 심경을 나는 순간적으로 이해할 수 있었다. 아마 2천 년 전에 예루살렘의 광장에서 예수를 죽이자고 외친 군중들의 심정도 마찬가지였을 것이다. 신이면서 인간이라니, 신이 인간이 되다니 — 이런 충격이다. 일본이나 이스라엘은 다원적인 정치 질서를 주도한 경험이 없는 나라들이다. 미국이나 소련도 신생 강국들이다. 그러나 이들도 결국 우여곡절을 거쳐서 종교적 사고를 극복하고 역사주의적 사고를 택하지 않을 수 없었다. 2차 대전 후에 한때 위험한 수위에까지 이르렀던 대결의 도습은 1960년대에 벌써 해빙하기 시작했다. 그러나 한반도에서만은 결빙은 여전히 단단했던 것이 우리가 산 시간이었다. 7·4성명은 이 결빙에 굵은 금을 만들어놓았다. 기온의 변화는 끝내 이곳까지 퍼져 온 것이다. (「문명 감각」)

이상의 인용에서 볼 수 있듯 최인훈의 수필은 우리의 역사적 사건을 세계사의 사건과 아주 자유롭게 유비시킨다. 위의 글에 따르면, 4·19의 학생들은 1789년의 바스티유 감옥으로 달려간 인민들이다. 그런가 하면 최인훈의 또 다른 글에서는 7·4남북공동성명은 곧 유럽 근대의 종교개혁이고, 현재의 남북 분단의 상황은 민족 통일 이전의 유럽 국가에 비견되기도 한다.

최인훈은 자신의 역사적 지표, 그러니까 '독자적인 국민 의식의 획득'이라는 기준을 가지고, 전 세계의 역사를 가로지른다. 가로질러서 지금, 이곳의 역사를 계보학적으로 위치시키고는 그 의미를 읽어낸다. 해서 최인훈 수필은 근대 이후 한국에서 일어난 사건들을 동시대의 담론 체계와는 다른 내러티브로 맥락화한다. 최인훈 수필에 따르면, 우리는 어느 날 해방된 조국에 살게 되기는 했지만 해방시킨 조국을 가진 경험은 없으며, 그로 인해 세계의 어느 지역보다도 철저하고 참담하게 냉전의 논리가 관철되어 '민주화'를 '반공'이나 '친공'이라는 의미로 사용한 자들만이 정권을 잡는 상황이 벌어진다. 뿐인가. 최인훈 수필에서는 한국인 모두가 피난민이 되기도 한다. "아마도 이 국민 전체가 60년 이래의 피난민이 아닐까. 일청日淸·일러日露전의 피난민. 왕조에서의 피난민. 그동안 바뀐 숱한 수용소 당국자들. 왕조의 깨끗한 양반 관료보다도 못한 대민의식. 자국민이 아니니 적성 난민으로 통치하던 일제. 피난민 자치회보다도 못해온 역대 정부."(「정당이라는 극단」)

이렇게 최인훈의 수필은 '세계 속의 우리'라는 관점에서 우리의 역사를 규정하면서 우리네의 역사상과는 전혀 이질적인 역사상을 제시하기에 이른다.

1) 어쩌다 기차 여행을 하게 되어 대합실에 들러서 항상 닫혀 있는 경원선 매찰구를 보게 될 때. 그리하여 꿈의 열차에 실려 우리들의 고향에 도착하였을 때. 아무도 이제는 벌써 당신을 아는 이 없고, 일찍이 놀던 자리에는 붉고 거만한 옥사들이 늘어서 있으며 당신의 본가이던 집 속에는 알 수 없는 사람들의 얼굴이 보이는데 그 중 한 사람이 당신을 손가락질하며,

"야 이놈은 이 집에 살다가 월남한 반동분자 아무개의 몇째 아들이다."

하면서 달려들 때, 그때 당신은 난데없는 애수를 느낄 것이다. 이 모든 것은 우리를 슬프게 한다. 그러나 우리를 슬프게 하는 것들이 어찌 이뿐이랴! 어느 미군 주둔지의 텍사스 거리를 누비고 지나가는 오뉴월 양공주 아가씨들의 조합 장의 행렬, 껌 파는 소녀들의 치근치근한 심술, 거만한 상인, 카키 빛과 적색과 백색의 빛깔들, 통행금지를 알리는 사이렌 소리, 예수교회의 새벽 종소리, 애국가를 부를 때, 가을밭에서 콩을 구워 먹는 아이들의 까마귀처럼 까맣고 가느다란 발목, 골목길에 흩어진 실버 텍스의 포장지들, 관용차를 타고 장 보러 가는 출세한 사람들의 부녀자의 넓은 어깨, 아이들의 등록금을 마련 못 한 아버지의 야윈 볼, 네번째 대통령이 되고 싶어 하는 박사. 〔……〕 순수의 밀실에서 고운 이의 머리카락을 언제까지고 희롱하고 싶은 나이에 비순수의 광장이 너무나 어지러운 것이, 그리하여 부드러운 어깨를 밀어놓고 원치 않는 영웅이 되기 위하여 그곳으로 달려가야 하는 시대가 결국 우리의 마음을 아프게 한다. (「우리를 슬프게 하는 것들」)

2) 결국 이 말은 우리가 자생의 고전을 교육 체계 속에 가지지 못했고, 그것을 가지고 외래문화를 재단할 척도를 마련하지 않은 채 교육이란 것을 해왔음을 말한다. 〔……〕 사람이 국경 단위로 정치적인 우열의 상태로 분열되어 있는데 '문화'로만 통일된다면 이것은 정치상의 약자에게는 지극히 불리하다. 〔……〕 인간을 문명인으로 교육하는 데는 이런 낭비가 필요 없고, 대뜸 성체成體를 만들 수 있듯이 생각하는 것이 개화開化 이래의 교육상의 큰 미망이 아닐까 한

다. 그렇게 해서 생겨나는 것은, 생명이 아니라 로봇이다. 개화 이래로 이 땅에는 수없는 로봇들만 살아왔다면 얼마나 섬뜩한 광경인가. 로봇들에게는 생식 능력이 없다. 그런데도 개화 이후 몇 세대가 살아왔다면, 이것은 로봇이 낳은 것이 아니라, 각 세대마다 로봇이 아닌 어떤 기술자가 그때마다 신로봇들을 보충한 것이 된다. 문화적인 부자 관계가 없이, 타자에 의해 제작된 로봇들의 공존. 물론 생물적인 부자 관계가 아니라 문화적인 부자 관계 말이다. 로봇이란 어제가 없고 내일이 없고 오늘만 있는 비인非人이다. 〔……〕 생명이 성체가 되자면 계통 발생의 사닥다리를 거쳐야 하듯이, 인생이나 시대란 것도 어제가 있고 내일이, 또 얼마든지의 내일이 있다는 생각이 없으면 타자에 대한 사랑이라든지 운명의 연대감 같은 것은 생겨나지 않는다. 로봇에게는 그런 것들이 없다. 그에게는 오늘만 있고 표피 안쪽의 구조밖에는 없다. 그 구조를 어느 누가 당장 바꾸더라도 피 한 방울 흐르지 않는다. 자기에게 피가 없으니 피가 무엇인지를 알지 못한다. 로봇은 피를 두려워 않는다. 자신에게 피가 없으니, 흐르는 것은 늘 남의 피뿐일 테고 그는 언제나 상처 없이 남는다. (「로봇의 공포」)

최인훈 수필에 따르면, 1)에서 볼 수 있듯 우리는 '우리를 슬프게 하는 것들'에 둘러싸여 살고 있다. 고향에 가고 싶어도 갈 수 없고, 인간 모두를 '로봇'으로 만들어버린 이데올로기 때문에 또 그 이데올로기에 자신의 영혼을 팔아넘긴(주체를 상실한) 주체들이 그곳을 지키고 있기 때문에 고향으로 돌아간다 한들 '돌아온

탕아'처럼 환대받을 가능성도 없다. 뿐만 아니라 이곳은 외국(혹은 제국)의 군대가 우리의 평화와 안정을 상당 부분 지켜주는 곳이기도 하고, 그렇기에 이 땅의 딸들은 그들에게 웃음을 파는 '양공주'가 되어 참담하게 죽어가기도 하는 곳이다. 하지만 더 큰 문제는 이런 '슬픈' 현실이 바뀔 가능성이 없다는 것이다. 2)에서 볼 수 있듯 '개화 이래로 이 땅에는 수없는 로봇만이 살아왔'기 때문이다. '수입된 문화 정보'의 독점이 스스로의 욕망을 욕망하는 주체들이 성장할 길을 상당 부분 차단했고, 그러니 당연히 주체들이 지난한 자기 모색을 통해 이룩해야 할 공동체적 연대의 길도 거의 끊겨버린 상황인 것이다.

이렇게 최인훈의 수필은 현재 우리가 앓고 있는 온갖 사회적 증상들이 전 지구적 자본주의화라는 세계 체제적인 조건 속에서 발원한 것이며 동시에 그 불균등한 세계 체제 때문에 자본—국가—민족—어소시에이션 사이의 조화로운 상태를 만들어내지 못한 까닭에 발생한 것이라고 진단한다. 자본—국가—민족—어소시에이션 사이의 조화를 만들어내기는커녕 '수입된 문화 정보'를 기계적으로 받아들여 우리 사회가 '로봇'이 되어버린 까닭이라고. 최근에서야 세계체제론이 널리 회자되기 시작했다는 점을 감안하면, 그리고 근자에 이르러서야 식민지 주체의 의식과 무의식마저 지배하는 오리엔탈리즘적 심상지리나 제국을 모방하는 식민지적 주체에 대한 관심이 촉발되기 시작했다는 점을 감안하면, 최인훈의 수필의 이러한 진단은 꽤나 시대를 앞선 것임에 틀림없다. 이 모든 것은 작가 개인의 삶과 한국의 역사 속에서 '세 개의 시간대 속에서 꿈틀거리는 공룡'을 발견한, 그러니까 지금, 이곳을 전 지구적 자본주의화라는 맥락 속에서 읽어낸 작가 최인훈의 세계인적 시선이 불러온 소중한 성과이며, 한국 문학이 획득한 몇 안 되는 득의의 영토이다.

4. 세계인이라는 '국민정신'

최인훈의 수필은 우리가 이처럼 냉혹하고도 탐욕스러운 전 지구적 자본주의화의 거센 물결 속에서 갈피 잡지 못한 채 허우적거리고 있음을 냉혹하게 직시한다. 그러나 이것이 전부는 아니다. 다른 한편에서 최인훈의 수필은 이 냉혹한 현실 속에서 벗어날 필요성과 방법을 끊임없이 모색한다. 그래서 결론적으로 찾아낸 지점이 있는데, 다음과 같다.

국토의 통일 문제에도 우리는 창조적 응전을 하지 못하고 있다고 시인하고, 아마 부끄러워하는 것이 마땅하지 않을까 한다. 우리 자신의 창조적 응전이 아니라 강국들의 사정에 따라서 형편이 조금씩 나아지는 것을 기계적으로 따라만 간다면, 랑케가 살아서 한국의 20세기사를 기술한다면 그는 무엇이라고 할 것인가. 그가 살아올 리 만무지만, 그의 목소리는 살아 있다. 그는 이렇게 말하고 있다.
'바야흐로 우리들이 어떤 정신적 폭력에 의해서 침해되고 있는 것이 사실이라면, 우리는 이에 대해서 마찬가지로 정신적인 힘을 맞서게 하지 않으면 안 된다. 다른 국민이 우리 국민에 대하여 우월을 차지하려는 위험이 다가왔을 때, 우리는 오직 우리나라 독자적인 국민정신의 발전에 의해서만이 위험을 막을 수 있다.'(「역사와 상상력」)

최인훈의 수필은 세계시장이 열리고 '자본=국가=민족'이 접합하면서 시작된 강제적이고 일방적인 전 지구적 자본주의화의 과정으로부터, 또 그러한 전 지구적 자본주의화를 이데올로기적으로 반영하고 재생산한 오리엔탈리즘적 정신적 폭력이 가해지는 상황으로부터 벗어나기 위한 길로 바로 랑케가 말한 '오직 우리나라 독자적인 국민정신의 발전'이라는 개념을 도입하고, 그것을 강력하게 제시한다. 앞서 살펴본 「사회적 유전자」에서 말한 '조국의 재획득'이라는 말과 같은 맥락일 터이다. 최인훈의 수필이 이토록 '독자적인 국민정신의 발전' 혹은 '조국의 재획득'을 강조하는 것은 '다른 국민이 우리 국민에 대하여 우월을 차지하려는 위험이 다가왔'다고 믿기 때문이다. 다시 말해 '후진 문화권에 살고 있는 우리'들이 물리적, 육체적, 군사적, 정치적, 경제적 폭력뿐만 아니라 '정신적 폭력'을 당하여 결국은 우리 모두가 '로봇'으로 전락해 버렸다는 상황 인식 때문이다. 전 지구적 자본주의화는 정치경제학적 폭력뿐만 아니라 정신적 폭력이 동시에 행사되면서 진행되기 때문에 식민지 세계의 민중은 (신)식민지라는 지독한 폭력을 경험하면서도 그 최악의 조건으로부터 벗어나 제국에 항의하고 더 나아가 대안적인 전 지구적 사회를 발명할 욕망을 관철시키지 못한다는 것이다. 다시 말해 '독자적인 국민정신의 부재'가 근대 이후 한국인을 '로봇'으로 만들었고, 또 그것의 부재가 일본이 심어놓은 부비 트랩을 제거하지 못해 거듭거듭 혼란을 경과하고 있으며, 바로 그것 때문에 강대국에 의해 강제된 분단의 상태를 극복하지 못한 채 한 민족 두 국가의 고통스러운 상황을 지속하고 있다는 판단인 것이다. 이러한 판단은 최인훈의 수필 전반을 '독자적인 국민정신의 발전'이라는 메시아적 좌표로 향하게 한다.

하지만 '조국의 재획득'이나 '독자적인 국민정신의 발전'은 흔히 자본=국가=민족의 세 요소의 긴장 관계를 해소시켜 흔히 제국주의적 탐욕의 원천이 되었음은 잘 알려진 사실이다. 그렇다면 우리의 경우 '조국의 재획득'이나 '독자적인 국민정신의 발전'을 전면에 내세울 때 그러한 위험성이 없는 것일까. 최인훈의 수필 역시 이미 선행한, 그러니까 선진 자본주의국가와 후발 자본주의국가의 '독자적인 국민정신의 발전'이 가져온 치명적인 폐해를 의식하고 있다. 최인훈의 수필에는 다음과 같은 구절이 눈에 띄기 때문이다.

역사에 대해 징징 울어봤자 쓸데없다. 역사가 아픈 술수로 우리를 때릴 때, 맞은 바에는 아픔을 잊지 말자. 다음에는 맞지 말기 위해서. 잘하면 다음에는 때리는 쪽이 되지 않기 위해서. 우리는 착한 내림이라니까 설마 남을 때리지는 않겠지만. 이히히. (「아메리카」)

최인훈 수필은 '조국의 재획득'이나 '독자적인 국민정신의 발전'이 '다음에는 맞지 말기 위'해 반드시 필요한 것이라고 말하고 있다. 하지만 이미 '독자적인 국민의식의 발전' 일반이 행했던 것처럼 그것이 자칫 '남을 때'리는 이데올로기로 작동할 위험을 배제하지 않는다. 충분히 그럴 가능성이 있다고 우려한다. 하지만 최인훈의 수필은 '조국의 재획득'이라는 계기에 다른 나라를 지배할 위험 인자가 있다고 해서 그것이 가져올 획시기적 전환을 포기하는 쪽을 선택하지는 않는다. 여러 치명적인 위험에도 불구하고 최인훈의 수필은 '조국의 재획득' 혹은 '독자적인 국민정신의 발전'을 한국 사회가 나아가야 할 핵심적인 좌표로 아주 단호하게 제시한다.

세 가지 사정을 고려한 때문인 것으로 보인다. 하나는 아직 우리 사회 전체가 후진국의 위치에서 끊임없이 정치경제적, 정신적 폭력에 노출되어 있다는 상황 인식. 그러니까 현재의 우리는 '남을 때'릴까 봐 걱정할 때가 아니라 '남에게 다시 맞지 않도록 준비해야' 하는 상황에 놓여 있다는 것이다. 그런 만큼 우리에게 우선 필요한 것은 외부의 식민주의적 혹은 신식민주의적 침략으로부터 우리 민족 구성원들을 지켜내고 그러한 주권국가가 되기 위해서는 민족 구성원들을 하나로 결집시킬 국민 의식의 발전이 절대적이라는 것. 게다가 우리는 강대국의 논리에 의해 우리 민족의 주권과 관계없이 분단을 경험하고 있는 만큼 이 분단을 극복할 국민 의식은 더욱 필수적이라는 것. 하지만 이러한 연유 때문에 '독자적인 국민정신'을 민족적 정언명령으로 내세울 경우, 이는 필연적으로 이제까지 '독자적인 국민정신'이라는 정언명령 일반이 인류 역사에 끼쳐왔던 해악을 반복할 가능성이 높다. 사실 이제까지 인류 역사를 전쟁의 포염으로 이끌었던 선진 자본주의국가나 후발 자본주의국가의 '독자적인 국민정신'의 출발점은 그 모두가 '다음에는 맞지 말기 위해서'라는 지점이었다. 이들 모두는 앞선 세계의 제국으로부터 자국의 안전과 생존을 지키기 위한 주권국가이기 위해 '독자적인 국민정신의 발전'을 표방해왔다. 그러나 '독자적인 국민정신의 발전'이란 아무리 채워도 채워지지 않는 불길한 욕망 같은 것이어서 한번 그 사회의 운영 원리가 되면 멈출 수가 없다. 언제 어느 시기나 자신의 나라가 약소국가로 보이기 때문이다. 근대 이후 거의 모든 민족국가는 주변의 호전적인 제국으로부터 주권국가로서의 자신을 지키기 위해 무장하고, 주변 강대국의 침입으로부터 자신의 국가를 지키기 위해 먼저 다른 나라를 침략한다. 그러니 현재 우리는 강대국의 폭력에 노출되어 있고 그런 만큼 생존하기 위해서 무한대의 '독자적인 국민정신의 발전'이 필요하다는 논리는 어느 순간 대단히 폭력적인 원리로 전도될 가능성이 농후하다. 뿐만 아니라 강대국으로부터 '다음에 맞지 말기 위해서' '독자적인 국민정신의 발전'이 필요하다고 할 경우 이는 강대국으로부터 자국의 주권을 지켜야 한다는 강박증적 고착을 초래할 위험성이 높고, 이러한 고착은 결과적으로 자신의 나라보다 약한 나라에 자신들이 행하는 폭력에 무심할 개연성이 높다. 자신들의 폭력이 오히려 강대국으로부터 자신들을 지키기 위한 고육지책으로 합리화되거나 강대국의 폭력성에 비교해보면 오히려 양심적이라는 자기기만에 빠질 가능성이 농후하다. 그런 만큼 '다음에는 맞지 말기 위해서' '독자적인 국민정신의 발전'이 필요하다는 주장은 더 이상 로봇이 되지 말고 이제는 괴물이 되자는 주장과 같을 수도 있는 것이다.

만일 최인훈 수필의 '독자적인 국민정신의 발전' 혹은 '조국의 재획득'이라는 좌표가 오로지 '다음에는 맞지 말기 위해'라는 역사철학적 맥락 속에서만 발원한 것이라면, 최인훈 수필이 일관되게 주장하고 있는 '조국의 재획득'이란 그리 충분히 가치 있는 좌표라 하기 힘들다. 물론 최인훈 수필의 '독자적인 국민정신의 발전'이라는 좌표 속에는 최인훈의 또 다른 인식 틀이 작동하고 있다. 즉 우리의 경우는 이미 한 차례 민족=국가=자본이 폭력적으로 결합한 제국주의적 탐욕 때문에 치도곤을 치른 적이 있기 때문에 식민지의 고통을 기억하는 한 다른 민족에게 그러한 식민지적 트라우마를 안기지는 않을 것이라는 것. 앞서의 인용문식으로 말하자면, '남에게 맞아 아파본' 경험이 있기 때문에 '남을 때리는 쪽이 되지는 않을 것'이라는 것이다. 하지만 이러한 식민지적 경험 역시 '독자적인 국민정신'이 이미 역사적으로 반복했던 정치경제적이고 문화적인 폭력성을 넘어설 역사철학적 조건이 되기는 힘들다. 어떤 맥락에서 보자면 '식민지의 경험'은 오히려 더 '독자적인 국민정신'의 배타적이고 독점적인 성격을 배가시킬 가능성이 높기 때문이다. 식민지의 고통이 씻기지 않는 잔여물 혹은 흔적으로 남아 있는 사회에서 또다시 식민지의 트라우마를 겪지 않기 위해서 더욱더, 그리고 더욱더 '독자적인 국민정신의 발전'이 절실하다는 주장은 거의 절대적일 수밖에 없는 것이다. 그렇다면 마지막으로 기대할 것은 우리의 국민정신이라는 것이 이제껏 다른 민족을 배려하는 편, 그러니까 '우리는 착한 내림'이었다는 믿음 정도일 터인데, 이러한 기대를 근거로 우리나라의 '독자적인 국민정신의 발전'이 제국주의적인 그것과 다를 것이라고 주장하는 것은 아무래도 설득력이 떨어진다고 할 수밖에 도리가 없다.

그렇다면 '세계 속의 우리'를 읽어내고 '우리 속의 세계'를 치밀하게 읽어낸 연후에 최인훈 수필이 제시한 '조국의 재획득' 혹은 '독자적인 국민정신의 발전'이라는 좌표는 우리가 기대하는 만큼의 가치를 지니지 못한 것인가. 물론 그렇지 않다. 최인훈 수필이 말하는 '조국의 재발견'이나 '독자적인 국민정신의 발전'이라는 개념이 이전의 선진 자본주의국가나 후발 자본주의국가의 '국민정신' 일반과는 다른 내포를 지니고 있기 때문이다. 최인훈의 수필이 지향하는 '국민정신'은 이전의 '국민정신' 일반과 같은 듯하면서도 다르다. 말 그대로 '독자적'이다. 최인훈의 수필이 소리 높여 말하는 '국민정신'이 다음과 같은 지점까지 나가기 때문이다.

우리가 이처럼 생각하지 않을 수 없는 까닭은 세계가 지금 새로운 문화를 분만할 단계에 있다는 관찰에서다. 다른 말로 하면 이제부터의 인간의 목표는 크리스천이 되는 것도 아니며, 불교도가 되는 것도 아니며, 마르크시스트가 되는 것도 아니고 '세계인'이 되는 일이다.

오늘날 확실히 '세계'는 실재한다. 서양 중세기나 근대 이전의 동양처럼 한 가지 이념에서 묶인 세계가 아니라 통신과 교통에 의해서 지탱되는 그러한 세계가 존재한다. 〔……〕 세계인이란 아직껏 있어 본 적이 없다. 그것은 미래의 인종이며 새 시대의 신화족이다. 미래의 역사에서 낙오되는 국민은 경제력이 약한 국민이나 군사력이 약한 국민보다도 이 새 타입의 인간에 스스로를 맞추는 데 인색하거나 자각이 없는 국민일 것이다.

서양인은 전자가 되기 쉽고 동양인은 후자가 되기 쉽다. 많이 가진 자는 훌훌 떨쳐버리기가 어려울 터이고, 아무것도 갖지 못한 사람들이 남의 퇴물도 아쉬운 것은 있음 직한 일이다. 〔……〕 당신의 눈앞에 전개되는 운명의 지평에 맞서라. 그때 당신은 인간이 된다. 인간이 되기는 고달프고 벅찬 작업이다. 전통이라는 이름 밑에서 비겁한 후퇴를 말자. 문화유산의 정리, 진지한 검토와는 별개의 문제다. 현재로서는 토인들의 부메랑처럼 자동적으로 돌아갈 전통이라는 것이 우리에게는 없다, 고 나는 생각한다. 우리의 전통은 미래의 저 어둡고 그러나 화려한 지평의 저편에 있다. 우리는 미래를 선취한다. '세계인'이란 바로 그런 것이다. 당신은 당신의 심장을 향하여 말하라. '오라 그대, 나의 잔인한 연인 나의 미래여'라고. (「세계인」)

작가 최인훈의 '독자적인' '국민정신'의 도달 지점을 가장 잘 살펴볼 수 있는 「세계인」 여기저기에서 뽑은 문장들이다. 간단하게 정리하자면 이렇다. 지금의 세계는 '세계인'을 필요로 하는 시점에 와 있고, 그러므로 우리가 '재획득'해야 할 '조국'은 바로 '세계인'들로 가득 찬 공화국이라는 것. 최인훈 수필의 전체를 감안해

맥락화를 하자면 이렇다. 현재 한국 사회는 강대국들에 둘러싸여 있고 그들 국가의 '국민정신'이 가하는 폭력 때문에 국토의 통일 문제마저도 창조적으로 응전하지 못하고 있다는 것. 이처럼 우리는 '다른 국민이 우리 국민에 대하여 우월을 차지하려는 위험' 속에 노출되어 있거니와, 이때 우리가 이 위험을 막을 수 있는 길은 '오직 우리나라의 독자적인 국민정신의 발전에 의해서'라는 것. 이를 베네딕트 앤더슨이나 『세계 공화국으로』에서의 가라타니 고진 식으로 옮겨 표현하자면, 이는 곧 우리식의 상상의 공동체를 다시 상상하고 그것을 사회 구성원들의 공통 감각으로 만들어 한편으로는 다양한 민족 구성원들을 하나의 운명 공동체로 묶고, 다른 한편으로는 이렇게 묶어놓은 운명 공동체를 운명 공동체 외부의 위협으로부터 지켜낼 수 있도록 해야 한다는 것이 된다. 즉 서로 상이한 민족 구성원들의 다양한 소문자 역사와 욕망, 그리고 민족, 국가, 자본 등의 이질적인 충동들을 하나로 통합할 수 있는, 특히 분단의 상황을 극복할 수 있는 민족이라는 상상의 공동체를 새롭게 발명하여 그렇게 형성된 견고한 공동체로 명실상부한 주권국가가 되어야 한다는 것. 그래야만 운명 공동체 외부의 위협으로부터 벗어나 자유의지를 실천할 수 있고 그를 통해 전 세계의 전일화를 막아 세울 수 있다는 것.

한데, 최인훈의 수필이 발명하고 제도화하고자 하는 민족 공동체가 특이한 것은, 그러니까 문제적인 것은 최인훈의 수필이 한 나라의 국민을 결집시키고 외부의 위협으로부터 자국의 권리를 지키게 하는 상상의 공동체의 내용으로 특이하게도 '세계인' 혹은

'세계 공화국'이라는 내러티브를 끌어들인다는 점이다. 이는 대부분의 민족국가가 '세계에서 가장 위대한 역사를 지닌 민족'이라는 내러티브로 그 나라의 구성원들을 운명 공동체로 만들어낸 것과 구분된다.

최인훈의 수필이 '아직껏 있어본 적'이 없는 '세계인'으로의 도약을 한국인이 앞으로 획득할 '조국'의 중핵으로 설정한 데에는 크게 두 가지 현실감이 작동하고 있는 것으로 보인다. 하나는 세계화 시대라는 것. 페터 슬로터다이크의 표현을 빌자면 '지구화 시대'를 넘어선 '지구 시대'라는 것. 최인훈의 수필은 실제로 '실재'하고 있는 '세계' 속에서 살아가면서도 다른 나라들이 해왔던 것처럼, 또 현재 많은 나라들이 하고 있는 것처럼 단순히 각국의 '정신적 고향'으로 '회향回鄕'할 경우, 그것은 '세계' 속의 어떤 의미 있는 흔적을 남기는 대신 더 큰 재앙의 진원지가 될 수 있다고 우려한다. 이스라엘은 '가나에의 복귀'로, 인도는 '브라만의 나라로 돌아오는 것'으로, 중공은 '대중화大中華의 중흥'으로, 곧 '종교든 종족적 정치 이념이든' '그들의 정치적 각성을 밑받침해줄 정신적 고향'(「세계인」)으로 '회향' 혹은 '복귀'로 독립을 이루었지만, 만약 그렇게 자신의 정신적 고향으로 돌아가서 위대한 민족성을 재발견하는 것으로 '국민정신'을 한정하게 되면 그것은 전 지구를 불행한 상황 속으로 밀어 넣을 수 있다는 것이다. 아마도 선진 자본주의국가가 자신들의 '국민정신'만을 고쳐하여 제1차 세계대전을 불러왔고, 후발 자본주의국가 역시 자국의 우월성과 권위만을 강조하다 제2차 세계대전을 초래했던 역사적 경험을 감안한 자리에서 나온 진단일 터다. 물론 최인훈의 수필이 '회향'의 필요성을 전면적으로 부정하는 것은 아니다. 최인훈의 수필 역시 '우리들이 망각한 우리들의 정신적 원형을 재구성하'는 것, '이렇게 하여 만들어진 '한국형'을 세계의 다른 문화 유형과 비교'하는 것, '무엇이 공통이고 무엇이 특수한가를 밝혀내'는 것, '다음에 쓸모 있는 것은 남기고, 썩어 문드러진 데를 잘라버리'는 일은 필요하다고 말한다. 하지만 우리도 단순히 '회향'해서는 안된다고 말한다.

불교로 돌아가자고 말하기는 쉽다. 실학 정신으로 돌아가자고 말하기는 쉽다.
그러나 세계는 지금 아주 달라졌다. 문화권들이 서로 자기 완결적으로 폐쇄된 옛 시대에는 정신적 자각은 논리적으로 전통에의 회귀를 의미했으나, 지금 20세기에 사는 우리의 경우, 문제는 그렇게 간단치 않다. (「세계인」)

그러므로 '우리가 전통을 검토하는 일은 그곳에 머무르려는 것이 아니라 거기서 빨리 떠나기 위해서'여야 하며, 그렇게 그곳을 떠나 '세계인'이 되어야 한다.
최인훈의 수필이 과거 속에서 길어 올린 한국인이 아니라 미래 속에서 선취한 '세계인'으로 '조국의 재획득'을 완수해야 한다고 믿은 또 하나의 이유는 식민지에 따른 전통의 단절 때문이다. 최인훈의 수필에 따르면 우리의 경우 식민지 경험 때문에 '민족의 기억'이 말살당했다. 그리고 '전통은 연속적인 것이어서 그것이 중허리를 잘리면 다시 잇기가 그처럼 어려운 것이 없'는 바, 우리는 그렇게 '정신적 고향'을 잃어버리고 말았다는 것이다. 이런 상태에서 인위적으로 '정신적 고향'을 조직해내는 일은 '또 한 번 헛다리를 짚은 일'이라는 것이다. "그런 까닭에 석굴암이나 백마강으로 가고 싶어 하는 사람들을 나는 두려워한다. 우리가 겨우 빠져나온 인간 소외의 심연 속으로 발목을 끌어당기는 듯한 공포를 느끼기 때문이다."(「세계인」)

최인훈의 수필은 이처럼 우리의 '조국의 재획득'을 가능케 해줄 '정신적 고향'으로 '석굴암'이나 '백마강'을 설정하려는 시도들을 강력하게 거부한다. 대신 '세계인'이 되자고 말한다. 이 세계인-되기야말로 '미래의 저 어둡고 그러나 화려한 지평의 저편에 있는' 우리가 선취해야 할 '우리의 전통'이라는 것이다. 바로 그때, 그러니까 세계인-되기라는 미리 선취한 '정신적 고향'에 의해서 '독자적인 국민의식의 발전'을 수행해갈 때, '새로운 신화족이 될 수 있는 시대에 살고 있으며, 계승이 아니라 창조의 계절에 살고 있'는 존재로서의 직분을 다할 수 있다는 것이다.

이처럼 최인훈의 수필은 '세계인-되기' 혹은 '세계인-이기'라는 원리로 '조국의 획득'을 통해 탐욕스러운 제국으로 나아가거나 그 논리를 단순 재생산하기만 했던 근대 이후 인류 역사를 반성적으로 총괄해내는 한편 그것을 또 다른 대안적인 전 지구화 모델, 네그리와 하트의 표현을 빌리자면 '제국을 관통하고 제국을 넘어서도록 할 새로운 구성 권력'으로 제시한다. 이 얼마나 충분히 '창조적'이고 '독자적'인가.

5. 4·19, 혹은 현재 시간으로 충만한 시간

최인훈 수필의 세계인-되기라는 '독자적인 국민정신'의 형성과 발전, 그리고 그를 통한 세계 평화(혹은 세계 공화국)라는 '유토피아의 꿈'은, 만약 그 방향성에 대한 제시만 있고 말았다면, 다분히 추상적이고 공허한 이념이 되었을 가능성이 높다. 사실 최인훈의 수필이 강력하게 거부한 '석굴암'이나 '백마강' 같은 '정신적 고향' 혹은 공동의 역사적 기억(다른 식으로 표현하면, 공통의 역사적 내러티브, 역사적 사건)이 없고서는 그 다양한 욕망을 지닌 이질적인 존재들을 하나의 견고한 운명 공동체로 묶는 것은 애초부터 불가능하다. 만약 헤겔의 『법철학』의 한 구절처럼 "개인들이 권리를 갖고 있는 동일한 정도로 국가에 대한 의무를 지닌다는 사실에서, 국가는 개인들의 내적인 목적이 되며, 국가의 힘은 국가의 보편적이고 궁극적인 목적과 개인들의 특수한 이익의 통합에 있다"고 한다면, 국가가 이처럼 국민 다수의 내적인 목적이 될 수 있는 동시에 통합의 기능을 담당하기 위해서는 이들을 묶어세우는 강력한 '정신적 고향'은 필수적이다. 그것이 없고서는 민족국가라는 상상의 공동체와 그에 의한 국가 형태는 애당초 불가능한 것이다. 그러므로 민족국가는 민족 공동체라는 '근대성 안에 있는 전-근대의 잔여물'의 역할이 크며, 실제로 그것 없이 '독자적인 국민정신'을 획득한 경우는 거의 없다. 실제로도 민족국가 전반이, 『그들은 자기가 하는 일을 알지 못하나이다』에서 지젝이 한 말처럼, '공통의 뿌리'나 '피와 대지' 같은 우연적인 물질성에 호소하여 전통적인 유기체적 결합을 해체하는 동시에 추상적 개인들인 시민들, 혹은 사회 구성원들을 하나의 운명 공동체로 묶어세울 수 있었고, 논리적으로도 마냥 자유롭고자 하는 개인들이 결코 녹록지 않은 의무를 강제하는 국가를 자신들의 내적인 목적으로 받아들일 수 있기 위해서는 민족이라는 매개자, 혹은 종교로까지 격상된 '독자적인 국민정신'은 절대적이다. '독자적인 국민정신'이 안받침될 때에만 민족＝국가는 전근대적 질서를 탈-봉합하고 근대적 공동체를 봉합해내며, 또 그때에만 이전의 질서를 해체하고 또 새로운 근대적 질서를 형성하는 관념이자 제도로 기능할 수 있다. 또 그때에만 민족 외부의 위협으로부터 국가 구성원들의 권리를 지켜주고 동시에 제국 중심의 단일성의 세계를 다양한 주권국가의 연대에 의한 다성적인 세계로 변환시킬 수 있다.

이런 사정을 감안한다면 '세계인-되기'(혹은 '세계 속의 한국인 되기')라는 최인훈 수필의 민족＝국가 프로젝트도 기존의(상상의) 공동체를 탈-봉합하고 새로운 공동체를 봉합해낼 수 있는 '공동 감각' 혹은 '공동 기억'을 발명해내지 않을 경우 단지 유토피아를 향한 '백일몽'에 그칠 위험으로부터 자유롭지 못하다. 한데 다행스럽게도, 최인훈의 수필은 '회향'할, 충분히 공감할 만한 어떤 정신적 고향을 지니고 있다. 최인훈의 수필이 '석굴암'도 '백다강'도 '불교'도 '실학 정신'도 우리가 되돌아갈 정신적 고향이 될 수 없다고 아주 단호하게 거부할 수 있었던 까닭도 이처럼 그것 이외의 다른 '정신적 고향'을 설정하고 있었기 때문이다. 그렇다. 최인훈의 수필은 분명 '조국의 재획득'을 가능케 할 '우리의 전통,' 회향할 '정신적 고향'을 발견하거나 발명한 자리에서 '세계 속의 한국인'이라는 좌표를 '독자적인 국민정신'으로 제시한다.

최인훈의 수필이 우리가 돌아가야 할 곳으로 우선 주목하고 있는 지점은 두 곳이다. 하나는 4·19고 또 다른 하나는 7·4남북공동성명이다. 최인훈의 수필에 따르면 이 두 사건은 저 오랜 동안 이어져오던 봉건적 낡은 관습과 강대국이 강제한 제국 중심의 왜곡된 분단 체제, 그리고 제국에게서 이식해온 '풍문'만의 자유민주주의 제도의 권위로부터 벗어나 한국인 전체가 비로소 '선택하고 싸우고 모험하고, 겸허하게 그러나 집요하게 인간의 자유를 위해 싸우는 그런 사람들'로 비약한 획시기적인 사건이다. 다시 말해 강대국에 의해 전통이 단절되고 국토가 분단된 한국이 강대국 중심의 질서를 혁파하고 각 주권국가가 연대하는 세계 공화국의 길을 예시한 사건이며, 또한 한국인 전체가 한 나라의 국민으로 만족하지 않고 세계의 평화를 추구하는 세계 속의 한국인, 곧 '새 시대의 신화족'으로 도약한 상징적인 표지다. 전자의 사건이 일본 제국주의와 냉전 체제가 우리에게 남겨놓은 제국의 부비 트랩을 제거하여 드디어 온전한 주체로 자립한 역사적인 사건이라면 후자의 사건은 강대국 중심의 세계 질서의 틈새를 비집고 들어가 분단을 극복할 수 있는 튼실한 기초를 확립했다는 점에서 획시기적이다.

하지만 이중 특히 4·19에 대한 예찬이 남다르다. 최인훈의 수필에 있어 7·4남북공동성명은 우리에게 있어 종교개혁에 버금가는 사건이지만 그래도 "7·4성명의 정신은 1960년대에 우리가 매일

같이 국제 뉴스로 접했던 강대국들 사이의 내셔널리즘에 다름 아"(「문명 감각」)닐 뿐이다. 한데, 4·19는 그것과 또 다르다는 것이다. 4·19는 한국인 전체를 "저 위대한 서양인들과 어깨를 겨루고 '세계인'이 될 힘을 가"(「세계인」)지게 한 일종의 사건, 그것도 세계사적 사건이다. 최인훈에게 있어 4·19란 "아시아적 전제의 의자를 타고 앉아서 민중에겐 서구적 자유의 풍문만을 들려줄 뿐 그 자유를 '사는 것'을 허락지 않았던 구정권"을 혁파하고 우리 사회를 "새 공화국"[7]으로 만든 한국 역사의 일대 사건일 뿐만 아니라 세계의 수많은 나라들을 자신의 지배 체제 속에 예속시키려 했던 강대국의 내셔널리즘에 저항하여 주변부 국가가 스스로 주권국가임을, 그리고 스스로가 주권국가이어야 함을 선언한 세계사적 사건이다.

4·19는 우리들의 이와 같은 부활의 신념과 투지를 표시한 상징이라는 것에 그 의미가 있다. 그날 경무대로 달려가던 아이들에게서 나는 1789년 여름 바스티유로 달려가던 인민들의 메타모르포세스를 본다. 우리들이 앞으로 의지할 정신적 지주는 석굴암 속이 아니라 저 4월의 함성 속에 있다. 우리의 노래를 울려 보낼 하늘은 저 서라벌의 태고연한 하늘이 아니라 초연硝煙이 매캐하게 스며든 저 4월의 하늘이다.

4월을 말할 때 공리론은 무의미하다. 그것은 신화였던 것이다.

---

[7] 최인훈, 「작자 소감——풍문」, 『새벽』, 1960. 11. p. 239.

그날의 대열에 참가한 아이들을 우상으로 섬기지 말라. 그날의 당신과 지금의 자기를 동일시하지 말라. 그날의 당신은 당신이 아니었다. 신화는 한번 표현되면 다시 지우지 못한다. 4월은 인간이기를 원하는 한국인의 고향이 되었다. 그것은 신라보다 오래고 고구려보다 강하다. 인간의 고향이기 때문에 오래고 오래며 자유의 대열이기 때문에 강하다. 결국 인생을 살고 싶지 않은 사람들이 있는 것이다. 4월 아이들은 인생을 살기를 원한 최초의 한국이었다. 그들과 더불어 새 시대가 시작되었다. '자기'가 되고자 결심한 인간. 정치로부터의 소외를 행동으로 극복한 인간만이 살 자격이 있으며 저 위대한 서양인들과 어깨를 겨루고 '세계인'이 될 힘을 가졌다.

4월의 아이들은 달려간 아이들이다. 그들은 생각하면서 달려간 것이 아니요, 달리면서 생각한 새로운 종자였다. 우리는 현대가 정치의 계절임을 안다. 식민지 인텔리의 불행한 의식은 정치를 곧 악으로 동일시하는 슬픈 타성을 길러왔다. 정치는 악도 아니요 선도 아니다. 그것은 태양이 현실인 것처럼 인간의 현실이다. 눈을 감으면 태양은 보이지 않을지 모르나 정치는 그사이에 당신의 목에 올가미를 씌운다. 정치적 권리를 방어하려는 자각을 갖지 못한 인간에게는 미래가 없다. 정치적 차원에서 표현되지 못한 휴머니즘이 얼마나 무력한가를 우리는 잘 알고 있다. 휴머니즘은 언어의 미학의 아니라 행동의 강령이다. 그것을 지키려는 결의가 없는 데서는 휴머니즘은 휴지보다도 못하다. (「세계인」)

이렇게 최인훈에게 4·19는 세계사적 사건이다. 제국이 식민지 주체에 뿌리 깊게 심어놓은 불행한 의식을 혁파하여 결국 식민지 민중도 '저 위대한 서양인들과 어깨를 겨루고 '세계인'이 될 힘을 가졌다'는 것을 증명한 사건인 것이다. 최인훈 수필에서 4·19가 '인간의 고향'과 '자유의 대열'의 상징인 까닭에 '인간이기를 원하는 한국인의 고향이 되'었다고 말한다. 그러니 우리가 회향해야 할 정신적 고향은 신라도 아니고 고구려도 아니며, 또 그렇게 되어서도 안된다고 말한다. 우리가 회향해야 할 곳은 단 한 곳, 한국의 역사상 가장 커다란 단절을 만들어내는 것은 물론 '새 시대'를 창조해낸 '4월의 한국'이라고 말한다.

최인훈은 이처럼 한국이라는 파란만장한 역사와 그 속에 살았던 그 다양한 민중들의 삶을 4·19라는 역사적 사건을 정점으로 하여 내러티브화하고, 그것으로 '조국의 재획득'이 이루어져야 한다고 믿는다. 그래야 우리에게 분단이라는 상황을 강요하는 제국 중심의 질서를 넘어서서 세계의 모든 국가의 주권의 조화를 이루는 '창조적 응전'이 가능할 것이라는 것. 이러한 역사상은 최인훈 수필만의 고유하고도 특이한 역사 지리지임에 틀림없으며 또한 기존의 '민족 정신'이 행해왔던 폭력성들을 감안하면 그것을 혁파하고 영구적인 세계 평화를 가져올 수 있는 중요한 천착이라 함 직하다.

6. 정치의 문학화, 혹은 문학의 정치성의 발견

최인훈의 수필은 이렇게 최인훈만의 역사상을 발명하고 동시에

'제국을 관통하고 제국을 넘어서도록 할 새로운 구성 권력을 발명'하기에 이른다. 하지만 최인훈의 수필은 멈추지 않는다. 아니, 더욱 열도와 밀도가 팽팽해진다고 해야 하리라. 이는 최인훈 수필이 세계사적 사건으로 명명한 4·19가 결국 미완의 그것으로 끝나고 말았다는 사실과 관련이 깊다. 4·19는 한국의 역사 전반에 어떤 단절을 만들어내기에 충분했지만, 그러나 한국 사회는 5·16을 기화로 그 이전 시대로 재빠르게 돌아가버렸다. 4·19가 준비되지 않은 우연적인 사건이었기 때문일 수도 있고, 4·19의 질서화되지 않은 혁명적 에너지가 질서화되면서 그 사건성과 혁명성이 잠식되었을 수도 있다. 어쨌거나 4·19는 어떤 거대한 변화를 일으킨 것은 사실이지만 역사는 또다시 순환의 틀 속에 갇혀버린 것이다. '달리면서 생각한 새로운 종자'들은 다시 '로봇'이 되고 마는 상황이 벌어졌다고나 할까. 하여간 4·19라는 '신화'는 동질적이고 공허한 시간에 의해 우리 역사 속의 극히 예외적이며 우연적인 사건으로 배제되기 시작하였다. 때문에 최인훈의 수필은, 최인훈 문학 전반이 그러했듯, 한시도 4·19를 잊지 않는다. 아니, 끊임없이 4·19로 도약하고자 한다. 로베스피에르가 고대의 로마로 도약해서 역사의 지루한 연속성을 혁파했듯이. 최인훈의 수필이 '제국을 관통하고 제국을 넘어서도록 할 새로운 구성 권력을 발명'하고도 그렇게 지속적으로 팽팽할 수 있었던 것은 바로 이런 까닭이다. 역사를 끊임없이 동질적이고 공허한 시간의 연속으로 파악하는 상징 질서에 둘러싸인 채 현재 시간에 의해 충전된 바로 그 과거인 4·19 정신을 귀환시켜야 하는 까닭에.

그래서 최인훈의 수필은 한 순간 한국인 모두를 세계공화국의 한 당당한 시민으로 위치시켰던 4·19 정신을 복원시키기 위해 제국의 논리에 순응하는 역사상들 혹은 상징 질서와의 끊임없는 쟁투를 벌여나간다. 혹은 전 지구적 자본주의 올가미를 벗겨내고 비로소 온전한 '자기'일 수 있었던 이 전통을, 한국의 역사가 만들어낸 이 발명품을 현실화시키기 위한 힘겨운 싸움을 지속해간다. 앞질러 말하자면, 이 쟁투는 정치에 대한 관심에서부터 시작하여 정치적인 것의 문학화 혹은 문학의 정치성의 발견으로 수렴된다.

최인훈 수필은 4·19 정신을 귀환시키기 위해 우선 당대의 현실 정치에 깊은 관심을 보인다. 물론 이 말이 작가 최인훈이, 그리고 최인훈의 수필이 현실 정치의 사안 사안마다 정치적인 목소리를 낸다는 의미는 아니다. 최인훈의 수필은 문학을 정치화하는 것, 혹은 문학인이 정치인이 되는 것에 큰 의미를 부여하지는 않는다. 대신 최인훈의 수필은 '정치적인 것의 가장자리'에 위치하려 한다. 최인훈 수필에는, 비록 잡지나 신문사의 요청에 의해 행해진 것으로 되어 있으나, 선거 유세를 취재한 짧지 않은 글들이 눈에 띈다. 아마도 정치 속으로 잠행하여 정치에 문학의 논리를 개입시키려는 의지 때문이리라. 어쨌든 최인훈의 수필은 자주 정치적인 현장의 가장자리에 선다. 그리고 다음과 같은 술회를 남긴다.

옛날 사람에 비해서 우리는 훨씬 삶을 '경영'하는 식으로 산다. 계획하고, 설계한다. 그러나 지나고 보면 그 대부분이 타의에 의해서 살아진 것을 깨닫게 된다. 이 타의의 모든 것을 자의로 할 수는 없다. 그것을 조금씩 자의로 바꾸는 것이 진보고, 그런 방향에 선 정치가 좋은 정치다. 좋은 정치란, 정치의 한계 안에서 움직이는 정치다. 종교의 대행을 하려고 들지 않는 정치다. 이 거리를 지나면서 느끼는 이런 감회. 돌아올 수 없는 그 세월의 부피, 개인의 그러한 역사에 대해서 정치는 아무 일도 해줄 수 없다. 모든 인간이 시인처럼 살고 모든 인간이 서로를 점잖게 다루는 사회. 그런 사회가 가치의 기준이 되어야 한다.

그런 사회를 위해서 시인이기 전에 군인이어야 하는 것이 우리의 처지다. 그 비례가 조금씩 옮겨지는 것이 우리의 소원이다. 시인이란 별것이 아니다. (「아아, 어딘들 청산이」)

"정치적 차원에서 표현되지 못한 휴머니즘이 얼마나 무력한가를 우리는 잘 알고 있다"(『세계인』)라는 표현에서 단적으로 확인할 수 있듯, 최인훈 수필에 있어서 정치적인 것은 매우 중요한 사안이다. 최인훈 수필에 있어 정치적인 행위란 단순히 '권력에 참여하려는 노력 또는 권력 배분에 영향력을 행사하려는 노력'[8] 정도가 아니다. 최인훈 수필에 있어 그것은 '집단적 행위의 형태·공간·시간을 발명하는 능력' 혹은 '볼 수 있는 것과 말할 수 있는 것, 말과 사물, 존재와 이름 사이에 세워진 관계를 재조직하는 것'[9]에 가깝다. 그렇기 때문에 최인훈 수필 전반에 있어서 정치적인 행위가

---

8) 막스 베버, 『직업으로서의 정치』, 전성우 옮김, 나남출판, 2007, p. 22.
9) 자크 랑시에르, 『정치적인 것의 가장자리에서』, 양창렬 옮김, 도서출판 길, 2008, p. 30.

중요하다. '모든 인간이 시인처럼 살고 모든 인간이 서로를 점잖게 다루는 사회'이기 위해서는 먼저 '군인'을 필요로 하는 까닭이다. 예컨대 한국 사회는 주체의 자율성이 충분히 확보되지도 보장되지도 않는 곳이다. 현실 정치가 '민중에겐 서구적 자유의 풍문만을 들려줄 뿐 그 자유를 사는 것'을 허락하지 않아왔기에 민중들은 '저런 여자는 투표권을 박탈함이 마땅하다'라고 할 정도의 상황이 되어 있고, 그러니 그런 민중들을 자기 스스로 행동하는 주체로 만들기 위해서는 '좋은 정치'가 절실하다. 비유하자면 '좋지 않은 정치' 때문에 '좋은 정치'가 무엇보다 필요하다는 것이다. 이런 이유 때문에 최인훈은 정치적인 현장의 가장자리에 서서 지금의 현실 정치와 4·19가 발명한 우리의 '독자적인 국민정신'과 얼마나 가까운가를 비교하고 대조하며 유추하고 논평한다. 그리고 얻은 결론은 '기도하고 싶은 심정'(「아아, 어딘들 청산이」)뿐이다.

이제 최인훈의 수필에서 '좋은 정치'를 통해 '독자적인 국민정신'을 세우려는 의지는 서서히 약화된다. 그 대신 정치적인 것의 문학화 혹은 문학의 정치성에 대한 발견을 통해 '독자적인 극민정신'을 귀환시키려 한다. 최인훈의 수필은 어떤 맥락에서 랑시에르의 입장과 닮아 있다. 보다 정확하게 표현하자면 문학과 정치에 관한 한 랑시에르의 성찰 저 앞에 있다. 랑시에르가 가시적인 것만을 실제로 인정하는 '지배 질서가 보기에 '유령'에 불과한 준-물체들을 공통 경험의 조직 안에 등록함으로써 물체들의 힘을 변경한다'[10]는 점에서 정치와 문학의 친연성을 강조한다고 한다면, 최인훈의 수필 역시 사회적 구조의 재발견이나 창조라는 면에서 문학과 정치의 발명적 특질을 인정한다.

　어떤 의미에서 음악이나 미술 같은 것은 반드시 그 제작자가 살고 있는 사회의 당대의 현실과 밀착돼 있다고 할 수 없다. 그 분야에 망명자나 국적 변경자가 많은 것이 한 증명이 된다. 그것들은 개인적-보편적 예술이다. 그러나 문학은 개인적-종족적-보편적 예술이다. 삶의 모든 항을 다 떠맡은 팔자 센 예술이다. 그렇기 때문에 번역이라는 문제가 나오고 표현이라는 문제가 나온다. 그것은 종족의 '말'과 종족의 '정치'에 묶인 예술이다. 이것이 문학에서의 '참여'라는 말의 뜻이다. 종족의 말에 대한 예술적 감각은 주장하면서 종족의 정치에 대한 감각을 별스러운 것으로 생각한다면 그것은 문학에 대한 한—그러니까 '문학 음치' '문학 색맹'이다. (「노벨상」)

　흔히 이르듯 '국민'이라고 하면 '피'가 같다는 것만으로는 안 되며, 근대형의 사회가 요구하는 다른 요소들이 어울려야 하는 것일진대, 우리는 아직 '국민'으로서의 자기 정립을 하지 못하고 있다는 말도 할 수 있지 않을까 싶다. 우리가 오랜 역사를 거쳐서 기득권을 가지기에 이른 한반도의 남북을 통합하여 그것을 국토로서 삼는 국가를 정치 목표로 가지고 있는 바에는 우리들의 소속은 모두 결락의 부분을 가지고 있는 것이 된다. 〔……〕 피난민이란, 고향을 떠나 아직 현 거주지에 뿌리를 내리지 못한 그런 삶이다. 〔……〕 이 모

---

10) 앞의 책, p.32.

든 전쟁 때문에 거주지를 떠난 사람들을 피난민이란 말 말고 다른 무슨 이름으로 불러야 할까. 전쟁으로 거주지를 바꾸지는 않은 사람들도 이 기간 동안의 산업화로 대량 이동이 있었다. 이러고 보면 한말 이래의 한국 사회의 움직임을 분석하는 열쇠로 피난민이라는 개념은 그 밖의 어떤 지표 못지않게 생산이라고 필자는 생각한다. [……] 여기에다, 위에 든 전쟁들에서 우리 민족의 주체적 참여가 아주 배제되었거나, 넉넉지 못했거나 한 사정까지를 고려에 넣는다면, 한국 현대사에 대한 필요한 관찰 요령은 거의 갖추어졌다 할 것이다.

이런 역사가 주어진다는 것은 살아가는 개인 쪽에서 보면 운명이다. 개인이 할 수 있는 일은 이 운명을 자기에게 유리하게 바꾸기 위해 할 수 있는 일을 할 뿐이다. 그와 같은 일에는 정해진 길이 있는 것은 아니다. 소속과 그 속에서의 성숙이라는 인간 생활의 기본적인 뼈대가 주어져 있지 않고 만들어내지 않으면 안 된다는 것은 그야말로 '창조'라는 말로밖에 나타낼 수가 없다. 창조라는 것은 이 말의 뜻을 따라 흉내라는 것이 있을 수 없다. 여기에 우리 삶의 어려움이 있다. 우리에게는 소속과 성숙이라고 하는 것이 기득권의 향유와 보존이 아니라, 국민적 규모에서의 모험과 도전을 개인의 차원에서도 받아들여야 한다. 이것은 갈데없이 서사시적, 영웅적 과제에 가깝다. 이러고 보면 현대 한국인은 꼭 소설의 주인공 같은 사람들이다. (「성숙과 소속」)

그래서 나는 '비전'이라는 언어를 설정하기로 했습니다. 이것이 참일까, 허위일까를 완벽하게 검증할 수는 없으니까 '차라리'라기보다는 '용감하게' '이것을 나는 이렇게 만들고 싶다'라는 주관적 신념을 세우는 것——그것이 '비전'인 것입니다. 그러므로 비전이란 적극적인 것이지요. 전에는 무엇인가가 '밖'에 있다고 생각해서 자아의 밖에서 그것을 찾으려고 '탐색의 순례'를 했었는데, '그러나 그것은 그렇지 않다. 밖에서 찾을 수 있는 것이 아니라 결국은 자기 자신이 만들어야 하는 것이다'라는 것을 깨닫게 되었지요. 그래서 찾는 것이 아니라 '자기 손'에 '지금' 닿는 것을 가지고 '무언가를 만들려고 하는' 입장으로 바뀌었어요. 찾는 입장에서 만드는 입장으로. 그래서 비전이라는 것이 현실에서 채택되고 있고 그러한 입장에서만 비전이란 가능해지는 것이에요. 〔……〕 비전이란 환상, 공상이 아니고 더구나 관념의 공중누각은 절대 아닙니다. 우리가 물과의 관계를 잘 파악하면 쉽게 물을 지배하여 멋진 수영을 해낼 수 있듯이 역사에 있어서의 비전의 현실, 자유라는 것도 자기 신념 이전의 성격을 잘 파악해서 그것과 어울려서 만들면 되는 것입니다.
(「문명의 광장에서 다시 찾은 모국어」)

최인훈의 수필에 따르면 문학은 정치와 밀접한 관련성을 지닌다. 아니, 문학의 속성 그 자체가 정치적이다. 정치적인 행위가 권력을 통해 사회를 재구성하고 준-물체를 배제하거나 포괄한다면, 문학은 그러한 권력 바깥의 낱낱의 개인들의 목소리를 듣는 것을 통해서 하위 주체들을 공통 경험의 영역 속에 포함시키기 때문이다. 그렇기 때문에 문학은 정치가 배제한 실재의 영역, 혹은 주체의 욕망을 영토에 밀착해서 상상의 공동체를 만들어내기 마련인 바, 그렇게 보자면 근대 이후 한국 역사는, 그간 국가 장치에서 말한 바와는 달리, '피난민'이다. 남북한 각각의 국가 장치는 각기 자신들이 사회 구성원 모두를 하나로 묶어세웠고 또 외부의 세력으로부터 국가 구성원들의 권익을 지켜주었다고 주장하나, 그것은 국가 장치가 만들어낸 헛된 미망일 뿐이다. 그러니 이제 국가 장치가 만들어낸 상상의 공동체보다 그곳의 사회 구성원들을 한층 더 '독자적인 국민'으로 묶어줄 수 있는 문학적이며 창조적인 비전이 필요하다. 이래야만 거주지를 잃은 국민들이 이전에는 없던 거주지를 창조적으로 만들 수 있으며, 그래야만 우리의 민족 구성원들 더 나아가 인류 전체가 전 지구적 자본주의라는 최저 낙원의 상태에서 벗어날 수 있겠기 때문이다. 이때 문학의 정치성은 무엇보다 중요하다. 문학 그 자체가 발휘하는 정치성만이 현재의 정치적인 것을 탈-봉합하고 사회 구성원 전부를 보다 민주주의적인 방식으로 봉합할 수 있기 때문이다.

　정리하자. 문학의 정치성(혹은 민주주의적 특성)을 발견하는 것은 물론 4·19 정신으로 회향하여 '조국의 재획득(또는 '독자적인 국민정신의 발전')'을 이루자는 것, 이것이 최인훈 수필의 중핵이자 도달점이다. 참, 사려 깊고 도저하지 않은가. 동시에 민주주의적이지 않은가.

7. 최인훈의 수필의 현재성

일찍이 김현은 '최인훈의 소설은 그것을 읽는 자에게 긴장을 요구한다'라고 말한 적이 있다. 이 말은 오늘날에도 여전히 유효하며 최인훈의 수필에도 그대로 적용된다. 분명 최인훈의 소설, 더 나아가 최인훈의 문학은 아직도 읽는 자에게 팽팽한 긴장을 요구한다. 물론 최인훈 문학 전체에 흩어져 있는 문제성 때문이다. 원체험의 실재성과 상징성, 피난민 의식, 너무 일찍 출현한 포스트모던적 사유, '책 읽기'와 '글쓰기'라는 관념 세계로의 탈주, 세계의 폭력성과 평화에의 갈망, 유랑민 감각, 외로운 영혼과의 홀연한 조우, 자아비판이라는 트라우마 등등. 모든 것이 다 도대체 넓이와 깊이를 측량할 수 없는 최인훈 문학의 문제성을 형성하는 중요한 계기임에 틀림없다. 하지만 그중에서도 특히 최인훈 문학의 문제성의 원천이 되는 것은, 우리가 지금까지 최인훈의 수필에서 확인했듯, 최인훈 개인의 원체험과 원 장면을 '전 인류 역사를 엄청나게 축소해서 포괄하고 있는 현재 시간'으로 전화轉化시킨 부분일 것이며, 이는 전적으로 최인훈의 한국 역사 전반에 걸친 특유의 도저한 역사철학에 기인한다. 최인훈 문학은 자신의 수수께끼와도 같은 원 장면을 결정지은 그때, 그곳 그리고 지금 이곳의 현실적 조건들을 저 주변부에서 어느 날 갑작스레 전 지구적 자본주의라는 블랙홀 속으로 끌려들어간 이곳의 비극으로 전화시킨다. 그리고 그 비극성에서 탈주할 어떤 가능성을 찾아 나선다. 그것은 정치의 문학화 혹은 문학적 속성의 정치화라고 할 만한 것이다. 그렇게 최인훈의 수필은, 문학이 권력 관계를 떠나 모든 개인의 목소리를 동등하게 대하듯이, 아니 하위 주체들의 목소리에 더욱 유념하듯이, 전 지구적 위계질서 바깥의 진정으로 민주주의적인 질서를 꿈꾸고 그런 질서를 창조할 주체를 욕망한다. 이 순간 최인훈 문학이 꾸었던 '유토피아의 꿈'은 최인훈 개인을 넘어서는 것은 물론 한국인을 넘어서서 전 세계인을 꿈을 대변하게 된다.

  최인훈 문학이 멀게는 50년 전의 것임에도 불구하고 여전히 현재적이며 현대적인 것은 이 때문일 것이다. 다시 벤야민의 말을 좀 바꿔 반복하자면, 최인훈의 문학은 현재 시간에 의해 충만한 문학이며, 우리 문학의 지루한 연속성을 혁파하기 위해 우리가 변증법적으로 도약해야 할 바로 그 문학이다. 자신의 원체험을 '전 인류 역사를 엄청나게 축소해서 포괄하고 있는 현재 시간'으로 전화시킨 까닭에 최인훈의 문학은 그 스스로가 '전 인류 역사를 엄청나게 축소해서 포괄하고 있는 현재 시간' 그 자체가 된 것이다. 어느새.